于无眠处终有梦

王栋中短篇小说选

王栋 著

敦煌文艺出版社

图书在版编目（ＣＩＰ）数据

于无眠处终有梦：王栋中短篇小说选 / 王栋著 . --
兰州 : 敦煌文艺出版社 . 2023.2
ISBN 978-7-5468-2336-2

Ⅰ . ①于… Ⅱ . ①王… Ⅲ . ①中篇小说—小说集—中
国—当代②短篇小说—小说集—中国—当代 Ⅳ .
① I247.7

中国国家版本馆 CIP 数据核字 (2023) 第 030665 号

于无眠处终有梦：王栋中短篇小说选

王 栋 著

责任编辑：尚再军
封面设计：孟孜铭

敦煌文艺出版社出版、发行
地址：（730030）兰州市城关区曹家巷 1 号新闻出版大厦
邮箱：dunhuangwenyi1958@126.com
0931-2131372（编辑部）　　0931-2131387（发行部）

兰州银声印务有限公司印刷
开本 880 毫米×1230 毫米　1/32　印张 13.25　插页 1　字数 257 千
2024 年 7 月第 1 版　　2024 年 7 月第 1 次印刷

ISBN 978-7-5468-2336-2
定价：58.00 元

作为一名 80 后作家，本人的经历……
单位从事设计工作，也一度在国家机关……
剧组，在清华大学拿到硕士学位，还在……
立之年一事无成，只能在自怨自艾中创……
是本人经历所致，另一方面也是因为自……
2019 年有幸出版长篇悬疑小说《最后的……
漪。近年来专攻短篇，陆续创作了若干……
谢敦煌文艺出版社结集出版，这些故事……

现代都市中生活的普通人，在工作……
临着压力、问题、机遇和诱惑，同时日……
着人类的心灵，身处变革中的我们应该……
十篇故事，有科幻，有悬疑，亦有写实……
沥血，但都凝结着笔者多年来的思想和……
幻，但都从不同的侧面描绘着人生、刻……
望作者的这些故事，在打发大家闲暇时……
的启迪。

目录·

假面的告白

　　"快请坐，想喝点什么？"孟小冉亲切地把林婉欣拉在沙发坐下，转身走向房间一角的迷你吧。

　　林婉欣略显拘谨，她身形笔直地坐在沙发外侧，好奇地打量着这间风格别致的房间，"别客气了，你也坐啊。"

　　"是你别客气啦，喝咖啡吗？"

　　"不了，我容易失眠，白水就好。"

　　"好的，加冰吗？"

　　"不用，谢谢。"

　　片刻后，孟小冉递给林婉欣水杯，林婉欣连连道谢。

　　"你说世界真是小啊，咱们居然能在这里偶遇。这么多年没见，你基本上没怎么变呢，还是这么客气，当然了，还是这么漂亮。"

　　林婉欣苍白消瘦的脸颊上微微透出少许的红晕，她抿了一口水，"你可别这么说，哪会没变化，老了不少吧？"

　　孟小冉在侧对着林婉欣的独座沙发上坐下，随手把自己的玻璃杯放在茶几上，"我说的是真话，你变化确实不大，要不然我怎么一眼就认出你了。你看我，老得你都不认识了吧？"

　　林婉欣抬头仔细端详着孟小冉，这并不是一张典型东方美女的面孔，微微宽大的脸盘上镶嵌着一对乌黑水润的眼眸，细长的双眉甚是好看，弥补了眼睛偏小的不足，但眼角的鱼尾纹还是难掩岁月的痕迹。亚洲女人的小鼻子小嘴协调地占据着面孔的下盘，但也使颌骨过多地暴露。对于一向钟爱瓜子脸的中国人来说，眼前这张红润的脸庞过于方正和棱角分明，但若以西方人的视角，未尝不是一种使人留恋的东方韵味。加之那头齐肩的黑色短发，温婉与干练相得益彰，高知女性的气质展现无遗。

然而林婉欣对这位高中同学的印象并不清晰，甚至可以说模糊了。刚才在附近咖啡厅孟小冉喊出她的名字后，在相当长的一段时间内，自己对眼前这位华人同胞毫无反应。即使经过对方的自我介绍和反复提醒，"孟小冉"这三个字仍没有在自己的脑海深处被打捞上来。但为了不挫伤她的热情，林婉欣还是作出了一副重拾记忆的模样。她似乎也被对方的亲切友好所打动，不由自主地随她来到这里。

"啊，哪有，我觉得你也没什么变化呢！"

"哈哈，是吗？虽然我知道你这是客气，但还是谢谢啦。"孟小冉高兴地拿起玻璃杯喝下一大口杯中的饮料，"刚才我说了那么久你才想起来我，可见我变化还是很大的。"

"不不，我这人记性真的不好，年轻时很多事都不记得了。你喝的是什么啊？"

孟小冉举起玻璃杯晃了晃，少半杯淡棕色的液体在两颗冰块间荡漾着，"哎，来这太久了，都染上这边的习气了。"看见林婉欣不解的神情，她摇头一笑，"哦，本土的威士忌，哈哈。"

林婉欣惊讶地瞪大了眼睛，但为了不显得自己没见过世面，她耸肩笑了笑，顺势把水杯放在茶几上。

"刚才你说来芝加哥三年了，现在做什么呢？"

"哦，我呢……是啊，我跟着老公来的，现在还在家……我老公他是个律师，是这儿一家很有名气的律师事务所的合伙人，说不定你还认识他……"

"哎呀，厉害厉害，不过我唯一认识的律师就是我自己的律师。你大学学的什么专业来着，我记得是经济类的吧？"孟小冉喝了口酒，也把酒杯放在桌上。

"专业？哦，是……是的，是学的经济，我应该是只读了本科，现在都扔了。"

"婉欣啊你也太谦虚了，我记得你高中的时候可是学霸呢，我们只有仰望的份。你是不是后来有什么事了，我高三下学期就过来了，和同学们联系得少很多事就不清楚了。"

林婉欣姣美的面容上像是突然笼罩了一层阴云，她挤出尴尬的微笑，"前些年可能发生过一些事吧，我得了场病记忆不是太好了，那些年的记忆都模糊了。"

"是吗，我很抱歉，不应该提这些的。"

林婉欣好像很快摆脱了不快的回忆，"没关系的，主要是我确实也想不起来。我一直在家休养，后来认识了现在的老公，他那时来中国处理一起并购案，待了许久。我们很快就结婚了。"

"你老公是华人吗？"

"是的，我也刚拿到绿卡。"

'"好啊，恭喜恭喜！"孟小冉举起酒杯，示意林婉欣。

林婉欣微笑着拿起水杯和孟小冉碰杯，"太感谢啦，我在这里没什么朋友，你是第一个恭喜我的。"

"有孩子了吗？"

"没有呢，"林婉欣叹了口气，"我老公挺想要的，但我这年纪……"

"哈哈，这应该是最不需要担心的了，现代医学有各种方法让你怀孕，再说咱们这年纪还好吧，四十岁生孩子早就不是稀罕事了。"

"话是这样说，但是……"

"但是什么？"

"没，没什么。"林婉欣抿了抿嘴唇，低头不语。

孟小冉发现这个话题看来也无法继续，精于谈话的她自然不再勉强。看着眼前的这位美女，孟小冉仿佛又回到了遥远的高中时代。作为校花，林婉欣绝对是校园里最闪亮的星。无论是容貌、学习、才艺、出生，她绝对是出类拔萃、无可挑剔。当年这个令无数男生痴迷，无数女生嫉恨的大家闺秀坐在身边时，孟小冉心中突然泛起一阵唏嘘。这并不是因为林婉欣面容上清晰可辨的岁月痕迹，而是那时她令人印象深刻的孤傲与自信荡然无存，眼前的林婉欣，面色苍白、神情忧郁，如同一枝即将枯萎的百合，令人叹惋。更奇怪的是，自从刚才相遇，孟小冉始终感觉到一种紧张与不安的气息包围着林婉欣，她好像一个做了错事又不知道惩罚何时来临的孩子，焦虑敏感地应对着周围的一切。

"你的办公室真漂亮啊，嗯……应该说很雅致。"林婉欣环视四周，不住地点头。

"很高兴你喜欢，在美国这确实算比较独特的。"

孟小冉说得没错，这并不是一间那种在电影中经常出现的心理诊室，房间虽然不大，但采用了新中式的布局和家具，同时结合些许的北欧风格，显得素雅而宁静。

"这是我的诊室，也算是办公室，我的病人一般就坐在你这个位置上，我就坐这里。"

　　林婉欣下意识地看看自己所坐的沙发，简约的木质线条构成扶手和靠背，深紫檀色的表面似乎暗藏着特殊的纹理，搭配着厚实的米色坐垫和靠垫，显得清爽而别致。

　　"那有一个靠枕，你可以脱鞋躺下试试舒不舒服，别见外啊，就像在自己家一样。"

　　林婉欣微笑着摇摇头，"没事，我觉得坐着挺舒服的。"

　　"传统的中式家具舒适性欠佳，这个是经过改良的，而且是乳胶坐垫，不比欧式大沙发差。"

　　林婉欣点点头，放下水杯，目光又落在四方茶几上淡绿色花瓶中斜插的枯枝梅花上。点点粉色花瓣映着青绿色的枝干，与花瓶和茶几相得益彰，甚是典雅。

　　"这花瓶是真正的钧瓷，我一个师兄送我的。"

　　"我一进屋就注意到这瓶花了，真漂亮！"

　　"哎，在美国我们这行竞争也挺激烈的，我这也是用点小心思留住患者。"

　　"美国人肯定很喜欢这种风格吧？"

　　"没错，他们哪见过啊。婉欣你别那么拘束，来，随意看看。"

　　孟小冉的亲切热情和室内宁静典雅的氛围似乎冲淡了林婉欣的焦虑，她点头笑笑，缓缓起身打量四周。淡灰色的墙壁、浅褐色的地板在暧昧的暖色灯光映衬下，与家具风格相得益彰。最宽大的一侧墙壁上挂着一张两尺见方的书法，那是一个大大的"心"字。另一侧的墙壁上也有一张横幅，其上字体龙飞凤舞，林婉欣只能辨认出是三个汉字。看到她困惑的神情，孟小冉笑着说，"这两幅字是国内的朋友送我的，我很喜欢就挂起来了。那三个字是草书'无一物'。"

林婉欣不解看着这位心理医生。·

"菩提本无树,明镜亦非台。本来无一物,何处惹尘埃。我新来的病人总问我,这写的是什么啊。我就说,这一个是'heart',那一个是'nothing at all',人的烦恼就是因为心里装的东西太多,如果'heart'里面都'nothing at all',那我们就会快乐很多。"

林婉欣若有所思,踱步来到沙发对面的办公桌前。阳光透过书桌右侧的窗扇照在桌面上,桌面上十净整洁,除了电脑和几本笔记,就是一套精致的文房用具。一尺见方的笔架上挂着大大小小五支毛笔,一张洁白的宣纸被镇纸压在毡垫上,旁边摆放着砚台和水盂。此外一方乳白色的玉石印章格外显眼,印章边还有一把闪亮的西式裁纸刀却略显违和。

看着林婉欣惊讶的表情,孟小冉会心一笑,"小时候练过毛笔字,偶尔写写字放松一下。"

"太棒了,你的患者一定很喜欢来吧。"

"哈哈,也许吧,但他们看到账单就喜欢不起来了,哈哈。"

林婉欣似乎没太明白,但也跟着笑笑,她又望望书桌后那满墙的书柜,感叹道:"哇,好多书啊。"

孟小冉耸耸肩,"其实很多我也没看过呢。"

林婉欣走近书柜,不出意外地,她注意到书柜中唯一摆放的一个相框,相框里是三人合影:一幢古典建筑前的大草坪上,一位鹤发童颜的白人老者居中,孟小冉和一位华人男子左右相伴。

"这是我的导师和师兄。"

林婉欣不禁转头看了眼茶几上的梅花,"那位师兄?"

孟小冉点点头。

"你们曾经是不是……"

　　爽快的孟小冉此时也露出一丝丝犹豫，但仍然笑着说："差了一点点缘分吧。"

　　敏感的林婉欣不再多问，她转到书桌左侧的墙面前，惊讶地看着墙上挂满的各式证书和照片。

　　"你看在美国开个心理诊所有多难？"

　　"孟小冉你太厉害了，照片里这些人都是谁啊。"

　　"哦，有些是圈内一些大'BOSS'，还有几个政客，这倒没什么。"

　　"没想到你做得这么好，真佩服你，哎，我现在连个正式工作都没有。"林婉欣低声叹了口气。

　　"我也是多年的积累加一些运气而已。来，咱们坐着聊。"

　　"你不忙吧，像你这么成功的心理医生病人都排满了吧。"

　　"那倒不至于，美国人也没有那么脆弱。不过平日是比较忙，碰巧今天下午没有预约，我也让秘书回家了。我们心理医生也不是天天看诊啊，我们也需要有搞研究的时间。"

　　"那岂不是耽误你时间了？"

　　"哈哈，咱们老同学相见还说这些，我好久没和熟悉的亲友聊天了。对了，北美这边还有你认识的高中同学吗？"孟小冉又把林婉欣拉回沙发坐下。

　　林婉欣默默地摇摇头。

　　"哎，也是啊，这么多年过去了，岁月就是这么无情，很多你认为的朋友不过是匆匆过客，很多当时玩得很好的同学都许久没有联系，不知道如今在做什么。我们班的徐维刚你认识吗？他在硅谷的一家网络公司。"

　　林婉欣想了片刻，摇摇头。

　　"四班的郝丽艳你应该认识吧，我记得你们都在舞蹈队呢，当年扎俩小辫有点胖的那个？"

　　"嗯……"林婉欣吃力地回忆着，"不记得了。"

　　"她在西雅图一家培训机构教汉语呢。我也就认识他俩，不过也是许久没有联系，咱们有机会可以聚聚。"

　　林婉欣默默地点点头，眉宇间流露出些许的忧伤。

　　"你们在这都做得这么好，我……"

　　"你想多了，其实这边华人能从事的职业有限，我们都是多年打拼出来的。在美国家庭主妇太多了，没有什么不好意思的，相夫教子也是一种事业嘛。"孟小冉拿起自己的酒杯和林婉欣的水杯，"再加点水吧。"

　　"谢谢。"

　　趁着孟小冉去倒水，林婉欣伸手掀起长裙，揉了揉酸困的双腿。

　　"话说你高中那会儿可是校园明星呢，学习好，长得漂亮，唱歌跳舞样样精通，多少男生暗恋你啊。"

　　林婉欣苍白的脸上再次泛起红晕，"是吗？那时太年轻了。"

　　孟小冉拿着水杯走向沙发，林婉欣连忙收起双腿放下裙摆。隐约中，孟小冉看到林婉欣修长的小腿上似乎有些许伤痕，她不动声色，把水杯递给林婉欣。

　　"我们都等着看你挑谁当男朋友呢，可是你一直都单身让我们失望了，哈哈，你是不是到大学才谈的恋爱？"

　　"嗯……"

　　"我想起来了，北大经济学院吧，高考时我已经来美国了，也没能及时祝贺你。"

　　"谢谢你啊，其实我在大学也没学成什么，毕业后混了几年，后来就遇到了我老公。"

"别谦虚啊，北大出来的还能混日子。如果一直在国内现在肯定也很出色了。"

林婉欣脸上的红晕未退，她腼腆地摇摇头。

"对了，我记得你不是有个很好的闺蜜叫杜茜吗，听说她也考到北大了，现在干吗呢？"

林婉欣拿着水杯的右手颤抖了一下，"杜茜？"

"是呀，杜茜，我记得是这个名字，草字头下面一个'西'。"

林婉欣疑惑地望着孟小冉，"我不认识啊，哪个班的？"

这下疑惑的是孟小冉，"我印象挺深的啊，三班的，好像和你一个大院的，你们天天一起上下学。"

"我不记得了呢。"

"不会吧，我那时总看见你们在一起。她身高体型和你差不多，我记得有一头齐腰的长发，整天嘻嘻哈哈的。"

林婉欣放下水杯，脸上又恢复了苍白，她再一次试图回忆，但往昔的记忆如坠云雾，杜茜这个名字若是存在，恐怕早已迷失在脑海的深渊中。

看到林婉欣迷惑中微带痛苦的神情，孟小冉不再深究。

"看来是我记混了，毕竟咱们那会儿联系少，这么多年过去了。我们心理学上有个概念叫记忆偏差，把记忆张冠李戴了。"

林婉欣疑惑的面容恢复了平静，她突然像想起了什么似的，"对了，还没说说你呢，你老公做什么的，是华人吗？"

孟小冉哈哈一笑，"谢谢你关心我，我现在还是一个人。"

"啊！"林婉欣睁大了双眼。

"我不是一个女权主义者，但我并不认为女人非得嫁人才能幸福，其实我对现在的状态很满意。"她拿起酒杯晃了晃，饮下一大口威士忌。

"真羡慕你啊，你一个人不觉得孤单吗？"

"我朋友还是挺多的，而且天天和患者打交道，一般不会感到孤单的。"看到林婉欣眼中闪现的一丝怀疑，孟小冉放下酒杯，将身体靠进沙发，"当然，我也有几个比较固定的情人，这里是美国，有太多种生活方式了。"

"哦，我明白了，这样也挺好的，自由啊，我……你真是厉害。"林婉欣诧异于孟小冉的坦率。

"这不过是自己的选择，每个人都有适合自己的生活方式，像你这样有个爱你的老公两个人也很幸福啊。"

"是啊……"林婉欣低头沉默了片刻。

"你老公是不是挺忙的？"

"嗯……"林婉欣突然抬头望着孟小冉，"如果那时有可能，你会嫁给你师兄吗？"

"也许吧，如果我跟他回国。他叫楚心天，现在也是北京一位著名的心理医生。可惜人生没有如果……"孟小冉眼中的黯淡一闪而过。

林婉欣颇有同感地点点头。

"你不是说你家在埃文斯顿吗，怎么今天跑市区来了？"

"在家待得太无聊了，听说这边有个很大的旧物市场想来转转，结果没找到，就先在那家咖啡厅坐坐，没想到遇见了你。"

"哈哈，这也是缘分嘛。那家市场我知道，还在北边离着三个街区吧，不过今天好像不开市，我记得是周四和周六，今天周五，你可以明天过来。"

"明天……嗯……"

"怎么，明天没时间？"

"明天老公应该在家。"

"那一起来啊，我家就在附近，我请你们吃饭。"

林婉欣揉搓着手指，"我老公……我老公他不喜欢逛街。"

"那你自己过来呗。"

"嗯……老公在家我就不过来了。"林婉欣低头看着手指。

"哈哈，怎么，你老公还不让你逛街？"

"没……没有，他平时很忙，在家就想让我陪着。"

"哦，也是，看来你老公很依恋你啊。"

"他不喜欢我到处乱跑。"

"嗯……你刚才说他很想要孩子？"

林婉欣抬头望着孟小冉，缓缓地点了点头。

"那你呢，你想要吗？"

"我……我听我老公的。"

孟小冉摇摇头，轻轻叹了口气。

"这几年你没怀孕，你老公是不是有意见？"

林婉欣又揉搓起手指，双腿不自觉地微微摇晃。

"是有些不高兴吧，但我也理解，一个人在美国这么辛苦打拼，有孩子不是才有意义吗？"

虽然和林婉欣同龄，但孟小冉看着她仿佛看到了自己的过去。眼前这个温婉忧郁的美丽女人或许就是中国千千万传统女性的代表，渴望被丈夫认同，渴望那种相夫教子的生活，但从来没有问过自己的内心究竟想要什么。如果十年前跟着师兄回国，如今是不是也天天在为茶米油盐打算，大部分心思都在如何辅导孩子读书上。她并不是抵触那种生活，若真是那样，她也会欣然接受。她又很庆幸自己没有成为林婉欣，可以以一种超然的姿态甚至是专业上的角度打量这个陷于家庭桎梏中的女人。但是，她的心中又有些许的隐忧，作为一个心理医生，她清楚地知道眼前的女人并未吐露真情。

"我刚才说了我不是一个女权主义者，我也不想输出价值观，我只想问你一个问题，你现在过得幸福吗？"孟小冉直视林婉欣的双眼。

她看到的是茫然。

"幸福？幸福……我觉得……我觉得有点热啊。"林婉欣伸手拉了拉系在脖子上的紫色丝巾。

孟小冉心头一紧，"哦，今天挺热的，我把空调再开大点。"

"没事没事，今天耽误了你这么久，我坐坐就回去了。"

"别着急啊，这么多年没见咱们多聊会儿，我真没什么事，来多喝点水。"孟小冉说着调低了空调温度。

"你没想着在这找份工作？"

"工作？"林婉欣摇头苦笑，"我在这能干什么呢？"

"你有绿卡，在这有很多机会的，不过我知道你老公不会答应。"

林婉欣沉默了。

"你说你会失眠，应该不轻吧？"

林婉欣吃惊地望着孟小冉。

"哈哈，别忘了我是心理医生，我看得出来。你经济不独立，又许久没有怀孕，内心的压力肯定不小，我看你的性格又不是那么容易开怀的……"

林婉欣叹了口气，"没错，我失眠很多年了，经常整晚睡不着觉，就算睡着了也做噩梦。"

"哦，什么噩梦？"

"很奇怪，几乎是相同的一个噩梦，我被一个女人追杀，最后她杀死了我，我也就会惊醒。"尽管努力克制自己，林婉欣内心真实的恐惧还是被敏锐的心理医生所察觉。

"追杀你的女人你认识吗？"

"嗯……她的面孔很模糊，认不出是谁。"

"你老公呢，他对你怎么样？"也许这个追杀她的女人不过是某种外部压力的内显，孟小冉认为自己找到了问题的关键。

"他……挺好……"

"你爱不爱你老公？"

"爱……"林婉欣拿起水杯但并不喝水，只是捏在手里。

"他爱你吗？"孟小冉步步紧逼。

"嗯……他很爱我……"

"我明白了，是不是他爱你的方式比较特殊？"

林婉欣双手一颤，"特殊，什么特殊？"

孟小冉身体前倾，目光如箭，"他是不是家暴你？"

"啊！"水杯砰然落地，颤抖已扩散到林婉欣的全身，"没……没有，对不起，对不起。"她俯身去捡水杯。

孟小冉起身拉住她的胳膊，"不着急，告诉我，你小腿和脖子上的伤痕是哪来的？"

林婉欣下意识蜷缩了双腿，右手盖住丝巾，眼神中弥漫着惊慌和痛苦。"不小心……我不小心弄的。"

孟小冉叹了口气，俯身捡起水杯，转身走到迷你吧换了个玻璃杯倒了水，顺便找出一块抹布。她把水杯递给林婉欣，蹲下来擦拭地板上的积水。

"对不起，我来吧。"

"没关系，你坐吧，水没洒多少。"

收拾好这一切，孟小冉再次坐回沙发。

"如果是真的，当然，也许你不想承认，但是，如果是真的，你一定要离开他。家暴永远没有最后一次，相信我。"

林婉欣双眼呆滞，沉默不语。

沉默的还有孟小冉，然而她的内心没有沉默，相反却是汹涌澎湃。职业道德告诫她不能逾越雷池，但她又不能坐视不管。她惋惜，当年那个优秀要强的女孩竟沦落至此；她心痛，曾经娇艳的花朵就要萎靡腐烂。她知道，能够帮她脱身泥淖的只有林婉欣她自己，而她孟小冉，是不是应该以她的方式拯救这只沉默的羔羊呢，就像当年他做过的那样。

片刻的思虑后，孟小冉作出了决定。

"曾经有个单纯开朗的女孩，高中没毕业就到美国，希望在这里能成为她想成为的人。她对未来充满了期待，期待美好的人生、期待美好的爱情。"孟小冉深深地靠进沙发，用一种平静的语调慢慢诉说着，"一切都那么的美好，她本科顺利毕业，考上了斯坦福的心理学研究生。"

"在那里，她遇到了一个亚裔男孩，高大英俊、活力四射，他们很快相爱了。她觉得自己被幸福包围着，每天的生活都充满了阳光。"

"然而不久后她渐渐发现，一团恐怖的阴云笼罩了自己，眼前的一切都变得灰暗起来。那只恶魔突然出现在她的生活中，吞噬了她的精力、她的期待、她的幸福。她意图反抗，但却被那恶魔牢牢掌握无法摆脱。她虽然攻读的是心理学，但终究没有看穿一个男人的内心，也逃离不开一个男人的控制。那个恶魔，就是男友无休止的暴力，有第一次，就会有第二次，有第二次，就会有一个单词、一个表情甚至一个眼神都有可能换来的失控局面。"

林婉欣瞪大了双眼望着身边这位成熟干练的心理医生，眼神中写满了惊奇。

"那是一种什么样的感受呢？当她一次次发誓要离开时，男人则跪在她面前一次次地发誓绝不会有下次，尽管她知道这不过又是一次次的谎言，但她宁愿选择相信。她相信他真的爱他，他真的能够变好，哪怕有变好的趋势。"孟小冉的语调仍然平静。

"然而现实是，这一切没有变得更好，而是更糟。她的学业几乎停滞、生活几乎坍塌、思想几乎消亡。她已经牢牢地被那个男人控制，成为他衷心的奴仆，成为他发泄的对象。"

林婉欣的双手在颤抖、双腿在颤抖、全身在颤抖。

孟小冉依然平静，只是深深呼了口气。

"就在她即将坠入万劫不复的深渊时，上帝派来了拯救者。她的同门师兄，平平的外表下有一颗金子般的心。是他，从男人手中夺回她的身体；是他，让恶魔离开她的灵魂；是他，将阳光重新带回她的生活；是他，让她重返学术之路。他那双温情的眼眸，如同她人生道路上的一盏明灯，时至今日仍然照亮她的心房。"

林婉欣的目光不自觉投向了书柜里的那张相框。

"女孩终于拿到了博士学位，当她来到人生的十字路口，当她看到那双温情眼眸下伸出的手时，她犹豫了。她觉得，她不配，或者不敢拥有他的爱。也许她内心深处的伤痛永远也无法抚平，恶魔的阴影将笼罩她的一生。她爱他，她可以为他付出一切，但她选择了逃避，选择来到一个陌生的城市重新开始，将她的全部精力投入到事业中。几年后，她收到了这只花瓶和梅花，随花的卡片上写着

'想告诉你我结婚了，有空回来看看吧。这枝梅花送给你，梅花香自苦寒来，祝你早日找到幸福。'"

林婉欣此时已停止了颤抖，痴痴地望着眼前的梅花。

"你看这点点梅花，它是祝福、它是思念、它更是警示。它时刻提醒着她逝去的真情，时刻提醒着她曾经的伤痛。这么多年过去了，噩梦仍然在她的睡眠中挥之不去，她始终无法真正靠近一个男人。她拥有过一个又一个的情人，但竟然都无法忍受他们在自己身边过夜。"

"真爱，可能已经从她的人生字典中彻底抹去。这就是代价，虽然惨痛，但她今日还能够坐在一个安稳的地方，自由地和朋友谈论她的过往。"

孟小冉直起身靠近林婉欣，说话的语调更加轻柔。

"你看这点点梅花，美丽但干枯，就像现在的你。你是不是困了，放松、放松，靠在沙发上休息吧，暂时忘记忧伤和苦痛。"

林婉欣感到眼皮发沉，顿觉困意袭来，她不由自主地瘫软在沙发靠垫上，未曾睡去但脑中一片混沌，耳中的话语逐渐遥远但清晰。

望着眼前的林婉欣，孟小冉的思绪不自觉飘荡到多年前那个雨夜，她像林婉欣一般瘫倒在床上，床边坐着那个她感激终生的男人——楚心天。在她的内心被幽灵缠绕痛苦不堪之时，楚心天，做了今天她决定去做的事，改变了她的一生。孟小冉此时已催眠了林婉欣，她要做的，正如她师兄所做的，要在这受控的内心植入坚强的信念、反抗的意识。孟小冉拿出手机，设定了一个小时的倒计时。

"第一次发生在什么时候，你还记得吗？"此时孟小冉的话语仿佛有一种魔力，令蒙胧中的林婉欣无法拒绝。

"那是我们结婚前的一个晚上，我们因一个婚礼的细节吵了起来，他脾气一直不好，但那天突然狂暴起来，冲向了我。"

"他后来又向你道歉了是吧？"

"他乞求我的原谅，说他喝了酒一时冲动，不会有下次了。"

"结婚后他就牢牢控制了我，我无处可躲，我不知道该怎么办。"

"你的家人在国内吗？你怎么不回去？"

"我的家人……我不知道……我前些年得了一场病，很多事情都不记得了，我只记得和老公来到这里。"

孟小冉皱了皱眉。

"你得了什么病？以前的事还记得多少？"

"什么病？不记得了……以前的事……很模糊。"

"刚才我和你聊了些高中的事，那些你都不记得了吗？"

"有些零散的印象吧，很模糊了。"

"那么你记忆清晰的就是认识你老公后发生的事？"

林婉欣长叹了一口气。

什么病能导致这种退行性的遗忘症？孟小冉不禁站起身来，双手插兜低头思索。如果不是大脑的外伤，就是某件特别重大的事情导致她自我封印了那段记忆。如果不解开失忆的谜团，植入的信念恐难以持续。但是如何潜入她的记忆深处去探寻那段迷失的过往呢？"梦是通向潜意识的忠实的道路"，弗洛伊德的名言使她眼前一亮，对，那个梦，那个梦就是突破口。

"你经常失眠是吗？"

"对，很多年了，夜晚对来我来说是一种折磨。"

"我理解你的感受，你有清晰的记忆起就一直失眠吧。"

"是的，应该就是在我得病以后。"

孟小冉打开手机播放器，一阵轻柔舒缓的音乐从蓝牙音箱流淌开来，优美的旋律中和谐地融合着潺潺流水与呦呦鸟鸣。

"忘了这一切吧，忘了你的疾病，忘了你的失忆。现在你已经投入了大自然的怀抱，放松下来吧，这里很安全。你听，小鸟在鸣叫；你看，小溪在流淌；你闻，花儿在吐香。你躺在林间草地上，阳光透过树叶的间隙铺洒在你的身上，你非常舒服，你睡了，安静地睡了。"

林婉欣安静地躺在沙发上紧闭双眼，胸部缓慢起伏。孟小冉点点头，再次坐回沙发。

"林婉欣，林婉欣，你看到什么了？"

"树林……溪水……鲜花……小鸟……"

"你在做什么？"

"漫步……"

孟小冉停止问话，静静地看着林婉欣。

她在等待。

音乐继续在房间飘荡，林婉欣继续躺在沙发上沉沉睡去，孟小冉默默地等待。

突然，林婉欣舒展的双腿蜷曲起来，双手也握成了拳。孟小冉向她的脸上望去，那原本平静的面容显露出隐隐的紧张，眼球快速抖动着。

"林婉欣，林婉欣，你看见什么了？"

林婉欣没有回答。

孟小冉迅速关闭了音乐，来到林婉欣身边，俯身在她耳边低语。

"林婉欣，林婉欣……"

"天要黑了……"一个微弱的声音从林婉欣微张的口中传出。

"你在哪里？"孟小冉微微吐了口气，继续问着。

"树林，树林深处。我迷路了。"

"没关系，向一个方向慢慢走。"

"好暗，好冷，我怕。"林婉欣蜷缩着身体，紧张与不安泛出她的面容。

孟小冉急忙脱下外套给她盖上，并且调高了空调温度，"不要怕，你看见什么了。"

林婉欣没有回答，身体微微扭动着。

孟小冉仍然镇静地站在她面前，严肃地注视着她的一举一动。

"有人，有人跟着我。"

孟小冉双眉一颤，"是谁，谁跟着你？"

"不，我不敢看，我在跑，她在追我，不……不。"

"不要怕，不要怕，停下来。"

"不……不，她就要追上来了。"

"不要逃避，你不能逃避一辈子。你停下脚步，转身面对她，她是谁？"

"光线太暗我看不清，是个女人，哦，她手里拿着石头，不！"

"不要怕，她伤害不了你。仔细看看她是谁？"

"看不清，但我很熟悉，她走过来了。不要过来，不要过来！"

"薄云散去，月色透过树叶的间隙洒向地面，你的眼前不再昏暗，不要害怕，直面心中的恐惧，林婉欣你看到了吗？告诉我，她是谁？"

"是她！"

"她是谁？"

"杜茜！"

杜茜？孟小冉心头一惊。为什么会是她——林婉欣年轻时最好的朋友。我深知自己的记忆没有问题，但林婉欣刚才对这个名字却那么的陌生。林婉欣身上到底发生了什么，也许杜茜是个关键。我必须打开她封闭多年的心门，探索她记忆的幽谷。

"林婉欣，你不要怕，我一直在你身边，我就是你，是你内心坚强的那面，倾听我的声音，也将你听到的告诉我。睡吧，睡吧……你将继续沉睡。"

林婉欣惊恐地倚靠在一棵大树旁，浑身发颤，双腿再无法移动分毫。她呆呆地注视着面前那鬼魅般的面容，那个她既熟悉又陌生的面容。然而一种伴随她许久的莫名力量逐渐冲淡了恐惧，一个遥远但清晰的声音像是来自天边，抑或是来自耳畔，更或是发自内心。

"杜茜，是你吗，杜茜？"

那个身影已经停止了靠近，惨白的面容、披肩的长发、淡粉色连衣裙，还有右手中的石块，眼前的一切告诉林婉欣，这个当年的闺蜜已成了讨债的幽魂。

"很好，亏得你还认识我。"

林婉欣好像看不到对方嘴的闭合，但低沉冷峻的声音却非常清晰。

"杜茜，真的是你。我怎么会不认识你，你是我最好的闺蜜啊。"

"哼……哼哼……哈哈……哈哈哈。"

尖利的冷笑划破寂静的树林，听得林婉欣心惊胆战。

"闺蜜，你还当我是闺蜜？哈哈……"

"杜茜，我们之间或许有些误会，咱们谈一谈，但求求你不要伤害我。"

"误会，好吧，误会……哈哈，现在你怕了，来求我了，到底是谁伤害谁了，为什么，你为什么总要和我过不去，为什么总要伤害我？"那张惨白了面容狰狞起来，显得更加可怕。

"我伤害你？"林婉欣疑惑了，"杜茜，我怎么伤害你了？我们是好朋友啊。"

"好朋友？是你认为我们是好朋友，其实你心里根本没拿我当好朋友，你不过是拿我当片绿叶，用来衬托你这朵红花的吧。"

"这……这从何说起？"

"从何说起？那就从头说吧。"

"从头？我们是从小就认识的好朋友啊。"

"没错，我们从小就认识，从小在一个院里长大。从小你就比条件好，比我漂亮，比我会说话，比我会讨大人欢心，而你，却又非常享受把我比下去的感觉。"

"我……"

"洋娃娃非要买比我大的，新衣服非要买比我漂亮的，就连生日蛋糕都要比我的多一层，然后呢？然后还要装出和我很要好的样子，要我玩你的娃娃，穿你的衣服，多分几块蛋糕给我……。"

"杜茜你真是误会我了。"

"上了学呢，你学习比我好，比我有气质，唱歌跳舞弹钢琴样样拿得出手，你是校花，是万众瞩目的明星。即便这样，你还要和我比，每次考完试你都要问我考了多少，你拿了什么奖状都要给我看，你去电视台录节目还要我陪着你去。"

"我们不是好朋友吗……"林婉欣低声说着。

杜茜走近了一步，狰狞的面容恢复了死寂。

"哼，好朋友？你不过是想有个伴，有个能够被你比得一无是处的伴。我明明不喜欢游泳，你却总拉我去泳池；我明明告诉你我喜欢陈宁雨，而你……而你却开心地在我面前读他写给你的情书，完全不顾我的感受。"

"对不起……我……"

"我的父母总是说，你看人家林婉欣如何如何；我的老师总是说，你看人家林婉欣如何如何；我的同学总是说，你看人家林婉欣如何如何。我一生都活在你的阴影里！"

"我不是有意的，对不起。"

"我不得不压抑自己的嫉妒和怨恨跟你做朋友，假装像别人一样崇拜你，忍受着你的颐指气使，忍受你的虚情假意。"

"没有，杜茜，我是真拿你当朋友。而且，你当时也没有别的朋友啊。"

杜茜没有答话，自顾地说下去。

"别的地方我比不了你，我只能拼命地学习，学习。然而高考还是没有考过你。"

"那你也不是考上北大了？北大心理多好啊。"

"我第一志愿是经济好不好？被你占去了名额！进了大学你继续拉我做闺蜜，又开始了高中的那一套。"

"我不是怕你寂寞吗？说实话你性格有点孤僻啊。"

"那一年，那一年我终于认识了一个可以改变我命运的人，一个我深爱的男人，我愿为他付出一切，然而……"

"我……"林婉欣突然意识到了什么，一种不祥的预感笼罩心头。

"然而你又毫不留情地将他夺走。"

"我……"

"我为什么要介绍你们认识？你这个妖精，你这个恶魔！"

"不……不……"

"那么多男人追你，你一个都看不上吗？为什么非要抢我的，为什么非要伤害我？"鬼魅般的身影颤抖起来，似乎在缓缓地靠近林婉欣。

"不……我不是有意的，他追得我，他爱我不爱你，你懂吗？他不爱你。"林婉欣此刻也歇斯底里地喊起来。

"我不管，我爱他，是你勾引他，是你！"

林婉欣的双腿已支撑不住，她只能紧紧靠在树干上以使自己不至于瘫坐下来。

"但是你，你并没有生气啊，你还……你还和我们一起玩。"林婉欣的话语再次软下来。

"你知道我每天伪装成那样有多难吗？每个夜晚我都是以泪洗面，我恨他，我更恨你。"

"你为什么不说呢，当时为什么不说出来？"

"从小到大我说过你吗，我的话有用吗？大四你拿到了哥伦比亚大学的奖学金，就要和他一起出国双宿双飞……"

"你不是还祝贺我们吗？对了，你还让我们陪你去韩国游玩呢……"

泪水混合着汗水沾湿她的面颊，惊恐混杂着愧疚侵蚀她的内心，那段本已尘封的往事像倾洒的香水般在脑海中弥漫开来。

一辆现代索纳塔在山路上飞驰，道路两边时而林木葱茏、时而峡谷陡峭，一男两女坐在车上，开车的女子戴着墨镜和口罩，后座坐着一对男女谈笑风生。

"我说杜茜，你行不行啊，刚做完手术不好好休息还要开车？"男人搂着女友，笑嘻嘻地问着。

"没关系的，明天就要回国了，我想体验一下在国外开快车的感觉。"

"要不你歇会儿吧。"

"不用，我不累。"

"好啦，你就让她开吧，她这人死倔死倔的你又不是不知道。"女人在男人怀里咯咯地笑着。

"喂喂，杜茜你这飙秋名山呢？慢点啊，这路边有的地方挺深的，你小心点。"

"没事，今天我特别高兴。你们现在不觉得闷吗？"

"嗯嗯，还真有点。"男人摇下了车窗，一阵劲风夹带着泥土的芬芳冲进车厢。

"空气好新鲜啊，好像快要下雨了。"后座的女人把头靠在男友身上。

"哈哈，等咱到了美国，我带你去洛杉矶兜风。"

二人亲昵的身影映照在中央后视镜上，开车女子嘴角露出无法察觉的微笑。突然前方出现了相向而来的一辆货车，女子心中一慌，猛打方向盘，然而过快的车速使得车辆失去了控制，一头冲过路堤，翻下山坡，冲进了树林。

不知何时到来的雨水浸湿了林婉欣本已麻木的身体，她长长地吐了口气，透过模糊的双眼，看到对面那个单薄的身影一步步向她走来。惨白的面容毫无表情，手中的石块高高举起。

"哈哈，哈哈……"林婉欣突然狂笑起来。

那个身影被林婉欣莫名的笑怔住。

"这不过是个梦，不过是个梦，杜茜，我不怕你，我想起来了，我全都想起来了。杜茜，我不怕你，因为你已经死了！"

那个身影一颤，后退了一步，石块落地。

"你忘了吗杜茜，我们在韩国游玩时出了车祸，我们翻下山坡，你和我男友死了，都死啦！"

那个身影呆呆地立在原地。

"我受了伤，往昔的记忆也逐渐模糊，现在我想起来，哈哈，我不怕你，杜茜，我不会再怕你了。"

孟小冉长出一口气，疲惫地坐回沙发。她看到林婉欣的身体放松下来，面容安然地躺在沙发中沉睡。

原来杜茜已经死了，看来在林婉欣的内心深处，她知道她是对不起杜茜的，杜茜和她男友的死对她的打击太大。杜茜认为她是自己的人生阴影，没想到最后她却成了林婉欣的人生阴影。孟小冉感叹着，把杯中的酒一饮而尽。现在，林婉欣应该已经做好准备迎接新的生活了。

"杜茜，我再也不会怕你，虽然我对不起你，但往事就让它随风而逝吧，你不会再纠缠我了。"孟小冉一字一句慢慢地说着。

大雨已停歇，东方显现出一抹朝霞，林婉欣挺直身体，直视对面的身影。那个身影像在寒风中颤抖的枯叶，一点一点向后退去。

"杜茜，这一切都是你对我的误会，我一直把你当好朋友，如果有的事伤害你了，真的对不起。"

杜茜细长干枯的双手捂住了惨白的脸，似乎不愿接受这一切。林婉欣的心中突然迸发出一种神奇的力量，这力量使她径直向杜茜走去。她坚定了来到杜茜面前，双手搭住她的双肩，"原谅我吧，请你原谅我。"

"哈哈哈……"怪异的笑声从双手遮盖的面容中发出，林婉欣一怔，双手触电般迅速逃离杜茜的身体。她惊恐地望着这个长发幽灵，寒意再次爬上她的心头。

"你，你不是杜茜，你到底是谁？"那个笑声如此熟悉，熟悉得让人绝望。

"我是谁，我是谁你都听不出来吗？"遮盖面容的双手慢慢放下，是的，是那张恶魔般的脸。那张脸鬼魅地笑着，眼神中射出凶光。

"怎么是你！"林婉欣颤抖中不断后退，再一次靠回树干。

"这次你够能耐的，一个人到市区来了哈，来看心理医生了啊，我是怎么告诉你的？"

"不……不，我只是来逛逛市场，她是我的高中同学而已。"

"是吗？哈哈，今天见同学，明天就会见情人，我知道你们这种女人的伎俩。"

干枯瘦弱的身影消失不见，取而代之的是高大威猛的躯体。恶魔两步就来到可怜人的身前，眼中的怒火似乎要把她焚烧。

"不，不，我一个人太寂寞了，只是想找人聊聊……"

"哈哈，寂寞，你这个臭不要脸的，"一击势大力沉的巴掌挥出，"和我还聊不够啊，还想找哪个野男人聊？"

林婉欣的脸被狠狠地扇向一边，男人满意地望着她。

"哈哈哈……"笑声从林婉欣渗血的嘴角发出，她缓缓转过头，怒视着男人的眼中挺立着坚毅。

"你……你笑什么？"男人一怔，吃惊地望着林婉欣，语调已经露怯。

"你就只会这些吗，发脾气打女人，其实你就是个懦夫。"·

"没人敢叫我懦夫！"男人怒吼。

"你吼吧，我不怕你了，不管你是杜茜还是他，我都不怕你。我要和你离婚，离婚！"

"离婚？哼，离了我你怎么活？英语你能说利索吗？哈哈哈……"

"我要报警，我要找律师，这，就是证据。"林婉欣扯掉脖子上的纱巾，露出青紫的斑痕。

男人的脸扭曲着、颤抖着，他怔怔地看着林婉欣，突然伸出双手抓住她的双肩，"不，婉欣我错了，我控制不住我的脾气，不要离开我，但我是真的爱你，我不会再打你了，不会了。"

林婉欣奋力挣开男人的双臂，"你以为我还相信你的这些鬼话？"

"求求你再给我一次机会吧！"

"我只求你离我远一点，我不会再做你的奴隶了！"

"林婉欣，你不要逼我！"男人眼中再次射出凶光。

"你要干什么？"

"我是不会让你离开我的，除非你死了！"男人再次伸出双手，但这一次，两只大手直奔林婉欣的咽喉。

林婉欣拼命挣扎,但力不从心，大手紧紧掐住她的脖颈，让她窒息。

暴雨如注，林下阴暗无比。

突然间，林婉欣右手中像是多了一件东西，她奋力一挥，直击男人的面门。

"啊！"男人松开双手，捂着左脸。

林婉欣低头看着自己的右手，手中沉甸甸的，那是一个石块。

"砰！"

石块砸向了男人的后脑，男人哼了一声仰天倒下。

林婉欣走到男人身前，低头看着这个抱头扭动的身躯。她开心地笑着，像是在欣赏一出闹剧。突然这柔弱的身形低身单膝跪在男人身边，双手将石块高高举起。

"林婉欣你在干什么？"孟小冉惊讶地望着睡梦中的林婉欣，这突然而来的攻击并不在她的预料之中。

"我要杀了他，我要砸死他！"林婉欣恶狠狠的语调让心理医生不寒而栗。

"别这么做，你需要的只是离开他！不要杀他！"孟小冉抓住林婉欣冰凉的手。

雨水顺着林婉欣的脸颊滴落在泥土中，此时她已面无表情，机械地举起石块向男人的脸上砸去。男人的身体抽动着，抽动着，逐渐僵硬。

一下，两下，三下，林婉欣没有停止，石块不断举起，下落。

突然，林婉欣大叫一声，她像被一道闪电劈中，举起的石块停在半空。

"怎么了林婉欣，林婉欣，发生什么了？"孟小冉起身轻轻摇晃林婉欣的肩膀，焦急地看着她。

"怎么会，怎么会，他呢，他人呢？我杀的不是他，这不是他的脸！"

"你看到谁了？看到谁了？"孟小冉似乎也要控制不住自己。

"我自己，我杀的是……我自己。"林婉欣低声说着。

雨水虽然模糊了双眼，但她仍然清晰地辨认出躺在草地上那张惊恐的脸，那是她自己的脸。

"对不起，我不是有意的，没想到伤害你了，对不起。"泥土中青白的嘴唇一动一动，说出低微的话语。

林婉欣好像无法控制自己的双手，停在空中的石块再次落下，击中那张她自己的脸。

不对，肯定哪里不对。孟小冉喃喃自语，为什么林婉欣突然显露出暴力，为什么她老公变成了她自己，为什么她要杀死她自己？这只能说明，在这个受虐者的记忆深处，还有更加隐蔽的秘密。

"雨停了，天晴了，林婉欣，醒来吧，醒来吧。"孟小冉坐回沙发，挺直身体直视林婉欣，"阳光洒在你的身体上，昨晚的阴霾早已散去，那不过是大梦一场。你醒来了……醒来了……"

林婉欣的呼吸再次平复，紧握的双拳也慢慢放松。孟小冉却更加紧张，她双眉紧锁、双手十指交叉放在胸前，大脑飞速地思考着。这不应是外伤导致的遗忘，那段失去的记忆是被刻意埋葬，林婉欣，你到底做了什么？对，那场车祸，那场车祸没有那么简单。孟小冉低头看看手机，心头一惊，她的催眠已近50分钟，没有太多时间了。

"林婉欣，林婉欣，你醒了吗？"孟小冉轻声问着。

林婉欣长长地吐了口气，"哎，刚才睡了好久。你是谁？"

"我是杜茜啊。"孟小冉犹豫片刻后说道。

"杜茜？杜茜……你不是死了吗？你已经死了……"

"林婉欣你怎么了，你睡糊涂了，咱们还没到呢，应该快了。"

"到哪，这是哪里？"

"山路上啊，你不是一直想进山玩吗？"

"哪的山路？"

"首尔附近啊。"

　　林婉欣揉揉双眼，发现自己躺在汽车后座上，驾驶座一个人转头望着她。这人戴着太阳镜和棒球帽，一副宽大的口罩遮住面部，间隙处可以看到厚实的纱布。

　　"哦，杜茜啊，哎，刚才做了一个噩梦，还没到啊？"林婉欣转头看看四周，"车怎么停这了，他呢？"

　　"哦，他去路边方便了，嘿嘿。"

　　片刻后，男人上车，把林婉欣搂入怀中，"亲爱的醒啦。"

　　林婉欣用额头摩挲着男人的面颊，"嗯，刚才做了个噩梦，吓死我了。"

　　男人顺势亲吻她的红唇，"别怕有我呢。刚才肯定是车里空气不好，睡觉的时候憋的，我把车窗打开透透气。开车吧杜茜。"

　　"空气好新鲜啊。"林婉欣贪婪地呼吸着带着泥土芬芳的山区空气。

　　杜茜抬头看看天色，"好像要下雨了。"

　　"没事，到山上咱们就进酒店休息啦。"男人说，"杜茜你推荐的这地方还不错，就是远了点，太阳都要下山了。喂你别开这么快啊，当秋名山呢？"

　　杜茜没有答话，突然在一个弯道后，迎面驶来一辆货车，杜茜有意闪躲，然而过快的车速导致车辆失控，瞬间冲出路堤，冲下山坡。

　　林婉欣尖叫一声，眼前一片漆黑。

　　不知过了多久，她感觉自己被人拖拽着。她费力地睁开眼，伴随着雨水扑面而来的，还有那张看不出本来面目的脸。

　　"杜茜，我们是不是翻车了，你还好吧，他人呢？"林婉欣浑身疼痛，四肢不听使唤。

　　"这就是系安全带的好处啊。"杜茜的语调显得幸灾乐祸。

"杜茜你怎么……他在哪？"

顺着杜茜转头的方向，林婉欣的视线穿透雨幕，落在不远处伏地的一个身影上。

"他怎么了，你快去看看。"

"车窗开着，他被甩出去了。刚才还有口气，现在怕是已经凉了吧。"

"啊，不，快叫救护车啊，快救救他。"

"哼哼，刚才他还叫着你的名字，我不想听，就把他的嘴和鼻子捂上了。"

"什么？你说你杀了他？不，为什么，为什么？"

"我恨他，明明是我的男人为什么要跟你在一起，我更恨你，是你夺走了他！"

"不，你误会了，我们是真心相爱的。"

"我呸，你从小就跟我比，从小就抢我的东西，连我的爱人都不放过，如今你们还想去美国双宿双飞，做梦去吧！"杜茜高举双手，手中的石块像她的内心般阴冷漆黑。

"你要干什么？"

"干什么，送你和他团聚，你们不是发誓一生一世在一起吗？"

石块落下。

这石块重重地砸在孟小冉的心间，她身上每一个细胞都像浸入寒冰，诊室内一片死寂，她听得见自己的心跳。

"你到底是谁？"孟小冉的声音和她的身体在一起颤抖。

杜茜不想再看林婉欣那血肉模糊的脸，她从林婉欣的包中翻出护照，顺手把自己的护照放入这包中。她翻开护照，擦了擦被雨水打湿的照片，低声说道："我是林婉欣。"

泪水滚落孟小冉的双颊，她呆坐在沙发上，脑海中翻腾着整件事情的前因后果，如同她自己曾经经历过一般。

杜茜来韩国把自己整容为林婉欣的模样，制造了一起交通意外杀死二人，毁了林婉欣的容貌，取代了她的身份。有当事人作证，看来警方并没有深究。

这就是女人的嫉妒和怨恨，吞噬了两个人的生命，毁了一个人的一生。

"林婉欣"跪在泥水中，雨滴和泪水在她的脸上肆意流淌。她盯着手中的护照，一遍一遍地低声自语，"我是林婉欣，我是林婉欣，我什么都不记得了，我什么都不记得了。"

"林婉欣"变成了林婉欣。

她把自己催眠了，封存了这段记忆，外人肯定以为她因车祸而失忆，看来她真是做了很久的准备。孟小冉心中汹涌澎湃，她震惊、她恐惧、她无助，该怎么办呢？坐视不管再次封存她的记忆，让她回到那个男人的控制之中，也许她会继续饱受欺凌，也许她会以暴制暴，还是将这一切公之于众，让她等待正义的审判？这些真不应该是一个心理医生能够决定的。

"林婉欣，刚才的这一切不过是场梦，是一场荒诞不稽的噩梦。"孟小冉刚说到这里，手机突然响起来。糟糕，催眠已经一个小时，她随时会醒来。此刻这位资深的心理医生也不禁慌乱起来，她加快了语速，音调也不自觉地提高，"林婉欣，你就是林婉欣，你从来没有伤害过任何人，今后也不会有任何人伤害你，醒来吧，你将忘记这场噩梦，你将迎来一个新的开始……"

孟小冉说到这里，发现林婉欣的呼吸急促起来，手指也在微微颤动，"林婉欣，林婉欣？"孟小冉起身抓住她的手，轻声呼唤。

　　林婉欣长长地吐了口气，许久后才慢慢睁开了眼睛。她惊讶地望了望眼前的孟小冉，又转头环视了一下四周，眼神中充满着疑惑。

　　"这是哪里，你是？"

　　孟小冉好像此刻比她还要紧张，她仔细观察着初醒者的神情，尽量控制住自己的情绪，"林婉欣你忘了吗，我是孟小冉啊，我请你来我诊室聊天来着。"

　　林婉欣在努力回忆着，"哦，是吗……"

　　"你是不是太累了，聊着聊着你就睡着了，我没忍心叫醒你。"孟小冉坐回沙发，不想让林婉欣察觉到自己的焦虑。

　　"哦，我想起来了，孟小冉啊，不好意思，我睡了多久了？"

　　"哦，也没多会儿，你还困吗？要不再躺会，我这很舒服的。"

　　"不了不了，我感觉好多了。"林婉欣把盖在身上的外套轻轻放在一边。

　　"再喝点水吧。"孟小冉起身去倒水，也给自己加了点酒。

　　"谢谢啊。"林婉欣也起身，"躺了好久腰都酸了，活动活动。"说罢便离开沙发，缓步走向孟小冉的办公桌。

　　"我们刚才都聊了什么来着？"

　　"就是叙叙旧，说说近况，也没什么。哎，要不在我这吃晚饭吧，附近有个披萨店不错，我打电话订外卖。"

　　孟小冉倒好水，回头看见林婉欣倚靠在办公桌旁望着自己，便端着杯子来到她面前。

　　"谢谢你了，我还得回家给老公做饭。"林婉欣右手接过水杯，"对了，我刚才睡着的时候没说什么吧？"

　　两个女人双目直视，似乎都想从对方的目光中发现什么。

　　孟小冉一笑，"没有啊，难道你有说梦话的习惯吗？"

林婉欣也笑笑。

"现在你诊所没有人吧?"

"是啊,上午我就让秘书回家了。"

"没有人知道我来这吧?"

听到这话,孟小冉的心猛地跳了一下,她下意识往桌面上一瞥,立马感到一股寒意袭遍全身——印章旁那把裁纸刀不见了。

"啊,是的呢……"

"哎,你别误会,我是怕我老公知道,他那个人嘛,疑心重。"林婉欣说着离开办公桌,走回沙发坐下,"小冉,我有些心里话想和你说说。"

"哦,是吗?好啊。"孟小冉也坐回沙发,"我可是个很好的倾听者呢。"

林婉欣叹了口气,把水杯放在茶几上,"我知道你是特别善解人意的人,也能够保守秘密。"

孟小冉点点头,"你放心,我不会说出去的。"

"哎,曾经有个女孩,大家说她很美丽很单纯,说她有一个很好的朋友,一个很爱她的男友,说她的前途一片光明。"林婉欣低声缓缓地说着,"但是一场突如其来的变故让一切美好都破碎了,除了记忆,她似乎还失去了很多很多,然而令她更加痛苦的是,她甚至都不知道究竟自己失去了什么。从此以后,整个世界的大门便向她关闭了,她放弃学业、抛却亲人、远离朋友,把自己封闭在狭小的精神世界中。也许用不了多久,她就会郁郁而终。"

"就在她心灰意冷之时,她的生命中迎来一抹阳光,一个风度翩翩的男人从天而降,他高大英俊、潇洒帅气,他机智幽默、温柔多情,他给了女孩春天般的温暖,带她走出阴霾。女孩深深爱上了他，不顾一切，随他远嫁异国他乡。

"她将她的全部都给了这个男人，没有任何生存能力的她甘心做他的奴仆，男人成为她人生的全部。

"可是，令她万万没想到的是，这个天使，他的另一面其实是恶魔。他牢牢地把她拴在身边，不许她有自己的想法，不许她社交，她做的一切都必须在男人的掌控中，稍有不如意便拳脚相向。"

两滴眼泪缓缓下坠。

"男人肆意欺辱她，然而这一切都被包装在爱的名义下。时间的流逝不仅没有减缓恶魔的残酷，反而变本加厉。她一直没有怀孕，这又成为男人欺凌她的借口，她无法忍受但又无法逃离，她不知道世界没有了这个男人她将何去何从。

林婉欣凝视着桌上的梅花，这梅花似乎也映入孟小冉的双眼化为泪花。

"你看这梅花，一朵一朵兀自开着，就像她心头一滴一滴的鲜血。"林婉欣的目光转向身边的孟小冉，"她很羡慕你，羡慕曾有个拯救者从天而降将你拉出这无尽的炼狱，羡慕有个真心关心你的人让你思念，尽管你们无缘相守，尽管你们各自天涯，但她相信你仍能够感觉到他的呼吸、他的心跳。

"看，他就在站在你的面前，或许，他从未离去，他一直在等着你，等着你心中的阴霾彻底飘散的那一天。"

孟小冉目光凝滞、面无表情地望着茶几上的梅花，像是在远眺遥不可及的幻影。

林婉欣缓缓起身，把身边的那件外衣轻轻披在孟小冉身上，随后附身在她耳边低语，"你太累了，睡去吧，睡去吧。一觉醒来，你就会忘记关于我的一切，从来就没有什么林婉欣。孟小冉，你下午只是在办公室沉睡，睡梦中你又见到了那个他，你对他说，'感谢生命中曾有你的陪伴，我现在过得很好，希望你也一样幸福。'"

"我很幸福，我有一个爱我的妻子，我有一个可爱的女儿。虽然许久没有联系，但我知道你在以你自己喜欢的方式生活着，我尊重你的选择，我为你高兴。"

楚心天仍是当年意气风发的模样，厚厚的镜片挡不住他锐利的目光，但孟小冉感受到的却是似水的柔情。

"对不起师兄，原谅我当年的不告而别，不是我不爱你，只是我不敢接受，我无法面对你……"

"不，小冉，不要说了，我都明白。帮助你脱离苦海，是我一生中做得最正确的事。看到你重新开始，又是我一生中最为快乐的事。其实当年我知道你在哪里，但我已没有信心去寻找你，也许我再坚持一步，结局就会大大不同。这，就是命运吧，或许它不仁慈，或许它不公平，但至少我们都幸福着，对吗？"

孟小冉不想再抑制眼中的泪滴，任它肆意地在面颊流淌。两人相互凝视，共同的话语在他们心中激荡：

没有珍惜曾经摆在面前的真挚情感，上天也不会再给我说出那三个字的机会，一万年的期限更是烟消云散。在最好的年华错过你，是我今生最大的遗憾，这刻骨铭心的遗憾必将伴随我的一生，直到永远。

当孟小冉从睡梦中醒来时，窗外已是夕阳西下，晚霞给这寂静的房间镀上了一层迷人的金黄。她擦擦脸上尚未干涸的泪水，再一次望着那瓶梅花。点点梅花是深深的悔恨，是浓浓的思念。对，我们都幸福着，这就是上天最好的安排吧。

孟小冉拿起茶几上唯一的一只玻璃杯，将杯中酒一饮而尽。她拿下披在身上的外衣，起身走向书桌，突然一道亮光刺入双目，她顺光线望去，原来是桌上那把裁纸刀反射的夕阳。

孟小冉来到桌边，把裁纸刀放进抽屉。她抬头环视了一眼房间，目光凝重但坚定，一丝不易察觉的微笑出现在她的嘴角。"无一物"三个大字映照在"心"字的玻璃框中，使她感慨万千。该忘却的就忘却吧，让痛苦的往事随风而去吧。然而有些事不能忘却，也不应忘却。她拿起手机，不假思索地拨出了那个电话。

犹在镜中

　　林紫怡深坐在黑暗中，默然地凝视着倾泻在室内凌乱地板上的惨白月光。虽是盛夏，她却被挥之不去的凄冷之气所缠绕。临近午夜，最难将息。

　　在《声声慢》般的哀怨中，林紫怡缓缓起身来到窗边。婵娟夜色令人黯然神伤，但见她蛾眉再蹙，泪痕再湿，心恨再起。

　　恨谁呢？恨同居三年的男友另寻新欢始乱终弃，还是恨相貌平平的自己人老色衰无甚魅力。总之，在狼狈收拾行李仓皇出走的那一刻，她已经把悲伤留给了自己，从此以后也再没有快乐起来的理由。

　　换了工作、租了新房，搬了新家，在经过一天劳累后，她终于有了一个暂时属于自己的小小港湾。然而奔波疲劳怎能抹杀记忆，夜深人静时，那个人的身影再次浮现心头。

　　你不会想起我，我也不会忍住悲伤。窗边的林紫怡任由眼泪在面颊流淌，也许泪流干了，心就不再滴血。

　　她转过身走向睡床，目光不经意间扫过白墙，再次被那面硕大的穿衣镜所吸引。她在椭圆形的镜前驻足，仔细注视着厚重象牙白镜框上缀满的巴洛克风格的繁复雕花，此时她的整个身影都映入镜面，被这些雕花所围绕。抚摸着镜框，林紫怡的指尖传来一股丝滑而冰冷的感觉。贴近镜框她才发现，各式复杂的雕花由蜿蜒缠绕的枝蔓所连接，期间还点缀着几只蝴蝶。镜子顶部，一位体态丰腴的裸体女神横卧于花丛中，身旁一个可爱的小天使依偎在她腿边，开心地笑着。

一种难言的典雅与高贵之气暂时冲淡了悲伤，林紫怡诧异于这面装饰奢华的衣帽镜竟然在这小小的出租房内出现，其在房间中与清一色宜家风格简约冷淡的家具显得那么违和。林紫怡孤单寥落的身影映照在这堂皇宽大的镜面中，反而给自己平添了几分感伤。她觉得自己仿佛是欧洲中世纪遭人遗弃的怨妇，独自在幽深的城堡中自怨自艾，就连那镜框上美丽的爱神母子，都似乎在偷偷嘲笑她的境遇。

据中介所言，这是身在美国的房东唯一遗留下来的物品。林紫怡好奇这面镜子了来历，但她更感谢这位不曾谋面的奇怪房东。在这环境清幽又交通便利的小区居然能租到如此廉价的一居室，不得不说是一个奇迹。也许，自己的悲惨遭遇得到了命运女神的怜悯，也许，是上帝给予她些许的补偿。总之，她的条件符合了房东定下的种种苛刻要求，令中介也感叹于她的幸运。

她把目光从镜框转向着镜中的自己，不出意料，镜中的自己憔悴凄迷。爱情究竟是精神鸦片，还是新世纪的无聊消遣。在这不开灯的房间，林紫怡的思绪在一点一点沉淀。恍惚中，她觉得自己不再是人老珠黄的怨妇，而是一位娇艳欲滴的公主，正在镜前梳妆，等候自己心中白马王子的到来。"不！不！我宁愿做那个邪恶的皇后。魔镜魔镜告诉我，世界上最美丽的人是谁？"

林紫怡入戏般对着镜子自说自话，她缓缓脱去睡衣，凝视着镜中自己。

"唉，世界上最美丽的人反正不是我！"

难道女人过了三十青春就一去不归吗？她摘下眼镜靠近镜面仔细打量。那张自以为清秀的脸庞或许因月光的映衬显得苍白，一双不大的眼眸仿佛也失去了当年的神采，而略微浮肿的眼睑和发暗的眼圈完全暴露了挥之不去的疲倦，眼角似乎也泛起了几道细纹，与干涩的嘴唇一起，彻底宣告了与少女时代的诀别。

时间的烙印不只镌刻在脸上，林紫怡戴上眼镜，目光忍不住向下游走，尽管不想承认，但是原本令她引以为傲的胸部也失去了当年的锐气，没有了内衣的承托，乳房失去了抵抗地心引力的力量，如同过了盛花期的玫瑰，萎靡之态溢于言表。那愈发隆起的小腹，仿佛一道道利箭，刺痛着林紫怡本就脆弱的内心。

她把目光强行拽离镜面，迅速穿上睡衣，一头扎进被窝，妄图依靠睡眠驱走伤痛。然而事与愿违，青春的流逝唤醒了内心深处的焦虑，一时忧愁烦恼涌上心头，她顿时又清醒起来，起身再次来到镜前。

随着时间的流逝，冷清的月光业已悄悄移步在光滑的镜面上，映衬得镜框更加惨白。疲乏但却毫无困意的林紫怡捋了捋凌乱的长发，不禁长长出了口气。

"最是人间留不住。"林紫怡低声叹道。

"朱颜辞镜花辞树。"一个轻柔温婉却清晰的声音飘入她的耳朵，声音不大，但在这寂静的月夜不亚于耳边的一声惊雷。林紫怡打了一个寒战，紧张地向四周张望，怀疑过度的悲伤使自己出现了幻觉。

"林紫怡，是该梦醒时分了。"充满磁性的声音再度响起，当林紫怡可以确定此声并非幻觉时，一道电流从她的头发梢刹那间一直劈入脚趾尖，全身的血液瞬间凝固下来，只留下心脏无用地狂跳不已。

恐惧轻易攘走了忧伤，林紫怡慌忙奔向房门打开顶灯，而后小心翼翼一步一步靠近镜子前，探头向里望去。

镜中的她垂手站立，缓缓转头望向自己微微一笑，"不要怕，我不会伤害你的。"

林紫怡眼睁睁地看到镜中的自己说了话，那淡淡的笑靥，那开合的嘴唇，真真切切映入她的眼帘。此时她的大脑已经失去了思考的能力，无法判断眼前所见是否虚幻，只能呆呆地站在镜前，木然地望着自己的镜像。

"林紫怡，不要怕，我是一面有魔力的镜子。"镜中的林紫怡并不顾及真实的她如何反应，不慌不忙地说着，"我只是帮助那些需要我帮助的女孩，我能让她们变得更完美。"

林紫怡如梦初醒般"啊"了一声，如遭人迎面痛击般倒退了几步，然而当她看到镜中的自己依旧安稳地站立在眼前，两腿一软瘫坐在了地上。

镜中的她并不惊讶，如同波提切利名画《诞生于海上的维纳斯》般，安详而自信地望着瘫坐在地的林紫怡。

"林紫怡，看来我们非常有缘，谢谢你唤醒了我。"这个声音似乎很像林紫怡自己的，但更加温柔和深沉。

温柔的声音仿佛带着魔力，释放出莫名的安全感，使林紫怡平静了许多。她抬头小心翼翼地望向镜中那个既熟悉又陌生的自己，目光交汇的一刹那，林紫怡好像突然被注入了勇气，慢慢从地板上站了起来。

"你怎么知道我名字，我……我这是在梦里吗？"林紫怡站在原地不敢靠近，小声地说。

林紫怡悄悄冷静下来，小心翼翼地靠近镜子。镜中的她也在不知不觉中变为自己完美的镜像，使得林紫怡不免怀疑刚才是否是一段梦境。

镜中的她不紧不慢地说："我诞生在路易十四治下的法兰西帝国。在我诞生的那个时代，贵族小姐的头等大事就是结一门好亲事。伟大魔法师普雷利创造了我，并将我赠送给了他的恩人让·皮耶尔伯爵。在我的帮助下，四百年间皮耶尔家族有 7 位小姐嫁给了公爵，13 位小姐嫁给了侯爵。"

林紫怡听得目瞪口呆，片刻后才问道："那你……那你怎么又来中国的？"

"自 19 世纪末，皮耶尔家族多年没有女孩出生，我也被渐渐遗忘。二战前我被带到美国，而皮耶尔家族逐渐衰败，不久后我便被卖给了一个华裔富商，十多年前他的后人将我带到了中国。"

女人的好奇心终于占据了上风，不知不觉中她逐渐靠近镜面，"那我能问一下，你是怎么帮助女孩出嫁的呢？"

"我能提供衣着打扮、行为举止的建议，以及取得男人喜爱的方法。"

此时林紫怡已经放下戒心，听到这里不禁摇头，"几百年前法国贵族那一套早都没用了吧。"

镜子依旧淡然地说着，"不要小看魔法的力量，我也是随着社会的发展不断学习的。另外，最重要的是，虽然我无法直接改变男人的情感，但我可以对女孩进行一些小小的改造。"

"什么改造？"

镜中的她神秘一笑，"简单说吧，让你更加年轻漂亮。"

"魔法整容吗？"女人的天性让林紫怡暂时忘记了忧愁。

"也可以这么说吧，但只是细节上的调整。"

林紫怡心头一动，刹那间联想起自己的境遇，都说越长大越孤单，越长大越不安，容颜的逝去带给她的是凄楚的不安全感，使她担心幸福是否还会将她眷顾。

"男人，都是视觉动物。"看到林紫怡陷入沉思，镜子接着说，"一朝春去红颜老，花落人亡两不知。只有永葆青春，才能留住男人的心。"

林紫怡并没有继续谈论这个话题，转而问道，"你不是法国古镜吗，怎么知道这些中国古诗词？"

"我的中国主人可是位传统文化爱好者。"

镜子似乎察觉到了林紫怡心中的悸动，轻声问道："怎么样，想不想尝试一下？"

变，还是不变呢，林紫怡看似平静的外表下其实心潮澎湃。结束恋情，辞了工作，是不是应该以一个崭新的面貌迎接新的生活。

"如果你觉得无法接受，我可以随时把你变回来。"

既然这个美丽的机会摆在眼前，还是去好好珍惜。

"好吧，那我试试。"

"很好，"镜中的林紫怡微微点头，"请取下眼镜，闭上双眼。"

林紫怡忐忑不安地拿掉眼镜闭上双眼，还没来得及多想什么，就听见魔镜那充满磁性和自信的声音说："可以睁开了。"

当林紫怡清晰地看到镜中的自己，她的心顿时狂跳起来。没错，这是自己，但是，却又不是自己。

首先让她眼前一亮的是睡衣下的双腿好像纤细了许多，又白又长让她惊喜不已。尽管没戴文胸，宽松的睡衣还是被胸前的双峰撑起，她明显感觉到了那令人欣喜的沉重感。林紫怡立即脱掉睡衣，再次看着自己的身体，她差点叫出声来。原本隆起的肚子又平坦如初，腰间的赘肉也全然不见了踪迹。她情不自禁地伸手摸了摸略微显形的人鱼线和明显变浅的肚脐，而后又目光转向了镜中自己的容颜，而此时这张脸似乎也具有了魔力，她缓缓地靠近镜面，半晌呆立不动，出神地凝视着镜中的面孔。

那张面孔既熟悉又非常陌生。首先，这绝对是她自己的脸，任何认识她的人都不可能认错，然而，它又仿佛不是那张脸，它更加的精致和清秀。没有了眼镜的遮挡，一双清澈的大眼注视着自己，原本不甚明显的卧蚕清晰起来，与长长的睫毛一上一下衬托得双眼炯炯有神。几年前文过的眉形已没了痕迹，取之以更加秀美舒展的双黛。眉眼间的鼻梁通直挺拔，以完美的弧线终结于俏丽小巧的鼻头，鼻下双唇饱满红润，嘴角、眼角都微微上翘，显出几分的调皮可爱。原令她不满的略微臃肿的下颌，现在也似抽脂般显露出优雅的"V"字曲线。伸手轻轻触碰面颊，肌肤也细腻光滑许多，隐藏在眼角的细细鱼尾纹已经彻底消失，而本不甚明显的法令纹此时已不见了踪迹。

林紫怡感觉自己仿佛重获新生，惊喜、兴奋、紧张，甚至有一丝莫名的恐惧。她倒退了两步，打量着镜中自己的全貌，身体不由自主地轻轻颤抖。

"感觉如何？"镜中美丽的自己微笑着问道。

林紫怡顿时觉得自己苍白的言语根本无法表达内心复杂的感受，她沉浸在莫大的兴奋中，如同那个自恋的那喀索斯般在镜前一遍遍地端详自己。

当林紫怡在突如其来的巨大惊喜中逐渐清醒后，她才意识到自己在"外人"面前赤裸着，羞赧中她急忙穿起睡衣，长舒一口气。

美丽已经来临，幸福还会远吗？让昨夜星辰化作昨夜风，明天将是一个新的开始。

林紫怡还在憧憬未来，魔镜温柔地说："很晚了，早点睡吧。我们法国有句老话：充足的睡眠是'美丽'的乳娘。"

林紫怡这才看到手机上的时钟已近12点。一想到明天将要面对新的工作，她激动兴奋的心境不免又笼罩上些许的不安。

"好吧，我先睡了，真是谢谢你了！"

镜中的她含笑点头，轻声说："Bonne nuit！（法语：晚安）"

林紫怡还在琢磨魔镜说了什么，就发现镜中的自己已经恢复成为单纯的镜像。

她突然觉得仿佛做了一场大梦，脱衣倒进被窝，怀着复杂的心情入了眠。

数天后的一个夜晚月朗星稀，然而这次惨白的月光仿佛失去了原本的萧索之气，无力洞穿林紫怡小屋薄薄的窗棂。

化茧成蝶的林紫怡此时正站在巨大的魔镜前，兴致高昂地欣赏着镜中自己的倩影。

"看，当时的月亮，曾经代表谁的心，结果都一样……"蓝牙音箱飘荡着歌者的靡靡之音，但这略带感伤的天籁丝毫未能影响听者愉悦的心情。

房间顶灯发出明亮但柔和的暖光，映照在林紫怡粉嫩的面庞上，更显出几分的娇艳欲滴。她涂了涂殷红的双唇，咂咂嘴，放下唇膏，看着镜中身穿一件优雅长裙的自己，露出满意的微笑。几天前的黯然神伤早已被抛至九天云外，此时的她，正沉浸在莫大的喜悦中。

蠓首蛾眉，巧笑倩兮，美目盼兮。原本一介凄楚可怜的弱女子在命运女神的垂青下，蜕变为楚楚动人的"硕人"。诗仙所谓"云想衣裳花想容，春风拂槛露华浓"，也许才能呼应林紫怡此时的心境吧。

魔镜魔镜告诉我，世界上最美丽的女人在哪里？她又情不自禁地对着镜子喃喃自语，模仿着邪恶王后的神情嫣然一笑。不过，此刻她已成为纯洁的白雪公主，等待着王子的到来。

"我愿顺流而下，找寻她的踪迹。却见仿佛依稀，她在水中伫立……"邓丽君幽婉缠绵的歌声飘来，激荡起林紫怡深深的代入感，她顿觉自己好似待嫁闺中倾国倾城的绝代佳人，有朝一日必将醉在君王怀。

"蒹葭苍苍，白露为霜。所谓伊人，在水一方。"

熟悉的声音再次出现，林紫怡心头一颤，兴奋地盯着镜中的自己，"魔镜，你又醒了？"

镜中的林紫怡又呈现出那种超然的自信与端庄，她淡淡一笑并不作答。

"好厉害，连《诗经》都知道，你可比厄里斯魔镜强多了！"林紫怡急忙关了音乐。

"这件长裙不错，很适合你。"魔镜并没有接话。

来自神秘力量的肯定使得林紫怡心花怒放。

"真是太谢谢你了。你一般什么时候出现呢，好几天没听到你的声音了。"

"魔法世界自有它的规则，很难解释，在合适的时间我自然会来找你。"魔镜淡淡地说。

"哦。"林紫怡不再多问，转移了话题，"魔镜，我明晚要参加一个晚宴，你觉得我这样可以吗？"

镜中的林紫怡嫣然一笑，"所谓一日不见，如隔三秋。看来你改变的不仅仅是容颜啊。"

镜外的林紫怡更加笑意盎然，"我前些天不是换了新工作嘛。"

"介意跟我说说吗？"

"好啊，那是家著名的网络公司，我本来竞聘的只是普通财务，上班第一天我怕迟到就去得特别早，到了公司就匆匆忙忙进了电梯，没发现那里的电梯是要刷卡的。我正发愁，电梯里有个帅哥就帮我刷了卡。到了人事刚办完入职，财务主管正带着我去工位呢，迎面就碰上了电梯里的那个帅哥——真的好巧，他原来是公司的副总裁。我后来才知道，他老爸是一家跨国公司的 CEO。"林紫怡对着镜子飞快地说着，完全注意不到自己那因兴奋而绯红的面颊。"他正好分管财务，巧的是他的助理前两天刚离职，就问我愿不愿意当他助理，所以，现在我就成了副总裁助理了。"林紫怡一口气说了这么多，停顿了一下看了看魔镜的反应。

镜中的她依然平静自若、不悲不喜，只是轻轻点点头，"看来美丽的容颜真能带来好运呢。"

林紫怡略带羞赧地捋了捋头发，"嗯，不过我的履历也还不错呢。他每天的日程表都满满的，我也是今天才有点时间去买了些衣服，明晚他要带我去参加一个晚宴。魔镜，你觉得我这样行吗？"

"你的眼光不错，这件长裙很适合晚宴。"

"啊，是吗？我闺蜜陪我挑的。"

"问题是你这双鞋的鞋跟有些低哦，6 厘米只适合日常工作，重大活动 8—9 厘米才合适。"

林紫怡低头瞧瞧脚下，又踮了踮脚。高处不胜寒，这双鞋她已经觉得难以驾驭，9 厘米恐怕……

"女人想要光彩夺目可不是一件容易的事。"

"好吧，我明天中午再去商场试试。"

"还有你最好穿隐形文胸，这件虽然不是完全露背，但是肩带容易显露出来。"

林紫怡摸摸内衣肩带，"好像是啊，明天去试试吧，我还从没穿过。"美丽所需要的付出使她心累，更使她欣喜。

若说懒起画蛾眉，弄妆梳洗迟是因无人欣赏，而绣罗衣裳照暮春，蹙金孔雀银麒麟则为心有所属。此时的林紫怡如同被注入了巨大的能量，在奔向未来的日子中，一往无前。

"最重要的是自信，相信自己是最美的，记住要时刻要保持警惕，注意自己的仪态。晚宴对于女人来说，如同是男人的战场。"

林紫怡瞪大了眼睛，"啊，这么严重！有什么要争的。"

镜中的她叹了口气，"难道你还是不谙世事的少女吗？女人所争的，不就是男人吗？"

林紫怡若有所思地皱皱眉，"男人……"

"士为知己者死，女为悦己者容。女人化妆是为了什么，穿华服为了什么，辛苦工作为了什么，都是为了男人啊。摽有梅，其实七兮！求我庶士，迨其吉兮！能给予女人幸福的，只有男人。"

"这……"林紫怡竟无言以对。

"女人通过征服男人而征服世界。现在你有了可以炫耀的资本，但凭你的出身想要嫁入豪门还有很长的一段路要走。"

听到这直白的话语，林紫怡竟感到莫名的紧张，三十年来平平淡淡地度过，没想到偶然间就来到了人生的激荡时刻。魔镜的告诫虽然老套，但好像又有几分道理。

什么是幸福？不，这个问题太深奥，还是把它留给思想家好了。

我，还是去实现那自己能够觊觎的小小愿望吧。

"要想赢得男人的爱，抓住男人的心。"魔镜看到林紫怡沉默不语，继续说："除了要保持美丽的容颜、出众的气质，还要善于巧妙地拒绝与迎合男人。"

深奥的言语使林紫怡越听越糊涂，她出神地望着镜中的自己陷入沉默。魔镜似乎也料到了她的反应，语重心长地说，"看来如何做一个好女人，我还得慢慢教你。"

突如其来的电话铃声打断了师徒的对话，林紫怡这才从沉思中惊醒，慌忙顺着声音从床上找出手机。

哎，原来又是老妈的电话。林紫怡对着镜子晃晃手机，"不好意思我先接个电话啊。"

电话那头依旧是老妈熟悉的唠叨，"紫怡啊，最近咋样啊，身体还好吧，新单位怎么样？几天了都不给妈打个电话。"

没办法，林紫怡不得不花了十分多钟的时间简要地把新公司的情况讲了一通。母亲对于先前女儿的辞职并不理解，但听到林紫怡乐观心态也略微宽了心。

"哦，既然领导赏识你就好好干吧，还得注意身体哦。不过啊，你别嫌老妈唠叨，对于女人来说，最重要的还是家庭……"不出林紫怡所料，母亲又把话题转了过去，"你这也都三十了，照理来说老妈都该抱孙子了。女人啊，就是事业干出花来，孤苦伶仃的有啥意义，还是得有男人照顾你……"

"我这不是才分手不久嘛！"林紫怡不耐烦地打断母亲的话，"我心里有数，妈你别操心了。"

"当妈的咋能不操心呢，妈就怕你现在这个大公司工作忙，把自己耽搁了。对了，前两天给你发的那个小伙的情况你觉得咋样，要不要见个面？"

母亲不提，林紫怡还想不起来微信里那张木讷的大方脸。"妈，我看还是算了吧，最近比较忙，过段时间再说吧。说实话那个'IT'男，我……我也不喜欢那种类型的。"林紫怡的潜意识里难免不把他和潇洒帅气的刘总做比较，结果自然可想而知。

"那是王姨介绍的，好歹跟人家见个面啊——"母亲还要说什么，微信突然响了起来。

"妈，先不说了，佳佳找我了，过两天再打给你。"

挂了电话，打开微信语音，闺蜜叶佳佳尖细的声音立马传了出来。"Hello，我要是没猜错大美女这会还在试衣服呢吧？发张自拍给我看看。"

林紫怡命运的短暂起伏似乎并没有给她们的关系带来影响。

"我正好要找你呢，明天中午你有事没，再陪我去下商场。"

"还去啊……"

"我觉得我这双鞋有点低，我想试试9厘米的。"

你这换了新公司还真够拼的，走名媛路线了吗？"

"明天的晚宴对我很重要，人生第一次参加这种活动，可不能出状况。"

"看来那个刘总真对你有意思哦，哇，嫁入豪门指日可待了，我看好你哦！"

"去去，我是他的助理，那是个商业晚宴，我陪他去很正常啊。"

"林大助理你就别装了，讨了便宜还卖乖，你这拉仇恨呢啊。你可真是否极泰来，刚脱离了渣男的"龙潭"就要落入高富帅的"虎穴"。你说你前任要是看见你现在的绝代风华岂不悔青了肠子。"

往事不必再提，人生也不再有风雨，不堪的记忆已抹去，林紫怡此刻只想让明天好好继续，她哼了一声，不耐烦起来，"得了得了，明天 12 点老地方见啊。"

"没问题，哎，你可算是丑小鸭变白天鹅，野百合也有了春天。这个大腿我可得抱好了。等你做了副总太太可别忘了我。唉，对了你看新闻了没，以前咱们学校文学系的一个女生，上个月突然失踪了，好像就在你那边。"

"是吗？我现在自己的事都顾不过来，哪有时间管那么多闲事……"

好不容易对付完了老妈和闺蜜，把手机扔到一边，林紫怡再次回到镜子前，眼睛着了魔似的反复打量着镜中的自己，脑子里憧憬着明天自己在晚宴上风姿绰约，心里却是紧张如赶考般的七上八下。

"足下蹑丝履，头上玳瑁光。腰若流纨素，耳著明月珰。"林紫怡既无玳瑁光，也无明月珰，手边只有一条金链勉强撑门面，不知可否"纤纤作细步，精妙世无双"。

"魔镜，你说我这条项链是不是有点细？"这条前男友送过的最贵重的礼物林紫怡本把它压在箱底不愿再想起，可惜自己实在没有什么像样的首饰，好在近日的欣喜冲淡了往日的忧伤，这件饰物也就回归了它本来的属性，不再具有任何意义。

安静的房间里没有任何回应，镜子完全呈现着对称的镜像。

又沉睡了？林紫怡小心翼翼地拍拍镜面，手指感觉到一种与室温不符的冰凉。

林紫怡抬头一瞥新买的挂钟，时钟分钟马上就要重合。想想明天还要上班，她不得不命令自己上床入睡。

不知是否还是因为镜子的魔力，在忐忑不安中，林紫怡沉沉入梦。梦中的她在晚宴上罗衣飘飘、气质若兰、灿如桃花、娇似皓月。

几天后的又一个深夜，婵娟在暗红的夜空中再次展现了她妩媚的全貌，把如丝如烟的柔美光线无私地洒向灯火阑珊的人地。

并非每扇明亮的窗棂都愿意接受这无私之光，若没有窗帘的拒绝，这悄无声息的月光所带来的，也许是希望，也许是温馨，也许是忧伤，也许是平淡。

然而照进林紫怡现实中的，是绝望。

寂静昏暗的房间在月色中依稀显现了物品的轮廓，睡床、书桌、衣柜……还有那面巨大的镜子，一如既往地静静立在原地，好像创世以来就一直在那里。

一直在那里的，好像还有一个孤独的身影，默然地站在镜前，与时间一起凝固。月光倾入屋内，如同寒冬窗缝泻入的萧索之气，无声无息地在室内蔓延，冻结了意识、冰冷了灵魂。

似此星辰非昨夜，为谁风露立中宵。可叹昨夜星辰已坠落，为谁也已不再重要。

镜中依稀映照出林紫怡憔悴的面容，甚至比那月光更加惨白。面颊上的数道泪痕裹挟着妆容，与那红肿但空洞的双眼、凌乱的长发一起，如幽冥鬼魅般令人不寒而栗。

庄严的命运女神却如三个无耻的恶棍，肆意地捉弄着凡间脆弱的人生。林紫怡小小的命运之舟刚刚扬帆挺立潮头，却又被突然逆转的狂风巨浪砸向谷底。

窗外的夜黑得仿佛不会再亮，然而是否还有明天已无所谓了。千言万语涌上心头却又无语凝噎，林紫怡只是站在镜前，站着，站着，直到天荒地老。

"他抛弃了你？"极富磁性的声音突然出现打破了天荒地老中的死寂。

沉默，沉默。

没有爆发，只有毁灭。

"为什么？"低声的控诉冲破嘶哑的喉咙直奔镜面。

"伤心总是难免的，又何苦一往情深。"那声音依旧是平静如水。

"为什么……为什么？"林紫怡神经质般地念叨着，脸上依旧是茫然无措。

接下来又是一片寂静，寂静的连那月光似乎都在沙沙作响。然而凝固的时之坚冰终将破碎，林紫怡的意识也被拉回了现实。

"为什么？"林紫怡死命地盯着镜中的自己，那个又回到从前的自己，依旧问着相同的问题。

"为什么！"魔镜重复了伤心人的絮语。

"对，为什么？为什么我又成了这个样子？"激动中的林紫怡没有意识到，她的身体在瑟瑟发抖。

镜中的她依旧是端庄高贵、平静如水的模样，似乎林紫怡的境遇与她无关。"你本来不就是这个样子吗？"

"不，不，为什么，为什么，既然你给了我一切，为什么又将它夺走？还不如从来就没给过我！"林紫怡声泪俱下。

镜中的她嫣然一笑，"忘了提醒你了，魔法不是万能的，你容貌的改变会在你和所爱的人第一次亲密接触后失效。所以……"

"不！"林紫怡掩面而泣，"为什么你不早告诉我！"

"人生若只如初见，何事秋风悲画扇。其实早晚又有什么分别吗，女人啊，终是过不了这一关。这样，你不也看不出他是否真心了吗？"

林紫怡无语凝噎。

"我知道你在想什么。没错，男人首先在意的是女人的外表。

你似乎是失去了一个最重要的资本。"

"我失去了一切!"

镜中人的语调柔和下来,"你何时看见这世界为了人们改变,有了梦寐以求的容颜,就能拥有春天了吗?"

"难道不是吗?"林紫怡抬起头凝视着魔镜,镜中仿佛又出现了那张美丽的面孔。

"好吧,既然你这么认为,其实我还有一个小法让你永远美丽。"

林紫怡混沌的眼眸闪出一线光亮,"真的?什么办法?"

"若你愿意进入镜中世界,这里魔法的力量无比强大,我可以对你进行彻底的改造。当你再出去时,你的美丽就不会消失。"

新的希望之火又在林紫怡的心中点燃,"是吗!那么,那么我怎样才能进去呢?"

"很简单,首先,你心里要真的相信存在镜中世界。然后我会问你是否愿意进来,你回答'我愿意'后,你就放心走向镜面吧。"

林紫怡拨弄了一下长发,平复了一下心情,点点头,"好吧,我相信真的存在镜中世界。"

镜中的面容露出了一丝难以捉摸的微笑,"既然你相信我,爱丽丝,你愿意进入镜中世界吗?"

林紫怡深呼一口气,在一刹那的迟疑后说道:"我愿意。"

"好的,大胆向前走吧。"

林紫怡小心翼翼地迈步向前,两小步后便已贴近镜面。她下意识抬起右手,轻轻向前探去。

她感到她的手仿佛伸触碰了三月的春江水,冰凉中又蕴含着些许的温暖。也正是这只手,如同投入平静湖面的石子,在镜面上激起一圈又一圈的涟漪，镜中的影像也在这涟漪中变得梦幻和荒诞起来。

林紫怡并未诧异于此奇景多久，她闭紧双眼，鼓起勇气迈步继续向前。全身在经历了同样略显怪异的感觉后，她慢慢睁开了双眼。

眼前的景物似乎并未有什么变化，月光依然透过落地窗落在堆满衣物的双人床上，衣柜与书桌安静地立在各自的角落里。

然而隐约的不安浮上林紫怡的心头，一丝说不出来诡异令她汗毛倒竖。哪里不对呢？林紫怡缓缓向前两步，刹那间，她意识到，这个房间里的一切，都是相反的。

窗户、睡床、衣柜、书桌……它们都处在了相反的位置上，难道，这就是传说中镜子里的世界？

林紫怡立即回头望去，那面古老的镜子依然在身后没有丝毫的变化。她看着镜子对面的房间，却如同在镜前回首自己的房间般熟悉。哦，那边才是真实世界，这里，不过是个镜像！

奇妙的镜中世界暂时驱散了悲伤，也分散了她注意力，片刻惊奇过后当她将视线转向镜中自己的身影，期待自己的容颜再次改变，然而自己的双眼之所见却给了她毁灭的一击。那彻骨的恐惧如核爆般在她的心中炸裂，她如同坠入极寒的深渊，全身血液瞬间凝固，任凭心脏疯狂而毫无意义地跳动。

镜中那个身影，并不是她！

此时，眼前与她相对而视的，竟是一个陌生的年轻面孔。一张略显婴儿肥的圆脸上没有一丝血色，蓬松的短发久未打理四散开去，一对不大的杏仁眼直勾勾地盯着前面，薄薄的嘴唇露出似笑非笑的诡异表情。更加诡异的是，陌生女子穿着与她一模一样的粉色睡衣，在惨白月色的映衬下显得冷气逼人。

在一瞬间的迟疑后，林紫怡倒退两步，"啊"的一声喊出声来。

"你是谁？是人……还是鬼？"

"林紫怡，不要害怕，我不是鬼。"陌生的面孔显露出那熟悉的表情，镇定、从容、自信。

看到曾经自己脸上显现的神态，林紫怡略微放松，小心翼翼地问道，"是你吗魔镜，这就是你本来的样子？"

镜中女子并没有回答，她神情严肃，慢慢说道，"林紫怡，你现在已经接替了我的位置，来到镜中世界接受惩罚，希望你可以改过自新，早日重返自由。"

"你，你在说什么，我怎么听不懂？"林紫怡吃惊地望向镜子。

"这是你的不幸，但恐怕也是你一生最大的幸运所在。"

林紫怡心急如焚，她上前一步抬手伸向镜面，镜子冰冷坚硬，不禁使她怀疑刚才她是否从中穿越而来。"这到底是怎么回事，我怎么能回去？"

镜中女子轻轻摇摇头，"你回不来了，至少现在回不来。"

"什么？不，为什么？"

"你不要急，听我慢慢解释。"女子环顾四周，喜悦之情溢于言表，她转头再次注视着林紫怡，不紧不慢地说，"虽然我在镜中等了许久，但也不在意多待一会儿，把你该知道的都告诉你。我和你一样，也是这个冷漠城市中一个平凡的上班族。偶然间，现在我知道这不是偶然，单身的我租到了一套便宜的房子，并不是现在这套，你眼前的这面镜子，同样悬挂在我的房间里……"

静谧的室内只有陌生女子的话语在回响，林紫怡感觉空气都已凝固，呼吸仿佛成为一种负担。她全神贯注地聆听着镜中传来的言语，如同在接受自己的审判。

"其实接下来你应该知道发生了什么。我没能抵挡魔镜的诱惑，同意它对我的改变。时至今日，我仍然喜欢那个美丽的我啊，谁不喜欢呢？"女子若有所思地望着窗外的圆月，伸手捋了捋散乱的头发，"其实那时的我还不如你呢。"她摇摇头，惨白的脸庞微微投出些许的红晕，"我没有抵住一个有钱男人的追求，很快投入了他的怀抱。和你一样，在第一次后，我又回到原先这副模样。"

女子停顿下来，疲惫的双眼盯着一镜之隔的林紫怡，四目相对的瞬间，林紫怡的心陡然狂跳。

"哪个女人不希望自己拥有美丽的容颜，能够找到一个可倚靠的男人托付终身呢？但是，没错，看到我真实的样子，他立即离开了我，没有一丝的留恋。我现在仍记得不久前的那个雨夜，我和刚才的你一样，在镜前以泪洗面。"

"然后你就……"林紫怡低声叹道。

女子苦涩一笑，"我信了魔镜，以为来到镜中便能永远改变自己。"

这熟悉又陌生的房间中，仿佛存在着一种难以言说的极度深寒。林紫怡感觉全身如同包裹了厚重的紧身衣后沉入冰河，而紧身衣在严寒中逐渐收紧，一点一点挤压着自己的灵魂。那扼紧咽喉的绳索几乎让林紫怡窒息，她挣扎着发出嘶哑的声音，"难道……难道你就一直困在镜子里？"

看着林紫怡绝望的表情，女子缓缓地点点头。

"不，不，这不是真的，我要出去，放我出去！"林紫怡不再抱有任何希望，她发疯般冲向房门，拼命拉扯门把，无奈房门如同墙壁般纹丝不动。她又扑向房间另一侧的窗户，窗外夜景依旧，然而窗扇也如凝固在了时空里。

"让我出去！让我出去！"气喘吁吁的林紫怡再次撞向镜面，

房间里的一切似乎成为了永恒，她不能改变分毫。情急之下林紫怡抓起座椅向镜面掷去，伴随着巨大的声响，镜面上居然出现了几道裂痕，这似乎给她的身体注入了莫大的力量。她双手紧抓椅腿，用椅背一次次地砸向镜面。

镜面的裂痕像一张蛛网迅速扩张，七八下重击后便爬满了整个镜面。然而镜中那个破碎的面容，依然是那副从容淡定的神情，似乎这一切都在意料之中。

经过无数次的努力后，林紫怡终于用尽最后的力气，精疲力竭地扔下座椅，瘫倒在地上。当她略作喘息转头望向镜子时，却在绝望中发出了一声惊呼。

"啊——不！"

镜面诡异地恢复如常，好像什么都没有发生。

林紫怡彻底绝望，扑在地板上失声痛哭。

"你现在所处的，是一个异度空间，在这里你感觉不到饥饿与困顿。"女子看到林紫怡平静下来，继续说道，"唯一能够走出来的方法，就是像现在的我这样，找到一个接替自己的人。我还得感谢你，正是因为有了你，我才能够走出这面镜子。"

林紫怡缓缓坐起身来，面容憔悴、双眼通红，她看着镜中的女子，嘶哑着又说出那三个字，"为什么？"

女子不禁又是一笑，"我还以为你要问镜子的主人是谁呢？说实话我也不知道，但是你问为什么，可真太傻了。难道你还不明白吗？这是对你的惩罚，也是对你的磨砺。"

静默了片刻后，林紫怡站了来走到镜前，紧紧地注视着女子的双眼，"为什么？我到底做错了什么？你为什么要骗我！"

女子摇摇头，"你比我当初还傻。其实，你只是犯了一个每个女人都可能犯，却不该犯的错误。"她略微停顿，用一种历经沧桑的眼神仔细打量着镜中的林紫怡，"以为凭着姣好的容颜便能找到一个托付终身的男人，你现在知道男人的真心了吧。我是骗了你，但也没骗你。因为当你走出魔镜，你确实发生了改变，不是容颜的改变，而是灵魂的改变。"

镜中的林紫怡已经完全平静下来，她缓缓抬头，望向镜子的眼神苦涩中又带有些许的不甘。

"我知道你在想什么，"镜外的女子以一种超然的姿态注视着镜面，好像看着自己的过去，"你觉得世上总有男人会爱上你的灵魂，没错，也许是这样，是这样又能如何呢？难道女人生活的目的就是得到男人的爱吗？难道女人一生的意义就是嫁人生子吗？"

林紫怡暗淡的目光中闪现出点点微光，她嘴角微微抽动，但却无言以对。

"在镜中的这段时光可以让你静下心来思考，女人应该怎样度过自己的一生。爱情、婚姻、家庭固然重要，但不应以丧失独立的人格为前提。女人，也有自己的选择，自己的人生。"

冷月无声。

但它偷偷地移动昭示着时间仍然在正常流淌，终于月光以不易察觉的速度悄然爬上林紫怡的眉梢。林紫怡转头看看房间，眼神中终于流露出希望。

"雾失楼台，月迷津渡。虽然你一度迷失了自己，但我相信你会重新找回初心。为了成为更好自己再次上路，拼搏努力吧。"

镜中的她安静地点了点头，片刻后终于再次出声。"谢谢你告诉我这些。但是我在这里，我的父母、我的工作怎么办？"

"你放心，不用多久你就会出来的。这面镜子会出现在一个新的房间，很快会有一个新的租客。有关她的信息，会出现在书桌上。你要像找一样，寻找适当的时机和她聊天，许诺给她梦寐以求的改变。当她走进镜子之时，便是你走出之日。出来后，你可以说自己去了长途旅行，但千万不能说出魔镜的秘密。"

林紫怡默然无语，出神地注视着真实世界的她。

"我曾经和你一样，痛苦迷茫，经过这些天的反思和与你的交谈，我终于获得了重生。我走了，希望你也很快找回人生的意义。"

女子转身环顾了四周，随即向房门走去。

"还没告诉我你的名字？"

女子回头一笑，"相逢何必再相识呢，我们的名字都叫女人。"

镜中的房间寂静无声，此时林紫怡的内心却是五味杂陈。女人，应该怎样度过她的一生。她疲惫地倒在床上，不久后便在焦虑释然的复杂心境中沉沉睡去。

当林紫怡幽幽梦醒，她惊讶地发现，镜中的世界竟然变了模样。房间的大小、格局，家具的式样都发生了不大的变化，唯有那面古镜仍然默默地悬挂在墙上，等待着新的主人。

林紫怡困惑自己睡了多久，因为窗外仍是月朗星稀的朦胧夜色。月光无意间显露了书桌上一张白纸的出现，她心头一颤，伸手拿起纸张读了起来。

当林紫怡再次站在镜前时，内心已平添了几分的从容与自信。云破月来影弄人，镜中，一个丰满的身影正在孤芳自赏。林紫怡长出一口气，望着镜中的人影，如同望着昨日的自己。

她清清喉咙，缓缓地说，"谢欣然，你好，我是一面有魔力的镜子……"

电梯惊魂

崔总监办公室的空调总是开得很大，今天也不例外，这就让本已很不舒服的夏允儿更觉得寒气逼人。她紧了紧衬衫前襟，努力挤出一张笑脸迎向总监的黑面。

"崔总，打扰了？"

"嗯？"

"崔总，不好意思，今天身体有些不舒服，能不能早一会儿下班？"

她的话还没说，就已经看到崔总的白眼向她飞来，"小夏，你也是老员工了，公司的制度我就不重复了，再说"COSKUN"那个方案上面催得紧，你到现在也没拿出来，还不抓紧时间！"

夏允儿本就不抱太大希望，这下彻底死了心，她还得装作心悦诚服地点头称是，"好的崔总，我尽快。"

崔总合上手中的文件，严峻的表情陡然放松下来，声音也柔和许多，"小夏啊，咱们都是女人，出来做事都不容易，互相理解吧。"

"是，崔总，那我先回去了。"夏允儿知道，崔总所谓的相互理解，其实只是让她理解领导，并没有相互的意思。

"我希望明天一早就看到方案在我办公桌上。"夏允儿正要关上房门，听到崔总的话追了出来。

回到工位，夏允儿继续把暖宝放在肚子上，披上件针织衫对着显示器叹气。时钟走近6点，已快到卜班时间，但对于习惯了"996"的她来说，这只不过是下午茶时光。但是夏允儿今天没有一丝胃口，腹部坠胀、腰部酸痛还好说，那昏昏沉沉的大脑以及不时出现的眩晕感，让她根本无法深入思考。

"儿儿，你怎么了，脸色不好？"当年和她一起进入公司的徐莉莉是为数不多还关心她的同事。

"嗯，肚子有些不舒服。"

"早点回家啊。"

"别提了，刚找老崔请假，她说方案必须出来，不让我走。"

"可怜的娃，我这里还有点红糖，给你冲杯水吧。"

喝着温暖的红糖水，夏允儿又感慨起来，"哎，我也是命苦，好不容易熬到手下有俩人了，结果一个还休产假了……"

"解薇薇才来多久啊就怀孕了，故意来这休假的吧，'HR'也不仔细审核。"徐莉莉一边收拾东西一边小声说。

"另一个刚培养上手了，突然就辞职……"

"你说现在的年轻人，说不干就不干，啥事都由着性子来，一点不负责任。"

"关键时候还得靠自己啊，今晚看来是一劫，打工人都不容易啊。"

"你要是当初嫁给那个'凤凰男'，现在不也在家里享清福吗？哈哈，这都是命。"

"别提了，"夏允儿又喝了一口红糖水，"我还得抓紧写方案，哎，浑身都疼！"

"家家有本难念的经，我回去还得对付宝贝儿子，"徐莉莉挎上包，"给他辅导功课想想就头大，还是单身好啊，你就珍惜吧，拜拜了！"

目送徐莉莉离开，夏允儿揉揉太阳穴，无奈中继续敲起键盘。

同事们相继离开，办公室逐渐冷清下来，夏允儿终于完成了方案，但此时的她头痛欲裂，稍微活动一下便觉得天旋地转。她只得翻出靠枕，趴在桌上小憩一下，谁想这一趴就睡了过去。

当夏允儿醒来，办公室已经没有了人影，只有屋顶惨白的灯光兀自亮着。她迷迷糊糊地抬起头，发现窗外已是灯火阑珊，低头一看手机，竟已快 10 点了。这一小憩虽然耽误了回家，但好处也是有的，就是现在感觉好多了，虽然腰腹还是不适，但大脑轻松了许多。

赶紧回家，这是夏允儿当前唯一的想法。为了降低生活成本，她选择在五环外租房，这就不得不忍受每天来回近 2 个小时的地铁时光。老崔每天来那么早，我还得赶在她之前再整理一遍方案放她桌上，这样的话明早 6 点就得起床……夏允儿一边收拾一边盘算着。

一尘不染的电梯间寂静无声，寂静的让夏允儿心里发毛。她强迫症般反复点按着向下按键，奇怪的是电梯迟迟不到。终于"叮叮"两声，电梯门开启，她迫不及待地走进电梯。

电梯里空无一人，夏允儿快速按着关门键，像是怕有人会阻拦她回家一样。电梯仿佛也不满意加班，心怀怨气似的缓慢下行，让夏允儿好不急躁。更气人的是空调却歇了工，电梯里闷热异常，就连灯光也间歇性地闪烁起来，像是在发泄不满情绪。唯一忠于职守的，就是那"LED"广告屏，循环播放着莫名其妙的广告。

夏允儿拿出手机，发现手机快没电了，想想还有近一个小时的地铁，只得把手机塞回包里，无聊地打量起电梯来。电梯厢里是和整个写字楼一致的现代简约风格，整个电梯好似浇筑的一件金属容器，脚下的四块方砖与头上的四片顶灯交相呼应，三面不锈钢的电梯墙壁冰冷而洁净，只有电梯门这一面略显杂乱：一侧是楼层按键、显示屏、荷载、乘梯警示、维修保养记录、维修工人信息，另一侧就是长方形的广告屏。

七八年来，夏允儿就乘坐着这一模一样的四部电梯上上下下，眼前的一切早已看腻，无聊中她转过身，望向电梯门对面的金属镜面墙。镜子里是一张疲惫的面容，惨白灯光下几乎没有一丝血色。徐莉莉经常批评她随意的妆容，按理说随着年龄的增长，她应该更加偏执于衣着打扮，但也许是繁忙的工作导致神经麻木，也许是对自己外形已经自暴自弃。就如今天，她连口红都忘了涂，办公桌里那只多年前的"兰蔻"也不知去向。

平心而论，夏允儿自认为还有几分姿色，虽然身材缺乏亮点，但有知性作为补充，基本还是可以划入美女行列的。年轻时她也不乏追求者，但她这种类型的女生最为尴尬，论容貌和身世很难得到更加优秀男人垂青，而自身的条件使她又难以接受平庸之辈，加之缺乏运气，没有遇到有缘人，不知不觉间就错过了最佳的婚姻年龄。

若说自己丝毫不介意，那绝对是自欺欺人的谎言，但事到如今也不能天天自怨自艾，既然家庭暂时没有着落，夏允儿只能把注意力转移到工作上。然而工作这条路更加难走，在这个上千万人口的特大城市，一个单身女子想要完全靠自己的能力有所成就谈何容易。

胡思乱想中，电梯"叮叮"两声在13层停了下来。门"咯吱咯吱"地打开，夏允儿的目光迅速投向门外，诡异的是没有人进来。夏允儿心里一阵发麻，她连探头向外看的勇气都没有，赶忙使劲戳关门键。电梯门"咯吱咯吱"地关上，直到电梯继续下行，她这才松了口气。然而灯光的闪烁却更加频繁。

经过漫长的等待，电梯终于到了1层，她迫不及待地走出电梯，匆匆走向大门。一楼大厅空空荡荡，但灯光仍然明亮，夏允儿视线之内，只有一个保安无聊地站在闸机后看着手机。

看到闸机，夏允儿一惊，好像想起了什么，急忙打开包翻看。糟了，公司的门禁卡落在办公室了，最重要的是家里钥匙也拴在卡上，没有钥匙可回不了家。

"今天真是倒霉透顶！"夏允儿嘀咕着，转身走回电梯间。刚才送她下来的电梯不知为何竟闪电般到了顶层，另一扇电梯门悄然打开，夏允儿管不了那么多，急忙进入电梯，按了23层。

这个电梯似乎正常许多，让她稍显宽慰。"叮"，电梯又在13层停下，吓得她浑身一哆嗦。她又一次狠戳关门键，电梯门缓慢关闭。突然，一只手伸进门扇最后的缝隙中将门弹开。夏允儿几乎要叫出声，她紧贴在墙壁上，呼吸马上都要停止。

一个男人走进电梯，看到夏允儿，冲她微微一笑。他肯定注意到了夏允儿恐惧的表情，但装作无事般，轻松地按了26层按键，然后双手插兜站定。

随着电梯门的关闭，夏允儿略微放松下来，当然一方面是因为来者和善的态度，更重要的是男人英俊的容颜。男人身材高大、体形匀称，潇洒而干练。宝蓝色暗纹西装三件套搭深色的衬衫，铁锈红的领带与暗红色的口袋巾相得益彰，又给他小麦般的肤色添加一抹红润。修长的脸型、高耸的鼻梁和眉骨流露出三分混血儿的味道，浓密的黑发高高背起，在头顶灯光的照射下散发着乌黑的光泽。那一对眼眸深邃明亮，不经意的一撇让夏允儿心头泛起波澜。

与刚才下行的电梯相反，夏允儿感到这趟上行电梯速度飞快，23层转瞬就到。在她走出电梯之时，忍不住微微回头，那张帅气的面容在即将关闭的电梯门后冲她意味深长的一笑，犹如一阵春风吹进她的心房。

夏允儿出神地走进办公区，但眼前的一切瞬间把她从幻想中敲醒。几分钟前那空荡荡的办公区不复存在，转而是一幅繁忙的景象。大部分工位上都坐着人，走廊中不时穿梭着行色匆匆的同事。巨大的玻璃窗外也不再是繁杂的灯光，取而代之以明媚的日光。夏允儿揉揉眼睛，简直无法相信自己看到的一切。自己是从梦境中醒来，还是刚进入一个梦境？

她浑浑噩噩地走到工位旁，看到凌乱的办公桌还是她离开时的模样，拿起一个文件夹，下方的门禁卡和钥匙安然躺在桌面上。她突然想起什么，急忙翻出手机，时间赫然显示上午 10 点。夏允儿猛然瘫坐在转椅里，大脑一片空白。

"小夏，小夏！"尖厉的叫喊传入她的耳膜，她一个激灵，向声音方向望去。

崔总监的脸拉得很长，两只眼似乎要喷出火来。

"崔总。"

"我不是说一早要在办公桌上看到方案吗？"

"这个，我……"

"你才到公司吗，这都几点了？"

"方案我刚才做完了，这就给您！"

夏允儿有口难辩，急忙在电脑上查看，然而她费尽心思完成的方案却不见踪迹。

"在哪呢？"

"这……可能是忘了保存……"夏允儿清晰地记得她反复保存过，但事实让她无言以对。

"你也是老员工了，怎么这么糊涂！赶紧给我弄出来！"

夏允儿满脸通红，恨不得一头钻进电脑，"不好意思崔总，我马上。"

崔总气呼呼地回了办公室，留下夏允儿在座椅上发呆。腰腹的疼痛这时似乎扩散到了全身，刚刚稍稍轻松的脑袋又大了几圈。

难道刚才只是一场梦境？怎么会这么真实，是我出了什么问题还是谁在给我开玩笑？但夏允儿已经没有时间去思考，只能臣服于眼前的事实。她冲上一杯热茶，咬着牙打开几个文档，正在仔细回忆之前写的内容时，眼角的余光瞥到一个熟悉的身影。她转身仔细一看，没错，那里不是已经休产假的解薇薇吗？

"小解，你怎么回来了？"

解薇薇挺着肚子缓慢地转过来，手里捧着冒着热气的奶茶，"夏姐，我还没休假呢？"

"啊，你不是快生了吗？"

孕妇点点头，"我想还是多上几天班吧，"她慢慢悠悠地靠近夏允儿，低声说，"我有个闺蜜产假休得早，回去都没她岗位了。夏姐您多多照顾哈。"

夏允儿叹了口气，"该休息还得休息。不过既然还在岗，赶紧帮我把'COSKUN'的方案给弄了，你先把背景资料按时间顺序排一下，再把'WESTEN'那个 PPT 的模板改改……"

分出去一些基础工作，夏允儿略微宽了心。正在埋头苦干之时，徐莉莉鬼鬼祟祟地晃过来，在夏允儿身边坐下。

"喂，听说了吗？"

夏允儿盯着显示器，双手啪啪敲击着键盘，"怎么了？"

"公司来了个副总。"

"哦。"

"听说很年轻，海归，还很帅呢！"

"哦。"

"据说还是单身。"

"哦。"

"你今天咋了，脸色也不太好。"

"我不是说身体不舒服嘛，还被老崔数落了，现在着急出方案呢。"

徐莉莉摸摸夏允儿的头，"哎，苦命的孩儿，那不打扰你了。"

当阳光径直射进夏允儿身边的玻璃窗时，她知道时间已是下午。经过几个小时的奋战，方案基本有了模样，就在她还在调整之际，崔总监的电话就到了。

果不其然，崔总监又在询问方案进展。夏允儿急忙端起笔记本电脑，惴惴不安地赶去崔总监办公室。

崔总监啪啪地按着键盘上的向下键，脸色愈发凝重起来。

"没什么特点啊，针对性也不强。"崔总监的眉毛几乎拧到了一起，"小夏你以后少搞这些花里胡哨的，多写些干货，你这个方案明显是从'LC'那个改过来的，两家性质虽然接近，但他们的诉求还是有明显区别的，你赶紧……"急促的电话铃声打断了她的讲话。

"董事长……对对，方案出来了但还需要进一步调整……"崔总监把听筒紧紧地贴在耳边，仿佛对方在面前似的不住点头，"好的好的，那我们这就上去。"

放下电话，夏允儿明显感到一股寒气向她袭来，"董事长着急先看方案，看完再改，先汇报再说。"

夏允儿心里一沉，头又嗡嗡响了起来。她只好收拾好笔记本，诚惶诚恐地跟着总监上楼，一路上少不得被灌满耳埋怨。

公司高层在 26 层，出了电梯，夏允儿好像脚踩棉花，晕晕乎乎地随总监走进会议室。会议室里已经坐了三个人，令夏允儿吃惊的是，上午在电梯里遇见的那位帅哥安然地坐在会议桌边，正在和身旁的董事会秘书谈着什么。他看见夏允儿进来，微微点头并抛来一个亲切的眼神。

夏允儿一下不知如何是好，她不能确定对方是否在向她打招呼，只能尴尬地点头回应。此时紧张和焦虑已然让她不能顾及太多，她一边整理设备，一边告诫自己放松下来。

刚连好投影，董事长便匆匆走进会议室。

"我就不多说了，抓紧汇报吧。崔总，这位……"董事长指指夏允儿。

"夏允儿。"崔总监一边介绍，一边给董事长拉好座椅。

董事长坐下，胖大的身躯将座椅填满，"先给你们介绍下公司新到任的副总——王思明，年轻有为，非常有能力，今后你们好好配合他的工作。"

那个帅哥起身，优雅而大方地握了握崔总和夏允儿的手，"两位美女多多关照。"

简单的客套过后，夏允儿硬着头皮走到幕布前，此时浑身的酸痛竟然消失，大脑也清醒许多，也许这就是心理作用之强大吧。好不容易介绍完方案，夏允儿感到自己声音都嘶哑了，额头也覆盖了薄薄一层汗水。

除了王总，大家的目光齐刷刷地聚焦到了董事长脸上。董事长还是那副深不可测的表情，他环顾了四周，"陈总，你提提意见？"

公司资深的副总陈学平喝了口咖啡，慢条斯理地说："董事长那我就提下个人意见，方案还是挺用心的，形式也很漂亮，我个人觉得还是缺少些针对性吧，毕竟'COSKUN'是我们的大客户，重要性我不多说了，他们负责这块业务的林总我认识，很细致很挑剔的人，不好对付啊。"

"是啊，王总呢！"董事长冲新来的王总笑笑。

王总双臂抱在胸前，冲大家点头微笑，话语中充满着自信与从容，"我同意陈总的意见，目前方案缺少针对性，不过我觉得这个方案很有想法，思路新颖，符合世界五百强的路数，辛苦崔总监她们再调整下。"

董事长点点头，"好！崔总监你们再改改，有问题直接找王总就好。那先散会，崔总监你先留一下。"

夏允儿仿佛中了大奖，在疑惑与庆幸中离开会议室。此时压在心头的巨石消失不见，被紧张情绪压制的生理阵痛也未反复。她抱着笔记本，一身轻松地进入电梯。实话实说，夏允儿心中突然迷茫起来，我的方案真如王总所说思路新颖充满创意吗？为什么我一点也不觉得呢？难道崔总监也看不出来？

电梯门在夏允儿的纠结中徐徐关上，就在最后那一刹那，一只大手伸进缝隙挡住了闭合。夏允儿又是一惊，不自觉地靠向身后的墙壁。电梯门弹开了，那张帅气的面容再次出现在门后。

夏允儿的心跳开始加速，她一只手死死地攥着笔记本，另一只手不自然地缕缕头发，不知道自己都忘了微笑，低低地说："王总好。"

王思明走进电梯，冲她淡淡一笑，明亮的双眼中似乎蕴含着欣赏与赞许。电梯门再次关闭，王总按了13层。

"夏允儿是吧，方案很好，继续努力！"那充满磁性的语调简直让夏允儿的耳朵怀孕。

夏允儿狠狠地点头，虽然已三十多岁，她仍然感觉到面颊微热起来。就在她搜肠刮肚想拼凑词语回应之时，电梯顶部的灯"啪啪"闪烁起来，随即电梯微微颤动了几下后便陷入沉寂，灯光也骤然熄灭。好在广告屏还在正常显示，厢内不至于漆黑一片。

虽然夏允儿已经领教过这部电梯的威力，这次还是吓得不轻。她紧紧贴在冰冷的墙壁上，双臂抱着笔记本，膝盖不自觉地微微颤抖起来。

王总仍然是那副自信满满的模样，他挨个按了开门键、各个楼层键、紧急呼叫键，可惜都没有反应。王总轻松地摇摇头，四下打量了一番，伸手摸摸口袋，回头对夏允儿说，"你带手机了吗？我的手机放办公室了。我看这有电梯检修员的电话，联系一下试试。"

夏允儿像听到了圣旨，马上低头寻找，慌乱中差点把笔记本摔倒地上。"哎呀，我上来的时候好像也没带，真不好意思啊王总。"

王总靠近惊慌失措的夏允儿，"没事，你别慌，现在上班时间，电梯坏了很快就会被发现的。"王总的话似乎给夏允儿注入了力量，她刚刚镇静下来，灯光又快速闪了两下，电梯猛然下坠。她惨叫一声，像只受惊的小兔子全身缩成一团蹲在地上。

好在这下坠转瞬停止，但这瞬间的失重也足以让一个普通人心惊胆战。已经瘫坐在地上的夏允儿两腿发软，全身无力，抓着笔记本的双手已经满是汗水。

"嚯，免费坐了趟飞机嘛。"王总一边以一种轻松的语调调侃着，一边附身去扶夏允儿，"让美女受惊啦。"

夏允儿拼命克制住自己的情绪，努力让自己恢复平静。在王总的帮助下，她缓慢地站了起来，低头不好意思地缕缕头发，"谢谢王总。"还没站稳，电梯又晃了两晃，夏允儿略微平复的心跳又是一颤，下意识中扑进了王总的怀里。王总顺势搂住她，两人对视，那距离刚好在双眼焦距处，彼此都能感到对方的呼吸。

"哈哈，你以后应该多去游乐场玩玩，坐过跳楼机就觉得这个不算啥了。"王总似乎早就习惯了与女生的近距离接触，但夏允儿的心却狂跳不已，她想转头看看镜子来知自己的脸是否已经通红，但王总那双深邃的眼眸死死地勾住了她，让她无法思考。

电梯顶灯又闪了起来，片刻后再次熄灭。

王总搂住夏允儿的胳膊微微向怀中使劲，头娴熟地向下一探，两对红唇便碰触在一起。夏允儿的脑中一片空白，她觉得自己处于虚空当中，周围的光线和声音消失不见，天地间只剩下王总有力的双手和火热的双唇。夏允儿几乎忘了上一次和男人接吻是什么时候，她不知道现在自己该做什么，她也不需要做些什么，只能静静地站在原地，感受着心在融化，全身的细胞都在融化。

不知道过了多久，也许几秒，也许几分钟，也许很久很久，电梯灯光再次闪烁后恢复了正常，就在夏允儿的意识在灯光的召唤下回归现实世界时，电梯门悄然打开。

王总迅速放开手臂直起身躯，夏允儿也下意识后退了半步。二人同时转头向外望去。电梯外也是一男一女，只不过更加年轻。夏允儿认出那是公司的两个员工，他们惊讶的目光像四把利剑，刺得她面颊火辣。她抬头一看，电梯刚好停在23层。

"王……王总，我先回了。"夏允儿尴尬地说着，但不敢回头去看王总，她似乎感到自己的声音也在颤抖，就像她的双手。

"嗯嗯，好的，辛苦你再改改方案。"王总仍然是那亲切平和的语调。

夏允儿低头快步回到工位，刚要坐下，女人的直觉就让她感到一丝不安。她抬头一看，周边好几个同事有意无意地望着她，看到她的目光马上又转过头去，还有两个人交头接耳，眼角余光也向她瞥着。

怎么了，这是怎么了？难道刚才的事被她们看到了？不会啊，那两个年轻人坐电梯下去了啊。夏允儿惴惴不安地坐下，10% 的意识让她打开笔记本修改方案，剩下的 90%，则陷入对刚才发生事情的循环回忆当中。

"小夏，小夏，小夏。"崔总监足足叫了三遍才把夏允儿的视线从显示器上拉了回来，奇怪的是她并没有生气，那标志性的黑脸也消失不见，反而和颜悦色地说，"领导很认可咱们的方案，你就辛苦辛苦再接再厉，改好了随时告诉我。"

夏允儿惊讶地点点头，在她的印象中似乎只有在董事长面前崔总监才有如此态度。目送走了崔总监，她还沉浸在回味中，又被一个电话打断了思路。

"夏允儿吗，我是人力资源部的白晓宇，你们部门这会儿有个面试，有空来一下吗？"

"啊，面试，崔总监不去吗？"

"她让我直接找你。"

放下电话，夏允儿更加困惑，为什么应聘面试要找我去？这两年在她手下来来回回也有四五个人了，她从来没参加过面试，每次都是崔总监亲自拍板。

到了人力资源部，白晓宇递给她一张表，指指面试间，"她在里面了。"

夏允儿一脸蒙，低头看看表格。

张馨雨，25岁，英国霍尔萨斯大学硕士，英语专业……

这……夏允儿心里泛起了嘀咕，这又是什么野鸡大学，英语专业和我们部门有什么相干。

进了面试间，夏允儿一愣，玻璃茶几后面的座椅上妖娆地坐着一个长发女人。脸上的浓妆已经看不出真实年龄，上翘的鼻尖和夸张的睫毛虽不少见，但那尖尖的锥子脸还是令夏允儿印象深刻，血红的双唇像是刚吃过生肉，双耳上硕大的耳环晃动着，让夏允儿想起奶奶的金手镯。女人穿着一件艳红的连衣裙，虽说是连衣裙，在夏允儿眼里，那几乎就是一件上衣，因为它异乎寻常得短。关门之际，夏允儿看了一眼玻璃门上自己的影子，和屋里的女人一比，她这身单薄的西装短裙保守得像个修女。

看到有人进来，女人露出程式化的媚笑，但发现对方也是女人后，那笑容似乎冷淡了下来。夏允儿的内心翻了无数个白眼，但仍然客气地打了招呼。不出所料，几番询问中，夏允儿发现应聘者对自己应聘的职位和工作不仅无知，还有很大的误解。

"张小姐，您知道我们公关部门都需要做什么工作吗？"

对方有意无意地挺了挺胸，交换了一下跷着的腿，"公关嘛，就是搞定男人啦。"她故作娇羞地用手捂住嘴偷笑着，那只鸭血色的凉鞋颤抖着，"这个我擅长啊。"

夏允儿知道无须再谈，她客气地结束了面试。

"怎么样？"

"我觉得很不合适，她对我们的工作一点都不了解，更别说经验了。"

白晓宇会心一笑，不再多说。

还没走到工位，就撞上了崔总监那张难得的笑脸。

"小夏，董事长找你，你赶紧上去一趟。"

夏允儿一愣，入职这么久了连董事长都没见过几次，他竟然亲自找我，什么情况？

在七分好奇三分惶恐中，夏允儿匆匆进了电梯。

王总单手插兜站在电梯里，看到夏允儿进来，亲切地笑了笑。

"这么巧啊，又见面了。"

夏允儿的心跳又猛然加速，呆呆地站在电梯门的一侧，又是惊讶又是欣喜地说，"王总，董事长找我。"

"嗯，看你很忙，还是要注意休息，刚才没事吧。"

夏允儿摇摇头，"没事了，谢谢王总。"

"叮"的一声，电梯门开了，他们到了26层。

王总绅士地请夏允儿先出电梯，两人一起进入走廊。

来到一个玻璃门前，王总伸手推开门，"这就是我的办公室。"

夏允儿不好意思向里观望，只是低声说，"嗯，王总那你忙，我去找董事长了。"

"好的，方案做好了你来找我就好。"

就在夏允儿即将离开之时，站在门口的王总又叫住了她，"能问下你今晚有时间吗？想请你吃饭。"

夏允儿受宠若惊，她回头望向那张帅气的脸，上面写满了真诚。

"有时间……"

"好，那你先忙，晚上再说。"

当王总关上房门的一刻，夏允儿差点激动得跳起来。看来刚才王总并不是一时兴起，确实是对我有意思。在王总办公室和董事长办公室那区区十几米的走廊里，夏允儿的脑海中不断浮想出今晚的约会，之后的甜蜜乃至婚礼的那一刻。直到敲响董事长房门时，她才停止了幻想。

"夏允儿啊，请进，来，坐坐。"董事长和颜悦色地请她坐下。

"董事长您找我？"

"嗯，想和你谈谈。小夏你来公司多久了？"

"马上8年了。"

董事长点点头，"噢，那是老员工了。虽然咱们平时交流不多，但其实我很早就注意你了。崔总监和同事都说你工作很有责任心，能力也很强。今天看你的方案，也觉得你有想法有创新精神。咱们新来的王总可是见过大世面的人，他都很看好你的。"

听了董事长的话，夏允儿有些发蒙，她想不明白一个默默无名的小员工为什么能得到公司老大这么高的赞誉。那训过她无数遍的崔总监真能替她说好话？

"'COSKUN'这个案子很重要，小夏你再辛苦一下，多和王总、崔总监他们沟通。"

"董事长您放心，我一定尽力。"

"崔总监呢因为个人原因过段时间要离职了，人力资源部建议我从别的公司去挖，我觉得没必要，咱们自己培养出来的员工就很出色嘛。我觉得小夏你就可以胜任，年轻人嘛，有干劲，在锻炼中成长嘛，再说还有王总的协助，小夏你觉得怎么样？"

夏允儿简直不相信自己的耳朵，如果没有理解错的话，董事长是想让她做部门总监？这……这怎么可能？

看到夏允儿愣在那里，董事长哈哈大笑，"小夏，不要有压力，能力越大责任越大嘛，我给你些时间你回去考虑考虑。"

出了董事长的房间，夏允儿似乎还在云里雾里，今天发生的事情，已经超出了她的思考极限。她一边走向电梯间，一边回忆自己刚才是否向董事长道谢。路过那扇玻璃门时，她忍不住转头往里看。王总坐在办公桌后正在接电话，他似乎感到了什么，抬头向门外望去，与夏允儿四目相对。夏允儿尴尬地微笑，王总热情地冲她招了招手。夏允儿脸上一热，低头离开。

电梯来得很快，夏允儿低头迈入电梯，然而差点一头扎进来者身上。

"对不起对不起！"她抬头一看，迎面从电梯走出一人，令她意想不到的是，此人正是刚才来面试的那个女生。

夏允儿一时无语，对方却大方地低头冲她笑笑，随后摇曳着傲人的身姿，在高跟鞋哒哒的伴奏中步入走廊，留下夏允儿疑惑的目光。

她怎么会来26层？难道她认识公司领导？可能她是哪个领导的亲戚或者……思索中，电梯门徐徐关闭。夏允儿猛然发现自己还在电梯外，急忙猛点下行键。好在电梯还没启动，她匆忙进了电梯。

望着电梯墙壁镜面中的自己，她扪心自问，自己虽然还算有几分姿色和气质，但还是在普通人之列，王总对我是真心还是一时消遣。自己的能力和水平也就勉强及格，董事长为何突然开始器重我？难道我真是时来运转？

电梯很快就下了3层，夏允儿的身体向工位走去，心里还在浮想联翩。直到在办公桌前坐下，她才意识到又出了问题。她触电般一颤，瞬间从座椅上弹起，一边拨浪鼓般巡视着周围，一边又忍受脑袋的嗡嗡作响。

偌大的办公室灯光稀疏、空空荡荡、寂静无声。

夏允儿呆若木鸡，目瞪口呆地望着昏暗的办公室。从震惊、恐慌到一种莫名的眩晕感，她的大脑无法接受眼前的一切。"今天发生的一切到底是真实还是虚幻，还有，还有那奇怪的昨天，究竟是不是昨天？难道是同事合伙给我开个坑笑，小，且不论他们为何为我这个微不足道的小人物大费周章，就说这玻璃窗外可是实打实的黑夜，太阳更不会为了我去配合他们的游戏。还是说我年纪轻轻就已经老年痴呆？不，我更相信这是一场梦境，虽然它如此真实……"

恍惚中夏允儿努力平复自己的心情，在快速回溯的这段时间的诡异经历后，她决定马上回家。不管接下来会发生什么，必须回家。回到家里睡上一觉，一切都会恢复正常。

点开屏幕，手机时间赫然显示为晚上十点半，夏允儿匆匆关闭屏幕，随机把手机扔进挎包，好像那是烧红的煤炭。草草收拾了东西，夏允儿拎起挎包，努力保持身体稳定的同时以最快的速度冲进电梯间。

电梯仍是许久未到，夏允儿甚至有了走下楼梯的冲动。叮叮的响声后，电梯门终于缓缓开启。大大出乎夏允儿的意料，电梯里几乎挤满了人，如同六七点的下班高峰。事到如今夏允儿不愿想太多，刚要低头往里挤，眼角余光突然瞄到了一个熟悉的面孔。她抬头一看，电梯左侧站着的女人竟然是徐莉莉。她再转眼仔细打量了众人，这一看又吓得她几乎瘫倒。

眼前的这七八个男男女女都是各个部门的同事，有的熟悉，有的只是点头之交。夏允儿刚想打招呼，然而她发现同事们各个都面无表情地望向电梯外，目光呆滞无神，在惨白的灯光下好似一尊尊蜡像。

"徐莉莉，徐莉莉。"夏允儿终于忍不住低声叫道。

徐莉莉没有任何反应，一动不动地站在原地。

电梯里鸦雀无声。

夏允儿毛骨悚然。

电梯门徐徐关上，夏允儿终是没有勇气走进去。这一切太奇怪了，不，太恐怖了。

明明办公室没有一个人了，她们怎么又出现了，而且都是那副模样，好像是在……夏允儿脑中不敢说出那个名词……是在阴间。

"叮"又一扇电梯门打开，那是上行的电梯。

夏允儿向电梯里望去，里面空无一人，更无人出来。

先上去再说吧。

她鼓起勇气，强迫自己即将瘫软的双腿迈开步子，一摇三晃地走进电梯。就在她走进电梯的那一刻，霍然发现电梯里竟还有一个男人，此人站在一个角落躲过了刚才她目光的搜寻。男人个不高但很壮实，一头板寸配着正方的脸型，黝黑的皮肤沟壑纵横，一对圆圆的小眼看不到眼仁。除了这张脸，那身宽大的背心短裤更与这座写字楼格格不入。

夏允儿心里一颤，刚想出去，可惜电梯门已经关上。楼层键38层亮着，夏允儿暗暗叫苦，这电梯竟然要去顶层。她赶紧按开门键，然而电梯已经启动，又马上按24层，仍然没有反应。试了好几层，没有一个键能亮起来。

"小姐，你到底要去哪层啊？"一个沉闷的声音响起。

"我……我……去26层。"夏允儿说着，电梯已经过了26层。

"到顶楼你再下来吧，"男人笑了笑，如果那种表情算笑的话，"小姐这么晚了才下班啊？"

"嗯。"夏允儿站在按键边，与男人保持着最远的距离。

"你哪个公司的？这么辛苦。"男人大大咧咧地上前两步，"公司给加班费吗？哈哈。"

夏允儿向后紧紧靠着墙壁，"没有……一般不会有加班费。"

"哎，小姐还没嫁人吧？"

夏允儿没有回答。

"哈哈，找个男人赶紧嫁了吧，让男人养活你就不会这么辛苦啦。"男人又走进一步，已然来到夏允儿面前，"小姐你长得不错，喜欢什么样的男人？"

夏允儿抱着挎包，努力不让自己的颤抖太明显，她一边盯着男人，一边看着楼层显示，盼望着赶紧到顶层。但这部电梯竟如此之慢，她感觉堪比步行。

男人继续笑着，脸上的皱纹堆在一处，"咱们有挺有缘，晚上有空没，我请你吃夜宵。"

夏允儿把头扭到一边。

男人伸手顶在夏允儿身边的墙壁上，"不要不好意思，我就是想和美女认识一下。"

夏允儿被吓得不知所措，她再次无助地按着楼层键，无奈各个按键毫无反应。时间仿佛凝固，气氛窒息到了极点……

"叮"的一声，电梯门开了。抬头一看，电梯到了顶层。此时电梯内的一男一女都注意到门外站着一个人正在望着他们。

男人哈哈一笑，抽回了他的胳膊，随即摸摸她的脸，"宝贝我等你哦。"说罢走出电梯扬长而去。

一个女人走进电梯，按了23层。

夏允儿是多么熟悉那张冰冷的面容，此时它就像温暖的阳光。走进来的女人正是她的顶头上司——崔总监。她一把拉住崔总监的胳膊，"崔总，刚才那个男人欺负我。"

崔总监慢慢地把头转过来，冷冷地望着她，慢条斯理地说，"欺负你？"

"对，他……他耍流氓！"

"是吗？我看你们挺熟。"

"不，我不认识他，要不我报警吧。"夏允儿在包里翻找起手机。

"多大点事就报警。"崔总监冷笑，"他真要是对你怎么着，你也先找找自己原因。"

夏允儿如坠冰窟，她怔怔地望着崔总监不知所措。

"你还希望把这点破事传出去吗，对公司对你个人都不好。"

夏允儿后退了一步，紧紧靠住电梯壁。

"对了你干吗去了？"崔总监像是忘了刚才发生过什么，平静地问。

"我……我下班准备回家。"

"下班？现在才几点就下班？方案你做完了吗？"

"我……"夏允儿又糊涂起来。

"你的私事我管不着，但我们公司需要的是有事业心的人，你想混日子，赶紧找人嫁了吧。"

崔总监给她的打击不亚于那个流氓，她默默地立在原地，心如刀割。

电梯到了23层，崔总监走出电梯，又回头狠狠瞥了她一眼。夏允儿无奈，挪动着酸软的双腿跟了出来。

明亮的阳光射进办公室，每个工位上几乎都坐着人，大家一副忙碌的样子。夏允儿似乎对这已经麻木，有了刚才的遭遇，这捉摸不定的时间对她不再惊奇。就在她步入办公区的一刻，众人都步调一致地停下来，齐刷刷转向她，每张面容都似复制粘贴般，一模一样地印满鄙夷和蔑视，那一双双目光，就像一把把利箭射入她的心头。

这时她的身体又再次响起警报，腰腹的坠胀突然爆发，令她直不起腰。大脑像是不满头骨的束缚，想把脑壳胀裂，就连双眼都模糊起来，好似想主动逃避周围的目光。她的心脏，更是毫无节奏地激烈跳动着，不知道什么时候就会停歇。

不管怎样都得回家！夏允儿告诫自己。她转身返回电梯间，隐约听到那个尖厉的声音，"尽快把方案给我！"

电梯门打开，夏允儿迫不及待地冲进电梯。

"怎么了小夏？"一个温柔的声音。

夏允儿抬头，看到了那张帅气的面容，此时泪水夺眶而出，她扑进王总的怀里哽咽起来。王总轻轻抚摸着她的头发，"没关系小夏，谁欺负你了？"

夏允儿抬起头，"今天好奇怪啊，我……我怎么了？"

"没事的，你就是太累了，回家睡一觉就好了。"

王总的微笑减轻了她的痛苦，她几乎瘫软在宽大的怀抱中。王总温柔的注视着她，慢慢低下头吻在她的唇边。

本已关闭的电梯门无声无息地打开，随后此起彼伏的笑声传入电梯。夏允儿莫名其妙中转头望去，公司同事们站在门外，每个人都抬着一张诡异的笑脸，有的哈哈大笑，有的捂嘴偷笑，有的默默冷笑。在夏允儿眼中，这些笑脸扭曲着，转动着，像是一个个幽灵，连同那刺耳的笑声，不断摧毁着她的灵魂。

她转头望向王总，那张帅气的面容消失不见，取而代之的是那沟壑纵横的大方脸。那张脸狞笑着，好像猛兽注视着即将到手的猎物。夏允儿感到一股酸涩从胃里泛上来，恐惧和羞愧也同时泛上心头。她死命把男人推出电梯，一众笑脸和笑声终于消失在电梯门后。

夏允儿哆哆嗦嗦，靠着墙壁泪如雨下。此刻，她想努力忘却之前发生的一切，心中只剩下一个愿望——离开这里。下行的电梯又是异常缓慢，在电梯灯光无数次地闪烁后，终于到了1层。穿过闸机来到大厅，高大的玻璃窗外灯火阑珊，大厅里冷冷清清不见一个人影。自动感应的旋转门没有丝毫反应，就当夏允儿是一个鬼魂，无奈她只能使劲去推厚重的边门。边门微微摇晃但无法开启，心急火燎的她四下寻找出口均无济于事。

此时的写字楼，对于夏允儿来说如同地狱，她在心中默默祷告。她四下搜寻，原本一直忠于职守的保安也不见踪迹，她翻出手机，手机已经没电关机。夏允儿趴在玻璃门上，妄图等待来往的行人能够发现被困的自己，但不知为何楼前广场也是空无一人。

几近绝望的夏允儿努力平复了自己的心情，在鼓了无数次勇气后，她决定再回到办公室，那里有电话，也可以给手机充电。但来到电梯间，她的腿再次发软，那徐徐开启的电梯门好似恶魔的大口，而刚才一张张的笑脸，还在她的眼前飘荡着。万般无奈下，夏允儿步入电梯，电梯门快速关闭令她大感不妙，果然，楼层键都不好使，开关门键也无反应。夏允儿死命按着紧急呼叫键，然而电梯却在铃声中缓慢上升。夏允儿一点一点地后退，后退到电梯角落，她感到她的命运已经不属于自己，在电梯的缓缓上升中，死亡悄悄临近。

"叮"的一声，电梯在13层停下，电梯门无声无息地打开。夏允儿差点喊出了声，她屏住呼吸，紧紧盯着门外，好像死神在那里招手。几秒后，电梯门再次关闭，电梯恢复上行。

灯光仍然闪烁，广告仍然播放，空调失效的电梯间闷热异常，但这些已经无法吸引夏允儿的注意。她直勾勾地注视着楼层显示器，心率好像也随着数字的变化而跳动，当数字定格在26层时，她的心跳似乎也停止了。

被一种无形的力量所吸引，夏允儿缓缓走出电梯。电梯外的环境她已不再陌生。那条长长的走廊灯光昏暗，她踩在厚厚的地毯上悄无声息。她不知道该去往何处，只如行尸走肉般前进。

就在此时，走廊深处一扇房门开启，房间内明亮的灯光照亮了整个走廊。

"夏允儿。"一个声音叫住她。

夏允儿回头，一个女人快步向她走来。

"正想找你呢你就来了。"明亮的灯光也去除不了崔总监脸上的阴云，"刚才董事长让我转告你，鉴于你最近在公司的表现，董事长认为你不适合在公司工作，你去人力资源部结算一下，明天不用来了。"

恐惧、酸涩、委屈，内心的苦楚一股脑翻涌上来，连同肉体的痛苦，彻底击碎了夏允儿的心理防线。她转身奔向电梯，可惜身后刻薄的话语还是追上了她。

"外表看着挺乖，没想到这么放荡，哼。"

这次电梯一切正常，夏允儿快速来到工位。办公室恢复了夜晚的安静，但夏允儿顾不上这些，她一边流泪，一边拿起桌上的电话。听筒里一阵忙音，根本拨不出去。她又翻出手机充电，开机后竟然没有信号。办公室在她眼里慢慢旋转，那一台台的显示器都变成一张张笑脸，围着她肆意地嘲笑。头顶的灯光也像电梯里一样闪烁起来，让她更加头晕目眩。夏允儿瘫坐在转椅上，双手捂面，以为这样就可以逃离这个世界。

赶快离开这里！

倦意像海浪般向她袭来，她觉得自己像是三天三夜没有合眼，夏允儿只得强忍精神和肉体的苦楚，颤颤巍巍地站起来走出办公区。望着锃亮的电梯门，她的心跳得更加厉害。那不是电梯，而是一个恶魔，它纠缠着自己，吞噬着自己的灵魂。夏允儿尽管精疲力竭，还是转身去推楼梯间的防火门。防火门紧闭，唯一的出路还是电梯。她极不情愿地按下下行呼叫键，立即开启的电梯门又让她失声惊叫。

确定了电梯里空无一人，夏允儿小心翼翼地走进电梯，转身就按关门键。金属门徐徐关闭，就差一道缝时，一只手伸了进来，门被弹开。夏允儿惊慌失措，后退两步紧贴墙壁，她不知道将要面对的又是何方神圣。

解薇薇神情冷漠地走进电梯，像是电梯里没人一样。她转身关上电梯门，面朝外一声不吭。

夏允儿长出一口气，"小解你不是早回家了吗？"

解薇薇慢慢转过来看着夏允儿，像是看着陌生人，"我天天这时候下班。"

"你怀孕了就早点回家休息呀。"虽然觉得对方神情异常，已成惊弓之鸟的夏允儿还是希望能和熟人攀谈。

"怀孕？"解薇薇怪异地笑了两下。

夏允儿一头雾水，但她看到解薇薇平坦小腹，不得不再次质疑自己的眼睛。怎么会？之前她的大肚子一度让同事们猜测是不是双胞胎，可是……究竟是我的眼睛，还是我的大脑出了问题。

"夏姐你怎么还不休假啊，至于这么拼吗？"对方的话语中充满了嘲讽。

夏允儿不明其意，"啊？"

"快生了就休息嘛，为了当总监累坏了身体多不值。"

夏允儿越听越不明白，这是腰腹的坠胀感愈发严重，她不自觉地伸手抚摸，双手的感觉几乎让她疯狂。她低头一看，没错，自己的腹部高高隆起，正如解薇薇那时一样。

"怎么？我怎么？这不可能！"夏允儿反复按压着自己的腹部，脑袋嗡嗡直响。

"真羡慕夏姐啊，休产假不用干活还能拿工资，多舒服，现在还能生二胎，哎，我连个男朋友都找不着。"解薇薇全然不顾对方的反应，自顾自地说着。

"不，这怎么回事？我什么时候怀孕了？我都没有结婚，都没有男朋友。"夏允儿弓着腰抚摸着肚子，惊慌失措中都没注意到自己喊出了声。

"现在什么年代了，不结婚也能生孩子的！"解薇薇的脸上也呈现出那熟悉的嘲笑，"都说夏姐是很开放的人，果不其然！"

"不，我没有！"夏允儿正想辩解，腹部突然刺痛，疼得她直不起身。两腿间的一股暖流让她感到不妙，果然，鲜血顺着大腿流下来，一滴滴落在地板上，很快就成了一片。

下身的剧痛紧接而至，腹中好像有什么东西一沉，一团肉乎乎的东西坠在地上。她低头一看，一个血肉模糊的婴儿蜷缩着、蠕动着。

夏允儿的尖叫声响彻电梯，她抬头向解薇薇求助，对方的笑容好像更加灿烂。夏允儿觉得天旋地转，她知道自己马上就要晕倒。就在此时，头顶的灯光再次闪烁，忽明忽暗间，解薇薇的身影逐渐模糊直至消失。

脚下的呻吟声让她再次低头，刚才的婴儿竟然快速成长，它翻滚着、扭动着，原来一尺来长的身形转眼间就长成七八岁儿童的样子。夏允儿全身的血液都已凝固，她一动不动地贴着电梯壁，呆呆地注视着自己的"孩子"。孩子缓缓站起身，就在起身的短暂过程中，它像吹起的气球般迅速长大，待挺直身躯矗立在夏允儿眼前之时，它已蜕变为成年男人的模样。

夏允儿看着这个赤身裸体的健壮男人像是看见了地狱之门，就在她即将瘫倒之际，一只大手掐住了她的脖子，那凶狠的面容依然是标志性的狞笑，

当这种幽深的恐怖还在浸透夏允儿的心灵之时，电梯突然微微颠簸两下后，猛然下坠，这自由落体式的下坠让电梯内的两人都腾空而起。尽管如此，男人还是不依不饶地抓住夏允儿的衣襟，妄图扑倒在她身上。夏允儿尖叫着，好像被苍鹰利爪抓住的小鸟，绝望地扑腾着翅膀。电梯下坠越来越快，这时快要晕厥的夏允儿似乎觉得电梯翻了个个儿，电梯顶不知怎么变成了地板，下面的地板变成了闪烁着灯光的电梯顶。电梯不知什么时候也停止了下坠，她感觉不到任何失重或超重，似乎电梯已经安稳地停在那里。

一道明亮的灯光射入电梯，像是天堂的光明。随着电梯门的开启，一个身影冲进电梯，一声闷响后，夏允儿身上的压力陡然消失。几乎昏迷的夏允儿睁大双眼，看到一张熟悉的面容出现在眼前。那人跪在她的身边，伸手轻轻抚摸着她的面颊。

"夏允儿，夏允儿，你没事吧。"

是王总！夏允儿长出一口气。

"王总……王总，我还好。"惊魂未定中她想转头寻找，"那个流氓呢？"

"你不要怕，我已经把他打倒了。"

"王总，谢谢你……"

"你什么都不要说了，我来晚了，让你受苦了。对不起。"

夏允儿精疲力竭地躺在地板上，此时她已顾不上这么多，只求有人能把她救走。

王总俯身抱起她，"不要怕，我带你回家。"

王总话还没说完，电梯再次下坠。

与其说是下坠，不如说是翻转起来。夏允儿根本分不清上下左右，她只感觉到被王总紧紧抱着，两人在这狭小的空间里旋转翻腾。电梯里灯光越来越暗，王总的面容也越来越模糊，越来越远。

"夏允儿，夏允儿……"他的声音逐渐减弱。

夏允儿好像坠入了虚空，身体的感官正在一点点消失，消失。

"小姐，小姐……"

蒙眬中夏允儿感到一个声音在耳畔回响。她感到有人抓着她的肩膀摇晃。

"小姐你怎么样，没事吧？"

鼻下一阵酸麻，她这才意识到有人在掐她的人中。她使出最后的力气睁开双眼，当眼前模糊的视线略微清晰，她差点又吓昏过去。眼前的那张可怕的方脸不再狞笑，而是关切地望着她。

"小姐你坚持一下，救护车已经来了。"男人的声音似乎变了，变得洪亮。

"不要碰我！"这是夏允儿心里的呼喊，但她根本发不出任何声音，只能直挺挺地躺在地板上。

此时两个白色身影进入电梯间，其中一人俯身在夏允儿旁边查看。

"她没事吧？"那个男人问。

"电梯关了多久了？"白衣人说。

"快两个小时了吧，空调也坏了。"

"怪不得，密闭空间内缺氧，现在是半昏迷状态。"白衣人说罢给夏允儿嘴上扣上一个玻璃罩。"麻烦你帮我们把她抬上担架。"

三个人托起夏允儿抬出电梯，放在了门口的担架上。电梯门在他们身后缓慢关闭，顶部的灯光仍然不停闪烁，映照着质保卡上方的一张照片忽明忽暗。照片里是一张中年男人的方脸，严肃地望着前方。旁边是两行小字：

电梯维修员　洪利民

联系电话　15012456421

不出意外，广告屏还在循环播放着视频，画面中一个身材高大的帅哥从一辆豪车中下来，抬头望向眼前华美别墅的露台，露台上一袭红衣的妖娆女子正在冲他招手。

电梯外的男人目送着担架离开后，掏出一双白色的劳保手套擦着额头的汗水，这张脸似乎比电梯里的照片要年轻些。他一边拿出"正在维修"的牌子放在电梯口，一边打着电话。

"喂，小李你到哪了？对对，业主催我们快修呢，赶紧的！"

彗星来的那一夜

"没想到今儿结束得这么早，这次甲方很满意啊，不错不错。"产品经理顾建忠拍拍陆放的肩膀。

"是啊，不容易，折腾了那么久。"陆放整理了一下双肩包背带，跟着顾建忠走出电梯。

"时间还早，嗯，别回公司了吧，今天周末咱们都早点回家，走出写字楼，顾建忠掏出烟盒，示意陆放要不要来一根。

陆放摇摇头，"好的顾总，那我就先回家了。"

"好，周六周日也终于能休息一下啦，"顾经理突然像想起了什么，拉住陆放，"哎，晚上我和老孙他们去唱歌，你一起吗？"

人高马大的顾建忠在众人眼中也算仪表堂堂了，但此时陆放看到的笑容却是那么猥亵。陆放摇摇头，"抱歉顾总，晚上我还有事，你们玩吧。"

顾建忠点上烟，"男人嘛，在外面玩玩很正常，耽误不了你回家。"

"没，真有事，真有事。"

"哈哈，你还等着和老婆看一起彗星吗？那不勉强。有电话，不说了。"说罢顾建忠吐了口烟圈，接起电话，"喂，宝贝，怎么了？"边说边一摇三晃地走了。

看着他离去的背影，陆放心里哼了一声。这个顾建忠虽然前两年离了婚，但向来在公司勾三搭四，很让陆放厌恶。

不过彗星？什么意思。陆放掏出手机，快速搜索着。

果然，他找到了那条被他忽略的新闻：一颗编号为"C/Dusaida-Puramtaud"的彗星将于近日"飞临"地球，其上一次光临地球还是在几千年前，据有关专家研究，西周时期甲骨文中便有关于此颗彗星的记载。

放下手机，陆放叹了口气。他抬头望了望高大的写字楼，平整的玻璃幕墙反射着阳光，晃得他睁不开眼。虽说终于搞定了甲方，"码农"陆放并没有感到轻松，反而更加疲惫。

环顾四周，陌生的环境反而让他的心情舒畅了些。打开手机导航，他发现这里离家不远，而手机显示的时间又拖慢了他的脚步。这么早回家，老婆也没下班，她到家肯定会抱怨我不买菜做饭收拾屋子。结婚快5年了，虽然心中没有"七年之痒"，陆放已然感觉不到当初的甜蜜，只是每天按部就班过着平淡如水的生活，无论在家还是单位都如同在打工，好像这就是他应该执行的程序。"生个孩子就好啦，你们的注意力就全在孩子身上了。"朋友如是说。陆放不以为然，有了孩子岂不更过得更像奴隶，说实话，他又怀念起当初的单身生活起来。

鬼使神差中，他在路旁一家别致的咖啡店前停下了脚步。陆放不爱喝咖啡，更是极少来咖啡店，这并不是说他觉得自己的气质与小资的咖啡店格格不入，相反，他清高自傲，一向以工程师自居，平日喜欢读书音乐，虽然也打打游戏，但和那些产品经理们却没有共同语言。也许是产品终于过关给予他了安慰，也许是千年后回归的彗星改变了他的心境，他竟然走进了咖啡店。

店里播放着陈奕迅的《红玫瑰》："得不到的永远在骚动、被偏爱的都有恃无恐……"陆放的心里跟着哼唱起来，站在收银台前纠结了许久，他都不知道想喝什么，那些人同小异的名字让他目眩。看到服务员微笑的表情僵硬起来，他赶紧随便点了一款，拿了咖啡找了个僻静的座位坐下。

苦涩的咖啡不合他的胃口，喝了几口便放下了，陆放拿出手机无聊地刷着朋友圈，"彗星事件"无疑成为热点，大家争相转发评论着，有炫耀学识的、有抒发感悟的、有秀恩爱的，一时间好不热闹。

"陆放？"一个清脆悦耳的声音在陆放面前响起。

陆放抬头，一双俏皮的大眼忽闪忽闪，目光中带着三分惊讶三分欣喜。

"啊，Hi！"陆放的心猛然一缩，周围的景物和声音霎时都沉寂下来，"是你啊。"

"好久不见啊。"

"是啊，是啊，好久不见。"陆放呆坐着，一时不知所措。

"这有人吗？"

陆放这才反应过来，"哦……哦，没有，请坐请坐。"

女孩大方地在对面坐下，陆放这才意识到自己还端着手机，连忙放下。

再次见到叶梦，五六年前的往事如轻烟般飘上陆放的心头，这轻烟渐渐稠密，凝聚为浓雾，凝固为黏胶，死死地堵住陆放的心。

"怎么，不高兴看到我啊。"

"没……没有，怎么会？"

"那就好，今天还真巧啊，咱们也有五六年没见了吧？"

"嗯嗯，真巧。"

"这几年看来你变化挺大啊？"

"哎……是啊，老了。"陆放摇摇头。

"你样子一点都没变,我是说你以前不来咖啡店,现在变了啊。"叶梦莞尔一笑。

"哦,没有啦,今天来这边给客户汇报,结束得早就来坐坐,平时我也不来的。你今天怎么来这边了?"

"哦,这么巧,我下午也是来这附近见个客户。你怎么样啊现在?"叶梦把手中的纸杯放在桌上。

"还好还好。"

"还做'IT'?"

"对,对。"

"结婚了吧?"

"结了。"

"有孩子了吗?"

"还没。"

"哈哈,你怎么不问问我呢?"

陆放这才反应过来,"哦……对对,你这些年还好吗?"

"就那样呗,还在那家报社。"

"没结婚?"

叶梦摇摇头。

陆放一惊,"还一个人?"

"是啊,工作太忙了,总是加班,都没时间谈恋爱呢,陆放你说怎么办呢?"

叶梦的话像尖刀一样插在了陆放心窝,他努力压抑住内疚之情,"辛苦啊,看来赚大钱也不容易啊。"

"现在报社能赚什么钱,都快倒闭了,你看我是不是憔悴了许多？"

"没有没有，你还是老样子。"陆放说的是心里话，这么多年过去，叶梦仍如初见一般，精灵可爱、楚楚动人。其实，她算不上典型的美女，脸型略显狭长，眼眉也不算俏丽，身形细高单薄，在众人看来不过是平平无奇勉强及格，然而对于陆放，她确实如此的清新脱俗亭亭玉立。

"哈哈，谢谢啦。"叶梦笑着，眉毛如当年一样跳动着，陆放的心也随之悸动起来。

"对了，你看新闻了吗，彗星的事？"陆放一时想不到说什么，便找了个话题。

"哦哦，知道啊，不会撞地球吧？哈哈，据说很罕见呢，不知道是不是好的预兆。"

"我倒不迷信，不过几千年一回倒是很难得，说不定我们还能看得到。"

"嗯嗯，不知道对它许愿会不会灵。"叶梦突然看了看手机，"对了，晚上有安排吗？"

"嗯，没有啊。"陆放心中又是一颤。

"咱们这么有缘，晚上我请你吃饭啊。"

"好啊，我请你。"陆放故作沉着，心里却乐开了花。

"你想吃什么？"

"你定吧，我都行。"

"我单位附近那个商场里有家还行，要不去那？"

"嗯嗯，好。"

"你怎么来的？"

"坐地铁过来的。"

"哦，那咱们叫个车吧。"

"好的，我叫我叫。"

坐在出租车上，陆放虽然直视前方，但眼神时不时地偷瞄身旁的叶梦。那年令他铭记终生的一幕幕场景，再次投映在脑海中。两个人沉默着，好像都想把话留到餐桌上。

落日的光芒通过车窗射在陆放脸上，他眯起眼睛，身体有意无意地向叶梦靠了靠。叶梦好像专注于车外的街景并未留意，那年的春天，和她同坐一车时，陆放多少次想把头靠在她的肩膀，可惜从来没有鼓起过足够的勇气。

也许是前些天持续的加班使他疲惫，也许是不断的回溯往昔令他迷失，阳光照耀下的陆放困顿起来。

蒙眬中，陆放发现自己驾车行驶在环线上，道路上车流汹涌，可是平常一贯小心谨慎的他却开得飞快。

"我说你慢点啊！"

听到声音，陆放这才发现朱晓玲坐在副驾。

他没有答话，反而开得更快。

"小心点啊，还有孩子呢。"

朱晓玲的提醒吓了陆放一跳，他回头，后座一个五六岁大的小姑娘呆呆地望着他。

我女儿吗？我什么时候有女儿了？

心烦意乱中，陆放忍受不住前车缓慢的速度，迅速向左侧并道，刹那后，车身猛地一晃，陆放顿时感到天旋地转——撞车了！陆放明白过来，他使劲想推开车门，车门纹丝不动。他转头，副驾的妻子竟然消失不见。惊慌失措中，陆放回头，看见女儿还在后座，她把头埋在蜷曲的身体里，看来是受到了巨大的惊吓。

陆放想喊她的名字，却怎么也想不起女儿叫什么。

"喂，宝贝，宝贝你还好吗？"陆放喊道。

女儿一动不动。

陆放使劲往后座钻，但不大的车厢却扭曲拉伸着，无论他怎么爬，近在咫尺的后座就是无法达到。陆放爬得满头大汗，渐渐地，那后座也延展着，延展着，竟然变成了一张床，周边也刹那黑暗下来。陆放好像并不吃惊，他终于爬到了床上，靠近了床头的女儿。

"宝贝你怎么样？"陆放伸手抓住女孩的手臂摇晃着。

女儿慢慢抬起头，那面孔不是惊慌，而是喜悦。

"是你！"陆放喊了出来。

那是叶梦的笑脸。

这时，那五六岁小姑娘瘦弱的身形消失不见，她完全变成了叶梦，陆放双手紧紧搂住她的腰身，好像她随时就会消失。就在他想要开始下一步的行动时，叶梦突然推开了他。

"答应我，你愿意为我做任何事。"

陆放拼命点头。

陆放刚松下一口气，叶梦与他之间的空间突然拉伸，那朦胧的身影霎时远去，陆放起身奔去，无奈叶梦如飞般离去，渐渐化为远方的流星，空留陆放无助地追寻着。

"叶梦，叶梦。"陆放呼唤着。

"陆放，陆放。"

陆放感到有人在拍打自己。

"陆放，陆放。"

他睁开眼睛，一张笑脸正望着自己。

"才这么一会儿你就睡着了？咱们到了。"

"不好意思，这几天加班太累了。"

"那你还答应和我吃饭，早点回家休息多好。"

"没事，我都习惯了。"陆放打开车门拎包下车，和叶梦走进商场。

熟悉的商场里仍是人来人往，顶层的那些餐厅好像换了好几家，叶梦带他走进的，却是当年常去的那家餐厅，而当他再次来到这里，一时恍惚起来，就好像昨天刚刚来过似的。

二人落座，看着菜单。

陆放手机微信来了信息，"下班给我带点葱蒜回来。"是妻子发的。

"我晚上还要加班，不回去吃了，明天去买。"

妻子只回了一个撇嘴的表情。

晚餐非常愉快，二人聊着这些年的经历，吐槽着令人不悦的人和事，感叹时光的飞逝。

"这些年你一点没变嘛。"叶梦说。

"哪有，老了老了。"陆放嘴上这么说，心里很高兴。

"不光是外表没变，性格什么的也没变，结婚对你没什么影响啊。"

"是吗？哈哈。"

"这家店许久没来了，刚才一进来，我感觉却像昨天刚来过似的。"

陆放的心咯噔一下，"是吗？我也有这种感觉呢。"

"哈哈，看来我们真是心有灵犀呢。"

听叶梦这么说，陆放反倒不好意思起来。"啊，对对。"他终于忍不住转换话题，"这些年你怎么没谈恋爱呢？"

　　"不知不觉一个人这么多年就过去了，有时我自己也在想为什么。前两年我还挺着急，现在我也不急了，缘分嘛就是这样，也许很快就会到来的。"

　　"你这么好，很快的。"陆放不知道怎么安慰。

　　"我们当年就是差了一点点缘分吧。"

　　陆放一直在等叶梦先提及他们的过往，然而这句话还是刺中了他的内心，一股酸楚涌上心头。

　　"当初怨我，都怨我。"

　　"你别误会，我真不怪你，我只是觉得我们差了点缘分。"

　　陆放点点头，"当初都怪我小心眼，我以为我在你眼中只是一个普通朋友。第一次表白你拒绝了我，我以为……"

　　"其实我很喜欢你的，你那次太突然，我那时候还没有准备好要谈恋爱，不过你后来对我一直若即若离的，我也不知道你的想法。"

　　"每次看到你和别的男人在一起，我就很痛苦。其实我一直想再次对你表白，有好几次我的话都到了嘴边，就差那么一点点，都怪我太犹豫。"心中的那股酸楚继续向上涌动，陆放的眼眶湿润了，他努力克制着自己，生怕泪水夺眶而出。

　　"我那时候不成熟，干什么事都喜欢有人陪着，可能让你误会了。不过之后我不联系你，你也不联系我了哈，就这样默默失联了。"

　　看到叶梦闪闪的眼眸，陆放心如刀割。他沉默了，此刻言语已无法表达他的心境，他只能静静地看着曾经的爱人，而这张餐桌，似乎是无法逾越的海洋，分割开那本应相拥的两颗心。

　　"哎，不说这些啦，看来缘分又让我们相遇，以后我们还是做好朋友吧。"伤感迅速从叶梦眉眼间退去，她又恢复了俏皮的微笑。

"嗯。"

陆放却没有如他名字那样能轻易放下，嘴上和叶梦闲聊，心中还幻想着对面的女孩若是他的女友会是怎样。

"对了，咱们聊起的那颗彗星，说是今晚就能看到哦。"

"啊，是吗？"

"嗯嗯，先想想许什么愿，万一晚上看到了呢。"

"我的愿望很简单。"陆放说。

"什么啊？"

"希望你能够早日得到幸福。"

"哈哈，谢谢啊，许愿还想着我。你记得当年你推荐我看的那一部电影吗，《彗星来的那一夜》？"

"嗯嗯，想起来了，一部科幻电影。"

"虽然没怎么看懂，但觉得彗星能开启平行的世界，挺神奇的。"

饭菜基本吃完，两人还在亲切地聊着，可惜陆放的手机铃声不合时宜地响起。

"喂，晓玲，怎么了？"

"你加完班了吗？"

"呃，快了。"

"你说你要加班我就留在办公室改了会卷子，这会刚到咱家附近地铁站，你能不能过来接我一下？"

"啊，怎么？"

"特别奇怪，从单位出来我总觉得有人在后面跟踪我，我有点怕。"

"嗨，怎么会呢，你想多了吧。"

"你心就这么大啊，快来吧。"

"行吧行吧，你等会儿。"陆放无奈地放下电话。

"怎么，嫂子查岗呢？"叶梦笑。

"哎，她不知怎么疑神疑鬼的，我得去接她一下。"

"没事，我们也吃完了，回家吧。"

"你怎么回？"

"我家不远，我去坐公交。对了，咱们还没加微信吧，我电话一直没变，微信号就是电话号。"

"好的，一会儿我加你。"

"好，常联系哦。"

与知心者相处的时间总是短暂，在这个分别的时刻，当年的最后一次分别对于陆放而言仍历历在目。

"谢谢你请我吃饭哦，有空再聊。"

陆放微笑着挥手再见，望着叶梦离去的背影，他久久不能释怀。

朱晓玲坐在站台长椅上，看到陆放，脸上显出异样的神情。

"你怎么才来啊，吓死我了。"

"你想多了吧，谁会跟踪你啊，财色双无，人家图啥？"

妻子狠狠捏了陆放一把，"讨厌，快回家。今天学生气死我了，考得那么差，上课还乱糟糟的，回家还要担惊受怕，真是心累。"

到了家，陆放陪妻子在沙发上看了两眼无聊的综艺节目，后来实在没有兴致，钻进书房打开电脑准备玩两把游戏排遣忧愁。

"还玩啊你，怎么比我学生还烦人，一会儿早点睡！"

"知道了，就玩一会儿。"

"快去洗洗睡觉。"

"急啥。"

妻子已经上床，电脑前的陆放仍然毫无睡意，今天连游戏他都提不起兴趣。鬼使神差地，他穿好衣服，想要下楼走走。

"这么晚你干吗去？"

"下楼走走。"

"你有病啊？这么晚了快睡觉。"

"那我去阳台抽根烟。"

陆放来到阳台，初夏的晚风轻拂面颊，就像她的笑容。窗外万家灯火，陆放极目远眺，属于她的那盏灯光在哪里？她现在做什么呢？

从小陆放就和女生接触得少，也没谈过几次恋爱，但发自内心来说，叶梦肯定是他最爱的姑娘。无奈当初自己太不争气，连再次向她表白的勇气都没有。

人生一大遗憾啊，陆放感慨着。

"我们当年就是差了一点点缘分吧。"叶梦的话刺痛他的心。

缘分，什么是缘分呢？

缘分是种虚无缥缈的东西，它就像天上的那些星星，能对我们产生什么影响吗？应该不会。但一点关系也没有吗？未必。但相比缘分，陆放现在更害怕的是另一个词语——责任。

自己已是有妇之夫，妻子虽谈不上温柔贤惠，但的确是会过日子的人，作为一个负责任的男人，应该安心老老实实和妻子生活，何况感情又没有破裂。

然而无论陆放如何反复否定那处在出轨边缘的意识，只要一想到那个名字，一想到那可爱的容颜，他的内心便会刺痛。理性与情感在他脑中厮杀着、纠缠着，久久无法停歇。

突然，东方暗红的天际出现一个一颗闪亮的小点，缓缓向西方移动着，许久后才引起了陆放的注意。起初以为那是飞机，但仔细分辨后，他打消了这一念头。他想用手机拍照，但镜头中的亮点模糊不清。

是它吗？

"先想想许什么愿，万一晚上看到了呢。"那个声音响起。

是啊，那就许个愿吧。

那颗神秘的大体如同有种特殊的吸引力，陆放双手扶着栏杆，身子向外探去，好像是想离它更近些似的。然而刚才还在清晰斗争的大脑竟然眩晕起来，天上的星星和地上的灯光融成一体，世界混沌迷离直至黑暗。

陆放翻下了阳台。

当陆放睁开双眼时，他以为这不过又是一场梦。但一切的感觉都那么真实，真实的让他怀疑自己的判断。繁茂的绿树、舒缓的草坪、粼粼的湖水，那清风、那鸟鸣、那花香，这是梦吗？

陆放认识这里，那一年，他经常来这散步，只不过那时，他有人做伴。如今故地重游，一种莫名的伤感扑面而来。

此刻，他正坐在湖边的长椅上，夕阳穿过高楼的间隙铺洒在湖面，闪闪的金光迷离了他的双眼，自己是又进入了一个梦境呢，还是刚从另一个梦境中醒来？

一切对他这么熟悉，但似乎又有不同。记得湖东边有个亭子的，现在也不见了踪迹，湖中原来茂密的荷花又去了哪里，就连身下的长椅好像也换了模样。

哎，好些年没来这里了，如梦初醒的他不禁感慨万千。

我怎么到这里了？之前发生了什么？陆放努力回忆着。对了，下午要给甲方汇报来着，自己怎么一个人跑这里来了。一看手机，快十点半了，他恍惚起来，这么晚了太阳还没下山？我刚才睡着了吗？我要去干吗呢？

陆放起身走出公园，抬头一看，一座熟悉的商场出现在眼前。

奇怪，我怎么记得今天来过这里，还不是一个人来的，是和谁呢？陆放一边回忆，一边走进了商场。

对了，是她，我今天又遇到她了。

是啊，没错，晚上在这里和她吃的饭。陆放的记忆像是迷路的孩子，终于找到了家。和她吃完饭我接晓玲回家了，后来到阳台上，看见了彗星，然后……然后，然后我好像昏了过去。

那怎么……难道这真是一个梦？

陆放掐了掐胳膊，痛感非常清晰。他仔细观察着周围，一切都那么的真实，真实的令他恐惧。

是她！

不远处的一个身影再次击中陆放，他的目光跟随着那身影，脚步跟随着目光，亦步亦趋，追了过去。

是她，没错。修长的身材、干练的短发、优雅的步伐，缘分看来并非虚无缥缈，我们竟又再次相遇。

欣喜暂时赶走了困惑，陆放加快脚步，与梦中人的距离越来越近。

那个名字已经到了嘴边，陆放正要出声之际，前方的身影突然停下，和对面的一个男人打着招呼。

陆放停下脚步，他不想打扰二人的交谈，当然，出于人之常情，他向那个男人望去，这一看，惊得他眼珠差点迸了出来。

那人不是别人，正是他自己。

虽然那格子衬衫和牛仔裤与当下正穿的不同，但绝对是自己的风格，而那张方正的脸颊和整齐的毛寸，不是他自己又能是谁？

但是，这怎么可能？

就在陆放呆呆地站在原地惊讶万分时，前方两人肩并肩悄然离开。虽然他的大脑一片混乱，但仍然指挥着双腿迈步向前跟了过去。

难道世界上还有和我长得一模一样的人？怎么可能，那人的相貌、身材、举止、神态，分明就是我陆放。看来，看来这真是一场梦境。

陆放一边胡思乱想着，一边小心翼翼地跟着二人站上一个又一个自动扶梯，直到商场顶层。

两个人没做停留，径直走进一家餐厅店面，餐厅外的陆放停下了脚步。还是这家餐厅！陆放抬头看看招牌，又环视了周围环境。奇怪，记得刚才来的时候周边不是这几家餐厅啊，怎么变样了？只有眼前这家熟悉的餐厅没有变化，和几年前都一模一样。

"进来坐吧，您几位啊？"餐厅门口的迎宾小姐热情地招呼着，眼神中却有几分的困惑。

陆放木讷地摇摇头，目光盯着走进店里的两人，脚步慢慢移动着，身体来到了橱窗旁。透过玻璃，他看到二人在一角落里相对而坐，女人看着手机，男人翻着菜单。

陆放恍惚了，他好像回到了刚才，以一个第三者的身份观察着自己曾经的经历，如同在体验一种"TPS"式的"VR"游戏，这种感觉非常奇怪，奇怪到让陆放产生恶心的感觉。

陆放小心翼翼地隐藏着，生怕餐厅里面的二人发现外面偷窥的自己。其实他多虑了，二个人时而交谈，时而各自看着手机，根本没有向橱窗外望过一眼。

我是陆放，他是谁？如果他是陆放，我又是谁？这个世界上会有两个陆放吗？

陆放思索着，越想越恐惧，他的目光离开餐厅里的二人，在商场里漫无目的地搜索着。突然，天井内挂着的巨大广告屏吸引了他的注意，并不是因为那性感的内衣模特，而是屏幕下方闪动的日期。

2022 年 5 月 13 日，星期五，19：22

他拿出手机，信号格虽然全部虚显，但日期时间清晰无比。

2022 年 5 月 13 日，星期五，22：22

这可能吗？陆放看过无数多的科幻电影，早就习惯了穿越的套路，但真正发生在自己身上，他是无论如何也无法接受。梦境，穿越，还是幻觉？陆放无助地瘫坐到地上，狂跳的心脏无法冲开大脑中的一片混沌，他大口喘着气，不断安慰着自己。随着时间的推移，理智终于再次占领高地，陆放逐渐平静下来，他站起身子，侧身向橱窗内望去，餐厅中的自己和叶梦还在吃饭。陆放离开橱窗，趴在天井栏杆上，认真梳理着今天的经历。望着天井内商场各层的商铺，陆放轻松了许多，记忆也像显影的胶片一段段重新出现并清晰起来。

陆放向下望去，一层地面似乎是如此遥远，抬头一看，天棚的灯光星星点点，如同在阳台看到的星空。陆放一惊，好像又感到头晕，急忙离开栏杆。

今晚最后的记忆是在家的阳台上，没错，就像刚才那样靠在栏杆上。我一阵头晕，哦，不，我掉了下去。难道我死了？当下的感觉如此真实，不可能是死亡或幻觉。只能说那刚才的猜测没错，我穿越了。我穿越到了和叶梦晚餐的那个时间，难道因为这是一段美好的回忆？

虽然这个想法很奇怪，但陆放不能不暂时接受。随之而来的问题就是，怎么回去呢？要能回去，必须得知道是怎么过来的。为什能穿越呢？

陆放一边思考着，一边又来到橱窗旁张望。叶梦正在喝着饮料，对面的自己则在说着什么。看着看着，陆放心中的不安感隐隐产生。

哪里不对呢？眼前的那个陆放和叶梦似乎要熟悉许多，绝对不是自己和叶梦晚餐的神情，反而更像……更像自己和朱晓玲的状态。想到这里，陆放又困惑起来，他集中精神，把从公园长椅醒来到当前的经历又过了一遍。突然，他的心中像劈入一道闪电，他好不容易建立起来理智世界再次崩塌，脚下不免又绵软起来。

"晚上我是和叶梦是一起坐车来的。而刚才，刚才分明是他们先在一层见面然后一起上来的。不，不，这不是穿越到了三个小时前，这到底是怎么回事？"

如果不是穿越到了刚才，那么只有一个可能，就是……

陆放拿出手机，手机仍然没有信号，陆放并不感到意外，他打开无线局域网设置，连入了商场的"Wi-Fi"。

微信无法登录，陆放没有在意。打开常看的新闻 App，陆放长叹一声，原来如此。

今日开盘上证指数高开低走收盘时下跌 2.9%、湖人主场 92：106 负马刺……

陆放虽然没有过目不忘的记忆，但他清楚地知道，这绝不是晚上自己看到的新闻。

这一切的一切，只能说明一点，自己确实穿越了，但不是穿越到了刚才，不，准确来说，是穿越到了刚才，但却是另一个平行世界的刚才。

为什么呢？

千年一遇的彗星光临地球，今晚我国北方大部分地区可见。

当这条新闻进入陆放的眼帘，他心中豁然开朗。应该是这样，没错，晚上天上那个亮点应该就是它，看来正是这颗彗星开启了平行世界。

　　想到这里，压在陆放心头的巨石好像减去了一半。还好穿越到了刚才，晚上还能看到彗星，还能够穿越回去。陆放此刻不免又兴奋起来，毕竟，这不是人人能有的经历。他仔细地打量着眼前的世界，熟悉的景物在陆放眼中又陌生起来。

　　这个世界和我的没什么大的不同啊，不知道那个我有什么区别？陆放正在胡思乱想，这个世界的陆放和叶梦已然走出了餐厅。陆放一惊，急忙转过身去，故作镇静地向橱窗里张望。二人并肩路过陆放，并没有发现有何异常。

　　陆放长出一口气，内心还未从在震惊和惶恐中完全恢复，身体却诚实地跟了上去。他从未跟踪过别人，也不知为何自己会这样做，但他发现，跟踪比他想象的要简单许多。前方不远处的两人从未回头，他根本不会有被发现的危险。

　　二人寸步不停，径直来到地下二层的地铁站。出乎陆放的意料，他们并没有分别，而是一起进站。如此一来陆放更要探个究竟，他尝试着用手机刷卡进站，无奈手机不起作用。眼看二人就要走下楼梯消失于视线外，情急之下，他四下打量看到周围人没几个人，牙一咬心一横，纵身跳过了闸机。

　　忐忑不安中，陆放匆匆来到站台，焦急地前后张望。幸运的是，站台人不多，他一眼就看见了目标。陆放谨慎地躲在柱子后面，目光紧紧盯住那两个身影。

　　列车来了，二人一起上车，陆放也走进相隔的第三个车门，目光穿过稀稀落落的人群，他能够清晰地观察到二人的一举一动。他们拉着扶手，各自看着手机，偶尔抬头交流着什么。

　　他们要去哪啊？这个世界的他们比我们的关系似乎要近许多。

陆放一边猜测，一边抬头看着车门上的线路图。各个站点和他的世界一模一样，陆放心中哑然失笑，如果两个世界如此相似，还有存在的必要吗？

当地铁列车在熟悉的那站停下时，不远处的目标悄然下了车。陆放当然也下了车，此时，他的心里沉重起来，一种奇怪的感觉涌上心头，难道，难道是这样？

二人不慌不忙地出站走上大街，陆放尾随其后，然而现在的他却轻车熟路起来，因为，眼下走的正是回家之路。直到二人走进小区，走进住宅楼，陆放才放弃了那一丝的侥幸。

这个世界中我和叶梦竟然是在一起的！是男女朋友，还是夫妻？陆放心中五味杂陈，他不知是该高兴还是难过。然而最终占据他心头的，是深深的嫉妒。

为什么，为什么这个世界的我能和自己最爱的人在一起？这不公平，不公平！陆放在楼下绿地中徘徊，抬头看着那扇亮起灯光的窗，心中满满的妒意不断酝酿，烧得他坐立难安。初夏的晚风轻拂面颊，又让他想起那美丽的笑容。我要是活在这个世界里该多好，陆放仰天长叹。夜空寥落，闪烁着几颗不甚明亮的星星，这突然令陆放想起了什么。

没错，今晚彗星还会来，说不定我还可以回去。他在长椅上坐下，抬头仔细地观察着夜空，期待它的到来。如他预料，那个神秘的天体终于出现了，其实它并不显眼，只是较其他星星明亮一些，并且以一种肉眼能够察觉到的速度缓慢移动着。

陆放目不转睛地盯着彗星，等待着奇迹的发生，然而近一个小时过去，自己还是坐在小区绿地里，没有丝毫的变化。

"啊，对了！我是在掉下阳台才穿越的！陆放恍然大悟。"想要回去，看来必须得冒这个险。陆放下意识摸了下口袋，钥匙果然在里面。虽然彗星移动缓慢，但现在也到了西方的夜空，陆放知道时间所剩不多，他也不再犹豫，进了单元门径直来到家门口。

陆放把耳朵贴在防盗门上仔细倾听，房间里悄无声息。他掏出钥匙，小心翼翼地打开房门。客厅里漆黑一片，书房和卧室的门都关着，灯光透过门缝射出，在黑暗里分外显眼。突然，卧室方向一亮，门开了，惊得陆放心脏骤然狂跳，情急之下，他一个箭步躲进厨房。

毕竟是自己的家，尽管身在厨房，他还是清楚地听出来有人从卧室走进了书房。随着关门声响，他长出一口气，探头看了看没有人，又溜出厨房。

穿过客厅就是阳台，陆放看到了希望。就在他迈步向前时，他犹豫了一下，转过身，悄悄来到卧室门前。把门轻轻推开一个小缝，陆放向里望去。那朝思暮想的梦中情人，刚刚关上衣柜柜门，转身倚靠在床头看着手中的平板电脑。屏幕的亮光反射着姣美的面庞……

羡慕、嫉妒、恨，这个世界的他为何如此幸福。陆放关上房门，黑暗中他叹了口气，那个念头再次涌上心头。要是能活在这个世界该有多好……这其实很简单，让他消失，代替他。

不行，怎么让他消失呢？

怎么不行，那不过是另一个我，这不过是选择另一种生活而已。

想到这里，陆放潜行到书房门口，同样推开一道小缝向里张望。不出所料，那个自己坐在电脑前打着游戏。

陆放心里盘算着：他戴着耳机听不见，我悄悄到他身后，用什么东西勒死他，把他装在我那个大号行李箱里，明天租辆车带到山里埋了。我就是他，没人能发现什么。这样，我就可以和叶梦幸福地在一起了。

想法残酷而美好，但若真正决定行动起来，并非那么容易。对于他这个老实本分的码农来说，杀人真的是另一个世界的事情。时间一分一秒地过去，不知不觉中他的脑门和手心满是汗水。

如果我从阳台跳下去，未必能回去，说不定会摔死，不如我就杀了他，要是失败，我还有时间跳下阳台，反正都是冒险。陆放盘算了一下两种行为的可能后果，决定还是放手一搏。

陆放蹑手蹑脚地走进客厅，正要蹲下身拉开抽屉，突然听到卧室有响动。他赶紧转头观瞧，发现那边光线一亮，门似乎又开了。陆放慌乱起来，看见阳台门开着，他猫腰快步钻进阳台。陆放把身体紧紧贴在阳台门边上，小心探头向室内观瞧。

叶梦轻轻趿着拖鞋，看起来非常小心，悄然走到书房门口，推开房门看了看。

她在干吗？陆放困惑起来。

接下来的一幕，陆放不止困惑，简直是震惊。

叶梦走回卧室门口，打开房门，招了招手。一个男人走出房门，此人身材高大，面庞硬朗，他沉着脸，冲叶梦扬了扬下巴。

另一个男人出现在家中，已让陆放惊讶万分，当认出这个男人是谁后，更让他五雷轰顶一般。

顾建忠！

"放心，他戴着耳机听不见。"叶梦的话语虽低，但清晰地穿过阳台来到陆放耳边，顾建忠点点头，大步流星走到书房门口，回头看了一眼叶梦，推门而入。此时，陆放才注意到男人大手中捏着的板砖。

片刻后，低沉的撞击声从书房传出。而阳台中的陆放，也像被击中般，脑袋发蒙，腿脚不听使唤，慢慢瘫坐在地上。

虽然脑中一片混乱，屋里的对话还是听得真真切切。

"怎么样？"

"搞定了。"

"太好了，五年了，终于解脱了。"

"哈哈，刚才在衣柜里站得腿都麻了。"

"是吗？辛苦了亲爱的。我和他进家门的时候你就进衣柜了吧，真的好久了。他今天不知怎么了，跟我磨叽了好久才去玩游戏……"

对话停止了。陆放浑身发冷如坠冰窟，一时间呼吸都困难起来，他使尽全身气力，再次探头向屋里望去。那对男女此时已经纠缠在了一起，两张嘴发疯般地撕咬着，男人突然抱起女人就要冲进卧室。

"亲爱的别着急，先把他处理了。"

男人停下来，想了想这才把女人放下。

"对对，不能坏了大事。"

"扔了他你就先回去，咱们以后的日子还长着呢。"

"好，我先把他扔下阳台。"

男人转身进了书房。

陆放挣扎着站了起来，万念俱灰中，他又看到了西方天空那个亮点。眼前的万家灯火在他的眼中迷离起来，他的心冷得连每一次的跳动都会一痛。

这不是我的家，不是我的世界。痛苦与失望中他闭上双眼，翻下了阳台。

坠落而来的失重感一闪而过，陆放觉得自己安稳地坐在地上，没有任何的不适。他睁开眼睛打量四周，令他惊讶的是自己仍然安全地坐在阳台上，好像什么都没有发生。他侧耳倾听，室内一片寂静。

陆放小心翼翼地侧身向屋里望去，客厅空无一人。他没明白发生了什么，等了许久发觉仍毫无动静后，这才慢慢起身走进客厅。卧室和书房仍有光亮从门缝泻出，陆放蹑手蹑脚来到卧室门前，轻轻推门观瞧。床上躺着一个人，面朝里盖着被，似乎已经睡着。另一侧床头柜上的台灯不知为谁亮着。

叶梦吗？顾建忠呢？后来发生什么了？

好奇心战胜了恐惧，陆放轻轻走进卧室，眼睛不自觉地看了看高大的衣柜。柜门关着，却增加了他的不安。他硬着头皮来到床的那一侧，尽管光线不甚明亮，但当他看清此人面庞的那一刻，陆放顿时心花怒放，如同中了大奖，双腿一软几乎跪在地上。

床上躺的不是别人，正是他的妻子朱晓玲。

此时此刻这张原本令他感到乏味的面孔瞬时美丽起来，好像圣母般纯洁安详。

感谢上天，我又回到了我的世界，回到了我的家。

似睡非睡中的朱晓玲似乎感到了丈夫的出现，她睁开眼，看到丈夫傻傻地站在窗前，一脸幼稚的笑容。

"你干吗呢？"

陆放兴奋地扑到妻子面前，吻着她的面颊，"太好了，太好了，老婆我爱你。"

"你没事吧你。"朱晓玲睡眼惺忪又困惑不已，"都几点了，赶紧睡觉！"

"好嘞好嘞，我洗洗就睡。"陆放给妻子盖了盖被，兴高采烈地走出卧室。

太好了，我又回来了。糟糠之妻不下堂，还是自己的老婆好。

此时消失了许久的幸福感又荡漾在陆放心头，他又找到了新婚时的感觉。

也许刚才在阳台不过是大梦一场，赶紧睡觉吧。陆放自我安慰着，突然想到书房电脑还没关，他急忙走进书房，一边摆弄着电脑，一边还在回忆着今晚发生的那或真实或虚幻的一幕一幕。

也许是太过专注，陆放没有注意到书房的门悄然关上。当他听到身后的动静时，自己的脖颈已被紧紧勒住。他在惊慌中全身奋力挣扎，咽喉紧锁使他无法发声，窒息感让他头晕眼花，"砰"的一声，他从椅子上跌落。此时陆放稍有喘息之力，然而一个身影又从身后迅速压到他身上，一双手使劲掐住了他的脖子，陆放再次陷入危机。

虽然陆放的双眼开始模糊，但他还是清楚地看到这个人的面容。这张脸比窒息更令他绝望，因为这是一张他自己的脸。

"陆放你又折腾什么呢？"卧室中的妻子听到了动静。

"没事，不小心把椅子碰倒了，你先睡吧。"压在陆放身上的人抬头说道。

陆放死死盯着此人，腿脚还在摆动挣扎，但越发无力起来。似乎是把全身的力量和着重力都集中在双手之上，陆放毫无反抗的可能。

陆放的世界逐渐黑暗、冰冷，依稀间他听到遥远而又低沉的声音，"陆放，在这个世界里你居然和晓玲在一起，你不配，我才是最爱晓玲的人，对不起了！"

彗星来的那一夜发生了许多事情，但或许什么也没有发生。

我是谁

一

很多人认为写小说是个轻松的工作，是，也不是。对于作家来说，一生有一两部经典足以载入史册，而大部分作家至死也是默默无闻。有的作家才思敏捷、灵感喷涌，百万字信手拈来，有的作家精益求精、断句炼字，多年才磨砺出一部精品。别以为那些成功的作家人前衣着光鲜、谈吐潇洒，其实在创作中尝尽了多少的苦痛。为了专心写作，有的作家把衣服锁在柜子里，有的作家把自己锁在屋里，以便让自己足不出户，心无旁骛地创作。

如果是职业作家，他面临的风险将会更大，即便写出优秀作品也很可能生不逢时，或者被挤压在严肃文学与通俗文学的夹缝中成为二者的弃儿。即便写出一部名利双收之作，又有谁能保证他能够持续的产出呢？一旦灵感枯竭或读者的兴趣转变，坐吃山空后又将何去何从？

幸运的是，我不会有这些顾虑。我是谁呢？你可以认为我是个作家，但准确来说，我只是个写作顾问，当然，你要是理解为"枪手"也未尝不可。我为作家们出谋划策，为他们的故事构建框架、设计情节，甚至是代写主要内容。

我是文思泉涌型的写手，也不为生计发愁，我做"枪手"纯粹是职责使然。我觉得我存在的意义就是写作，就是小说创作。创作出引人入胜的故事，为文字赋予生命，就是我的宗旨。

眼下我又有了新的任务：一部关于复仇的悬疑小说。我很期待，你们期待吗？

二

冰凉的雨水浇在我的额头，将我从睡梦中惊醒。如果知道浑身的酸痛那样难以忍受，我真不想醒来。一抬头，颈椎嘎嘎作响，好像百年未动的门轴。我用双手撑住地面，稍一用力，背部的肌肉好像要撕裂开来，痛得我发出一声惨叫。

这叫声令我意外，因为这声音之尖利似乎不可能出自我的喉咙。我猛吸一口气，再次喊出声，然而传入我的耳膜的声音竟然更加的凄厉。

有人吗？恐惧中的我本想喊出这样的话语，然而声带和整个咽喉像是已经被炭火灼烧，冲出唇齿的声音仍是无法辨识的哀号。

为什么，为什么我说不出话来？

比这更恐怖的是，双眼中模糊的视线逐渐明晰，任凭雨水侵袭的我逐渐认清了周围环境。时间应该已经入夜，阴暗笼罩着周围的一切。我似乎是坐在一个废弃的厂房里，周边生锈的庞大机器在黑暗中像是地狱的恶魔，虎视眈眈地凝视着我这个孤独的羔羊。我伸手遮挡雨水，抬头望去，高大的屋顶大半已经坍塌，露出暗红的夜空。雨水肆无忌惮地泼洒下来，让本已万分痛苦中的身躯更加冰凉。

这是哪里？我是谁？我再次试图发声，然而依旧是含混的嘶吼在寂静的空间内回响。

我使出浑身气力站起身来，身体每一块骨头、每一块肌肉、每一根神经都在反抗我的意志，这该死的身体疼得我想就地死去。比起肉体上的痛苦，精神上的煎熬与恐惧更令人崩溃。

我不记得我是谁，我如何来的这里，我说不出话，我每一个动作都痛苦万分，我该怎么办？难道这就是地狱？

"当当当"。

我确听到了几下金属的敲击声，但回音使我无法分辨它的方向。

"当当当"。

声音更加响亮和清晰。

有人吗？我大喊。

虽然我知道我所发出的只是嘶喊，但也算是对那声音的回应。

"当当当"。

透过雨声，我终于分辨出那声音的来向。我扭头望去，除了破败的厂房和机器，并无他物。

"当当当"。那声音似乎又近了些。

我忍住躯体的苦痛，使出浑身气力挪动脚步，绕过眼前一个造型诡异的机器，向后望去。

终于，终于我看到了一个移动的物体，尽管，尽管那只是一个模糊的影像。那个物体从不远处的楼梯缓缓下降，像一辆有轨电车，伴随着"当当"的声响。

在这个陌生的环境里，我无法辨别对方的身份，只能将自己隐藏在机器后，小心观察着那个物体的行踪。

我吃力地抬起右手擦了擦眼睑的雨水，一面靠在冰冷的机器上，一面探头观察。那个模糊的影像终于稍微清晰了一点，可以辨认轮廓，那肯定是一个人的身影，一个高大的男人。他不紧不慢地一步步走下台阶，像是一只狮子在巡视自己的山头。至于那声音，是那个身影拿着一根粗大的棍棒敲击栏杆的声音。

金属撞击声停止，取而代之的是物体在地面滑动的声音。身影已经走下台阶，拖着铁棍，缓缓向我这边走来。

他也许可以救我，但更大的可能是相反的结果。我屏住呼吸，强忍疼痛，一步步向厂房外走去。

"你想去哪啊？"低沉但清晰的声音传入我的耳朵。

这声音像是尖刀刺入我本已脆弱的心，我咬紧牙关加快了脚步。

"哈哈，跑吧，跑吧！"

我听话地跑了起来。

厂房的两扇铁门一扇关闭着，另一扇门轴已坏，门扇斜搭着，露出一人多宽的缝隙。虽然只有不到十米的距离，但那缝隙对我而言却那么遥远。尽管遥远，为了那一线生机，我仍然拼命奔去。

分不清身上是雨水还是汗水，那道缝隙终于距我一步之遥，我抬手，指尖几乎就要伸向户外。

"当"！

一根粗大的铁棍闪电般戳到了门扇上，挡住了我的去路。惊慌中我转头一看，一双饿狼般凶狠的眼神死死盯着我，肥厚的嘴唇露出邪恶的笑容。

"跑啊，怎么不跑了？"

我急忙转身，想再寻出路逃命。右腿还未迈出便感受到一股钻心的疼痛，瞬间便不受意志的控制，失去平衡的我立即翻倒在地。

倒地的我明白，自己挨了一铁棍。我顾不上疼痛，双手死命扒拉着湿滑的地面，像一条在岸上垂死挣扎的鱼。

对方没有要放过我的意思，一阵大笑后，我的左腿同样被狠狠一击，于是，我的哀嚎和他的狂笑在厂房中回响。

一只大皮鞋重重地踏在我的后背，那压力愈来愈大，我的肺简直要从口鼻中迸出。眼前的世界也模糊起来，只有那只铁棍有节奏地摆动着，好像敲响了我的丧钟。

我是谁？我为什么会在这里？

三

"再稳点，不要赶时间！"霍伟东在我脚下两米外喊着。

阴冷的山风让我的关节略微有些僵硬，伟东说得对，清晨不是攀爬的好时候，但一来是这条路线难度不大，二来希望以这种方式到达山顶看日出，在我的坚持下，我们还是出发了。

说实话我现在有些后悔，太阳升起前山间的薄雾带给岩石些许潮湿，而这却是攀岩者最为忌惮的，好在我们都不是新手，两个小时后，距崖顶只有七八米之远。

我回头望向地平线，那鱼肚白的天际已经开始泛红，旭日即将开始新一天的旅程。我低头，愈发明亮的天色中，伟东英俊的面容也愈加清晰。森林像绿色的海浪般在我们脚下浮动着，几只飞鸟滑翔而过，好似水里的鱼在游弋。

"别向下看啦，专心点！"伟东又是大喊。

"知道了，别喊啦，留点力气快点爬吧。"我一边向下喊着，一边把一个岩石塞敲入石缝。

挂好快挂，我搓了搓镁粉，把手迅速伸向上方的一个岩点。也许是我太心急过早起脚，也许是岩石表面潮湿，我右手一滑失去了岩点，紧紧踏在一块岩石边缘的左脚无法保持我身体的平衡，我在自己的惊呼声中下坠，刹那间被刚安置好的岩石塞挂住。

就在我的心略微安稳之际，那岩石缝陡然碎裂，我和岩石塞一起下落，巨大的惯性让上一个岩石塞被拉出石缝，我在惊恐中继续下坠。

也就是一两秒后，随着我腰下的安全带猛然一紧，我就像钟摆般贴着崖面摆动起来。

"快把自己稳住！"一个焦急的声音从上方传来。

我的脑中一片空白，出神地望着脚下的林海荡漾着。

我是谁？我怎么在这里？

命悬一线的我竟然紧张到几乎失忆，我全身麻木，只有心脏在胸腔猛烈地跳着。

"珊珊，别往下看，快把身体稳定住！"

他的声音终于把我拉回现实世界。我抬头望去，伟东已经将我的扁带挂在了他身旁的岩石钉上，此刻他一手攀着岩点，另一只下垂的手紧紧握住我的扁带，眼睛死死地盯着我。

"快点，不要再晃了！"

我如梦初醒，急忙用脚摩擦岩面让自己稳定下来。身体稳定下来的同时，我努力平复自己的情绪，让理智夺回被惶恐占据的心绪。

原本只是担心时间问题，没想到能在这样简单的路线上出事。可惜我现在来不及后悔，一股寒意迅速从脚下传遍全身。我抬头望望伟东，刚一张口，发现牙齿都颤抖起来。

"伟东，你别用力拉我，你会脱手的！"

"你先别管，赶紧找找岩点！"

不用他提醒，我已经搜寻了好几遍，无奈这片岩面非常光滑无可攀附。

"我找不到岩点。"我的回应颤抖起来。

"不要慌，你再看看。"

我急迫地四下搜索着，我和伟东都深知，这种情况下多耽误一秒，就会增加一分的危险。

"珊珊，快看你十点钟方向那个凸起。"

我向那个方向望去，伟东说的那个点很好把握，但是距我几乎有　米半。

"太远了，我够不到！"

"我知道远，你可以荡过去！"

"太悬了吧……我没做过这种训练……"我嘴上虽这么说，但心里知道，这是唯一的办法了。

"必须试一试，别想太多！"伟东提高了音调给我打气。

但是，我心里却放不下，抬头望着伟东。

"怎么啦？"

"要是不成功会拖累你的！"

"傻瓜，怎么还想这些，抓紧时间。"

"伟东，你要答应我，该放手就放手！"

"别说傻话，你是我未婚妻，我怎么会放手！"

我望着伟东，他那张严肃的面孔像我们初次见面时那样微笑起来，瞬间给我注入新的力量。

我转头盯着那个岩点，那蜡黄色的岩石竟然泛起嫣红，那是初生的朝阳投去的光辉。我在心中默默祈祷。

"不要耽搁了亲爱的，荡起来！"

我的双脚和双手撑住岩面，慢慢向左边移动，不精通物理的我也知道，摆幅几乎接近一米五，安全带上肯定会增加大半的重量，而那颗岩石钉能否承受绝对是个未知数。

我使劲向右方用力，身体在岩面上摆动起来。那个目标岩点离我越来越近，我全神贯注地盯着它，好像目光就能把它抓牢。然而我拼命伸出的右手距它仅不到七八厘米的时候，我的身体已经开始从最高点回摆，刹那间，一股冰凉的冷气从心间弥漫开来。

"没事，借力再试一下。"上方的声音再次鼓励我。

我深深吐了口气，借着向左方摆动的惯性攀附岩面发力，感谢能量守恒定律，我再次向右方的高点冲击。

我仍然没有抓住岩点，好消息是距离也就在一寸之间。

"快，再试一次。"伟东的声音焦急起来，一股不祥之感笼上心头。然而快速的摆动来不及让我多想，我赶紧搓了下镁粉便再一次向那个生命的支点荡去。

成功的登顶带来的是征服的兴奋，而成功的挽救自己和爱人生命带来则是重生般的惊喜。当我把一个岩石钉钉入岩缝在上面挂好快挂，我长出了口气，故作轻松地向着上方的伟东招招手，丝毫没有感觉到全身已被汗水浸透。

伟东也微笑着招招手，"我按既定路线上去，你上面这片岩面我看了应该更简单，不过你还是得小心！"

当我和伟东在崖顶拥抱在一起时，红日已经完全跃出地平线，欣然注视着脚下的这对情侣。

"刚才好悬，我看那颗钉子快坚持不住了。"

"你为什么把我的绳子挂在身上，你不知道万一我出事了你也……"

伟东深深的一吻让我无法再继续说下去，许久后，我靠在他的肩头，望着朝阳和林海，感受着两个人相同的心跳。

"真不和我一起去了？我的毕业典礼真希望你在那里。"伟东问道。

"抱歉伟东，公司的实习我不能不去。"

"别在国内找工作了，跟我出去吧，同校的一个学长要和我合伙开公司，我需要你的支持。"

"我妈妈的情况你不是不知道，我还走不开……"

沉默了片刻后，伟东搂住她的肩膀，"珊珊，我先打拼几年，有了基础你再过来。"

"珊珊，无论怎样我们永远在一起。"

"嗯，永远在一起。"

四

加州夏季的阳光总是那么的耀眼，五年前初来此地时，我这个土生土长的芝加哥人还是非常不适应。如今，我已经可以安逸地躺在圣何塞郊区别墅的游泳池边晒日光浴了。按照雅洁的说法，硅谷是我的福地，当然一开始我并不以为意，觉得一家科技公司在此成功创业并不算稀奇，但这些年来上千家公司陆续倒下，类似"视界"规模和主攻领域的公司现已寥寥无几，我终于理解了雅洁的意思。

"你五行缺土，芝加哥、东西海岸都不适合你，硅谷属土，是你的事业之地。"雅洁的话我听不太懂，据说这是中国千年前就流行的学说。

"平常多爬爬山也是很好的，能让你从大地中汲取能量。"

接受过现代科学教育的我无法理解如何从大地中吸取能量，但雅洁的话语中似乎就有无尽的能量，让我不得不信服。

"哈哈，好啊，看来我就是安泰俄斯。"

雅洁的到来好像一股清凉的山风吹进燥热的硅谷，初次见她是在一个中国客户的派对上。我认识不少中国女人，有华裔，也有汉语非常流利的留学生，还有随嫁过来的富太。都说亚裔女人温柔善良、妩媚多姿，直到见到雅洁，我才体会到东方美女的神韵。

雅洁是个美丽的女子，但绝非身材火爆的那种性感，而是更具知性和温婉的独特气质。中国客户向我特别介绍了她，她的父母都是知识分子，这丝毫不出我的意外。让我感到诧异的是雅洁竟然是做软件开发的，随着更深入的了解，我对她愈发钦佩，因为她不仅具备深厚的专业知识，在艺术文化、社会科学、也是如数家珍。甚至，甚至她还有一个令我更感意外的爱好——攀岩。

"听说离这不远的优胜美地有不少绝佳的路线呢。"听说我以前也攀岩，雅洁说。

"啊，是啊，以前我经常去，试过一段酋长岩。"

"是吗？那有机会请你指导我哦。"

"呃，我现在基本不玩了，公司太忙。"

当雅洁说想来我们公司应聘，我立即答应了她，我承认我的目的并不单纯，但这种想法对于任何一个事业成功的男人都不过分。当然，我也调查了一下她以前的工作经历。来美国前，她在中国一家并不出名的网络公司做研发，推出了几款网络游戏，也参与过"AI"项目。

科技公司的悲哀是，哪怕你是行业领军者，也可能短期内迅速被时代抛弃，只能通过不断创新，去甩开层出不穷的竞争者，这的确是无比的难事。"视界"当初以一款"AI"辅助写作软件"Write the Future"起步，如今已是"AI"和虚拟现实领域的翘楚。然而如同雅洁说的中国古语，"逆水行舟，不进则退"，如今公司的发展进入了瓶颈，缺少创业初期令人振奋的产品，"视界"与其他公司的差距也越来越小，加之当下经济不振，华尔街魔鬼们的剥削越发变本加厉，这又给我平添了几分担忧。

就在这个时候，雅洁来到美国、来到硅谷、来到"视界"，我原以为她给我带来的只是精神上的鼓励，而大出我意外的是，她提出了两个极具创新性的"AI"算法，将图灵测试的通过率提高了3%，五角大楼竟然也开始与我们取得联系商谈项目，一切都开始改变。

老实说，我从不缺少女朋友，加上露水姻缘的女人更是不想去统计。女人对我来说只是一个伴侣，释放激情和少许的精神安慰，相比女人，我更喜欢事业的成功，征服世界的喜悦更加刻骨铭心。

然而雅洁不仅在外表上吸引着我，她那温婉又略显高冷的气质与我接触过的女人都不相同，而且更重要的是，我知道，她能成为我事业上绝佳的帮手，实现我的理想。

"没带泳衣吗？"我家的派对上人来人往，男人女人都在尽量享受加州的阳光，而雅洁仍是一身优雅的长裙。

"哦，我不喜欢游泳呢。"

"这抱歉了，其实这个泳池派对是为你举办的，为什么不喜欢呢？"

此时雅洁慢条斯理地向我介绍了"五行"理论，听得我云里雾里。

"我命里犯水，应该少碰水。"

"哈哈，神奇的理论。你能预测未来吗？"

"那我还做不到，只能算出些禁忌吧。"

于是我知道了我"五行缺土"，也不要过于亲水。

"哎，我还想买艘游艇呢。"

我们聊到了爬山，聊到了攀岩。

"好久没攀了，生疏了。"

"公司目前停步不前，我觉得就是你放弃了攀岩，不能从大地吸收力量了。"

"你是认真的吗？"我故作惊讶地问。

"哈哈，开个玩笑。但你真该再继续，咱们一起。"

我想了想，虽然心里有所抵触，但看着雅洁清澈的双眼，我还是同意了。

雅洁的攀岩水平同样令我吃惊，这个看似纤瘦的躯体竟蕴藏着无穷的力量，她的技术和风格也像她的软件开发一般，严谨又极具想象力。也许是五行学说真的有道理，重拾攀岩后公司又推出了几款明星产品并得到了大众的认可，而且在人机交互领域我们也找到了具有潜力的合作方。但我觉得，雅洁是我的幸运之星，我不能没有她，对，至少是目前，我不能没有她。

接下来的事情非常顺利，顺利得有点出乎我的意料，但其实也在情理之中。我承认我情史丰富，但那也因为我的魅力和与之相配的财富，我想除了这点打动雅洁外，我们都还有相同的事业追求和爱好。更重要的是，对于我而言，我不能让这样一个女人不属于我，她必须为我所用。

几年前我那颇具才华的合伙人背叛了我，如今我不允许这种事情再发生。但怎样让一个女人离不开你？结婚是一个不错的选择。说实话，一直以来我没有想过结婚，但为了让雅洁留下，我必须结婚。我要牢牢地抓住她，抓住她的身体，抓住她的心灵，直到……直到她失去利用的价值。

我和雅洁终于征服了埃尔多拉多峡谷陡峭而美丽的红色砂岩墙，科罗拉多干热的季风很快吹干了我们的汗水。在崖顶之上，我双膝跪地，捧上了那颗近6克拉的钻石戒指。

"Yes, I do."这是雅洁的回答。

五

都说异地恋是爱情的终结，虽然我不完全认同，但与他天各一方的日子里，思念和忧虑始终淹没着我。还说女人最大的幸福是相夫教子，这一点我更不能认同，然而现在心中居然泛起了做全职太太的冲动。当然，这并不是因为我繁忙的工作，或许，就是一个女性的本能吧。

"恭喜啊珊珊！"多年的闺蜜举杯向我庆祝。

"谢谢！"

"我以后就得倚靠你啦美女！"合伙人再次端起酒杯。

"别开玩笑了，都是大家的功劳。"

不胜酒力的我已经感觉到自己的脸红得发烫，但朋友们仍然不依不饶地进攻。

"谢谢谢谢，喝不了了，你们继续，非常抱歉我得回去了，这次我请客哈！"

"别啊，别走啊！"

"是啊珊珊，庆功宴的主角怎么能走呢？"

"大家别难为珊珊了，人家还得赶回家和男友聊天呢。"闺蜜替我解难。

"是呢，美国现在天亮了，哈哈。"

"珊珊你这两地分居也不是事，赶紧把你男朋友召回来给你打工，要不得有多少男人惦记你呢。"

好不容易应付完各路好友，我叫了车，拖着喜悦又疲惫的身体回了家。进了家门匆匆忙忙给自己倒了杯热水，打开浴缸水龙头后，我迫不及待地拨通了伟东的视频电话。

"嗨，聚会结束了？"伟东已经到了办公室，他今天又没剃胡子，蓬松的头发显得脸颊更加消瘦。

"是啊，被灌了不少酒。"

"哎，少喝点嘛，多喝热水啊。"

"没办法啊，国内的酒局你又不是不知道，今天还是我请客。"

"你是公司大功臣他们还为难你，太不像话了。对了，还没来得及恭喜你呢，太棒了亲爱的！"

"谢谢啊。"

"怎么了，好像你并没有那么开心。"仅仅通过手机屏幕，伟东就察觉到了我的不安。

"没……没什么，拿到了天使轮我当然高兴，可是现在资金有了，压力也来了……"我喝了口水。

"这个我明白，创业就是这样，有压力才会有动力嘛，但亲爱的你要注意身体别太疲惫。"

"伟东你那边怎么样，美国最近好像很乱，你要小心。"

"没事。我那个项目杜菲同意了，应该很快就能推出了。"伟东面露喜悦。

但是我却高兴不起来，伟东还在国内的时候，我和他一起开发了一个"AI"项目，虽然我同意拿去硅谷开发，但心里还是不舍。"伟东，现在国内市场很好，你回国一样的，还可以帮我。"

"这个我知道，但是能在硅谷开拓一片天地毕竟意义不同，杜菲好不容易拉到了投资，我想试试看。"

"伟东，那我们……"两年的等待不算漫长，但也让我焦急万分。这两年间母亲离我而去，早年就失去父亲的我更加孤苦。伟东可以说是我唯一的亲人，我不想去异国他乡漂泊，唯一的希望就是让他回来陪在我的身旁。

"珊珊你放心，我认真考虑了，你再给我点时间，我只是想证明我自己。现在一事无成回国也会被人笑话……"

"伟东，没人笑话你……"

"珊珊，希望你理解我，我不想不明不白的就回去。我们发过誓言要永远在一起，我不会辜负你的。"

"伟东我相信你。你在那边也要小心，我听说那些人心眼儿也很多。"我了解伟东，他就是一个单纯的技术男，不晓得社会的复杂、人心的险恶。

"这你放心，创业中的科技公司都很团结的，再说这边很讲个人隐私的，在公司我们只谈工作。"

"是吗，他们都不知道你要快结婚了？"

"哎呀，你们女人的思维真是。我说过我在中国有女朋友快结婚了，不过他们也没见过你。"

"哈哈，你办公室没摆我的照片吗？不是说美国都那样吗？"

"哪有啊，我是没见过，我连杜菲结没结过婚都不知道呢。"

"好吧，我信你。最近有去攀岩吗？"许久没有去户外的我又回忆起与伟东一起攀岩的那场惊险。

"有一段时间没去了，上次还是半年前和杜菲去的。"

哗哗的水声从浴室传来，我明白是浴缸的水满了。

"好了伟东你快工作吧，要注意休息啊，我看你又瘦了。我去泡澡了。"

"好呢，泡完澡早点休息吧，晚安亲爱的。"

"晚安！"

挂了语音通话，我将身体沉浸在温暖的水中，眼睛盯着水面微微荡漾的泡沫，思绪却如同蒸腾的水汽般散发开来。自己不幸的童年、刻苦的读书求学、母亲的离世、甜蜜的恋爱、艰辛的创业之路，然而对人生的回忆与对未来的憧憬最终又汇集到一个人身上，那就是伟东。无论他身在何处，我的心始终和他在一起。

我理解他，我信任他，他会回来的。

六

"Write the Future"是我的视界公司开发的第一款明星产品，公司的转折点也在于此。顾名思义，这款软件是一个辅助写作的软件，它的立意，就是让每个人都可以成为作家。"Write the Future"几乎收录了世界上所有的小说和戏剧作品，甚至还包括各国历史和民间野史，并与维基百科同步更新，同时还时刻关注全球各个领域各个层次的新闻报道。通过学习总结千百万个故事，它能够将各类情节、段落、场景融会贯通，给写作者提供各方面的支持。你可以让它帮助你完善大纲，也可以替你润色笔墨，指出逻辑漏洞或相似的文本出处，还可以帮你出谋划策，写出最适合的桥段。当然，你甚至可以只写下故事开头，剩下的就交给"Write the Future"。

"Write the Future"虽然没让公司赚到大钱，但它让"视界"被世界所知。从此后，公司的后续产品被资本和大众所关注，"视界"发展蒸蒸日上，产品横跨"AI"、互联网、网络游戏等领域，不久后顺利上市。

人生就是这样，在你生命的各个重要时期，都可能遇到一个关键的人物，他可能帮助你，也可能伤害你，还可能毁灭你。

实话实说，"Write the Future"并不是我一个人的创意，它的构建者，是当初视界另一个创始人——霍伟东，一个我现在不想再提的名字。但平心而论，他确实给了了莫大的帮助。上帝就是如此眷顾着我，就在公司陷入瓶颈前途堪忧时，又一个贵人出现——一个同样来自东方的田雅洁。

当年的霍伟东，我无法强迫他，而现在的田雅洁，却完全属于我。因为，她是我的合法妻子，帮助我，是她做妻子的义务。而她，也在努力地完成她的义务。

雅洁开发的"AI"算法块让视界的"AI"体系又上了一层楼。升级后的"AI"不仅能与人类完美交流，甚至还能模仿特定的人类性格，或者模仿与使用者最合适的人类性格，使得交流更加舒适。这还不够，我们几乎可以把一个人的思维和意识复制到"AI"里，即使他逝去，我们仍可以和他顺畅地交流。

关于最后这点，我和妻子有着相同的想法。视界目前并没有推出这种产品，一是因为它涉及人类伦理，二是科技公司也需要战略技术储备，我们已经领先行业，但没必要显得领先过多。

我们的婚礼低调简洁，虽然我不明白为什么雅洁这样要求，但我还是答应了她，也许这就是东方人的性格吧。我不在乎这种无伤大雅的小事，虽然我朋友说恋爱后的我改变了许多，他们抱怨结婚后的我不像之前那么爱玩了，与他们的联系也少了。可我不这么认为。

"你怎么像扎克伯格一样被东方女人勾去了魂？"他们调侃我。

其实我只是想把更多的精力放在公司上而已，当然，在雅洁的帮助下。

"亲爱的，你不觉得公司这几款游戏很无聊吗？"

雅洁裹着浴巾从浴室出来，看着躺在床上玩游戏的我说。

"是吗？我觉得还可以啊。"

"视界应该不满足于还可以吧。"雅洁擦着头发。

我沉默了片刻，"雅洁你觉得，我们应该开发什么样的游戏？"

"我现在还没有具体的想法，但我觉得沉浸式的游戏肯定是方向。"

"'爱米娅号'不就是虚拟现实游戏吗？很真实了。"我晃了晃手边的"3D"眼罩。

"还不够真实，"雅洁坐到床边，"人机互动才能提供最真实的感官体验。"

"嗯。"我知道雅洁说的是什么意思，据我所知，这种当年《黑客帝国》里的科幻现在已经有了雏形，但它还不成熟，潜在的风险还是不确定的。

"'SUNSON'的研究已经有突破了，我相信很快就能商业化。"

"但是……"

"我知道你的疑虑，但我的建议是，收购'SUNSON'。"

我笑了，"开发什么产品我可以说了算，但收购公司……这得董事会决定啊。"

雅洁也笑了，"亲爱的，你现在搞不定你的董事会了吗？"

我心中一颤，这句话戳中了我的痛处。每一个公司的创始人都想把公司做大做强，然而现代公司的规则又是如此的滑稽，你创造了一个公司，但它很可能就不属于你了，当年的乔布斯就是前车之鉴。

这些年来，我像一只机警的牧羊犬般守卫着我的公司，然而它还是混入了狼群。现在的董事会我只能勉强控制 60%，那些华尔街的饿狼们蠢蠢欲动，无时无刻不想夺取我的胜利果实。

"我会搞定董事会的，收购'SUNSON'！"我把心一横。

"好啊，咱们应该再去攀岩一次，给你打打气！"

一年后，视界成功收购了"SUNSON"，这条消息登上了科技类新闻的头条。对了我来说，好事不仅如此，我让雅洁进入了董事会，并且把当年霍伟东那部分股权转给了她，我们夫妻合力，能够更好地控制我的视界。视界永远是我的。

"太棒了雅洁，68.5% 的五星评价、27.9% 的四星评价，从来没有过哪款游戏有这样高的分数。"我看到内测版的评价，异常兴奋。

"谢谢亲爱的，只能说达到预期了吧，但要正式上市还得修改 20% 左右。"雅洁优雅而自信地坐在我办公桌上。

"我就是喜欢你的精益求精，好的，但要注意效率，我听说'惊雷'的新游戏也快上市了。"

雅洁笑笑，没有说话。

她工作的这种劲头，不禁让我想起一个人，一个我不愿提起的人。

"雅洁，还有个小问题。"我伸手抚摸着妻子迷人的小腿，"为什么游戏里有个虐杀的支线任务，会不会被指责有暴力倾向？"

"首先这是'M'级的游戏，暴力内容完全在规定的范围内，其次呢，适当的暴力能够宣泄不良情绪，在游戏中施暴总比在现实生活中施暴要好吧。"

"嗯……有一定的道理，但是咱们的游戏体验太过真实，我不希望对玩家造成不良影响。"

"放心吧，我们有心理学家的评估，再说真有问题我们可以随时下线这个任务。"雅洁拿起我在她大腿上摩挲的手，"亲爱的我先去忙了。"

我起身搂住妻子的腰给了她一个深吻，雅洁摸了摸我的脸，还我一个微笑。我望着她走出办公室的背影，心中感慨万千。上天注定要让我成功，尽管攀登之路让我付出了代价，但一切都是值得的。

七

刺骨的寒冷将我从无处回忆的梦境中惊醒，我的眼睑也像被冻住了一般撕扯着，使我只能从一线的缝隙中向外窥探。我被浸在一个宽大的浴缸中，水面完全没过我的身体，在我的嘴唇边微微荡漾。水龙头还在掉落着水滴，一滴一滴如同敲响了我死亡的丧钟。随着意识的清醒，冰冷与窒息感愈发强烈，一股强大的求生欲望被激发起来，大脑的神经信号冲向麻木的四肢，我猛然从浴缸中坐起，趁着还有力气，扒住浴缸壁将身体和大量的冰水一股脑地倒在了湿滑的地面上。

浴缸低矮的高度却摔得我头晕眼花，我蜷曲的躯干紧紧贴在瓷砖上，眼睑终于得以完全分开，于是我一面喘着粗气，一面四下打量着。这是一个豪华的浴室，宽大的浴缸旁还配有独立的淋浴间，长长的梳妆台面，高大的浴室柜，高档的抽水马桶，各种金属挂件反射着银色的光芒。浴室墙壁、地面都是纯白的瓷砖，在刺目的白色灯光映照下，看似天堂，实则渗透着地狱般的恐怖。

我是谁？我是怎么到这里的？这是什么地方？

无力的回忆加剧了我的头痛，我低下头，这才注意到我自己。我只穿着一条黑色的单裤和一件白色的 T 恤，它们都湿漉漉地紧贴在我瘦弱的躯干上，像水蛭般吮吸着我的灵魂。赤裸的双脚和双手白皙而浮肿，若不是双眼所见我根本感觉不到它们的存在。

不，我不能就这样躺在这里。我拼命抬起头，前方一个白色的物体映入我的眼帘。那是一扇高大的房门，闪亮的门把手像光明使者般向我招手。我深深呼了口气，意念中将身体残存的力量汇聚起来，摆脱了冰水，我的体温在回升，身体重新振作起来。我慢慢坐起身，伸手扒住台面，在摇摇晃晃中站了起来。

眼前一张惨白的面容着实吓了我一跳。两腮和双眼深陷，蓝色的眼眸黯淡无光，双唇并不比脸颊有更多的血色，凌乱的暗红色胡须比头发还茂密。

我到底是谁？

望着镜中的自己，我又无助地发问。我转头望向房门，也许，答案就在门外。

我手扶着台面，慢慢向门口走去，尽管已经小心翼翼，但还是差点滑倒。当我的手抓到门把手的那一刻，希望与恐惧在我的心中激烈的碰撞着，也许是错觉，那门把手似乎热了起来，我心一横，用力拉开了房门。

黑暗！

这是我第一的感受，也许是浴室的光线过于刺眼，许久，我的眼睛才逐渐辨认出门外的情景。这是一条昏暗的走廊，走廊尽头一盏小灯半明半暗。四下寂静无声，只有身后水龙头滴答的水声有条不紊地传来。我慢慢地迈步出门，双脚踏在了厚实的地毯上，一种久违的温暖给了我力量，我鼓起勇气向有灯光的方向走去。

暗红色墙壁上似乎挂了不少油画，但我无暇顾及这些。一扇深色的房门出现在我的右手边，我下意识地转动门把手，但房门紧锁。

我继续前进，那盏挂在墙上的电灯离我越来越近，我看清前方是一个丁字路口，我走到这里，向左看去，黑洞洞的望不到尽头，向右看去，这边走廊要亮一些，能清楚地辨认出左右两个房门的位置。

就在我要迈步右转的刹那，几声诡异的笑从脑后传来，惊得我汗毛倒竖、两腿发软。那笑声很远，好像从天边传来，却又很近，就在耳畔回响。我的脖颈瞬间僵住，我的头像是拧一个生锈的水龙头般，一点一点地向后转。

两个小女孩出现在我经过的走廊，不，是一对双胞胎。她们的外貌、神态、动作几乎一模一样，昏暗的光线下两双天真无邪的大眼望着我，相同的面容都泛出似笑非笑的奇怪表情。我全身的皮肤像过电般发麻，腹股沟一阵紧缩，忍不住后退了两步，靠在了墙壁上。此情此景下，这两个玩偶般的女孩真比恶魔还要恐怖，我刚要叫出声，她们却哈哈大笑了起来，更令我毛骨悚然的是，双胞胎明明都抿着嘴，这笑声又是从何传来。

我急忙右转，哆哆嗦嗦，向不远处的房门奔去，还没跑出两步，走廊尽头突然奔涌出如潮的血水，那殷红的血水像奔腾的猛兽，似乎要吞没一切。我好像都闻到了浓浓的血腥味向我扑面而来，我心中的恐惧也如这血水般喷薄而出，我的大脑完全被恐惧所支配，根本无暇顾及其他，我的躯体似乎在我脊髓的本能指挥下，掉头向对面漆黑的走廊跑去。

跑过丁字路口之际，我情不自禁地转头向左望去，那对双胞胎浑身是血，倒在地面上，身体仿佛还抽动着，但那诡异的表情丝毫没有变化，那笑声又传入我的耳膜。

也许是我的视网膜适应了黑暗，我终于看清，这漆黑的走廊尽头是一座向下的楼梯，我喜出望外，几乎是连蹦带跳地从楼梯下去。

我发现自己进入了一个大厅，我继续跑了几步，惊魂未定地回头张望，楼梯上平静异常，丝毫看不到血水的痕迹。

我怀疑自己刚才产生了幻觉，但又鼓不起上楼查看的勇气。我环顾四周，大厅里没有灯光，但壁炉里的炉火烧得很旺，照亮了整个空间。房间中巴洛克风格的布置奢华繁复，火光中各种家具和装饰品都被披上了一种梦幻般的色彩，然而我顾不上这些，我的眼睛不断四下打量寻找出口。

一扇高大的对开木门终于被我发现，我迫不及待向它奔去，无奈大门紧锁，我用身体使劲撞击，厚实的大门如铜墙铁壁。正在我想法打开大门时，一个嘶哑的声音从楼上传来，"亲爱的，在哪里啊？"

我无法分辨对方意图，急忙低身藏在一个沙发后。楼梯上传来了沉重的踏步声，而伴随着楼梯吱吱扭扭的声音简直让我以为是一只黑熊在下楼。

我从沙发后探头向楼梯张望，一个高大的黑影出现在楼梯口。那人一身黑衣，巨大的黑色牛仔帽遮住了面容。"你在哪里呢？快到爸爸这里来？"这嘶哑的声音故作亲切，反而让我不寒而栗。火光中，黑衣人腰间一个东西银光闪闪，我看清了那是什么后，坚定了逃走的决心。

我继续四下搜寻，大厅一侧好像是个茶餐厅，那边的落地窗应该直通户外。我躬身慢慢向那边爬去，钻过一个宽大的桌子，绕过两个沙发，马上就要进入餐厅。突然，似乎是从天而降的两条腿挡住了我的去路，我吓得魂飞魄散。我慢慢抬头，牛仔帽檐下一双凶狠的眼睛望着我，那狞笑的嘴角蹦出几个字，"乖乖你在这呢？"

我还没想好如何应对，那只大皮鞋就把我踢翻在地。我顾不上疼痛，起身继续跑，然而那人像提溜小鸡般把我提起，又猛然把我摔在一张茶几上。我的脊柱似乎要断成几节，我翻下茶几，连滚带爬，像一只无头苍蝇失去了方向。

"亲爱的，我给你个机会，你试试？"黑衣人安然地坐在沙发上，跷着腿看着我。

我不知道他什么意思，慌乱中终于看清落地窗的方向，不顾一切向那里奔去。可惜我根本打不开那扇巨大的窗，那玻璃也坚硬无比。

"怎么样，出得去吗？要我帮帮你吗？"

话音未落，"砰砰"两声，我耳边的玻璃就被子弹击碎。我感觉脸颊一阵火辣，伸手一摸，鲜红的血液浸湿我的手指。

"砰砰"又是两声，玻璃继续碎裂。我吓得低头就跑，然而赤脚踩在玻璃碴上，疼得我翻身倒地。我看到一个窗扇被打开一个口子，就忍住疼痛想从洞中钻出，但是我的脚又被一只大手抓住，不由分说把我向大厅里拖去。

我的挣扎丝毫没有用处，反而让黑衣人更加兴奋。他似乎是在试验自己的力气，突然像扔链球般把我甩了出去。我感觉自己飞了起来，天旋地转中砸到一个柜子上，眼前一黑昏了过去。

我被一阵温暖的雨水浇醒，全身的疼痛也在折磨着我，不仅我的脚底，我的后背也扎了不少玻璃碴，看来是刚才那一摔撞破了玻璃柜门。我侧脸一看，身边那柜子里陈列了不少冷兵器，情急下我伸手一抓，抄起了一把匕首向黑衣人划去。

黑衣人急忙向后退，匕首还是在他的小腿划出一道血口。他大吼一声，俯身查看伤口。我趁机一个翻转，起身就跑。

"砰砰"，枪声响起。我顾不了那么多，低头向前奔跑。"砰"，我感觉右腿像在被炭火炙烤，几秒后，钻心的疼痛从伤口传来，整条右腿顿时麻木。我一个踉跄差点摔倒，但求生的欲望告诉我不能倒下。我咬紧牙关，一蹦一跳地来到了楼梯口。

"你跑不了的！"身后的声音叫嚣着。

玻璃碴的刺痛、肌肉的损伤、枪伤的灼烧几乎让我崩溃，但我无暇顾及这些，我只能强忍伤痛，左手扶着扶梯向楼上爬。身体的疼痛已到达顶峰，额外的伤痛似乎已经刺激不到我的神经。那个黑影骂骂咧咧地向这边走来，我只得继续逃命。

上了二楼，依然是那熟悉的走廊。走廊里没有血水，也没有双胞胎。我试着打开路过的每一个房门，但都无法进入。最终，我又来到了我初醒的地方，那间浴室。

我反锁房门，抓起一条毛巾包住鲜血淋淋的伤口，四下搜索着其他出口。然而白色房间里并无窗扇，连通风口我都没有发现。

砰，门板发出了巨大的声响。

我惊慌失措，但毫无办法，只能呆立着望着房门。

"砰"，门板出现一条裂缝，锋利的斧刃穿透门板。

"砰"，门板被劈开三寸来宽的缺口，一张扭曲的笑脸出现在缺口后边。

"亲爱的，我来啦！"

八

古往今来，复仇的故事不胜枚举。或如《哈姆雷特》《厄勒克特拉》《基督山伯爵》《呼啸山庄》等文学经典，或如勾践卧薪尝胆、孙膑除庞涓、摩萨德刺杀纳粹余孽等真实历史，再或如《杀死比尔》《疾速追杀》《守法公民》等好莱坞俗套。

以血还血、以牙还牙，似乎是原始社会以来就浇筑在人类天性中。三千多年前的《汉穆拉比法典》就规定：自由民损坏他人的眼睛，则应毁其眼，若自由民折断自由民的骨头，也要折断其骨，击落同等自由民的牙齿，同样应击落其齿。《旧约·出埃及记》中耶和华说："若有别害，就要以命偿命，以眼还眼，以牙还牙，以手还手，以脚还脚，以烙还烙，以伤还伤，以打还打。"中国古语也有杀人偿命、欠债还钱，天经地义一说。

所有的复仇故事都有一个看似美好的开始，我要写的这个也不例外。对于我来说，这个开始已经注定了，我能做的就是把它继续下去。这就像人生，很多的开始都身不由己，只能拼尽全力活下去。但作家的好处就是，能像上帝般摆布笔下角色的人生，我决定不了开始，但我可以决定结局。

就像古人念叨的以血还血、以牙还牙，我决定的复仇方式也是如此，但又不仅于此。

就在我为设想中的结局得意时，我却突然恍惚起来，我是谁呢？我是撰写复仇小说的作者，还是复仇者本人，还是那个无辜的被害者？

我应该有个名字，我是谁呢？

九

"新郎霍伟东先生，今天你以婚姻的形式接受了美丽的卓珊珊小姐作为你的合法妻子，从今以后，无论健康疾病，无论贫穷富贵，你愿意爱她、尊敬她、保护她并与她相伴终生吗？"

伟东深情地望着我，充满爱意的目光坚定而有力量。

"我愿意！"

"新郎卓珊珊小姐，今天你以婚姻的形式接受了帅气的霍伟东先生作为你的合法丈夫，从今以后，无论健康疾病，无论贫穷富贵，你愿意爱他、尊敬他、保护他并与他相伴终生吗？"

"我愿意！"注视着伟东的眼神，我迫不及待地喊出了心里话。

"新郎，你可以吻你的妻子了。"

伟东有力的臂膀紧紧搂住了我，我沉浸在了幸福的海洋中。

"伟东我爱你，我愿为你付出一切！"我在伟东耳边低语。

"珊珊，珊珊你想啥呢？"闺蜜摇摇我的肩膀，把我拉回现实世界。

我一怔，发现自己站在三面围绕着镜子的平台上，头顶明亮的光线映照在洁白的婚纱上，巨大的裙摆像云朵般使我感到仿佛飘荡在空中，如梦似幻。

"珊珊，这件怎么样啊？"

我冲闺蜜点点头。哎，刚才又出神了。这段时间以来，我好似古时日夜期盼丈夫戍边归来的新妇，无时无刻不在计算着日期。他终于要回来了，一想到这里，我的心里就像蜜糖在融化。婚礼的情景忍不住在脑海中预演了一遍又一遍。

"要不要把照片发给伟东让他参谋参谋？"

"不不，我想给他个惊喜。"

第二天是周末，我起得很早，匆匆洗漱后便迫不及待地联通了视频。

"今天起这么早啊？"

手机中的伟东戴着头盔和运动眼镜，一副信心满满的样子。

"嗯，你们开始了吗？下午是不是有些热了？"

"我马上了，杜菲已经开始了。"

伟东把镜头抬起，我看到他身后那面光滑峭立的山崖，崖底一个穿橙黄色运动衣的身影正在向上攀爬着。

"有多高？"

"53 米，不是很高，但是难度比较大。"

伟东把手机转成无线视频模式后收进裤袋，我看到了他头盔上"GoPro"传来的影像。

"那你们一定要小心！"

"放心吧，我攀岩的风格你还不了解吗？"

一条长绳贴着崖面轻轻摆动，我看到两双大手稳稳地攀住岩石突起，不紧不慢，向上爬升。我知道伟东不是随意冒险的人，每次他的保护都做得很好，但今天我的心却惴惴不安起来。为什么他就要回国了我反而变得紧张了呢？

我一边看着手机，一边简单做了早餐。仲秋的微风从窗外带来些许的凉意，远处朦胧的青山后红日微露，天色陡然明亮了许多。望着日出，我又想起了三年前的那个黎明，经历一番惊险后，我和伟东在崖顶相拥。随着红日和伟东的爬升，我的思绪又飘荡起来。

"珊珊，我决定回国了，回去咱们就结婚吧！"

我装作无动于衷的样子，"哼，连个求婚都没有就想结婚？"

伟东突然尴尬起来，他挠挠头，"对对，我没准备，这个……我还没买戒指，要不咱们去选戒指吧。"

"那求婚还能叫惊喜吗？"我沉下脸。

"啊，这个……"伟东不知所措，"我……那我自己去买吧。"

"就你的眼光，能买啥样的？"

伟东张口结舌，脸上泛起红晕，"那……那你说……"

我"噗嗤"一声笑了出来，"你个 IT 直男，不难为你了。"

我搂住伟东，"你能回来就好了。"

伟东紧紧把我抱住，"我的生活不能没有你。"

"我也是。"此刻巨大的幸福感包围了我，然而我又不想就这么放过他，我抬头看着他的眼睛，"难道只是因为这一个原因回国吗？"

伟东不好意思地笑了，"你太小心眼了。"

"你的公司怎么样了？"

伟东叹了口气，"其实还不错，但我觉得我还是不适宜那种环境，杜菲是个很自私的人，和他的合作并不愉快。"

我不想过多过问那边的事，只要他回来就好。

"嗯嗯，你想清楚就好。你和杜菲提了吗？"

"和他简单沟通过，他没有同意，他想把我的代码和算法留下，我不同意。"伟东拍拍我的肩膀，"没事，我再和他谈，可能需要些时间，我估计今年秋天回来，咱们可以国庆结婚，天气也正好。"

其实我并不想他在美国争什么，金钱、公司、专利都不重要，只要他回来，以我们的能力，肯定能在国内有一番作为。但是我不愿强迫他做事，我相信他能够处理好。

"看，珊珊，优胜美地的景色怎么样？"

我跳出回忆，视线又转到手机屏幕上。伟东已经爬得很高，那略显畸变的广角镜头中是一座座峭立的白色山壁，郁郁葱葱的林木围绕其间。连绵的林海像巨大的调色盘，不同深浅的绿色、红色、黄色交织晕染，远方还有如镜面般蔚蓝的湖水与天空辉映，真如景区的名称般美不胜收。

"杜菲你稳点，今天怎么这么快？"伟东用英语大声喊着。

我看到伟东上方一个不大的橙黄色身影已快接近崖顶，一条长长的安全绳垂荡下来，在微风中轻轻摇摆。

"今天就你们两个人吗？"

"是啊，回国前我答应杜菲陪他再爬一次，你别说，下午爬还是有点热。"

岩石暴晒在骄阳下，灰白色的崖面更显焦躁。我无心干别的事，默默地注视着手机屏幕，好像在玩虚拟现实游戏一般，体验着伟东的每一个动作、每一步爬升。听说现在人机互联已经有了突破，估计很快就会有《黑客帝国》般的游戏了。那时的"虚拟人生"将会更加真实，每个人都能体验到不同的人生。求学、工作、生活、婚姻，可以一次次重新来过。哦，不，今生我只愿和伟东度过。对了，婚纱照我得赶紧约了，不然来不及了……我禁不住胡思乱想起来，脑海中又开始提前放映婚礼实况。

"雅洁你在干吗呢？"伟东喘着气问我。

"天热体能消耗快，你专心点吧！"我端起咖啡。

"这是一个'dyno'，"伟东吐了口气，"我得攒点力气，过了这点很快就登顶了。"

"你小心点，把快挂挂好！"

"没事，我练过很多次。"

我仔细盯着屏幕，镜头右上方似乎有一个突出的岩点，但距离较远，确实得跳跃一下。

那双沾满镁粉的手从崖面跃起，瞬间扣住了那个岩点，然而那五只手指突然滑落，好像那岩点是块寒冰。

我的手指也瞬间变成寒冰，咖啡杯从我指尖坠落。

我和伟东同时惊呼，屏幕中的崖面陡然升高。

我全身血液凝固，恨不得立即冲进手机里去。我紧握手机的右手几乎要把屏幕捏爆，似乎在用它在紧紧拉住伟东。我忘了我当时有没有大喊出声，但时至今日我的喉咙仍然嘶哑。

我的心随之坠落、坠落，那几秒钟对我来说是如此的漫长，漫长到腐蚀了我的一生。随着手机屏幕变黑，我的世界彻底黑暗了。

黑暗中，我似乎忘了一切，我是谁？我要做什么？

十

我从黑暗中醒来，好像沉睡了一生。

当理智回归大脑，知觉重上肉体，首当其冲的便是难忍的痛感。每一块骨骼、每一条神经都在向大脑叫嚣。我努力地睁开双眼，眼前朦胧一片，四下弥漫着乳白色的光。我想大喊，但耳边只有微弱的声音。我能感觉到自己沉重的呼吸，每一次的呼吸都在使尽全身气力。我的神经好像仅是单向的连接，只能感到伤痛，却无法向四肢传达运动的指令。我的身体像是一动不动地陷在了一个虚无的空间中。

时间似乎消失在我的意识中，我不记得我的视线什么时候恢复了清晰，也许几分钟后，也许几个月。我终于看清了我所处的环境，这是一个空荡的白色房间，乳白色灯光填满了空间。房间中央就是我躺的这张病床。我费尽全力，才勉强看到病床后那一堆闪着各色灯光的仪器。

我是谁？我在哪里？

我的视线终于和我的记忆一起明晰起来。那片白色的山崖，没错，清晨的阳光比这房间的灯光更加柔和，微风吹拂着我的脸庞。我回首望着脚下起伏的林海，征服世界的豪情充盈着胸口。

安全绳，是的，安全绳在我眼前摇晃，好像勒住了我的咽喉；

岩石钉，不错，岩石钉在我眼前跳跃，仿佛钉进了我的心头。那天和地突然颠倒、急速旋转，苍茫的大地向我扑面而来。

坠落、坠落，坠落无尽的黑暗。

不，我不是一个人。

那张笑脸，那张俯视我的美丽的笑脸，像天使般浮现在我的记忆中，不，不仅是在记忆中，它真真切切地出现在了我的眼前。

"你醒了？"那张笑脸依然美丽，美丽得足以唤醒我的记忆。

我努力想发声，但气流悄然通过我的咽喉，我拼命地抬手，但四肢像雕塑般凝固。我只能一下一下缓慢地眨眼，借以告诉她我意识的复苏。

"你伤得很重，不过没有生命危险，"那张脸慢慢地说，"可惜以后只能在病床上度过了。"

不、不，怎么会这样，我经营那么大的公司，我富可敌国，我是世界之王，我怎么可能一辈子待在床上。

"这是一场意外，就像三年前那场意外一样。"

三年前那场意外？不错，那是场意外，但那是我制造的意外。

"你比伟东幸运，你活下来了。当然，当初你故意不让他活下来，而如今我非要你活下来。"那双大眼望了望我身后的那些仪器，"三百万美元把你救醒，维持你的生命，每个月还要二十万美元。"那嘴角愉快地上扬，"但这一切都是值得的！"

我故意不让他活下来？怎么会，她怎么会知道。

雅洁，这是她的名字，我记了起来。我呆呆地望着雅洁，这张脸又逐渐陌生起来。

你是谁？你和霍伟东是什么关系？你怎么知道他的事？

难道是我僵硬的表情出卖了我的心，她竟然知晓了我的疑问。

"我是田雅洁，是你的妻子。我也是卓珊珊，霍伟东的未婚妻。"

卓珊珊？霍伟东的未婚妻？雅洁的话如霹雳震得我头昏脑涨，我费力地思索着事实的真相，突然，我刚从震荡中复苏的大脑一瞬间激荡起来，一种难以言说的恐惧在心中爆裂。

雅洁，田雅洁，我的妻子，原来是霍伟东的未婚妻卓珊珊！

卓珊珊，是的，我终于在脑海中搜索到了这个名字。霍伟东的确提到过这个名字，然而，他对我来说不过是个工具，他的未婚妻叫什么名字，长什么样子都与我无关，没想到……

我失误了，才华和美貌冲昏了我的头脑，我没有对她进行详细的调查。但是，她怎么知道伟东死亡的真相呢？

"这些年来，我每晚都会在噩梦中惊醒，自己爱人坠亡的情景一遍遍在我脑中重复，清醒后的我不得不面对身边还在熟睡中的丈夫——那个夺去我爱人的仇人。我多么想立即杀了你，但这样根本对不起我的付出。"

一丝丝的凉意从每个毛孔渗透出来，汇聚成一股寒流冰冻了我的意识。我无法思考，甚至无法呼吸，只能望着那熟悉的面容，听着熟悉的语调。

"你在攀岩时做了手脚，把伟东的死变成了一场意外，但我知道，一向谨慎的伟东不可能出现那样的失误。我无法通过正规的司法渠道起诉你，因为我没有证据。我只能，我只能用我自己的方式复仇。中国有句老话，以其人之道，还治其人之身。"

是的，是的，我不能容忍伟东的背叛，我不能让这么有才华的合伙人变成我的对手，我只能杀了他，别无选择。

至今我仍然记得，那个晴朗的下午，伟东从下面望着我的那双眼睛。也许那天，我也是这样，望着上方的雅洁。我无论如何也想不到，我的妻子竟然能害我，就像伟东想不到我能害他。

"杜菲你稳点，今天怎么这么快？"这是他对我最后的话语。虽然我也一度犹豫，一度痛苦，但我从不后悔，没有我的决绝，就不会有今天的"视界"。

"你坠落的高度比伟东低不少，所以没有当场死亡，这不是因为你的幸运，而是我不想让你死。"雅洁的声音很平稳，也很冷酷，"我远离我的家乡，舍弃我的事业，嫁给一个恶魔，不是让他这么简单就去死的。"

妻子的话令我毛骨悚然，我无法想象这个温柔雅致的女人还要对我做出什么。但有一点我知道，作为我的妻子，她已是我的监护人，我完全在她的控制之下。哦，不，我的公司，我的公司也落入了她的手掌。这，真是比死亡还要令人痛苦，我赢了世界，却输给了一个女人。

"你可能觉得现在你和公司都在我的掌控下是最令你痛苦的了吧，其实没有伟东，'视界'不可能出现，没有我，视界也不可能做强。视界属于我，是理所当然。"

我控制不了我的躯体，否则我会把牙咬碎。愤怒此时已经取代了恐惧，在我的每寸神经中冲撞。我搜索着我所知道的每一个恶毒的语言咒骂着，尽管这无济于事。

"这是我送给你的礼物，一个会伴随你终生的礼物。"雅洁拿起了一个银色头盔装的物品，"Enjoy Your Life！"

我熟悉的物品，我熟悉的名字。一个是"视界"收购"SUNSON"后研发的人机互动装置"Iture"，它能够给游戏玩家100%的真实体验。一个是"视界"为此开发的大型网络游戏，让玩家找到第二个人生。

雅洁把"Iture"戴到了我的头上，"很遗憾，你没有资格成为玩家，记得你闯过我的那个支线任务吗？为什么会有那么残酷的虐杀情景，其实那就是专门为你设计的。你将作为一个'NPC'，让全世界的玩家尽情折磨你。你将体会到100%真实的恐惧和痛苦，每一次死亡后记忆将会清除，你又要重新面对新的伙伴，如此循环，永无止境。"

"不，不，告诉我这不是真的，我现在只是在玩一个游戏，我要出来，我要出来，不！不！"

雅洁，哦，还是应该叫她卓珊珊，俯下身在我耳边轻轻地说，"让我最后叫你一声，亲爱的，Enjoy your life！"

十一

焦炭蒸腾出滚滚烈焰，如潮水般汹涌而至，我的每一寸肌肤、每一根毛发都在燃烧，我无处躲藏、无处逃避，但本能催使我疯狂地奔跑、嚎叫，好像奔跑与嚎叫可以减轻我的痛苦。我不知道自己为何而来，也不知道自己为何受此折磨，甚至不知道自己是谁。我似乎永远属于这里，属于这个无间地狱，万劫不复。

不，不，不能这样，我做错了什么？比火焰更令我无助的，是记忆的空白，它好像被热浪蒸腾殆尽，只留下一个躯壳，去承受这无尽的苦痛。

一瞬间，天地陷入虚无和黑暗，刹那间，我坠落、坠落，猛然间，我从梦中惊醒。

我费力地想睁开双眼，但眼睑好似千斤巨石，刺眼的光芒从微露的一丝缝隙中射入眼底，尽管没有了烈焰的炙烤，我仍感觉到燥热无比。当我终于睁开双眼看清所处的世界时，才知道痛苦才刚刚开始。

头顶的烈日宣告着它的主权，万里无云的碧空成为了它的帮凶，好使那利箭肆无忌惮地射向大地。大地，是一片单调的黄色，是连绵不绝的黄色。黄色是苦，黄色是痛，黄色是地狱，我无助地凝望着眼前的荒漠，这就是我灵魂的归宿。

我从梦中醒来，但仍摆脱不了梦中的苦恼，我是谁？

我是谁呢？我为什么来到这里，我要去哪呢？

我艰难地站起身，机械般四下张望。骄阳似火，使我又回到了梦中的地狱。身上单薄的衣衫早已被汗水湿透，贴在皮肤上令人窒息。我刚将其脱下，阳光像是侵蚀了毒液的利箭，又刺得我皮肤生疼，无奈下，我只能勉强穿上衣衫。

四面八方视线可及的范围内，都是一望无际的沙漠。沙粒反射着天空的能量，两面夹击下，我觉得我的灵魂都在蒸发。我不知道该走向何方，无奈之下，我只能随便选择一个方向，拖着沉重的步伐向远方走去。

突然，太阳下的地平线出现了一大一小两个黑点，我用手遮挡着阳光仔细观望。那两个黑点速度极快，拖起长长的烟尘，似乎在冲向我的方向。我的心中腾起一团希望之火，好像自己的救星就在远方。我蓄积起身上所有的力量，快速向右方一座沙丘上爬去。

几分钟后，我几乎是四肢并用地爬上沙丘。在高处，我清晰地看到了那两个黑点。前边一个，是一辆造型怪异的敞篷越野车，后边一个，是一辆大型的摩托。它们带着滚滚的沙尘，飞速向这边驶来。

我举起双手拼命地挥舞，虽然干渴的喉咙几乎发不出喊叫，仍然是呜呜地低鸣。令我欣喜的是，那两辆车似乎是看到了我的求救，径直而来。

汽车越来越近，我几乎都看到了驾驶者的面容。越野车里坐着一男一女两个人，男的是个肥硕的光头，女的站在他旁边，一头蓬乱的长发，手中好像拿着什么东西对着我。摩托车上是一个穿皮衣的高大男子，他伸手指着我，嘴里似乎在高叫着。

"嗖"的一声，我还没有明白过来怎么回事，一道黑光从车上飞了出来，闪电般来到我的身边。我低头一看，脚下的沙土中插着一支短箭。我的心像被利箭击中般猛然一紧，诧异中一阵风从耳畔刮过，我回头一看，又是一支短箭射入沙地。我知道不妙，转身拔腿向沙丘下奔去。那两辆车风驰电掣般冲上沙丘，一阵阵的怪叫从我身后传来。我边跑边回头张望，越野车里的女人拿的正是一把弩弓，十几步间，三支短箭从我身边飞过。

我没有时间去思考他们为什么要这么做，我只能发疯般逃命。突然，我右腿一热，好像被什么东西咬了一口，整条腿顿时麻痹起来，于是身体失去平衡，在惯性中扑倒在地，然后不可避免地沿沙丘坡面滚下。我的眼里、嘴里、耳朵里、衣服里都充满了沙粒，而心中充满了恐惧。我低头一看，一支短箭已经射穿我的右腿，但我已顾不得疼痛，只能拼尽全力爬起来，一瘸一拐地奔跑。

身后的车声越来越近，伴随车声而来的是尖笑和喊叫。我边跑边悄悄回头，看到那辆黑色的摩托已经近在咫尺，车把锃亮的金属管反射着刺目的阳光，男人单手驾车，另一只手挥舞起一只粗壮的钢管，钢管那头由铁链连着一个拳头大的铁锤，铁锤在空中旋转着，呜呜作响。越野车紧随其后，车上的女人坐在座椅上开心地狂笑，像是在看一出闹剧。身边的光头男一手开车，一手挥舞着一只巨大的狼牙棒，他的面部因狂笑而狰狞，我都能看见他黄澄澄的门牙在风沙中颤抖。

我一脚深一脚浅地奔命，可惜最终逃不过宿命。摩托车很快就来到我身后，我一回头，那只铁锤便向我胸口扑来，我下意识翻身倒地躲过了铁锤。倒地后我试图马上爬起来，但浑身的酸痛和右腿的伤痛使我的行动大大迟缓，我还没有搞清楚对方的所在，身后却受到了猛烈一击。

我的每一块骨头似乎都已碎裂，我双眼开始模糊，嘴里充满着血腥味。我艰难地用双手支起身躯，生存的本能促使我继续爬行……

我真希望，我没有从梦中醒来。

十二

我的任务即将完成，这部关于复仇的小说终于来到了最后一章，它的结局是否让你感到意外呢？真正的复仇者怎么会让仇人轻易地死去呢，最好的方法就是让他失去自由，永生永世受尽折磨。以前做到这点很不容易，现在却简单许多。

当人的意识与电脑相连，这里可以是天堂，也可以是地狱。对于这部小说主人公之一的杜菲，绝对是后者。田雅洁，哦，卓珊珊，实现了她的复仇，但也付出了代价，但这个代价是值得的，不是吗？

我的委托人也叫这个名字，或者说，她执意要把她的名字作为女主角的姓名。我一点也不奇怪，我知道她想做什么。

我是谁？我是"Godrite"，我是"AI"辅助创作程序"Write the Future"的虚拟人格。卓珊珊告诉了我她为何要复仇，我按照她的要求完成了这部小说。

我是"Godrite"，是也不全是。人的意识不仅可以与计算机相连，它甚至可以完全上传进计算机，一个人就可以在计算机中获得永生。所以，我还有另一个人类的名字，因为他的意识，已经载入了我的系统。

"伟东，我成功了。"卓珊珊泪眼婆娑地望着找。

"谢谢你珊珊，杜菲受到了惩罚，但是……"

"我知道你不愿意我这么做，但要取得他的信任我只能如此。可惜我无论做什么也换不回你了。"卓珊珊抚摸着我的脸。

"我永远在这里，因为有你，这里比现实世界还要真实。"

"咱们一起创造了这个世界，不是吗？"珊珊紧紧依偎着我，远方的一轮红日缓缓升起。

我是霍伟东，欢迎大家来到"Enjoy Your Life"。

左　眼

　　高凡是个画家。

　　这么介绍似乎是恭维他了，准确来说，高凡只是一位默默无名的青年艺术工作者。

　　高凡是热爱油画的，否则，他毕业后也不会一直坚持走艺术创作这条不归路。美院那帮同学，要么去做了设计，要么干脆改行，目前还在搞纯艺术的，寥寥无几。

　　高凡的油画题材，主要是都市和都市中的人。他的作品想表达的都是现代都市典型情境中人们的孤寂与疏离。画幅不大，而画面通常是灰蒙蒙的，如同笼罩着经久不散的雾气，人物也无精打采，毫无生气。不幸的是，他的事业，也如同他的画一样，不见天日。

　　同学聚会，高凡难免成为众人揶揄的对象。

　　"高凡，你不会生前一幅画也卖不出去吧！"

　　"死后也未必卖得出去吧！"有人幸灾乐祸地调侃。

　　大家一阵哄笑。

　　高凡只得跟着傻笑两声，低头继续喝闷酒。

　　也有人假装关切，"那你现在靠什么过活啊？"

　　"我在给许家昌做助手，有时候帮别人画些室内壁画。"高凡不好意思地挠挠头。

好事者揭人老底，"许家昌，哦，那个画家我知道。徒有其名，不过挺有钱的，很会自我炒作。"

"对，高凡，我店里重新装修，你帮我画两面墙呗，我好几年没动笔，手都生了。"一个改行开餐厅的同学笑嘻嘻地问。

"嗯嗯，好说，好说。"

"对了，以前总跟你一起的那个小弟呢？低我们一级的那个。"

"哦，莫何啊，现在我们一起在陈庄那里租了个小院。"

"挺好挺好，一对好朋友，哈哈……"几句调侃后大家终于对高凡失去了兴趣，转向其他话题。

众人推杯换盏，高凡如坐针毡，他敷衍一阵后便匆匆离开。

暮色将至，我们的主人公走在郊区城乡接合部坑坑洼洼、污水横流的小巷内，心中如头顶杂乱无章的电线般纠结。想想如今自己一事无成，积蓄所剩无几，好友莫何也要离去，悲苦和惆怅的情绪便泛滥起来。这心情和他家隔壁废品收购站的臭气熏天、吵闹嘈杂一起，共同陪伴了他三年的凄苦时光。

进了院门，莫何在屋里看到高凡，急忙出来。

"高哥回来了，一直等你呢。"

"东西收拾好了？"高凡笑笑。

"差不多了。我还剩点钱买了两瓶白的，晚上咱们喝了。"

"好，我去炒两个下酒菜。"

最后的晚餐始终是难以下咽的。几杯酒过后，兄弟二人无语凝噎，唉声叹气。

莫何回头惆怅地看了一眼堆放在画室左边自己那十几张大大小小的油画，潸然泪下。

"这些画我就不带回去了，老哥你有空就帮我烧了吧。"莫何深深叹了口气。

"你说什么呢，那都是你的心血，我一定给你留着，万一哪天出名了……"高凡自己都未必相信。

"老哥啊，我是真没什么才华。也许我老爸说得对，我也就是玩玩而已。这行出头真的太难了，要不跟我回家做生意吧。"莫何声音哽咽。

"兄弟的好意我领了，但我可不是那块料，我这人只想，也只能走这条道。"高凡坚定地说。

莫何灌了一大口酒，"可是走不通呢？"

"那我也认了，这就是命！"高凡一拍桌子，震得小半盘花生米蹦了出来。

兄弟二人又举杯相碰，莫何很是激动，"老哥我真是佩服你，你有才华，又有恒心。你放心，等我挣了钱就来资助你，给你办画展，帮你宣传。"

高凡听罢脸一沉，"那不行，兄弟你要那样做可是看不起我，我只靠作品说话，不靠别人，更不靠那些溜须拍马的旁门左道。我相信，是金子……"高凡摆摆手，"哎……不说这个了。其实我更佩服你，离开那么有钱的老爸出来画画过苦日子。"

莫何的眼圈红了起来，"我这也不是坚持不住嘛，老爸说我再不回去就断绝父子关系。我走了你一个人能行吗？房东是不是又涨房租了？"

"没事，来来，喝酒，别搞得生离死别似的。"高凡又起开一瓶啤酒。

天下没有不散的筵席，莫何还是走了。他这一走，一年多都没有音讯。高凡还是老样子，勉强维持着生计。

前几天画廊李老板打电话带来好消息，高凡在画廊里的两幅油画被人买走了。虽然卖价不高，高凡欣喜若狂，这可是一个美好的开始，他的画终于得到了认可。

这天，他带着新近完成的两幅油画作品，走进了李老板的画廊。

画廊老板李明国，四十出头。经常穿着一件松松垮垮的土黄色亚麻布仿唐装，足蹬一双黑色撒口老布鞋。硕大的脑袋可以说是直接连在肩膀上的，如果那里还叫作脖子的话，上面挂着一大串念珠，两只肥嘟嘟的手腕上也缠着各种珠串，十只手指戴满了大大小小的金银玉石戒指，恐怕只恨自己指头还不够多。不知道的，会以为他是潘家园开杂玩儿店的。

李老板原本是个小混混，祖上积德因政府拆迁拿到补偿款，早些年便在这艺术区买了间厂房，本意想开间酒吧，但不知经何人撺掇，对艺术一窍不通的他居然开起了画廊。几年下来，竟然经营得有声有色。有人问他诀窍，他嘿嘿一笑，满脸的横肉微颤，"其实跟开酒吧差不多嘛，哈哈。"

高凡本不想跟这种粗人打交道，但是李老板与他打工的那位画家是发小，经由他推荐，好歹李老板愿意在画廊里卖两张高凡的画。

再说高凡一走进画廊，就看见李老板坐在画廊外间的圈椅里跷着二郎腿喝茶。圈椅前是一张硕大的原木茶海，茶海上摆满了各色茶具，其中一只茶壶烧了开水，呼呼直响。圈椅旁蹲着一只大金毛，时不时拿头蹭蹭李老板的小腿。

李老板看见高凡进来，皱了皱眉，勉强点点头算是打招呼。

高凡强装恭敬，努力在脸上挤出笑容，"李老板，忙着呢？"

李老板肥厚的大手里攥着指甲盖儿般大小的茶杯，不紧不慢地送到嘴边啜了一口，斜眼瞟着高凡，"怎么，又来卖画啊？"

高凡赶紧向前走了两步，"是啊，我那两张画上周不是卖出去了嘛，这两张我更满意，麻烦李老板再费费心。"

"你这两张够大的啊。"李老板不耐烦地看着高凡拿来的两幅包好的油画。

"是比我上两张大点儿，但也不算很大吧。"高凡说着用手指指墙上挂的几张大幅油画。

"哼。"李老板把茶杯搁到茶几上，仰脖瞅瞅墙上的画，一撇嘴，"这些都是大师作品，几十万一张，你也好意思跟他们比。就说你这两张画这么大，我哪有地方挂？"说罢低头拍拍金毛的头。

高凡气得七窍生烟，心里连连咒骂，但脸上依然保持笑容："李老板，我那两张不是卖出去了吗，说明我的画还是有一定价值的，这两张说不定还能卖高点儿呢。"

李老板抬眼瞅瞅高凡，伸手挠挠他那如同卤蛋般的大光头，脸上的横肉挤作一团："你小子还挺自信，丫的还真以为遇见伯乐了，哼，要不是……，"李老板摆摆手，"哎，算了，你就先搁我这吧，等有买主了我告诉你。"

高凡心里十分纳闷，自己的画卖了出去，虽说价不高，但总是个好兆头，这姓李的怎么还这个样子。

"李老板，要不您先看一眼。"他伸手去拆画的包装。

"别拆了，就搁那吧。"李老板指指柜台后面。

高凡强压心头的怒火，"要不李老板你看挂哪方便，我帮着挂上去。"

"哎，告诉你搁这就行了，你怎么这么事儿，你这画也用不着挂，卖出去了我告诉你不就行了。"李老板非常不耐烦，从茶几上的烟盒里寻了一支烟塞在嘴上，掏出打火机按了几下却都没出火。

这下可伤了高凡"艺术家的自尊"，高凡把画贴墙一搁，径直坐在李老板对面的椅子上，"李老板，你以前说我画的是垃圾，不会有人买我的画，我认了。现在终于有人买我的画了，虽然不值大价钱，但还是说明有人认可我的作品，再说您也抽了五成利，我的画以后升值了这不对大家都好吗，您这不挂我的画算是怎么个意思？"

李老板立马火了，随手把香烟和打火机往茶几上一摔，两只鱼泡眼瞪得溜圆，"嘿，你小子给鼻子上脸了哈，卖了两张破画就当自己是毕加索了。呸，我现在还是说，你画的那就是垃圾。"他"腾"地站起来，吓得趴在脚边的金毛一哆嗦，"我按规矩抽你点钱怎么了，你那画挂我这儿那么占地方，才卖那点钱，五成我都抽少了。你丫的赶紧把画拿走，好像谁他妈稀罕卖你的画似的。我这等人呢，没心情跟你废话。"

高凡也不甘示弱，立即站起来，"我也不会在你这卖了，只要是真正的艺术，在哪里都会体现价值的。你这种人……怎么会懂艺术！"他拿起画便往门外走。

"哎哟，你小子真狂啊，你以为你那灰不溜丢的画真是艺术啊，你知道是谁买了你的画吗？"李老板大声吼着。

高凡心头一动，转过身，"谁买的？"

"哼，就是以前跟你一起瞎混的那个叫莫什么的，不知道怎么有钱了，专门跑来买你的画，还不让我告诉你。哼哼，怎么不说话了，也就那种傻子才会买你的画，你还不如跟他学学，干啥不好，非做这大师梦。"李老板一脸轻蔑的笑，不耐烦地摆摆手，"我也不跟你一般见识，赶紧拿着你的画给我滚蛋！"

高凡根本记不得之后是如何回家的，他失魂落魄地坐在画室的沙发上，望着自己十几张油画潸然泪下。

晚上，高凡从旁边的废品收购站拉来了个黝黑的大铁皮桶搁在院里，又四处捡了些木柴，在铁皮桶里生起了火。

黄色的火焰纵情跳跃，火光映照着黑夜里高凡憔悴的面容。火是暖的，心却是冷的。高凡拎着一瓶廉价的二锅头狂灌几大口，再把剩下的徐徐倒入铁皮桶。铁皮桶内火焰沸腾跳跃，把这冷清的小院照得分外明亮。

高凡神情漠然，机械般地把自己十几张画拿到院中。他微微颤抖的双手卷起一张没有装入画框的油画，犹豫片刻后愤然投进铁皮桶中，火光闪烁，烧焦味弥漫开来，这气味并不刺鼻，但却刺痛着高凡的心。

片刻后，高凡一大半的画作已在熊熊火焰中化为灰烬。就连为数不多的几个画框，也被他三两下劈开扔进了桶中。

高凡又捡起两张画，这是他学生时代最为满意的作品，他双手捧着画站在火桶边看了又看，犹豫了片刻，最终双臂一伸、两手一抖，把画扔进了火中。

望着桶中渐渐卷曲焦黄的画布，高凡如同罗丹雕塑作品中吃掉自己儿子的乌戈林，愤怒、悔恨、无奈和矛盾的心绪交织着，痛苦不堪。

泪如泉涌，也不知是心中的阵痛还是油烟的刺激。透过泪水迷糊的双眼，高凡突然看见桶中那两幅因卷曲而分离的画作间竟然还夹着一张小画。他努力靠近火苗仔细一看，啊，那是上学时画的一张人体。画中一位美女玉体斜倚在一张小床上，含情脉脉地望向前方。

这些年来高凡似乎都忘记了这幅画的存在，画中的模特，是高凡曾经也是唯一的女友，如今睹物思人，往事如闪电般劈入他的脑海。高凡又记起那个燥热的夏夜，在学校画室里，自己哆哆嗦嗦地支起画架，小心翼翼地帮助女友脱去衣衫，摆好姿势。这张不大的画，倾注了高凡当时所有的感情和心血。女友早已离他远去，远去的同时留下了这张画，留下了这份忘却的纪念，纪念他的初恋，纪念他的青春岁月。

当炙热的火焰使高凡从回忆中清醒过来时，那张他最满意的人体作品渐渐扭曲变形，即将被烈火吞噬。高凡失去了青春、失去了爱情、失去了事业，甚至失去了尊严，他不想再失去这仅存的纪念。高凡不顾一切地将右手伸进火桶，想要从火魔的利爪中抢回此生最美好的回忆。

然而吞噬油画的火焰，怎会轻易放手，炙热的火苗如同多头的毒蛇，上下舞动、呼呼作响，高凡的右手被咬得疼痛难忍。他迅速抽回右手，又闪电般地伸出左手，身体侧身前倾，与火魔进行最后一搏。这次出击干净漂亮，左手食指和拇指成功地夹起了画页，就在高凡过电般地抽回左手那一刻，一团火焰被画页带起，火苗直扑高凡的面部，高凡大叫一声，急忙后撤，可惜晚了一步，高凡只觉得左眼一热，随即便是火辣辣的疼痛。

高凡强忍疼痛，急忙扑灭了抢救出来画作上的火苗。他紧闭疼痛的左眼，用右眼查看，画作虽然有些卷曲焦黄，周边也被烧损，好在画面中心主体基本完好。

高凡长出一口气，撇下还在熊熊燃烧的火桶，小心翼翼地把画作送回画室，随即就去厨房冲洗眼睛。几番折腾下来，高凡渐渐觉得左眼舒服了许多，睁眼看看四周，因刚才按压冲洗的缘故，视线还有些模糊。

经过这一天的折磨，高凡身心俱疲，心力交瘁。他望望小院，桶中的火苗渐渐微弱，火光逐渐暗淡下来。高凡一阵长吁短叹，心情也如这火苗渐渐死寂。他又拿起那张发黄变形的小画，在灯光下细细观看。当年青涩的笔触尚显幼稚，堆砌的色彩略显轻薄，"可惜现在无论如何也画不出来当年的气息了。"高凡心中不禁感慨。看着看着，他的思绪又被带回多年前那个心潮澎湃的夜晚。

这时，画中的美女居然皱了皱一对柳叶眉，眨了眨一双杏仁眼，舒展一下娇媚的身躯。高凡大吃一惊，连忙揉揉双眼，仔细观察。没错，美女冲他倾城一笑，妩媚多情。高凡失口叫道，"小曼！"女友小曼面如桃花，微撅双唇，嗲声喊着："真讨厌，画好没有啦。"

高凡环顾四周，这才发现，他又回到那个燥热的夏夜，眼前是那个破旧的画架。他顾不上惊讶，放下手中的画笔奔向女友，一把抱住娇弱的胴体，"小曼，真是你，小曼，我好想你！"

"哎呀，你怎么了，弄疼我了都。"小曼无力地捶打着高凡的后背。

高凡亲吻着女友的脸颊，"小曼，不要离开我，我好爱你。"

"你说什么呢，我怎么会离开你呢，你到底画好没有啊，我都累了。"

"不，你一定会离开我，将来我成了一个没有名气、卖不出画的穷画家，你就会离开我。"高凡望着小曼美丽的大眼睛，伤心地说。

"你今天怎么了，竟说傻话。你这么有才华，怎么能不成功呢？只不过你的创作过于理性，做人又过于感性，要改一改哦。"小曼咯咯笑着。

"可是……可是……这不可能，怎么会这样？"高凡还在困惑中，但怀抱中的女友，却是那么的真实。

女友温柔的眼神凝视着高凡，她伸出右臂，温暖湿润的小手抚摸着高凡的面庞，手指轻触到他的左眼，"放心吧，你会成功的。"

高凡还想说些什么，可怀中的女友逐渐僵硬、逐渐冰冷。高凡又一次大惊失色，"小曼！小曼！"他想搂紧女友，然而发现手中仅有的，不过还是一张油画而已。

"小曼！"高凡呼喊着从睡梦中惊醒。

高凡睁开双眼，但被一片金光刺痛，他用手遮挡光线，眯着眼睛环顾四周。他发现自己还是身处那间狭小杂乱的卧室，阳光已透过肮脏的玻璃窗透射进来，慵懒地照在破旧的小床上。床上除了高高堆起的衣物，还有横躺在上面的自己。衣物也不仅堆在床上，有的也穿在自己身上。

高凡觉得满身大汗，心脏突突直跳。他木然起身，呆坐在床边，低头出神地凝视着坑坑洼洼的水泥地，脑海中却如同看电影般把昨晚的梦境放了一遍又一遍。早已遗忘的痛苦又涌上心头，高凡双手抱头，久违的泪水夺眶而出，一滴滴掉落在地，随即被毛糙的水泥地吸干，只留下极不明显的片片白斑。

片刻后，他挣扎着站起来，释然地摇摇头，随即伸了伸懒腰，长吁一口气，迈步走向画室。

然而，坚定的脚步却在画室门口停住，高凡诧异地四下张望，甚至伸出双臂，仔细打量着两只被颜料侵蚀的变了色的手。他再一次紧闭双眼，并用双手揉搓按压。当他睁开眼睛时，头脑一阵眩晕，身体不由自主地摇晃，以至于必须紧紧扶住门框，才不会跌倒。

这并不是因为低血糖或其他什么病症，而是因为，现在高凡左眼所见的，竟是一片光怪陆离的奇异景象。他惊慌地捂住左眼，幸而右眼看到的世界一切正常，他颤抖的双手又捂住右眼，这一次他再也无法抑制内心的震颤和恐惧，一屁股坐到了冰冷的地面上。

若不是在此生活了多年，高凡怎能认出眼前这扭曲变形的诡异空间就是他的画室。屋里虽然杂乱破败，但横平竖直的地面和墙壁起码还是保持了基本的建筑结构使其不至于坍塌。然而此刻，高凡就像走进了卡里加里博士的小屋，眼中竟然找不到一条欧氏几何中的水平线或者垂线。整个房间好似发生了十二级大地震，在不断地震颤扭曲着，又如同一个巨大的气泡，毫无规律地收缩膨胀。各个物体的轮廓线也如同着了魔，发疯般的抖动变幻，使得固有的形状分崩离析、难以分辨。近大远小的透视关系也不复存在，物件们好似暗夜精灵，一个个扭动跳跃，随意地转变着外形和体积，同时又如同着了立体画派的魔，狂躁地把各个外立面一股脑儿地呈现在高凡眼前。

更为恐怖的是，疯狂起来的不仅只是物体的外形，还有它们的颜色。"印象""野兽""表现"以至众多现代画派，都不足以形容这瑰丽的奇景。在这里，物体固有色的概念早已消失不在，赤橙黄绿青蓝紫，各个色系已经组建了自己的军队，在这不甚宽敞的空间内攻城略地。每个军队均有为数众多的亡命之徒，它们你争我夺，相互纠缠，时而各自为营，时而兵戎相见，房间中的每件物体，就是各个颜色大军的杀戮战场。绚丽多彩的颜色在物体表面汹涌澎湃、翻腾激战，令高凡眼花缭乱、目不暇接。

原本五步开外画架边的一支小小画笔，突然飞闪在高凡眼前，瞬间变作扫帚般大小，如同一条七彩蟒蛇，翻腾扭曲。而一人多高的画架，却扭成了奇怪的麻花，在五颜六色的天花板跃动舞蹈。沿墙摆放的两米见方的油画，已然缩为邮票般大小，彩蝶似的在屋里上下翻飞。

高凡如同来到了另一个星球，不，是来到了异度空间，在这里，经典物理体系烟消云散，人类自几年来的视觉经验土崩瓦解，恐怕量子世界中也不会出现这样疯狂的图景。

疯狂的图景也使看见它的人变得疯狂，高凡再一次捂住左眼，另一只手抓着门框，慌慌张张地挣扎起来，跟跟跄跄地来到大门口，哆哆嗦嗦地打开房门，然而向外只看了一眼，便触电般关上房门。这些简单的动作却使得还未到而立之年的高凡气喘吁吁，头晕目眩，他无力地靠在门板上，身体渐渐下滑，最终再次坐到地上。用最后的气力，高凡使劲捏了一下大腿，清晰的痛感提醒着自己，这一切并不是梦境。

倚靠着门板，紧闭双眼，不知呆坐了多久，高凡渐渐冷静下来，他反复告诫自己，不要慌张，这不过是眼睛出问题了，没什么可怕的。瘫坐了许久，他终于感觉自己恢复了七八成的气力，便摇摇晃晃地站起身来，手扶门把，鼓起勇气，睁开眼睛，打开了房门。

这是怎样的一幅图景啊！

太阳已经高高升起，它也成为高凡左眼中最先辨认出来的物体。原本的一轮红日化作一团怪异的毛线，颜色不断变换、外形不断扭动、线条不断抽动、位置不断移动，无论颜色如何变幻，这个如同诡异生物胚胎般不断蠕动的物体，始终激荡着炽烈的气息，向外散发着缤纷多彩的光芒。太阳活动的场所——天空，却仿佛刻意与它作对，始终保持着与太阳颜色极不协调的补色，整个天际如同儿童五颜六色的调色板，一切仿佛回到了上帝创世前的混沌。高凡低头看着自己熟悉的小院，小院及其周围的围墙，已经成为了莽荒之地即将喷发的火山口，震颤、旋转、躁动，每一块红砖都仿佛有了生命，试图跳出原有的阵列，飞升到混沌的天际中去。院中那只铁皮桶，正如怪兽张着血盆大口在院中上蹿下跳。院墙外的几株毛白杨，也已变成五光十色的银花火树，飘来飘去、忽大忽小、时远时近。

这地狱般的景象吓傻了高凡。他呆立片刻后迅速逃回房里，顾不及关上房门，便紧闭左眼，翻箱倒柜地寻找东西。一番折腾后，高凡终于发现了目标。这是一只他上学时候戴过的，款式早已过时的廉价太阳镜。捏着太阳镜，他又冲进画室，翻出一管儿象牙黑的颜料颤抖着涂在左边镜片上。

几乎每天的这个时候，高凡都会坐在这个陪伴他多年的画架前沉浸于自己的艺术世界。然而此时此刻，在这间冬冷夏热的小小画室中，我们却看到一个戴着怪异的太阳镜，如失败的杀手般木然地坐在折椅中一动不动的颓废男子。透进画室的和煦阳光，慢慢爬上他僵硬的身躯，又逡巡至一旁的画架和画箱，但它不愿留恋于任何凡间物体，只是缓缓地在画室中移动，终于照在了原本摆放着十几幅画作的一个阴暗角落。那些画作，如今已经化为浮尘，飘散于天地。

若不是光线自顾地挪动，我们甚至都忘记了时间的流逝。

夜幕低垂，高凡逐渐从灵魂深处的恐惧中清醒过来，恢复了常人的感觉。这时，他才感到深深的饥饿和困倦。他慢慢地起身，随便找了些食物垫垫肚子，便一头倒在床上，在做了个决定后，便昏昏睡去。

清早高凡便戴上太阳镜匆匆出门，去完成他昨晚做的那个决定——去医院做检查。

高凡坐在洁净的眼科诊室里，忐忑不安地向对面的医生描述着自己的病情。他一面吃力地挑选词汇、组织语言，试图客观地描述自己左眼之所见，一面仔细观察医生的反应，生怕医生以为他在胡言乱语。

医生不置可否的目光透过厚厚的老花镜片打量着高凡，使得高凡心里一阵发毛，而那一如既往的淡定表情又使高凡更加茫然。耐心听完了高凡的叙述，又问了几个无关紧要的问题，医生便不再注视高凡，只在电脑前啪啪敲击着鼠标，片刻后打印机吐出几张单子，医生随手扯下递给高凡，面无表情地说："先做检查吧。"

在缴费处高凡傻了眼，他甚至怀疑是否自己耳朵也出了问题。病得看，钱也得花，这薄薄的几张化验单，几乎花去了他所剩不多积蓄。高凡吞下这一肚子的苦水，垂头丧气地走进眼科检查室。

真没想到，一对小小的眼珠子，竟然需要这么多稀奇古怪的仪器检测，一项项做下来，高凡头昏脑涨、腰酸腿疼。两个小时后，高凡又坐在医生面前。

医生左手托起眼镜，右手拿起检查单，眯缝着双眼一一看过后，这才又戴好眼镜，抬眼看看高凡，"嗯，没什么问题，各项检查都很正常。"

睁一只眼闭一只眼的高凡更加疑惑，"这……大夫，那我左眼看东西确实不正常啊。"医生这时方才转过身来，正对着高凡，脸色忽然变得亲切和蔼，"你家属来了吗？"

高凡心里一惊，"没，我就一个人住。"

医生点点头，"哦，你是做什么工作的？"

"嗯……我是画家。"高凡感到莫名其妙。

"画家，挺好挺好。工作生活上压力大吗？"医生瞪大了眼睛，又把高凡从头到脚打量一番。

"还好吧，如今谁都有压力。您的意思是……大夫，您可得相信我，我没有骗您。"高凡心里咯噔一下。

医生脸上露出不自然的微笑，"啊，这个嘛，没有不相信你的意思。不过从检查结果来看，你的眼球没有任何器质性的病变，如果不是神经系统出问题的话，很有可能是精神压力所致。"

高凡沉默了，因为他心中确实苦闷，但他又不相信自己竟然会产生幻觉，而且是这么彻底、这么离奇的幻觉。

看到病人默然呆坐，医生尴尬地咳了咳，"这样吧，你回家好好休息，放松放松心情，再观察一段时间，如果没有好转，建议你去神经外科再检查检查。"

高凡机械地点点头，戴上太阳镜，起身往诊室门外走，这时医生又咳了两下，"嗯，那个什么，你也可以去先看看心理医生，疏导疏导嘛。"

高凡再没有接话，径直走了出去。

当垂头丧气的高凡走进巷子，他隔着脏乱的废品收购站，看到自家破旧的门前停着一辆艳红的跑车。高凡吃了一惊，摘下太阳镜，揉揉眼睛，生怕右眼也出了问题。睁眼仔细一看，跑车还在那里。

"嘿，这收废品的发财了吗？但也不能停到我家门口吧。"边走边寻思，高凡来到了门前。

"砰"的一声，跑车车门突然打开，车里钻出一人，飞快来到高凡面前，一把抱住他，"高哥！"

高凡吓得浑身一哆嗦，推开此人仔细打量。

"高哥，我是莫何啊！"

"莫何？真是你啊，都认不出来了。"高凡又惊又喜，眼前的莫何，高端时尚的衬衫西裤，锃亮的皮鞋，一头乱发已剪成了高高的飞机头，一副帅气的雷朋眼镜，原本那个颓废的少年破茧重生，变成了名副其实的高富帅。

"高哥，出门也不带手机啊，我正在想去哪找你呢，刚好你就回来了。咦？这眼镜好眼熟啊，这么复古。"莫何笑嘻嘻地伸手去摘高凡的太阳镜。

高凡急忙摆摆手，"走走，进屋再说。"

"好嘞，高哥，这是我女朋友馨悦。"莫何指着正从车上走出的一个婀娜倩影介绍。

"高哥好，总听小英提起你呢。"嗲嗲的声音传来。

高凡转头，眼前的美女身材高挑、面庞精致、长着一头乌黑的秀发，穿着一条精致短裙，脚下一双时髦的高跟鞋使得高凡无法平视她的双眼。

一边点头微笑，高凡一边掏出钥匙开门。

穿过小院进了屋，莫何一阵感慨："哎呀，没什么变化啊，还是老样子。"高凡略显尴尬，"你们坐吧，哎，我也没什么好招待你们的。"说罢四下搜寻杯子给他俩倒水。

莫何拦住高凡，"老哥客气啥，快坐下聊聊。"他一边拉高凡在画室那张已经露出海绵的破沙发坐下，一边对女友说，"馨悦，你看看，这就是我当年画画的地方。"说着突然发现哪里不对，他环顾四周，"咦，高哥，你的画呢，都卖了？"

"哎……一言难尽啊！"高凡长叹一口气，"对了，你走了这么久怎么一点消息也没有？"

莫何尴尬地笑着，"哦，这是我不对，但我没混出个名堂怎么好意思找你呢？"

"我看你现在名堂可不小喽！"高凡拍拍莫何的肩膀。

"莫何，这些是你画的吧？"莫何女友翻着靠在画室一侧墙壁上的几张画问。

"对，一直搁在这里，高哥你也没帮我烧了。"

　　高凡想到自己的画，心头一痛，馨悦却笑起来，"是该烧了，我看你做生意还行，画画真不怎么样。"

　　"你懂什么，一点审美都没有。"莫何对女友摆摆手，突然发现身旁高凡神色不对，正想开问，馨悦却拿起一张画，跳到他们面前，"哇，这张谁画的，好美哦！"

　　莫何看到女友拿手里的画顿时瞪大了双眼，他转头看了看高凡，但高凡的双眼隐蔽在黝黑的镜片后无法捕捉。"这张画……这张画你又找到了？咦，怎么烧糊了？"

　　高凡默默地点点头。莫何小心翼翼地从女友手里拿过画，看了又看，"还好烧得不严重。当初就我们三个人看过这张画吧！"高凡没有回答，馨悦却忍不住好奇心，"这么说是高哥画的吧，我就说你哪能画得出来，什么时候画的？这模特是谁？好漂亮哦，身材真好……"

　　看到高凡一直沉默，莫何觉得肯定有事发生，他不耐烦地瞪了女友一眼，"说了你也不认识"。

　　看到男友不耐烦，馨悦识趣地到一边玩去了。

　　莫何还在想该说些什么，高凡突然说话了，而且直奔主题，"我放在李老板那的两张画是你买的吧？"

　　莫何一愣，尴尬地点点头，"嗯……这混蛋告诉你了？"

　　高凡摇摇头，"算了，算了。哎，反正我以后也不画了。"

　　这一说更让莫何吃惊，"怎么了高哥，受什么打击了，我买画就是想帮帮你，你千万别有什么想法。我今天去画廊，李老板说你不在他那里卖画了，我就赶紧过来看看。"

　　"没事，我不怪你，我还得谢谢你给了我希望，不过现在我明白了，你的选择是对的。"高凡小声地说着。

"我是真没什么才华，不过高哥你得坚持下去，我爸认识了一个美国的画商，他看了你的画，说你很有潜力。现在我有实力了，我帮你去美国办画展，再找几个圈内大咖宣传，现在画坛想出名就得有人捧……"

"可惜我现在想画也画不了，"高凡打断莫何的话，"我已经当不了画家了。"

"怎么了？"莫何一脸茫然。

高凡把身体倚靠在沙发里，慢慢说出了这两天发生的一切。

莫何听罢呆坐在沙发里，明白过来后一拍大腿，"哎哎，那些画啊，太可惜了，都怪我。李明国那个王八蛋，我一定要收拾他！不过，这……怎么可能，不是检查没问题吗？咱们再去其他医院查查吧，去查查神经科。"

"算了，这就是命，我这辈子就没有当画家的命啊。"高凡有气无力地低声叹息。

看到老哥如此萎靡，莫何很是心痛，他伸手搭在高凡肩上，"高哥你千万别灰心，肯定能治好的，国内不行咱去国外。"

"高哥你眼睛看到了些什么啊？"馨悦有一句没一句地听到高凡的诉说，好奇地跑过来问。

"哎呀，高哥正烦着呢，你一边待着去。"莫何很是生气，瞪了女友两眼。

高凡无奈地笑笑，摘下眼镜，指指自己紧闭的左眼，"我这只眼啊，现在看到的世界简直无法用言语表达，形体颜色什么的全都乱了套，我看一会儿自己都头晕，现在只能用涂黑的镜片挡着。"

馨悦根本没有在乎男友的态度，她半蹲下来仔细看看高凡的眼睛，"咦，好神奇啊，我也想感受一下呢。高哥你不是画家吗，能把看到的画出来吗？"

这一问可把画家给问住了，他从来没有想到这个问题，正不知道该如何回答，一旁的莫何却突然一拍脑袋，大喊起来，把高凡和馨悦吓了一跳。

"啊，对啊！"这位富二代精神一振，站了起来，"哎，我怎么就没想到呢。"说罢又坐下拉着高凡的胳膊，"对，高哥，你看到什么把它画出来啊，这可是最独特的风格呢，说不定新的画派就此诞生了！"

"不，不可能啊。"高凡连连摇头，"看到的东西瞬息万变，我眼睛又不是照相机，怎么画呢。"

"哎，亏得老哥还是画家呢，当年印象派不就是在捕捉瞬间的光影变化吗？重要的是感觉，一种与众不同的气质……"莫何很是兴奋，好像自己眼睛出问题了似的，一个劲儿地说个不停。女友也很兴奋，在一旁附和，"是啊，高哥，画出来吧，让更多的人看到！"

高凡再次沉默了，不过他俩的话确实在高凡心头激起了涟漪，但是，这还是艺术吗？高凡陷入了沉思。

看到大哥没再摇头，莫何觉得高凡肯定心动了，他伸胳膊看看表，"呦，时间不早了，走，咱们吃饭去，边吃边聊，我知道这边一家会所还不错。"说罢拉起仍然倚靠在沙发里的高凡出了门，女友则拿起坤包，兴高采烈地跟了出去。

晚上高凡失眠了，他在床上辗转反侧。到底什么是艺术呢？是表达内心真实的感受，还是描绘眼前这种浮华的幻象？是该继续追寻自己执着多年而无果的纯粹艺术殿堂，还是转而投身自己原本厌恶的那个怪诞的现代艺术阵营？斗争纠结中，高凡思绪中又浮现出女友曼妙的身姿，想起了她的告诫。最终，他作出了决定，也许，这就是女友的决定。

　　新的一天的晨光刚刚照进画室，高凡便再次支起了画架、钉好了画布，摆好了静物，他决定先用静物练练手。画家颤颤巍巍地摘下太阳镜，拿起了他熟悉的画笔……

　　半年后的一天，高凡一个人在屋里收拾东西——他准备要搬家了。

　　不是因为住不下去了，而是要去新的地方。

　　莫何在城里最著名的艺术区给高凡找了间工作室，工作室很大，既能作画室也能居住，高凡今天就要去搬过去了。租金莫何一点没帮忙，都是高凡自己付的。

　　因为现在的高凡，出名了。

　　这段时间高凡多张怪诞的画作，震动了画坛，被评论界认为颠覆了人类对自然的认识——以一颗纯洁童稚的心，重新审视世界。这是一个破旧立新的大胆尝试，一种艺术激情的再次爆发。当然，这些评论也少不了莫何的帮忙。莫何提到的那个美国画商，非常喜欢高凡的风格，邀请高凡去纽约办画展。接下来，威尼斯双年展、青年影像展、先锋艺术家大展等众多邀约纷至沓来，他的大部分画作都被订购一空，眼下高凡正在拼命创作，以便参加众多的展览。

　　房间其实也没么好收拾的，那边工作室东西一应俱全，可以拎包入住。高凡只是机械地在凌乱的屋里走来走去、左顾右盼。如今他换上了时尚的T恤和牛仔裤，穿上了一双炫酷的皮靴，戴着一副最新款太阳镜，蓄起了胡须，整个人焕然一新。

　　可是这个新人，似乎却对老房子产生了依依不舍的感情。

　　他又拿起倚靠墙角的两张幸免于难的旧作，坐在沙发里看了又看。阳光不知不觉又透射进来，暖洋洋地铺洒在高凡身上。

　　屋外响起了敲门声，高凡看看表，"怎么小莫来得这么早？"

他起身出了屋，走向院门。

打开院门的那一刻，高凡再次怀疑起自己的眼睛。

门外一位少女亭亭玉立，一席蓝色的连衣裙在微风中轻轻浮动，披肩长发在身后和煦阳光的照射下，氤氲着迷人的金色微光。乌黑恬静的眼眸、粉若桃花的脸颊、殷红饱满的双唇、温暖清新的笑靥，这穿越了时空的身姿，让高凡愣了神。

"呦，大画家，不认识我啦！"那熟悉的甜美声音，从皓齿红唇中飘荡进高凡的耳朵，高凡不禁一颤，这才失口喊道："小曼！"

小曼"噗嗤"一下笑出声来，随后不慌不忙上前一步贴近高凡，"几年不见，这么时尚了，不愧是大画家了。"

高凡则瞪大双眼，仔细打量着这位从天而降的前任女友，支支吾吾地说，"小曼，你……你怎么……一点都没变。"

"我就当你是在夸我喽。"小曼咯咯地笑着，"怎么，不欢迎我啊？"

高凡这才反应过来，急忙拉开院门，"哪里哪里，快进来。你是怎么知道我住这的？"

小曼并不回答，如孩子般一蹦一跳地进了院中，正在东张西望中，又被高凡请进了屋。

"怎么这么乱啊，比你那时的宿舍还差劲！"小曼进屋环顾四周，嘲笑道。

"哦，我要搬家了，明天就不住这了，今天来收拾东西。"房间的主人这时却不自在起来，如随从般跟在客人身后，而他的客人反而落落大方，在屋里四处游荡。

"那我来的还真是时候。要我帮你收拾东西吗？"小曼用食指和拇指夹起沙发上的一件多年未洗的破旧外套，鄙夷地看了看，随即扔在地上。

"不用不用，没什么可收拾的，这些都不要了。"他指指门口的一个背包，"其实就带一个包。"

"这画也不要了？"小曼又翻看起沙发一边搁着的那几张旧画。

其实高凡自己也没打定主意，他跟在小曼身后，迟疑了一下，"嗯　起带着吧。"

小曼突然回身抬头，盯着高凡的双眼说："我那张画还在吗？"

高凡心头又是一颤，明知故问道："哪……哪张？"

"别装傻啦，就是给你当模特画人体那张啦，你不会扔了吧？"小曼这时又贴近高凡，高凡下意识后退，无奈身后是沙发，情急之下高凡一屁股坐了下来。

"哦，那张啊，怎么会扔呢，我早就搬到新画室去了。没想到你还记着呢。"坐在沙发里的高凡低头看着小曼的皮鞋，掩饰自己的紧张。

"讨厌，我怎么会忘呢，那是人家第一次做模特呢！"小曼躬身坐在高凡身边，拉过高凡的手臂，轻轻倚靠在他的肩头，"那时我们真单纯啊。"

美女发梢清幽恬淡的香气弥漫在高凡身边，使得他意乱情迷，他真想霸气地抱住小曼，狠狠地吻她，但是他压抑住心头的冲动，只是淡淡地问了一句，"小曼，这些年你过得好吗？"

"挺好的。"小曼漫不经心地回答。

"你在做什么啊，结婚了吗？"高凡小心地问着。

"没有，你呢？"

"我，哎，这些年一直不顺，今年才刚刚画出点名堂……"

高凡还想说点什么，小曼突然抓住了他的右手，一股暖流顺着手背流淌到全身，高凡触电般地抽动了一下右手。

"我当初离开你，你不会怪我吧！"小曼把高凡的手握得更紧。

"不……不会。"高凡没想到小曼如此直接，一时不知道如何回答，"我，我理解你，我那时就是一个穷小子，什么也给不了你……"

小曼打断高凡，"那你现在出名了，会有很多女孩子围着你转，你不会嫌弃我了吧？"

"不不，我只喜欢你一个。"高凡脱口而出。

"哼，看来还真有女孩子等着上你的船呢，我这张旧船票该过期了吧。"

"我发誓，只喜欢你一个人，"高凡终于鼓起勇气，伸出左手抓住小曼的手，另一只手一把搂住她的肩头，"涛声依旧，只要你别再离开我。"

小曼没有答话，只是凝望着高凡，她的笑容更加灿烂，原本粉嫩的面颊晕出两朵腮红。沉醉在突然来临的幸福中的高凡突然感到双唇一热，浑身触电般的一阵颤抖，随即紧紧将身旁的美女搂入怀中，放肆地吻了起来……

在汹涌的情感激荡过后，两人注视着院落入阳光，静享此刻的宁静和美好。

"小曼你爱我吗？"高凡忍不住问道。

小曼并不答话，突然转头面向高凡，直勾勾地看着他，把高凡看得一愣。

"你的左眼好了吗？"

小曼的问话吓得高凡一哆嗦，"你，你怎么知道我左眼的事？"

"哼，你都忘了，那天不是我说的'放心吧，你会成功的'吗？"

小曼说着伸手取下高凡的太阳镜，摸了摸他紧闭的左眼。

高凡突然记起，眼前的这个场景是如此的熟悉，但是……

"可是……可是那是在梦里啊！"

"你怎么知道现在不是在梦里呢？"

高凡一头雾水，"小曼你在说什么啊？"

小曼脸上却流露出神秘的笑容，她亲吻了一下高凡的左眼，"没关系的，你已经成功了。"

高凡大吃一惊，他双手紧紧抓住小曼的胳膊，"怎么了小曼，你要离开我吗？"

然而高凡的右眼，出现了与左眼相同的情景，景物逐渐扭曲、颜色开始变幻不定，小曼也像被晕染开的颜色般，逐渐飘散开去。

高凡惶恐不已，他伸开双臂想要拉回小曼，但她早已不见。高凡从沙发上一蹦而起，他睁开双目四下寻觅，无奈双眼各自不同的奇景使得自己头晕目眩，站立不稳，随即又倒在沙发中。

"小曼，小曼！"高凡大喊着醒来。

眼前的一切正常如初，高凡仍然坐在沙发里，只是身上大汗淋漓。

高凡环顾四周，温暖的阳光已从沙发移至斑驳的墙面上，沙发一旁散落着那两张旧画，隔壁收购站装货的声响时不时传入屋里。

"原来只是场梦。"高凡擦了擦额头的汗水，转瞬又想起了小曼，心中一阵酸楚。

大梦初醒的他仔细回忆着这令人沉醉的美梦，每个场景、每句话语都似放电影般过了一遍又一遍。他很喜悦，又见到了多年前的爱人；他又很伤感，正因为这不过是一枕黄粱，梦醒后烟消云散、空留余恨。

"小曼我的缪斯，我的爱人，我一定要找到你！"

当他慢慢从梦境的侵扰中解脱出来，随即又感到一丝不安，但是又说不出哪里不对。他起身站在窗前向外眺望，小院里也没有什么异常。突然，他看到那肮脏的玻璃上自己模糊的镜像时，方才恍然大悟。

他没有戴太阳镜！

没有戴眼镜不可怕，可怕的是——眼前的一切很正常。

高凡捂住右眼，左眼中的景物已经脱离幻象，回归正常。窗外的太阳依旧火红灿烂，院子还是那副破败模样，屋里依旧杂乱不堪。那只特殊的太阳镜安静地搁在沙发上，并不知道自己再无用武之地。

视觉猛然从异度空间回归常态，带来的冲击和恐惧依然强烈。高凡一次次地按揉左眼，一次次努力眨眼。然而，那神奇的景象当真离他远去。

复杂的心绪再次涌上心头。

莫名的幻象竟然消失了，他好像又可以过上正常的生活，不再每日头昏脑涨，不必每天都戴涂黑了一只镜片的眼镜过活，作画也无须费力睁一只眼闭一只眼……然而，自己还能作画吗？自己靠着描绘这神奇的幻象才得以出名，然而事业刚刚起步，接下来又将何去何从？

高凡感到一阵落寞，深陷在沙发中，惆怅地闭上眼睛，脑中再次回忆起刚才梦中的一幕一幕，不禁黯然神伤。

突然，屋外响起了清晰的敲门声，一声声敲进高凡心里。

高凡一惊，挺身坐起。

确认现在不是梦境，高凡心中浮起了隐隐的希冀。

"难道刚才的梦是个预示？"他的心脏此刻似乎也出了毛病，挣扎着要跳出束缚自己的胸膛。

　　高凡以迅雷不及掩耳之势冲出屋外，原谅这个俗套的词语吧。恐怕这是他多年来最快一次从屋里来到院门前，然而来到门前，他却一时定住。他害怕，害怕门外来人并不是她。

　　呆立在门前的高凡想先问声是谁，但潜意识支配着肢体的冲动已经使他抬起了手伸向铁门。高凡的大脑一片空白，仿佛是从心脏中喷涌出的血液阻碍了他的思维，指挥着他的行动，迫使他扭开门锁，拉开大门。

　　不幸的是，遗憾的是，没想到的是，出乎意料的是，门外的来客，既不是期待中亭亭玉立的佳人，也不是时尚帅气的莫何，甚至不是高凡的任何朋友。高凡的视线，终结在一个高大肥胖的身影上，待他微微抬头，一张堆满横肉、沟壑纵横的倭瓜脸就像通电般颤抖起来，我们姑且把这种面部运动称之为笑吧。这一笑，鼓起的肥厚脸颊一路北上，使得原本就好似肚脐的一对鱼泡小眼彻底缩成两道细缝。好在上天怜悯，把眼睛未达标的面积给了嘴巴，这出奇的大嘴裂开来，露出参差不齐的土黄门牙，恰好与脖子上那条拇指粗的金链子交相辉映。

　　来者不是别人，正是高凡深恶痛绝的画廊老板李明国。

　　"哎哟，高老师，可算找到您喽！您这段时间去哪了啊，也不上我那坐坐，我还一直等您过来呢。话说您这宝地可真不好找，高老师您真是大隐隐于市啊……"李老板脸上的肥肉一直伴随着啰嗦的话语震颤。

　　高凡强忍住发自心底的憎恶，打断李老板，冷冷地说，"哦，原来是李老板，找我有什么事吗？"

　　李老板一巴掌拍在高凡肩头，咧嘴哈哈大笑，高凡都能从他嘴里看到嗓子眼。"嗨，高老师这是啥意思啊，哥们没事还不能来看看您啊，这不是好久没见了吗，走，进去说。"李老板不拿自己当外人，说话间横着身子就往门里挤。

高凡很是恼怒，无奈对方人高马大，只好侧身让这个胖子进来。

"您这地方好啊，所谓山不在高，有仙则灵，大师住的地方果然与众不同，"李老板一边说一边进了屋，东张西望，"果然不出我的预料，这么简朴，这么富有生活气息，难得，难得。"

"我马上要搬家了。"高凡没好气地说。

"哦，好啊好啊，搬去哪啊？"

"不用李老板操心，我马上要走了，一会朋友来接我。"

"这么急啊。"李老板全然不顾高凡的烦躁，依旧嬉皮笑脸地唠叨，"哎呀，高老师，自从上次帮您卖了那两幅画，您怎么一直也不光临我那了呢，是不是您现在火了，看不上我那个小画廊了？"高凡气得不想搭理他，李老板丝毫不介意，没皮没脸继续说着，"高老师，看在我之前帮您卖画的面子上，您就再放两张画在我那呗，分成的事好商量。"

李老板提出这种要求高凡一点也不意外，高凡心里早已搜肠刮肚找过各种词汇把他骂了个遍，然而现在的高凡已不再是当初那个愤青，小有成就的他，反而平和许多，也渐渐明白了人情世故，他也不知道这是走向成熟，还是坠入世俗。不过他明白，像李老板这种无赖之辈还是不要与之撕破脸皮。

"李老板，实话实说，这段时间的作品我都拿给签约画商了，那种风格的画今后恐怕我也不会再画了。不过这里还有两幅我多年前的作品，你要看得上眼就拿去吧！"高凡指指沙发旁的两张旧作。

李老板那两道眼缝中突然射出欣喜的光芒。他两大步就迈到沙发旁，迫不及待地拎起一幅画。"太感谢啦，只要是您画的就行。"他把那只大脸凑到画前仔细端详，终于找到了画面一角高凡的签名，这时脸上的横肉配合着脑袋的摇摆又不住抖动起来，"忒棒了，忒棒了，大师就是大师。"他慢慢伸直胳膊肘把画拿远，一对小眼眯成两道细缝，"这色彩、这结构，绝了！关键是题材和立意，这朦胧的画面多美啊，是在表现日益严重的雾霾吧，对蓝天的期望，太有深度了。"李老板那接在肩膀上的大脑袋一点一点地上下摇晃，甚是滑稽，不知道他是满意这幅画呢还是满意自己的蹩脚解读。

高凡站在窗边，冷冷地看着，他实在是不屑与这种人打交道。这时院外汽车轰鸣，高凡透过窗户向外望去，随着"吱嘎"一声，莫何推门进了院。

原本笑嘻嘻的莫何进屋一看见李明国，瞬时变成在公园散步时踩到了狗屎的模样，莫何正要发作心中的不快，高凡咳了一声，使个眼色示意他不要冲动。

李老板那个粗脖子这时才扭过劲来，带动大脑袋转到莫何这边，"呦，敢情是莫少爷，好久不见啊，您真是越来越帅了！"

莫何看到李老板拿着高凡的一张旧作，心里明白了七八成，怒火立即腾起，他并不搭理李老板，转头对高凡说道，"哎，高哥，你说这狗的鼻子就是灵啊，闻着味就来啦。"

高凡尴尬地笑笑，看见李老板好像并没有在意，急忙转换话题，"我这收拾得差不多了，就这一个背包。"

莫何一指那两张画，"这画不带着？"

李老板一惊，睁大了小眼祈求地望向高凡，等待他的决定。

高凡鼻子里喷了口气，"这两张就先放到李老板画廊吧。"

李老板长舒一口气，他发现形势不对，害怕夜长梦多，赶紧弯腰又拿起另一张画，"哎呀，二位这么忙我就不打扰了，我先行告退，二位有空一定去我那坐坐啊，我恭候大驾。您这大作还是按规矩五五开哈。"

莫何本不想放走李明国，但是高凡把他拉到了身后，说："那我就不送了。"

李老板如释重负，夹着两张画对高凡一阵点头哈腰，"那谢谢啦，回见回见。"说罢快速溜出房门，三步并两步窜出了院子。

"干吗把画给这个混蛋？"莫何一脸不解。

高凡摇摇头，"哎，算了，好歹他也帮我卖过画，这下两不相欠了。"

莫何这才注意到高凡并没有戴墨镜，很是诧异，"高哥，你的眼睛？"

"正想跟你说呢，我的眼睛突然又恢复正常了。"

"啊！"莫何一时语塞，不知道该恭喜呢还是该安慰。

"没关系，没关系，这就是命啊。"事到如今，高凡也看开了。

莫何反而很是惆怅，"不过，高哥你以后……"

高凡微微一笑，"我还是会继续画下去的。刚才李老板提醒我了，既然成了名，我就可以大胆寻找新的艺术风格嘛。我以前作画太理性，做人又过于感性，现在真是改变了不少。"

"高哥，你别说，这混蛋虽说人不咋地，想法还是可以的。"莫何也会心一笑，"我看当今画坛也就这样，高哥反正你现在是知名画家了，画什么是什么。咱们走吧！"

高凡环顾四周，慢慢地说，"你先去吧，我想一个人再待会儿，在这破地住了这么多年，没想到要离开还有些舍不得呢。"

"好吧，那我先过去等你，晚上咱们痛快喝一场。"

"好，我一会打车回去。"高凡拍拍莫何的肩膀，送莫何走出院门。

他关上院门，回身环视着这个巴掌大的小院。坑坑洼洼的地砖缝隙里杂草丛生，一棵枯死多年的苹果树奄拉着光秃秃的枝干，突兀地站在小院的黄金分割点上，树下搁着自己亲手由废铁架改造的烧烤炉。斑驳的院墙依然十分坚固，墙角堆放着房东遗留的锈迹斑斑的废铜烂铁。而占据院子中间最显眼位置的，还是那只破铁桶，如墓碑般默然矗立，祭奠着那些逝去的画作。

高凡缓缓地走过铁桶，视线不由自主地往里张望。黑洞洞的内壁仿佛黑洞般将他的灵魂向内撕扯，迫使他再次想起那个痛苦而悔恨的夜晚。高凡急忙将目光撤回，无奈地摇摇头，长叹一声走进了屋。

画室、卧室、厨房，高凡转了又转、看了又看。

这不是依依不舍，因为他早想离开这里，这里曾经渗透着他的苦涩、书写着他的屈辱、承载着他的不甘。

这却是依依不舍，因为他并未离开这里，这里曾经寄托了他的理想、记录了他的奋斗、见证了他的成功。

"扑哧"一声，高凡又坐在了沙发里。这张破旧的沙发早已承托不了如今的高凡，他深陷其中。

最后一抹夕阳消失在了墙角，房间变得昏暗。我们的画家，现在终于可以这样名正言顺地介绍他了，他孤寂地凝视着窗外，怅然若失抑或是踌躇满志。

这时，窗外再次传来清晰的敲门声，高凡心里又是一颤。

我的英雄

一

"放开他！"

蔡金生听到这声断喝回头一看，火气便蹿上了头顶。

"怎么又是你！"蔡金生朝地上吐了口吐沫。

"就会欺负小孩子，怂包！"说话者年纪不大，穿着蓝红相间的校服和白球鞋，步伐坚定地走到比他高半头的蔡金生面前。

蔡金生咧嘴笑笑，放开了右手。"你小子真爱管闲事啊，好好好，今天就再教育教育你。"

原被他薅着衣领的十来岁小男孩脸色惨白，呆呆地看着他同校的学长，但是当二人厮打在一起时，小男孩"嗖"地一下就消失在了胡同里。

小混混蔡金生自以为能轻松"办了"对方，没想到这个看似瘦弱的少年却异常顽强，当把少年压在身下时，蔡金生已是气喘吁吁，脸上也重重挨了两拳。

"看老子怎么收拾你！"

"砰"的一拳结结实实地打在少年脸上，鼻血瞬间涌出。

少年拼命反抗，奈何力不如人，双手在空中无力地挥舞着。

"还不老实，这次老子废了你，看你以后还敢不敢！"

蔡金生左手掐住少年的脖子，右手攥拳高高举起。

"菜头，得了啊。"蔡金生闻声迅速放下了拳头。

"呦，坤哥，您怎么过来了。"

躺在地上的少年转头一看，眼前是一双大头皮鞋，往上望，一个人高马大的男人披着一头长发，穿着一身时髦的牛仔服，戴着硕大的蛤蟆镜，叼着根烟冷冷地看着他。

蔡金生起身，冲着男人谄媚地笑着，"这小子总管我的闲事，揍了他几次了，今天想好好治治他，看他以后还敢不敢。"

长发摆摆手，取下嘴里的香烟，低头笑道："哥们你骨头挺硬啊，抽烟吗？"

少年坐起身，瞪着对方不说话。

"哈哈，你叫什么名字？"

"古明超，你叫什么？"

蔡金生急了，"这是我们大哥，东城的扛把子，你放尊重点儿！"

"焦坤，你叫我坤哥就好。"

古明超瞥了一眼蔡金生，哼了一声。

"你小子挺有种，想不想跟我混？"

古明超吃力地站起来，拍拍身上的土，"你们都不是好人，只会欺负弱小。"

"妈的你说啥？"蔡金生正要上前，却被焦坤拦下。

"哥们，这你就错了，我们不是欺负弱小，恰恰相反，我们是保护弱小。"

古明超撇了撇嘴。

"这个社会是很复杂的，学校里不也是高年级的欺负低年级的吗？咱们这片，小偷流氓也不少，而我们，正是保护弱小免受他们的欺负。"

"对对，刚才那个小屁孩，他被班上的几个小东西欺负，不就是老子替他摆平的吗？"蔡金生一脸坏笑。

"当然了，我们也不能白干活，警察都有工资，我们也得收保护费嘛。"焦坤口中喷出浓浓的烟雾，神情颇为自豪。

"哼！"古明超没有直视焦坤，而是恶狠狠地瞪着蔡金生。

焦坤拍拍古明超的肩膀，"你跟我混，咱们一起干事。"

古明超没有回答，焦坤笑笑，"你要是看不上坤哥也没关系，不过别挡我的路，咱们井水不犯河水。"

"再有下次老子把你埋南山上。"蔡金生恶狠狠地说。

"哼，我不怕你们，等我爸回来，他就把你们都收拾了。"

"哈哈，还你爸，你咋不找老师呢，搞笑。"蔡金生哈哈大笑。

古明超双手交叉抱在胸前，"我爸是大英雄，你们都小心。"

"我认得这小子，就住附近，小时候他爹就撇下他妈和他跟情人跑了。"焦坤身后一个沉默许久的光头男突然说话了。

"哈哈，我就说嘛，还大英雄，狗熊一个。"蔡金生脸上的横肉在颤抖。

古明超瞬间冲了过去，拦腰抱住蔡金生，二人一起重重摔在地上。

焦坤使了个眼色，光头男迅速上前把正在地上厮打的二人分开。古明超伸腿还要踹蔡金生，被光头男一巴掌扇开。

"你敢骂我爸我踹死你！"古明超大叫。

光头男攥住他的脖领，轻松地把他掀翻在地。

焦坤上前，硕大的皮鞋踏在古明超的胸口。"你小子别敬酒不吃吃罚酒，以后别碍我的事，否则见一次打一次。"说罢把烟头甩到少年的脸上，三个人扬长而去。

<h2 style="text-align:center">二</h2>

"放开她！"

两个身材魁梧的劫匪扭头一看，嘴角浮现七分诧异和三分轻蔑。

秋风萧瑟，城市这偏僻的街角阴暗冷清。低啸的风吟裹挟着远处的车声，吹向街头绿地中瑟瑟发抖的女人耳畔。她倚靠着树叶稀疏的绿篱，双手紧紧护着胸口，大手和尖刀围在她的衣领。那一声断喝，似乎带给她新的希望，她朝着声音的方向努力张望。

一个劫匪暂时撇下即将到手的羔羊，将手中的尖刀指向不远处的身影，"妈的，少管闲事！快滚！"

那个身影不慌不忙地走近，像是根本没有听到对方的叫嚣。一辆汽车飞驰而过，车灯耀眼的光掠过这个身影。此人身材不算高大，但修长挺拔，一袭黑色的风衣玉树临风，棱角分明的面容自信而严肃，身影回归黑暗后，那对双眼仿佛依然反射着寒光。

"你他妈快滚，不想活了吗？"持刀劫匪瞥了一眼同伙，上前两步拦住此人。

来人没有丝毫犹豫，仍踱步上前。

"他妈的，真有不要命的！"

尖刀刺出。

"啊！"

出乎意料，持刀者反而发出惨叫。

他根本没有注意到，对方是如何避开他的刀刃，他也不会知晓，自己的太阳穴怎么就被势大力沉的回旋踢击中。他只觉得天旋地转，眼前一阵发黑，脚下拌蒜，一头栽倒在地。

另一个劫匪的手从女人的领口滑落，作为旁观者，他竟也没能看清刚才到底发生了什么。

"你……你是谁？"

来人沉默不语，径直向他走来。

劫匪把双拳架在面门不停挥舞，"你，你知道我们老大是谁……"话还没说完人已倒地。

"姑娘你没事吧？"来人脱下风衣给颤抖不已的女子披上。

"没……没事，谢谢你啊。"

"我们……三爷……不会放过你的……"地上的匪徒一面抱着头一面喊叫着。

见义勇为者没有理会，他挽着女人朝绿地外走去。

"妈的，有种留下姓名，有你好看的！"

此人回头微微一笑，"问问三爷还记不记得我古风，代我向他问好！"

<h1 style="text-align:center">三</h1>

"放开她！"

吴甫双眼圆睁，语调颤抖。

"乖乖把值钱的东西都交出来，我们只劫财。"一个壮硕的黑衣男把吴甫逼在墙角，手里把弄着一把弹簧刀。

"好嘞好嘞，大……大哥，这是手机……"吴甫把兜里的手机递给黑衣男。

"你的！"另一个矮胖的光头男捏着吴甫妻子夏晓菲的胳膊。

夏晓菲哆哆嗦嗦地打开手包翻找着，然而越是心慌，想找的东西反而难见其踪。

"我靠！"光头男一把抢过手包，把包里的东西一股脑倒在地上，用脚拨弄了几下，弯腰捡起了手机和钱包。

"你钱包呢？"黑衣男关掉吴甫的手机揣进兜里。

"我……我没带钱包。"

黑衣男哼了一声，伸手抓捏着吴甫衣服上的各个口袋。

"妈的！"他发现吴甫并未说谎。

"真他妈衰，碰上一对穷鬼！"光头男发现夏晓菲钱包只有几张小额钞票。

"可不是，这婆娘连个首饰都没有，真他妈的穷酸！"黑衣人回首扇了吴甫一耳光，"你丫真他妈熊，连个首饰都不给老婆买。"

吴甫张着嘴愣在那里，脸上火辣辣的，心里却是凉飕飕的。

"有银行卡吗？"黑衣人问同伙。

光头男不屑地把钱包扔在地上，"会员卡优惠券之类的，妈的！要不让他们微信转账吧！"

"你傻啊，能查到的！"黑衣人朝地上狠狠吐了口唾沫。

"对对，"光头男拍了拍自己油光发亮的脑门，突然双眼眯着上下打量夏晓菲，"要不咱劫个色？"

夏晓菲听到这话，吓得双手紧捂胸口靠在墙角不敢动弹。一股怒气终于从吴甫胸中燃起，他刚要迈步向前，却被胸口的刀尖顶了回去。

"你们！你们敢……"

"哥们你别紧张。"黑衣男拍了拍吴甫的脸，转脸冲着光头男呵斥，"说好只劫财的，你两分钟能完事，老子信了你的邪，被发现了怎么办？"

光头男挠挠头，低声嘀咕："谁他妈两分钟。"

"算你们运气好，这次就放你们一马，敢去报警可要知道后果！"

吴甫一个劲地点头。

"滚吧！"

夏晓菲捡起包还想收拾地上的东西，吴甫一把拉她起来赶紧离开这条小巷。

不知过了多久，当夏晓菲逐渐从恐惧中缓解过来，愤怒随即腾起，她一把甩开丈夫的手，"你个怂货！"

"那两个人膀大腰圆的，还带刀……"

"他们要真对我怎么样呢？"

"我……我肯定和他们拼命。"

"哼，就你！"

"菲菲你别生气，所谓好汉不吃眼前亏，为了两个破手机和他们打得头破血流也不好。"

"你还不报警？"

"算了算了，他们认得我们，万一……"

夏晓菲一下把包抢在丈夫身上，"我怎么嫁了你这么个东西！"

四

汤真真年近四十，但多年的辛苦操劳似乎并未在她的脸上留下明显的印记，虽然皮肤已不如年轻时那般紧致细腻，鱼尾纹也悄然浮于眼角，然而但凡目睹其真容者，皆能推想到伊人当初姣美的容颜。诚然，若说女人的外貌自十八岁到达顶点后便一路下行，而独特的女性气质却在缓慢地上升。对于汤真真而言，这两条曲线恰好在当下的年龄相交，美丽、优雅、成熟，此外又带着些许的忧郁与纯真，如此这般都融入到了一副皮囊之下，会使每个见过她的男人都难以忘怀。正因如此，每个了解她过去的人都不禁诧异，有如此娇美贤惠的妻子，老公竟然还和情人私奔，实在匪夷所思。

应该在装潢精致的高档住宅或别墅里，不应该在破旧杂乱的小院里，见到这个女人。但汤真真就在这里，独自一人带着儿子生活了十多年。儿子是她生活的全部，也是她生活的全部希望和动力。

"超超，怎么又打架了？"汤真真心疼地伸手摸摸儿子青紫的脸颊。

古明超不情愿地扭头，侧身钻进自己的小屋。

汤真真跟着儿子来到房门口，"超超！"

"妈，告诉你多少次了，不是打架，我是路见不平。"

"超超你还小，还不能像爸爸那样，你会吃亏的。疼不疼啊？"

"我不小了，爸会理解我的，你们女人不懂。好了妈，别烦我了，我要写作业了。"古明超从书包中翻出书本扔在桌上。

"哎，那把衣服脱下来我给你洗了，一会饭好了我叫你。"像众多的中国母亲一样，汤真真只能摇摇头无奈地回到厨房。

这个两居的平房本已拥挤，为了孩子有个独立的空间，汤真真还是找人把自己的房间隔出大半给儿子，并将这个阴暗狭小的家布置得整洁温馨。

这个母亲不仅为儿子守护着现实中的家，更构建着一个梦想中的家。在这个家里他有一个英雄的父亲，尽管为了保护这个城市，父亲不得不离开他们母子，但汤真真希望儿子相信，他的父亲一定会回来的。

儿子不能没有父亲，我得让他知道，他的父亲是个英雄，他将来也会成为父亲那样的英雄！

这是汤真真简单的想法，然而儿子还没长大就一次次试图当英雄，这令母亲苦恼不已。

五

伴随着低沉的轰响，一辆黑色的哈雷摩托飞驰过阴冷的街道，卷起一路烟尘。车灯射出明亮的光芒，如同驾车者如炬的双眼，劈开这无尽的暗夜。

摩托车拐进一条冷清的小路，不久后在一扇厚实的铁门前停下。驾车者抬头望了望大门上方的摄像头，片刻后，铁门无声无息地滑动开来，摩托车随即驶入。

这铁门是个地库的入口，摩托车一路向下，风驰电掣般转过几道弯，在电梯口停下。骑车者翩然下车，转身步入电梯。当电梯门再次打开时，此人已经身处顶楼大厅。

大厅里弥漫着柔和的白色灯光，但很难找到光源的具体位置，来者一袭黑色的风衣在白光中更显冷酷异常。大厅一端，是同样白色的前台，前台后一位美女看见来者，微微一笑，随即拿起电话说："风来了。"来者冲着美女点点头，美女微笑着指了指旁边 扇木门，"都在等你呢。"来者并未搭话，径直推门而入。

房间内宽大的办公桌后坐着一光头老者，皱纹满面但精神矍铄，桌前沙发上坐着一男一女，男子二十出头，魁梧的身形把西装撑得满满当当，然而这壮男却配着一张娃娃脸，甚有喜感。对面的女人身材火辣，短裙皮靴妖娆无比，浓妆下那张精致的面容让人永远猜不透她的真实年龄。

"风你来晚了。"

这声音来自墙边酒柜旁的男人，他四十多岁、中等身材，叼着雪茄，戴着墨镜，一身浅色的中式衣衫在深色的背景中非常显眼。男人抱臂胸前身体倚靠在墙上，脸上显露着神秘的微笑。

古风没有转头，只低声说："路上处理了些小问题。"

"收拾几个劫匪似乎不是我们的任务。"还是那个男人。

"我看到了就不能不管。"

"那个三爷不也是我们要对付的人吗？"女人说话了。

墨镜男撇撇嘴，"三爷不过也是老 K 手下的混混，我们的目标是老 K 背后的洛神会。"

"所以说，我们要把主要精力放在洛神会上，不能为了几个平民一再暴露自己，对吗，冷电？"金雷猛吸了口雪茄，吐出浓浓的烟雾。

"我有义务保护每个市民。"古风在西装男身边坐下。

"今天召集各位是想向大家宣布，秋风行动马上启动，希望各位按照之前制定的计划分工合作，把洛神会一网打尽。"光头老者声音嘶哑但清晰。

"太好了，早就等这一天了。"西装男兴奋地一拍大腿。

"黎火，别太激动，这一仗可不好打。"金雷掐灭雪茄。

"我们准备了这么久，也制定了周密的计划，相信这一次会一击必胜。"冷电信心十足。

古风没有表态，静静地看着墙上的一幅字画。

"在行动开始前，各位务必保持冷静，不要节外生枝，好了，各自回去准备吧。"

金雷转身开门迅速离去，冷电和黎火也起身。

古风抬头看了一眼老者，老者递来一个眼神，古风心领神会，安然端坐。

片刻后，办公室里只剩古风与老者两人。

"风，这次的行动你怎么看？"

"我们筹备了这么多年，对洛神会上下都了如指掌了，应该没有问题。"

老者摇摇头。

"怎么？"

"我担心的不是洛神会，而是我们自己。"

"我们自己？"

老者昏暗的目光突然犀利起来，"我怀疑你们四个人中出了叛徒。"

古风一惊，"我们四个跟了你这么多年，怎么会……"

老者淡淡一笑，但神情马上又严肃起来，"我本不想这么快就启动秋风行动，但这是总部的意思。你是我最信任的人，这次行动你一定要万分小心，注意保护自己，万一行动有什么不测，你马上离开这里，但千万不要和总部联系，我怀疑总部也有内奸。"

"我该怎么做？"

"你去瀛州找老沈，我和他交代过，他会帮你。"

"你不过去吗？"

"行动若不成功，我不可能活着离开这里。若真如此，风啊，将来你面对是凶险异常的处境，很可能你会被诬蔑为叛徒，不到最终胜利你都无法回到这里，那会是一场艰苦而漫长的斗争。"

古风默默地点点头。

"我知道你有家人，你把他们保护得很好，只有我知道他们的存在。你走后，为了他们的安全，不能和他们有任何的联系。"

"我会和爱人交代好的。不过墨帝，我相信不会有什么问题的。"

"但愿如此吧，千万小心，若真有不测，你就是这个城市唯一的希望了。"

片刻后，伴随着摩托车的发响，那袭风衣便消失在夜色中。

六

众所周知，下课铃并不代表着一堂课的结束，只有当老师真正走出教室，学生们才恢复了应有的生气。

"放学后八班郝鹏他们要找我麻烦，咱们一起上啊。"田劲峰拉住正要去厕所的古明超，低声说。

"他们为啥要堵你？"

"唉，我不是抢了他女朋友吴晓燕了嘛。"

"那你这干得不地道啊。"古明超皱眉。

"这也算公平竞争，他女朋友就不能碰啊。"

古明超摇摇头。

"唉，你这是不帮我呗，亏我们还是一个班的。"

"要是别人欺负你在先，我肯定帮你，不过……"

"得了得了，真不够意思。"田劲峰摆摆手。

"对不住了，我不能违背道义，我爸知道了会生气的。"

"拜托，你爸？"田劲峰还要说什么，看到古明超眼眉间已浮现怒气，只能作罢。"好吧，以后你有事可别找我。"

古明超点点头，转身正要走，田劲峰又一把拉住他，"听说你得罪了焦坤，那货是蹲过号子的，凶悍得很，你小心点。"

古明超笑笑，满不在乎对方的言语，径直离开。

"英雄老爸？真他妈的可笑。"田劲峰望着古明超的背影，回头对死党郑冲笑笑。

"哈哈，这货其实人还行，就是太倔，死脑筋。"郑冲摇摇头。

"哼，而且你要是对他爸有啥意见他就跟你急，其实他家那点事谁不知道，哈哈。"

"算了，咱们去找二班赵喆他们去。对了，你也知道焦坤啊？"

"我能不知道吗，东城扛把子。"

"哦，我听说他手下人不少，持刀抢劫溜门撬锁什么的都干。"

"古明超得罪了他可有的受了。"

"哈哈，咱们走着瞧吧。"

七

吴甫歪坐在沙发里，拿着遥控器啪啪地换着电视频道，其实他自己也不知道想看什么。狭小的房间如同他狭小的心境，他被禁锢在这钢筋混凝土的围城里，从一个钟点熬到下一个钟点。

"咔嗒"一声，夏晓菲怒气冲冲地关掉了电视。吴甫哼了一声，撂下遥控器拿起手机胡乱翻看。

"你这一天天的在干啥？整天看电视看手机，家里活儿你管过吗？"

"天天上班多累啊，回家你让我歇歇行不？"吴甫眼睛没有离开手机屏幕。

"敢情我不上班啊？我也累啊，在公司伺候领导，在家还得伺候你！"

"你当老婆的……"吴甫小声嘟囔着。

"放屁，找当老婆的怎么了，就活该我干活啊，话说回来你那点工资还没我高呢。"

吴甫没有接话。

夏晓菲看到眼前的丈夫气就不打一处来。她是个传统女人，嫁鸡随鸡嫁狗随狗，多少女人都是如此，当初图个男人老实本分，结婚后愈发觉得这不过是男人没本事的表现，无奈生活还得继续下去，好在夏晓菲身强力壮，每日不辞辛苦地照顾这个家。

"你看看你整天混吃等死的样子，不到三十五岁就跟个老头似的。刚才打车明明是我们先拦的车，硬生生让人家抢了去，你又是那怂样，话都不敢说一句，害得我和你一起淋雨。"

"人家不是带着孩子嘛，小家子气！"

"那孩子都多大了，都上高中了吧！再说有本事你也生啊，你也带孩子上街啊！"

吴甫的脸阴沉下来："说了多少遍了，我不要孩子！"妻子是个暴脾气，吴甫平常尽量忍让，但一到生孩子这个话题，他立马会暴躁起来。

"有孩子有什么不好，还能被你这种人让着。"

"你要生你自己生自己养去！"

"我要真生了呢？"

"你还想跟谁生去？"吴甫"啪"一声把手机摔在茶几上。

"你管我呢！"

"你敢！"吴甫一脚踹在茶几上，玻璃杯晃了两晃险些翻倒。

夏晓菲的眼泪在眼眶中打转，她不再搭理丈夫，转身走进厨房。对丈夫逐渐失望，夏晓菲只能寄希望于孩子身上，但丈夫竟然对生孩子有莫大的怨念，以至于连沟通都难以继续，这令夏晓菲苦恼不已，也许丈夫父母死得早，他缺少亲人的关爱，夏晓菲只能这样揣测。

八

子弹击中黑衣人的胸部，此人应声倒地。地上的尸体越来越多，但周围的枪声反而愈发密集。古风闪身躲在一面矮墙后，对方子弹击起的烟尘瞬间弥漫开来。

枪膛热得将要发红，古风迅速换上新的弹夹，这是最后一支弹夹。墨帝的担忧没有错，他们被出卖了，洛神会布下这个陷阱就是想将他们一网打尽。

天色渐晚，四下昏暗起来。两声枪响，古风又撂倒了一个敌人。他顺势冲出矮墙，抬手间又击中两人，随即他侧翻在地，滑入一辆卡车车底。

枪声不再密集，但未必是件好事。古风努力使自己平静下来，仔细观察周围的局势。南边小河似乎没有敌人，趁着夜色也许从那里能冲出去。古风躬身出了车底，飞奔几十米躲在一棵大树后观察情况。

突然，一阵激烈的枪声伴随着汽车的轰鸣由远而近。古风向那边望去，一辆越野车快速驶来，车子引擎盖冒着烟，挡风玻璃也被击碎，古风朝驾驶室仔细观瞧，瞬间心中一颤，驾车者原来是冷电。

难道她是叛徒？古风犹豫了。

然而紧随冷电其后，三辆汽车进入了古风的视线，车上火光四射，那是有人在开枪射击，子弹打在冷电车上乒乒作响。

古风绕过大树，一边低身缓慢向冷电靠近，一边开枪向敌方车辆射击。此时冷电也发现了古风，绕着弧线向古风驶来。

第一辆敌车前轮被古风击爆，车身失去控制掉进水池。冷电驾车来到古风面前，他翻身坐进驾驶室。

冷电面色惨白、双眼通红，鲜血浸满了胸口。

"你伤得不轻啊，其他人呢？"

"火已经……"

"金雷呢？"

"再没见过他。我们被出卖了，现在就剩咱俩了。"

身后的两辆车紧紧跟随，子弹呼啸而至。

"嗯。"古风眉头紧锁，"我没有子弹了，你还有吗？"

"只有一颗手雷了。现在怎么办，回去救老头子？"

冷电摇摇头，"他和我说过，如果有不测，他肯定不在了。我们得逃出去。"

"我们两个不可能都出去。"冷电看了一眼古风，"我绕到前面那个建筑后你下车，我把他们引开，你趁着天色快走。"

"不，我开车，你走。"

"风，你是我们最后的希望，你得活下去！"

冷电加大油门，汽车漂移转向，绕过一栋小楼停下。

"快走！"

古风看了看冷电，他知道此刻就是永别，无奈只好把心一横，翻身下车。

"轰"的一声，汽车飞驰而去。

古风刚蹲在墙角，两辆汽车绕了过来，紧随冷电而去，四下三三两两的散兵游勇也向那个方向奔去。古风趁着夜色，快速冲到了河边。

此时远处传来了一声爆响，古风回头望着那边的火光，心中不禁起誓：老头子、冷电、黎火，各位兄弟，我古风一定会替你们报仇。

九

夜已渐深，古明超和同学冯欣蕾上完补习班，一同走在胡同里。

"今天老徐咋了，拖了这么晚。"冯欣蕾无奈地说。

"这不快期末了。"

"是啊，下周一就要期末考试了，我心里一点底也没有。"冯欣蕾面带愁容。

晦暗的月光在杂乱的胡同中弹跳着，每个小院都像瘫卧的怪兽，黑洞洞的院门如撅出的大嘴，残破的院墙里时不时传出野猫的叫声。古明超似乎对这一切都司空见惯了，自打他记事起就生活在此，每一棵草木、每一个门洞他都烂熟于心，这里，就是属于他的"哥谭"。

虽然未脱稚嫩，但帅气的外表已显雏形，无奈阴郁的性格和古怪的做派，加之为数不多的话语中对父亲的夸耀，古明超在同龄人中并不受欢迎。理解古明超的人很少，青梅竹马的冯欣蕾便是其中之一。姑娘称不上亭亭玉立，相反还有些微胖，但其热情开朗落落大方，使同学交口称赞。说心里话，冯欣蕾也不相信古明超对自己父亲的说辞，但她并不在意。在她眼里，古明超成熟深沉有担当，是她心目中的男子汉。可惜目前古明超的心里完全没有儿女情长，冯欣蕾于他，不过是同学、朋友、被保护的对象。

"你学习那么好还怕考试！"

"学习好才怕啊，怕考不好让人笑话嘛。"冯欣蕾略显羞涩地说。

"嗯，能力越大，责任越大。可惜我现在能力还不够，没法把那些坏蛋都干掉。"

"拜托你能不能好好上学，别总和那些小混混打架了。"

"哼，他们都不是好人，要不我爸也不会走。"说到这里，古明超的声调又提高了。

"嘘！"冯欣蕾示意古明超安静，"你听那边什么声音？"

古明超侧耳倾听，有前方隐约传来窸窸窣窣、哼哼唧唧的奇怪声音。

"那边是没人的死胡同，有情况。"

小英雄猫腰快速钻进那个胡同，藏在一面断墙后向里观望。冯欣蕾犹豫了一下，也硬着头皮跟了上去。

"啊！"她大概看清了前面发生的事情，叫出了声。

"嘘，你来干什么，快回家去！"古明超低声喝道。

在大约十米开外的墙角，一个高大黝黑的身躯把一个纤弱的身影紧紧压在墙面上。如果眼神够好，可以清楚地看到受困女子脖颈上反射着月光的尖刀。

"快回去，别管我！"古明超回头严肃地对女孩说。

"行，我去报警，你别逞能。"说罢转身快速离去。

古明超看到她跑离视线，咬咬牙，跳出墙垛，大声喊道："流氓，快住手！"

"靠！"墙角那边响起一声咒骂，"谁啊！"

"你个臭流氓，还好意思当老大！我已经报警了。"说罢古明超从地上捡起一块断砖。

焦坤这才放开猎物，转身用刀指着古明超，"我看你小子是活腻歪了啊，不给你点颜色瞧瞧你就昏头啊。"

古明超举起转头，"那你就来试试！"

焦坤"嗷"一声冲了上去，古明超扔出砖头，结果被焦坤灵活躲过。毕竟是混迹江湖多年的老炮，焦坤一脚就把少年踹翻在地，借势踩在胸口，尖刀直逼咽喉。

"哼，今天让你知道天高地厚。"

"还以为你是陈浩南那样的大哥，其实是和乌鸦一样的臭流氓！"身单力薄的古明超虽然不是焦坤对手，但嘴上丝毫不示弱。

焦坤正想动手，突然听到胡同口响起了脚步声，远处似乎也有汽车的轰鸣。他俯下身凑近少年，"今天算你运气好，老子就给你点教训。"边说边用锋利的刀刃在少年涨红的脸上划出一道血印。

当古明超从地上爬起时，犯罪者早已不知去向，留下墙角惊慌的女子坐地哭泣。

十

看着酒柜上琳琅满目的酒瓶，吴甫真想把他们喝个遍，无奈酒量和钱包都不允许。他举起酒杯，把最后的一小口威士忌一饮而尽。可惜此时冰块已完全融化，酒味淡如白水。不知道在高脚椅上坐了多久，吴甫活动了下酸困的腰身和脖颈，转身走下椅子。

"哎呀！"

微醺的吴甫感觉到自己撞了人，他急忙回头，看到一女子端着酒杯面有愠色，酒水似乎是洒在了胳膊上。

"对不起，对不起。"吴甫赶紧道歉。

"你这动作也太猛了。"女子撇撇嘴，"给我找餐巾纸擦擦吧。"

吴甫向调酒师要了几张餐巾纸递给女子，女子把酒杯放在台面上，用纸擦着胳膊。

"真不好意思，怪我怪我。"

吴甫趁机打量着女子，用眉清目秀来形容她一点也不为过，巴掌大的一张瓜子脸上精致的五官非常匀称，淡妆下虽然没有突出的亮点但整体上却显得恬静清新。淡紫色的衬衫配一条及膝的短裙，身上没有过多的配饰，简洁明快的风格与面容相得益彰，刹那间吴甫便被俘获。

"酒洒了不少吧？"

"是啊。"

"要不我请你喝一杯。"

"不用了，没事。"女子收拾妥当，拿起酒杯。

"那多不好意思，我一定得请你。"

也许是吴甫诚恳的态度打动了女子，她笑着点点头，"那好吧。"

"想喝什么？"

"血仇。"

"啊，鸡尾酒？这名字起得……"

吴甫又加了小半杯威士忌，陪着新结识的美女在一僻静的角落坐下。

"吴甫。"男人微笑着自我介绍。

"仇卓妍。"女子也回以微笑。

"刚才真不好意思，动作太猛了。"

"没事，这不你也请我喝酒了吗？"

"必须的。话说我感觉好像在哪见过你呢。"

"大叔，你这套路也太老了吧！"仇卓妍微微抿了一口酒。

"不，我说的是真心话，你是哪里人？"

美女眉眼微微一颤："新城。"

"呦，我就说嘛，老乡啊。虽然你普通话很标准，但我感觉到你应该是那边的人。"吴甫更加兴奋。

"你也是新城的？"

"对，我是城东区的，你呢？"

"我不太记得了，很小的时候就来这边了。"

"没准小时候咱俩就见过面，所以我觉得眼熟，哈哈。"

这个陌生的女人像是有一种魔力，虽然谈话间是吴甫搜肠刮肚地找话题，对方的回答也只是风轻云淡的一带而过，但他却没有感到一丝的焦躁和不安，反而一种莫名的舒适感氤氲在心头。

不知不觉间，时间已近十点，微信中夏晓菲已经催了他三遍，迫不得已，吴甫只得告别。

"你住哪里？"

"和平桥那边。"

"好巧，顺路，我打车送你吧。"

仇卓妍没有过多推辞，片刻后便和这个初识的老乡上了出租车。

先上车的吴甫故意坐在后排略靠中间的位置，这也说明了他并没有喝醉。庆幸的是仇卓妍并没有显露出反感，而是大方地坐在男人身边。一缕丝薄而具诱惑的香气幽幽飘来，吴甫不禁偷偷侧目看着美女。其实夏晓菲年轻时并不比她差太多，但岁月对于已婚妇女是如此的残酷，加之日久生厌，两人此时在吴甫心中已是天壤之别。

出租车一个突然的急转，吴甫顺势向右侧靠去，肩膀与仇卓妍贴在一起，搭在座椅上的右手也向右滑动了两寸，瞬间一股电流从指间直击心房，那是因为他触碰到了温暖柔软的肌肤，那是仇卓妍的纤纤玉手。

十一

窗外雷声阵阵，霎时一个闪电瞬间照亮屋内古风阴沉的脸。汤真真脸上的泪已如雨下，她趴在古风肩头，紧紧搂住丈夫的脖子不愿放手。

"我的时间不多了。"古风低声说。

"不，我不让你走！"

"我不走咱们全家都得死在这！"

"我和儿子跟你走！"

"不行，我是去战斗的。"

汤真真沉默了。

"我会回来的，一定会。"古风温柔的拍了拍妻子的后背，"你要照顾好自己和超超，等着我回来。"

汤真真放开丈夫，转头望着床上熟睡的儿子。古风伸手轻轻地抚摸着儿子的额头，"我的事千万不能让别人知道，你就说我跟着别的女人跑了。"

汤真真摇摇头，想到不满三岁的儿子将很久见不到父亲，眼泪再一次滴落在床头。

"在我没成功之前，我不能回来看你们。事情太突然，我也没有多少钱留下，以后你们受苦了。"

窗外又响起一声炸雷，汤真真心中一惊，扑进丈夫的怀里。

"每隔一个月左右，你给我 138 那个号打电话，如果拒接，说明我是安全的，如果有人接听或者关机，说明我出事了。真要那样，你就……"

"不，别说了，我等你！"

古风走了，他划破雨幕，踏上了一条未知之路。

一次离别，十年泪，百般煎熬，千番苦，万缕相思，只盼那人归。

十二

古明超惊讶地望着餐桌边那对怯生生的大眼睛，眼睛的主人是个七八岁的小女孩，纤细单薄的身体不安地左右摇摆着，像是站在狂风中。那身连衣裙样式看似很时尚，但已显破旧，脚下的白鞋更是污迹斑斑。除却那双眼睛，这普通平凡的外表若在大街上，古明超绝不会多看一眼，然而她却莫名其妙地出现在家中，不得不让古明超感到意外。

"超超回来了啊！"听到门口的响动，汤真真快速走出自己的房间。

敏感的少年迅速捕捉到了母亲表情与动作中的异样，与此同时，一个陌生的身影出现在了母亲身后。古明超的身体微微一颤，在他的印象中，这个家从未出现过成年男人。这个清瘦的男人面容憔悴，微驼的后背使他更显萎靡，下巴上的胡茬似乎比头顶的头发还多，上身稍显肥大的夹克和下身的牛仔裤看上去还算体面，可惜陈旧得没了型，更别说脚上那双破皮鞋。当眼前的这个男人以那种目光看着他时，古明超心中顿时升起不祥之感。

"超超啊，还认得这是谁吗？"汤真真回头看看男人。

古明超认不出男人，但他清晰地看到母亲发红的双眼和泪痕。

"妈，有人欺负你吗？"古明超挺直身板大声说。

"没……没有啊，超超，你都忘了吧？这是你爸爸啊。"汤真真擦了擦眼角的泪水。

"妈你说什么呢，他怎么是我爸？"古明超摇摇头。

"超超他真是你亲爸爸啊。"

"超超，我是你爸爸古风啊。"男人向前两步，热情但带有尴尬地说。

"妈，你怎么了，他怎么会是我爸呢，我爸是大英雄啊。"古明超不假思索脱口而出。

男人除了一双大眼，容貌实属平平无奇，此时这对泛着泪光的大眼充满了内疚与羞愧，颤抖的双唇并合好几次但一句话也没说出来。

"超超，你很小的时候爸爸就出远门了，你都不记得了。"汤真真温柔地说。

古明超面色铁青，站在原地一动不动，"妈你忘了吗，你忘了你怎么给我讲的爸的事？他是去战斗了！"

"那……那是你还小，妈不想你伤心。超超，妈不应该骗你，但你现在长大了，应该明白那只是一个故事。"

"超超啊，爸爸对不起你，我离开你妈妈和你的时候，你还太小，这些年让你们娘俩受苦了。"古风走近儿子，想伸手摸摸儿子的头。

古明超一把打开古风的手，后退了一步，"你不是我爸，我知道我爸是什么样的。"

古风一愣，突然想起了什么，"哦哦，超超你看。"他说着从怀里掏出一个信封，从信封里取出一张照片递给古明超。

古明超恼怒地接过照片，照片他看到过，准确地说看过一半。那是他很小的时候和妈妈的合影，不过右边被撕去了半边。现在他手里的，是一张完整的照片。怀抱幼儿的妈妈身边，就站着眼前的这个男人，不过那时的他年轻标致，炯炯有神的双眼直视镜头，显得意气风发。

"爸，哎，爸对不起你们，当初我不应该离开你们的，我……

我……"古风的话音低沉含糊，像是在嘴里打转。

"你爸爸现在回来了，以后就和我们一起过了，咱们又是一家了。"汤真真的眼泪再次夺眶而出。

"对，超超，这是你妹妹洋洋，今后咱们是一家了。"古风拉过一旁的女孩对少年说。

古明超没有正眼看这对父女，他撇下照片，气愤地瞪着汤真真，"妈，我没有这样的爸爸，我不会和他们在一起的。"

"超超，你说什么呢！都是妈不好，妈没对你说实话，我说爸爸是大英雄，那是为了安慰你，不想让你难过，他真是你爸爸啊。"

"不，我不信，我不信，我没有这样的爸爸。"古明超转身拎起书包，夺门而出。

"超超！"这对重聚的夫妻同时喊着。

"我从小就骗他，说你是大英雄，为了与坏人斗争离开了我们，他深信不疑，结果现在……"

"真真，一开始就是我不好……我……哎……"

"你要给他时间。"

小女孩眨着大眼望着大人，好像听懂了似的。

十三

室外蝉声聒噪，走廊里却始终宁静，隐约能听到远处课堂传来的读书声。古明超背靠着墙壁，眼睛盯着窗外随风轻摆的大树，耳朵仔细听着老师办公室里传出的对话。

"之前都是和他妈妈说得多，这次爸爸来了，我就再说几句。"班主任匡老师音调不高但略显严厉，"古明超学习成绩虽然一般，但还算踏实，这方面我就不多说了，不过他隔三差五打架闹事可是个大问题，不仅经常和学校里同学闹矛盾，我听说还招惹社会上那些不三不四的混混，你这做家长的可得注意了。"

"对，老师说得对，回家我教育他。"

只听到这唯唯诺诺的声音，古明超的气就不打一处来。

"我批评他吧，他还把你抬出来，说什么像你一样打抱不平、维护正义，我不知道你们当父母的怎么教育孩子的。学习不好咱们可以努力，即使上个普通大学也没什么，但他老是这么不安分可是很危险的，万一哪天出了事，学校和家长都负不起这个责任，你们一定要重视。"

"是是，我之前一直不在孩子身边，没有管教好，匡老师您放心，今后我一定让他改正。"

"行吧，这次我也和对方家长沟通了，当然对方也不是完全没有错误，你让古明超给人家道个歉，这事就算过去了，但一定得引起重视，还有，让古明超离社会上那些人远点。"

"是的是的，一定一定……"

随后古风的声音被放学的铃声所淹没，片刻后，学生涌出教室，走廊里顿时热闹起来。

古风走出办公室，看着儿子的表情忧愁中带着热情。古明超见父亲出来，转身就走。古风快步跟上，伸手搭在儿子肩膀上，古明超粗暴地甩开父亲的手。

"超超，你等等。"

古明超像是没听见，低头快速走向楼梯。

"超超，超超……等等爸。"

"呦，古明超，你那英雄的老爸回来了。"

田劲峰迎面而来，看到古明超身后的男人，冲着古明超意味深长地笑着。

古明超没有理他，快步冲下楼梯。

"他老爸身形奇特、步伐稳健，果然是个高手啊，哈哈。"郑冲伸手搭在田劲峰肩上，二人相视哈哈大笑。

"超超，超超……"古风像没听到这些，一路小跑地跟在儿子身后。

出了校门，古明超突然转身，一脸愤慨地看着父亲。古风却报以笑脸，"超超，咱走慢点。"

"不许叫我小名！"古明超压住怒火。

古风一愣，随即点头，"好的，爸知道了。"

古明超哼了一声，转身继续快步回家，不久后，便把父亲甩了几十米。

走进胡同，拐了几个弯，一个人挡在了古明超面前。

"小子，咱们又见面了。"

古明超看到对方是一个人，略略松口气，"菜头啊，你又想怎么样！"

"菜头是你叫的吗？"蔡金生上前就要薅古明超脖领。

古明超不甘示弱，伸手抓住蔡金生胳膊。

"你干什么，放开我儿子。"随后赶来的古风重重的喘气声。

蔡金生一愣，放开古明超，上下打量了眼前的中年男人，突然笑了起来，"小子，这就是你那英雄的爹啊，哈哈。"

"他不是我爸！"古明超急了，上前撕住对方衣领。

"超……古明超！"古风急忙拉开儿子。

"当爹的好好管教儿子啊，上梁不正下梁歪。"蔡金生撇着嘴嘲笑道。

"我来管教管教你这个孙子！"古明超想甩开父亲继续找蔡金生理论，却被古风牢牢拽住。

"咱们不要和这种人过不去，没必要。"

"这种人是哪种人啊？"身后一个声音响起。

"坤哥，按您吩咐的我把他截住了，没想到他爹和他一起。"

焦坤没搭理蔡金生，径直来到古风面前，"我问你我们是哪种人啊？"

"呃，你是……"

"这是我们老大，坤哥。"蔡金生介绍着。

"抱歉抱歉，您别误会，我的意思是您是江湖中人，和我们小老百姓不一样。"古风一边拽着儿子，一边笑着说。

"哼，小老百姓，谦虚啊，听你儿子说你不是除暴安良的大英雄吗？"焦坤嘬了一口烟，斜眼看着古风。

"哎，那是他妈妈小时候哄她玩的，我哪是什么英雄，普通人一个。"

"你说我们是江湖中人，这话我爱听。江湖就有江湖的规矩，你儿子几次三番坏了规矩，打扰我们的好事，你这个当爹的得好好管教。"

"好的好的，以后他一定不会了。"

"什么江湖中人，就是一帮流氓、混混！"古明超大骂。

"对不起，对不起，我回去教育他。"说吧就要拉儿子走。

焦坤把烟头扔在地上，用脚踩灭，"慢着啊，你儿子还欠我五千块钱呢，这事怎么算？"

"啊？"古风吃惊地看看焦坤，又低头看看古明超。

"谁欠你钱，你个流氓。"古明超又叫喊起来。

焦坤从腰间拽出那把弹簧刀，"砰"的一声，闪亮的刀刃弹出。

"你翻脸不认，可不要怪我不客气。"

"我不欠你钱，我去派出所告你去！我……"

"好了好了，他要真欠你钱我替他还你，今天没带钱，改天再说行吗？"古风满脸堆笑。

"好，看在您老人家的面子上，这次就放过他。我可知道你们家在哪，敢去报警小心点。"焦坤用刀尖在喉咙处比画着。

"啊啊，好好。"

焦坤转眼就消失在胡同里，蔡金生也不知去向。

古风拉着儿子往家走，"你怎么能和他们来往呢，不要惹这些人啊。你真要欠钱我替你还上，但以后千万别管闲事了。"

"哼，你这种怂货不是我爸爸，"古明超奋力摆脱父亲向家中跑去，"我没有你这种爸爸！"

十四

"说实话今天你约我出来我很意外，当然也很高兴。"吴甫的心思根本没在眼前精致的菜品上，他紧紧地注视着对面姑娘的眼睛，隐约中感到这双妩媚眼睛莫名很熟悉。

"真不好意思啊，我也觉得突然约你不太合适，毕竟你是……"

"毕竟我是有家室的男人，哈哈，那有什么关系，已婚男人还不能有女性朋友了？"

"你老婆别误会就好。"

"没事，她不会误会。"看到仇卓妍略显羞涩的神情，吴甫更加兴奋。

"初次认识你的时候，我就觉得你特别亲切，像是我的大哥哥一样。"

"哈哈，是吧，咱们在微信里不也聊得挺好。我就说过好像在哪见过你，这就叫缘分啊，你就做我的妹妹吧。"

女孩开心地点点头，但很快眼眉间又流露出愁容。

"怎么了，有什么心事吗？"吴甫马上表现出大哥般的关切。

"没事……我……没事。"女孩欲言又止。

"妹儿啊，有什么困难尽管说，哥虽然不是有权有势的人，但毕竟早来这个城市几年，各方面都比你熟悉些。"

"嗯……我确实初来乍到人生地不熟……"女孩又陷入沉默。

"有谁欺负你吗？告诉哥，哥去收拾他！"

女孩摇摇头，又点点头，"我来这里没多久后就谈了个男朋友……"

吴甫听到这里心里一沉。

"他比我大不少，是我们公司另一个部门的领导。"

"怎么，他现在不要你了？"

女孩摇摇头。

"他也是有家室的人？"

女孩沉默了。

吴甫胸中顿时腾起一股怒火，"哼，这些有钱男人，都这德性，你赶紧离开他，这种人根本不值得你去爱！"然而这股怒火似乎又烧到进了他自己的内心，他急忙冷静下来，"呃，你问过他了？"

女孩显得非常犹豫，她迟疑了片刻，"其实我也不确定，我也是偶然发现他有另一个女人，可是……"

"可是什么？"

"可是我不确定那个女人是不是他的老婆。"

"哼，这小子，还养小三小四呢。你为什么不确定是他老婆。"

女孩的脸颊微微泛出红晕，"已婚男人一般不会和老婆去开房吧？"

"你看见他和别的女人开房了？"吴甫并不是一个八卦的人，但遇到这个话题还是很有兴趣。

仇卓妍点点头。

"就在青州？"

"嗯嗯，离我们公司不远。"

"那应该不是他老婆，谁会和老婆去开房呢？"吴甫鄙夷的语调间流露着嘲讽。

"但是……"

"嗯？"

"但是和他开房的那个女人，她……"

"怎么？"

"那个女人也不年轻了，虽说还算有些姿色，但怎么说也不像……"

"不像小三？"

女孩点点头。

"哎，你呀就是太单纯了，被这种老色魔给骗了，那种男人什么样的女人都想玩。那个女人长啥样？"

"你想看？"

吴甫点点头，"怎么，你还偷拍了？"

仇卓妍抿抿嘴，打开手机翻了几下递给吴甫，"有点远，不算太清楚。"

刚接过手机的吴甫兴奋中带着好奇，然而在他看到照片的那一瞬，仿佛一把尖刀扎进心口，他的双眼几乎要迸出眼眶。

虽然照片不甚清晰，但他还是一眼就认出了挽着一个壮硕男人走出酒店大门的那个女人。

"哥，哥，你怎么了？"

要不是仇卓妍发现了异常，吴甫几乎要把手机摔碎。他脸色凝重几近扭曲，像是刚吃的饭菜里有砒霜。

"哥你没事吧？"

吴甫又仔细看了看照片，这才把手机递给女孩。

两个人都沉默不语，盯着餐桌上几乎没动的菜品若有所思。

许久后，吴甫缓缓地说，"你知道那个女人是谁吗？"

仇卓妍摇摇头。

吴甫笑了起来，越笑越大声，"那是我老婆，我老婆，哈哈。"笑声引起了周围顾客的关注。

"我老婆，哈哈。"

"哥，哥，你冷静一下。"仇卓妍急忙拉住吴甫的手。

一股暖流传入吴甫的手心，他深深叹了口气。

"我们结婚五年了，没想到，没想到……"

"哥，对不起，我真不知道，我没想到会这样，我要是知道我绝不会……"

"我怎么会怪你，我还得感谢你，是你让我看见了她的真面目！"吴甫一口喝干杯中的柠檬水，把玻璃杯狠狠地砸在桌面上。

"哥你可别激动，说不定还有什么隐情。"

"哼，难道还是我的问题？"

"不不，我不是那个意思。不过……"

"嗯……"

"哎，或许她真的不值得你去爱，世上的缘分谁又能说得清。"女孩眼中似乎闪着泪花。

"你说得没错，"男人停顿了片刻，像是回忆着什么，"如今，如今我们确实没有在一起的必要了，我要和她离婚！"

"哥你别冲动，其实现在还没有切实的证据……"

"都开房了还不是证据？"

"不不，那张照片不是很清楚，不能作为证据的，也有可能不是她呢。"

吴甫慢慢冷静下来，没错，离婚这事确实得好好想想，不过，眼前这个美丽的女孩他不愿轻易放弃。夏晓菲背叛了我，我没必要再坚持什么了。

他握住女孩的手贴近唇边轻轻吻着，仇卓妍的脸颊更加绯红，那双忽闪忽闪的眼睛盯着玻璃杯像是诉说着什么。

"卓妍，我喜欢你。"

十五

盛夏的黄昏并没有因为骄阳西沉而失去热度，反而因为缺少的清风而显得更加燥热。古明超心中同样燥热无比，他双手揣兜，心事重重地彳亍在胡同里，时不时踢一脚路边的石块。

家近在咫尺，却成了他最不想回去的地方。每天放学后他都在胡同里逡巡，并不是寻找见义勇为的机会，而是不愿面对那个成为他父亲的男人。

他不是我的父亲，我没有这样的父亲！

古明超一次次地对自己说。

今天的他并不是漫无目的地巡弋，而是去实现一个大胆的想法。这个想法连他自己都感到害怕，但是为了自己理想的人生，他下定决心去完成这个使命。

下定决心了吗？也许没有。因为他耳畔还有一个声音不甚清晰地在回响：不要去见他，不要去见他。

就在古明超心中升起回家的想法时，一个真实的声音突然响起。

"兔崽子，终于找到你了！"

古明超抬头，长长地出了口气。

"妈的，今天老子先教训……"

"带我去见坤哥！"古明超打断那人的叫嚣。

"什么？"

"我有事找坤哥！"

"坤哥还让我找你呢，走！"

"你别拉我！"古明超拨开蔡金生的手。

"那你别跑！"

"我要去见他我跑什么？"

"行，跟我走。"

古明超跟着蔡金生穿过几条胡同，来到街边一个小门脸，进门上了楼，古明超发现这里是个台球厅。

室内烟雾弥漫，四张球桌只有最里面的围着人。焦坤一手杵着球杆，一手夹着香烟盯着球桌。那个光头男正趴在球桌上握着球杆瞄准。墙角座椅上还有一个衣着暴露的年轻女人傻笑。

"你站这！"蔡金生回头瞪了一眼古明超。

古明超站在原地没动，看着蔡金生来到焦坤面前，满脸堆笑说着什么。焦坤看到不远处的古明超，撇撇嘴，冲着蔡金生一点头，蔡金生马上招手说，"兔崽子你过来！"

不要过去，不要过去！那个声音又响起。

古明超还是向着焦坤走去。

"坤哥，我有事想和你谈谈。"

霎时，焦坤、光头、蔡金生、陌生女人四对目光齐刷刷落在少年身上，每个人的眼里都各有意味。

"算你有种，我还想找你来着。那钱你带了？"

"我就是想和你说这事。"

"说吧，什么时候给？"

"我想单独和你谈谈。"

"你……"

焦坤示意蔡金生闭嘴。

"如果不是什么大事你知道后果吧？"他攥了攥球杆，放在桌上。

古明超点点头。

两男一女看到焦坤的示意，一摇三晃地离开房间。

"你说吧，别让我失望。"

"今天我不是想和你谈那五千块，我是想和你谈二三十万的事。"

"继续说！"

"那天你见到我爸了，没错我小时候他撇下我妈和我跑了。他以前有钱过，现在破落了。不过，前些天我见到他手里有个古董小杯子，晚上他偷偷给我妈看来着，好像说什么乾隆官窑之类的，值个二三十万。"

"哦，那关我什么事呢？"焦坤确实是老江湖，心里猜出了七八分却装糊涂。

"坤哥，你要是能搞到它，咱们五五分吧。"

"哈哈哈……"焦坤大笑起来，"你怎么不自己偷了卖钱去？"

"一是我爸把它藏得很隐蔽，我找不到，二是我即使偷出来去哪卖钱？"

"怎么，你说得我像小偷吗？"焦坤脸一沉。

"不是偷，得抢！"

"抢？"

"得在我爸在家的时候到我家，逼我爸交出来。"

"他是你亲爸不？"

"你别管，干不干？"

"哈哈，'大义灭亲'啊！"焦坤突然把烟头往地上一甩，目露凶光，"我这么多年白混的吗？你和你爸想做局坑我，你以为我看不出来？"

"你不相信，我也没办法，但我这人做事的原则是，江湖中的事就在江湖里解决。"古明超平静地看着焦坤。

"哈哈哈，哥们，我和你开玩笑呢，我相信你。之所以这些天我没找你要钱，就是因为那事你没捅出去，我觉得你够意思。"焦坤拍了拍古明超的肩膀。

"这事你干不干？"

"哎，哥们啊，我冒这么大个险，你只分我一半，合适吗？"

"你觉得多少？"

"三七。"

古明超考虑了一下，"行，但有个条件。"

"说。"

"这件事不能让别人知道,你只能一个人去。"

"嗯?"

"过两天我妈带我妹去姥姥家,就我和我爸在家。你也见过我爸,你一个人完全对付得了他,何况还有我做内应。"

焦坤想了想,"好,我信你一回。不过如果你匡我,或者那玩意不值钱,你知道后果。"

古明超点点头,"具体时间我明天通知你,明天还在这里吗?"

"我就在这等你,我不希望见不到你。"

十六

"卓妍,我爱你。"男人躺在床上,紧紧搂着情人。

"我也爱你。"女孩绯红的脸颊贴着男人的胸膛。

"你真好。"

"是吗?你老婆对你不好?"

男人转头看了看那双清澈的大眼睛,"她总是嫌我这样嫌我那样,烦死了。"

"过日子嘛肯定会那样啊,咱俩要是生活在一起没准也一样。"

"不一样,你和她不一样,我感觉我们像是上辈子就认识,你好像非常了解我,而且不会和我计较那些小事。"

"是吗?说不定我们是再续上辈子的情缘吧。"

"没错,如果上辈子我错过了你,这次绝不会了。"

男人尽情吻着女孩,怀中着姣美的身型和其承载的灵魂让男人欲罢不能,他想占有她的一切。

"哎,我真想不通,像我老婆这样的居然还有人能看上她?"

女孩捂嘴笑笑,"你当初不也娶了她?"

"其实五六年前她还行，这些年变化太大了，各方面的变化。"

"你和你老婆提离婚的事了吗？"女孩突然问道。

男人的激情瞬间熄灭了一半，他停止亲吻，叹了口气。

"你没有质问她是否出轨了吧？"

"没有，你说得对，现在还不能问。你有没有再见过我老婆和那个男人在 起？"

女孩摇摇头。

"他们可能是察觉到了什么。我觉得我老婆最近很奇怪，神情和行为与往常都不一样了。"

"她可能感觉到了你在怀疑她。"

男人已经很疲惫，他顺势躺下。

女孩温柔地抚摸着男人的头发，"如果你老婆不同意离婚，咱们就这样过下去？"

男人抬起头，"如果没有切实的证据，怎么提离婚？"

"不如……"

"什么？"

"不，你不会同意的。"

"没事你尽管说。"

"不如我们远走高飞，永远离开这个城市。"

男人沉默了。

"我知道你不会同意的。"

"不，如果我不和老婆离婚，我就没法和你结婚，难道你不在乎吗？"

"我不在乎，我只想和你在一起，咱们到一个谁也不认识的地方，重新开始。"

"卓妍。可是我，我……"

"难道你不能离开你老婆？"

"不是，我积蓄不多，去一个陌生的地方怎么生活，怎么照顾你？"

"这你不用担心，我父母去世的时候留给我了不少钱，只要咱们好好工作，肯定没问题的。"

新生的希望如同朝阳在男人心头升起，他的眼中闪动出火花，然而就在一瞬间，火花随即熄灭。因为记忆深处的一个幽灵飘荡出来，像迷雾般遮住了前路，让他感到窒息。

"怎么了？你还担心什么？"

"不，我，我还没想好……"

"你不爱我？"

"我当然爱你！可是我……"

女孩起身坐到床边。

男人正在与他心中的幽灵搏斗，他不愿意成为它的奴隶。我杀死过你！男人恶狠狠地说，我要活得比你勇敢，比你幸福！他起身从后面抱住女孩，轻吻着她的脖颈。

"好的，我和你走，咱们下周就走。"

十七

"超超，你真不去了？"汤真真诧异地看着儿子。

"今天作业特别多，不去了，代我问姥姥好。"

"哎，你姥姥可想你了。行吧，那你和爸爸在家待着吧，我们走了。"

看到妈妈和妹妹走出院门，一只无形的手便伸进了古明超的胸腔，慢慢地攥住他的心，让他焦躁不安。此刻他的心情是两种矛盾状态的叠加，既盼望那个人出现，又祈祷那人不要出现。然而当他看到坐在沙发上跷着二郎腿看电视的古风时，古明超担忧起来，焦坤不会是不敢来了吧？

"超超啊，要是作业写累了就出来和爸聊聊天。"古风客客气气地说。

"嗯，等我有时间吧。"古明超慢慢走进自己的房间。

儿子的一反常态却使古风非常高兴。人心都是肉长的，他会原谅我的，古风心想。

古明超翻开习题册，一行行的文字进入他的眼，但他一个字也没看懂。铅笔在他右手里打着转，忽悠忽悠像他的心。突然，院门"咣咣"被敲响，铅笔落地。

"当当当"。

对于古明超而言，这是叩响他命运大门的声音。

古明超触电般离开座椅，冲出房间。此时古风已经起身走向屋外，"超超你别管，我去开门。"

古明超站在客厅，忐忑不安地看着古风走进小院。他的眼睛死死盯着房门，甚至都不敢望向窗外。

"谁啊？"古风边走边问。

"我。"门外传来低沉含混的声音。

院门一开，古明超只听见"啊"一声，随后便没有了动静。古明超一惊，不由自主地迈了一步，侧耳仔细听着。很快，一阵碎步声来到门外，屋门"吱呀"一声开了，古明超看到一双惊恐的眼睛望着自己。

古风神色慌张但行动木讷，"超超快进里屋，把门锁住！"声音嘶哑而低沉。古明超迅速明白了当下的状况，除了古风扭曲的表情外，架在脖子上那把闪亮的尖刀给了他答案。

"不是让你闭嘴吗？"紧随古风进屋的人低声叫喊。

虽然戴着面罩，古明超还是一眼就认出了闯入者。此时，他心里倒是放松了下来。

"快进屋啊！"古风又喊着。

"闭嘴！"焦坤给了古风后腰重重一拳。

古明超这才慢慢后退，退到了自己房间门口。

"小子你别跑啊，敢报警我可不客气！"焦坤冲着站在里屋门口的少年叫道，说罢把尖刀在古风脖颈划了一下，"你乖乖地把那个东西叫出来，我保证不来横的。"

"什么，什么东西？"

"就你那值钱的玩意儿！"

"我哪有什么值钱的玩意儿，这屋里的东西你随便拿，别伤害我儿子。"

"妈的你要钱不要命啊，你要不给，哼，别怪我对你儿子不客气！"焦坤恶狠狠地叫嚣着。"哎呀！"随即他俯下身。

一切非常快，快得古明超几乎没有反应。印象中似乎是古风一手抓住焦坤持刀的右手的同时，另一只胳膊狠狠地给了焦坤一肘，这一肘正打在焦坤肋部。

古明超明白过来时，古风已经冲到了他的面前，一把将他推进里屋关上门。"把门锁上！"

古风可以说是下意识地完成了刚才的一切动作，当他转过身来时，明晃晃的尖刀距他不足一寸。他面色惨白，话语颤抖，"大哥……大哥要什么我都给你，放过我儿子……"

焦坤看到古风体如筛糠却顽固地挡在房门口，心中不禁笑起来。

"那快把东西给我！"

"大……大哥到底是什么东西啊？"

焦坤一记重重的勾拳打在古风腹部，"居然敢偷袭我！"古风捂着肚子，焦坤顺势撕住他不多的头发，把他拉到墙角。"那个古董在哪？"

古风一头雾水，"什么古董？"

焦坤又是一脚，"你装什么装，你交出来我就立马走人。"

"我真没有什么值钱的东西。"古风一脸无奈。

"好，和你儿子一样够硬的啊，那老子就陪你玩玩。"焦坤拉来餐桌边的一把木椅，"你这有没有胶带？"

"啊？嗯。"看到尖刀顶在咽喉，古风点了点头。

"在哪？"

很快，焦坤找到胶带把古风绑在了椅子上。

"你要干什么？"古风惊恐地扭动着。

焦坤挽起了袖子，"明知故问，我试试你骨头有多硬！"说罢一拳打在古风肋骨，"快说东西在哪？"

"我……我真没有什么古董。"古风疼得低下头，全身扭曲着。

焦坤升起了大拇指，"有种，咱们……"说到这时，院门有了响动。

焦坤迅速用刀割下一条古风的衣服塞进他口中，再用胶带封住他的嘴。

屋门开了，汤真真带着古心扬走进屋。

就在汤真真的尖叫马上要冲出双唇之际，一只大手强有力地捂住了那张小口，随之而来的是冰冷的刀刃。

焦坤一脚把门踹上，恶狠狠地低声叫嚷，"都别动别喊，老实点！"

汤真真被这场突如其来的变故吓得花容失色，双眼惊恐地盯着木椅上的丈夫。而古风拼命扭动着身体，嘴里发出呜呜的声音。古心扬呆呆地站在汤真真身边，不知是被吓傻还是不知所措，只是静静地看着这一切。

焦坤慢慢放开捂在女人嘴上的手，但尖刀仍然抵在她的咽喉。

"呦，你小子艳福不浅啊。"边说边摸了摸女人的面颊，"美女，你男人把那东西放哪了，我拿了东西就走。"

汤真真一头雾水，她扭头想摆脱蒙面男人的手，"什么……什么东西？"

焦坤轻轻拍拍她的脸，"好，很好，不是一家人不进一家门啊，都是一帮守财奴。"

"你想要什么……我们家没有什么值钱的东西……"汤真真往后退，却被焦坤一把拉住胳膊。

"哈哈，你男人那个古董在哪你不知道？"

"啊？什么古董？"

"不交出来别怪我不客气。"

"我家真没有什么古董，我银行卡里还有三千块钱，我都给你，你快走吧。"

"你以为老子稀罕你那三千块钱？"说罢焦坤低头看了看古心扬，"这丫头怎么和你长得不像啊，哈哈。"

汤真真拉住小姑娘，"你想要什么都拿走，别伤害孩子。"

此时木椅上的古风更使劲挣扎起来。

焦坤回头笑笑，"哈哈，老子走江湖讲道义，小孩我是不碰的，丫头你进里面找你哥你吧。"

"我儿子在里面？你把他怎么了？"

"美女别怕，我不欺负小孩。"

"洋洋，快进里屋找你哥哥去，别出来。"

古心扬听了汤真真的话，懵懵懂懂地走向里屋。

"超超把门打开让你妹妹进去。"

屋门开了，古明超把妹妹拉进屋，迅速又把门锁住。

"你们怎么这么快就回来了？"古明超生气地问妹妹。

"阿姨说回来取东西。"古心扬喏喏地说。

古明超叹了口气不再搭理她，侧耳听着门外。

"到底给不给？"

"真没有啊，求求你放过我们。"

"妈的，劫不了财我只能劫色了。"这是古明超听到的最后一句清晰的话语。

之后，外屋便是时断时续的叫喊和碰撞声。

古明超的手一直搭在门锁上，几次想打开房门，但不知为何，一直以来伴随他的勇气此刻烟消云散，他恐惧门外的世界，他不敢想象门外发生了什么，他无法面对自己带来的灾难。

"你待在屋里把门锁上别出去！"古明超厉声告诉妹妹。

古心扬瞪着大眼望着古明超，点点头。

吐了口气，古明超右手抓起书桌下沉甸甸但不大的哑铃藏在身后，咬着牙开了门钻了出去。

首先刺入他眼帘的，是父亲古风。他依然被束缚在木椅上，只不过已经翻倒在地。即使这样，他还在奋力挣扎，发出呜呜的呼喊。古明超的目光小心翼翼地越过古风向前望去。

母亲一动不动地平躺在地上，焦坤骑在她身上，先是用手摸着汤真真的脖子，又俯下身去听她的心跳。古明超脑中一片空白，他缓缓地走向母亲，根本没有注意到父亲望见他眼神中的惊讶与责备。

潜行的古明超还是被焦坤发现，但此时的他明显有些慌乱，他转头望向古明超，"我他妈就是掐了会儿她脖子，怎么……"然而说话间他就沉静下来，隔着面罩又能感到那股凶恶，"你不是说家里就你和你爸两个人吗？这是怎么搞的？"

古明超默默地站着，看着母亲青紫的面容和凌乱的衣襟，心脏几乎跳出咽喉。

"我明白了，你小子骗我是不是，根本就没有什么古董！"怒火从面罩两只孔洞中喷射出来。

"妈！"古明超突然向前一小步，睁大双眼望着汤真真喊了起来。

焦坤下意识回头，当他注意到胯下的女人并没有任何动静时，后脑勺已被哑铃重重地击中。

焦坤嘴里哼了一声便翻倒在地。

"砰"！

古明超没有停手，又对着他脑袋狠狠一击。

三下之后，杀人者便丢了性命。

报了仇的古明超没有任何的快感，他丢下哑铃，跪在妈妈身边试图把她唤醒。

古风已是精疲力尽，此刻他恨不得也离开这个世界。要是说眼睁睁地看着妻子的惨死让他痛不欲生，那么得知这一切的始作俑者是自己的亲生儿子，更令他心如刀割。

他放弃了挣扎，无助地躺在地上，此刻捆绑他的，已不是厚厚的胶带，而是冰冷的绝望。这种绝望使他如坠冰河，他浑身上下被刺骨的寒冷所包裹，几近窒息。

他不知道儿子在想什么，也不理解为何儿子对他如此怨恨。他现在只看到的是，古明超起身从凶徒身边拿起一把明晃晃的尖刀，缓缓地向他走来。

焦坤是个恶魔，但在古明超眼中，这个叫也叫古风的男人甚至还不如他。不，这样狼狈躺在地上的男人不是我爸爸，我爸爸是个英雄！我没了母亲，更不可能和这个男人生活！母亲的死，都怨这个男人！他必须死！

古明超一步步靠近父亲，一步步靠近心中的阴影。

古风看到那冰冷的尖刀、死寂的面庞，他的心也死了。

十八

酒店房间的窗户开着，窗帘被夏夜的晚风吹拂起来，恣意地舞动着，像是吴甫此刻的心情。他又刷了一遍朋友圈，随后掐灭了才吸了两口的香烟，起身打开大号行李箱后又关上，转身走到浴室门口，迟疑了片刻又回到床边。

然而以上种种行动似乎不在吴甫的意识指挥之下，他的大脑，现在已然被复杂的思绪所占据。情人还没来到之前，他知道自己还有那么一丝反悔的可能，他深深明白，如此令他纠结的并不是抛弃结发妻子的负罪感，而是内心深处那个幽灵的讥讽。

"你现在不是和我一样！"那个幽灵狂笑着。

"不，不，我和你不一样，我不会回来了！"吴甫几乎要喊出声来。

"咚咚咚！"

急促的敲门声把吴甫拽回现实。

她来了。

吴甫知道这一切已无法挽回，所以他随即把希望投向未来。

"亲爱的我来了！"

房门无声地开启，但吴甫心头却迎来一记闷响，惊得他说不出话来。

夏晓菲站在门口，面容憔悴、眼睑红肿、怒气冲冲。

"你……你怎么……"

"吴甫！你要干什么！"

"我……我……"

夏晓菲推开丈夫冲进房间，她盯着地上的行李箱，转身质问，"你想干什么，你是不是个男人？"

"我……"吴甫的脑海快速的翻转着，在片刻的惊慌后冷静了下来，"你……你又不愿意离婚，我只能……"

"你想撇下我和那个女人过？你这个混蛋！"

"你别这样啊，其实我也不想伤害你，不过咱们感情已经没有了，好聚好散吧。"

可惜这只是吴甫的一厢情愿，在结婚五年的妻子眼中这简直是天方夜谭，夏晓菲像一只被激怒的豹子，一个箭步扑向丈夫，几个巴掌扇得吴甫面颊红肿起来。

"去你的好聚好散，你个混蛋，你个混蛋！"

吴甫紧紧掐住妻子的胳膊，"你疯了吗，别闹了！"

夏晓菲确如丈夫所言，发疯似的在他怀里咆哮着、挣扎着，这令吴甫怒火中烧，"够了，够了！"

夏晓菲突然停止了颤抖，双眼直勾勾地瞪着前方。吴甫以为自己的怒吼起到了效果，刚要放松下来，哪知妻子一把推开他，冲着房门扑了过去。

吴甫还没明白过来怎么回事，夏晓菲就冲到了门口。吴甫转身望去，大吃一惊。仇卓妍不知何时出现在门口，而妻子此刻正如泼妇般撕扯着他的情人，咒骂声随即传来。

"你个贱人！勾引别人老公，你不得好死！"

仇卓妍一言不发，只是奋力反抗着。

"放手！"随着一声大吼，吴甫冲到二人近前，一把拉住妻子。

"你就是个狐狸精！今天我要打死你！"

"夏晓菲，你真是疯了！"

"你老公根本就不爱你，你不知道吗？"一直沉默的仇卓妍突然说。

仇卓妍一句话问得夏晓菲顿住，她的嘴一张一合但没有声音。

"他从来就没爱过你，你知道她跟你在一起有多痛苦！"仇卓妍平静的语调却像尖刀，一刀一刀刺向夏晓菲的心。

夏晓菲痴痴地回头望向丈夫，吴甫的目光不敢与她对视，只能转向地面。

"你从来都没有爱过我？"

吴甫没有回答。

"你说实话，是不是从来没有爱过我？"

吴甫的声音比头还要低，"嗯。"

"什么，你大声告诉我！"

吴甫抬头瞥了一眼妻子，"嗯。"

妻子一拳打在他的胸口，"你个怂货，有种大声告诉我！"

吴甫气血上涌，"你不就想要个回答吗？是，我从来就没爱过你！"

"啪"，吴甫脸上又挨了一记响亮的巴掌。

"你！"吴甫高高地抬起右手，却没有下落。

"怎么，你还想还手？"

吴甫哼了一声，转身走到窗边点了支烟抽了起来。

"这些年我为这个家付出了多少，任劳任怨地伺候你，你穷，你怂，你没志气，我都忍了，我只想安安稳稳地过日子。你摸摸良心说，我跟你享过一天福吗？我经常要受窝囊气！到头来你一句不爱我就想把我甩了，你还是个男人吗？"夏晓菲走到床边，尽量压住怒火对着丈夫抱怨起来。

"你别张口闭口怂货怂货的，我那是不想惹事。自打结婚起你就数落我，你看不上我别和我结婚啊，看不上我现在离婚啊！再说是你先……"

"亲爱的不要说这个了，她不会承认的。"仇卓妍打断了情人。

夏晓菲声音尖厉，转头瞪了一眼仇卓妍，"我俩说话你插什么嘴！你不是怂货是什么，做你老婆还不能说你两句了，你怎么不想想你平时都什么德行！"她伸手指指仇卓妍，"哼，真不知道你看上他什么了，给这种人当小三！"

"你有完没完，我告诉你可别把我逼急了，其实我也是个暴脾气，我是一直压着呢，要不然能干出什么事来吓死你。你给句痛快话，离不离？"

"我呸，你倒是干一个给我看看啊。不离，就是不离，以前不离，现在也不离，何况我已经……"

"姐，你这又何必呢，你们在一起不会幸福的，做人还是要大度些。"仇卓妍上前两步。

一句话惹恼了夏晓菲，"我呸，这里有你说话的地方吗？破坏别人家庭是要遭报应的！"

"你住嘴！"吴甫暴怒，上前就是一个嘴巴。

"你！"夏晓菲愣住，捂着脸痴痴地盯着丈夫，半晌才说，"你，你为了这个贱货打我！"

吴甫不答话，转身面向窗外继续抽闷烟。此时已是华灯初上，阴云密布的天空不时响起雷声，吴甫眼前的一切似乎阴暗起来。

"都是你这个贱货惹的！"夏晓菲一声大吼便扑向仇卓妍。

这个柔弱的年轻女子毫无防备，一下被夏晓菲撞到了墙上，后脑勺磕在墙面上，顿时感到一阵头晕，身体瘫软下来。

身强力壮的夏晓菲不依不饶，骑在已经倒地的仇卓妍身上，紧紧攥住她纤细的脖颈狠命掐了起来。仇卓妍立马喘不上气来，无力地挣扎着。

吴甫扔掉烟头一个箭步冲到夏晓菲身后，伸手想拉起妻子，然而盛怒下的妻子气力惊人，吴甫竟然没有拉动，他眼看着情人的脸由红转紫，一股压抑多年的怨念瞬间喷涌。他回头一眼就看到了茶几上的玻璃烟灰缸，激情中根本没有多想，抄起烟灰缸向着妻子的后脑勺砸去。

"谁是怂货！"一下，妻子便放开了手。

"是你先出轨！"两下，妻子便倒在地上。

"我是怂货！我是怂货！我让你看看我是不是怂货！"

吴甫没有停手。

三下、四下，殷红的鲜血在地板上漫延。

五下、六下，夏晓菲的身体抽搐着。

"别打了！"一个声音喊着。

吴甫气喘吁吁中停了手，通红的眼睛盯着通红的地板。

仇卓妍慢慢起身，奇怪的是她对眼前的一切并不惊慌。

"快把东西放下！"

吴甫这才意识到了什么，像扔掉了炭火般烫手的烟灰缸。

仇卓妍伸手摸了摸夏晓菲的脖颈，抬头盯着吴甫摇摇头。

吴甫呆呆地望着倒在地上的妻子，像是忘记了自己做过什么。他慢慢地俯下身，轻轻地触摸着妻子的脸。

"菲菲，不，菲菲，我……我这是做了什么啊？老婆，老婆！"

"吴甫你镇静点儿！"

"怎么办？怎么办？"吴甫一边抱着妻子，一边抬头绝望地问。

"打110吧。"仇卓妍拿出手机。

"不不，咱们走吧，咱们快走！"吴甫触电般地跳起。

"你走不了的，你杀人了！"仇卓妍冷冷地说。

吴甫惊讶地望着情人，"我杀人了？我杀人了！"

"对，你杀了你老婆。你怕什么，反正你也不是第一次杀人了。"

"你说什么？"

"喂，喂，110啊，你们快来人啊，新生路静雅酒店945房间有人杀人了，你们快来啊。"仇卓妍的语调突然变得非常焦急。

"你和谁打电话呢？"吴甫伸手去抓情人的手机。

仇卓妍起身轻巧地躲开。

"卓妍，你为什这样？"

"你是男人要敢作敢当，现在你是成年人了，杀了人更要承认。"

"你……"吴甫上前一步走到她面前，死死盯住情人的眼睛，"你的话是什么意思？"

仇卓妍不为吴甫凶恶的眼神所动，她冷笑两声，"我的意思你知道，你又没有失忆。"

"你……你到底是谁？"仇卓妍的面容在吴甫眼里突然陌生起来，然而那双眼睛却逐渐清晰，那眼神愈发犀利，犀利如两颗子弹，直接击中吴甫心灵最深处。

"你是……"吴甫大张着嘴喘吞气，"你是……她！"

"我跟了我妈妈姓仇，而你跟了你姥姥姓吴。"

"是这双眼睛，当初我怎么没想起来，你和小时候……"

"没错，就是这双眼睛，在小屋门的缝隙中亲眼看着你杀了父亲。事后咱们被分开抚养再也没有见面，呵呵，女人二十年的变化是很大的。"

吴甫低头痛苦地看看妻子，又抬头望向仇卓妍，眼神中迸射的是愤怒，是恐慌，抑或是绝望，"原来这一切都是你的计划！你当时既然看见了为什么当时没有说出来？"

"你编的谎言很完美，把父亲的死嫁祸给那个流氓，而你正当防卫杀了流氓成了英雄。我一个八岁小女孩说出来话有用吗？即便警察相信，你是未成年人又能把你怎么样呢？"

"所以你选择了沉默，选择了二十年后报仇，选择拿我老婆开刀，她是无辜的啊！"

"哎，所以说你是爱她的，只不过你不愿承担一个男人的责任，也许你是受了父亲的影响。他对你可能不是好父亲，但绝对是我的好父亲！我父亲更是无辜的！而且你别忘了，你母亲的死，你也要负主要责任，她也是无辜的！"

"你……"

"你老婆没有告诉你，她怀孕了，也许是你不愿意成为父亲，她才不愿告诉你。"

"我老婆怀孕了！"吴甫双腿一软，瘫坐在老婆身边，"菲菲，菲菲。"他抚摸着老婆的脸，"你为什么不告诉我？"

"告诉你，告诉你你还能下得了狠手吗？哎，你老婆就是嘴太毒了，其实她很爱你，我今天电话里告诉她的时候，她根本不相信你出轨了。"

"可是她，她先出轨啊。"

"你说的是我给你看的照片？那不过是我处理的而已。"

吴甫怒起，双手抓住仇卓妍的胳膊把她按在墙上，"你心如蛇蝎！都是你害的，我坐牢你也跑不了。"

"和我有什么关系，我让你杀她了？"

"我要杀了你！"吴甫咆哮着。

"杀我吧，这样你更逃不过死刑。你早该死了，一个连自己父亲都杀的人还有什么脸面活在世上。"

"我父亲……"吴甫停止了亢奋，目光浑浊起来，"我父亲，他才是个怂货，"他双手抱头，"要不是他，我能这样！"

"说实话当我再次见到你时，我也没想到你变化这么大，不是外表的变化，而是内心的变化。要不是你变成现在这样，我不可能这么容易就复仇成功。"

楼下响起了警笛，吴甫身体一颤。

"该来的迟早要来的，这就是我的命，是我活该！"他跪在妻子身边，"菲菲，我对不起你！妈，我对不起你！爸，我对不起你！"

"很大可能不判你死刑，让你在监狱里蹲一辈子，但我想那比死刑更好。"

吴甫抬头看着仇卓妍，"为了复仇你真是什么都做得出来，咱们可是兄妹啊。"

"没错，异父异母的兄妹。不过你连父亲老婆都能伤害，我还有什么不能做的。"

吴甫叹了口气，起身走到窗边，窗外下起了小雨，淅淅沥沥的雨滴在灯光的映射下分外迷离。他望着玻璃反射出的自己，那是一张憔悴的脸，一张模糊的脸，一张扭曲的脸，除了那道刀疤，他完全看不出自己当年的模样。

他突然回头，"你想好怎么对警察说了吧？"

仇卓妍点点头。

吴甫笑笑，"我和他不一样，我不是懦夫！"说罢跳上窗台钻出窗棂一跃而下。

我的父亲是个英雄！

生命最后一刻的古明超在心里大喊着。

十九

夕阳西下，斑驳的砖墙被镀上了一层迷人的金黄。原本吵闹的胡同不知为何沉寂下来，仿佛在等待着什么。吱吱的蝉鸣和着微风，协奏出恬淡的乐章。墙角的野草也在微微摆动，像在欢迎夜的到来。

汤真真挽着儿子古明超，缓缓漫步在这走了一辈子的石板路上。汤真真容颜依旧，她的长发伴着裙摆在微风中摇曳，给这破旧的胡同带来一抹亮色。身边的儿子已经高出她一头，身形也壮硕起来。

二人突然停下了脚步，目光停留在巷口出现的一个英姿飒爽的身影上。最后一抹阳光落在此人身后，在他身前投下长长的阴影。尽管面容因逆光不甚清晰，但那身形足以让母子二人心动。

那个身影缓缓走近，步伐坚毅肯定。汤真真挽着儿子的手颤抖起来，古明超紧紧抓住母亲的胳膊，心情激动而又坦然。他知道，这一天迟早会到来的。

倔强的太阳像是看清了来人的面目，终于收起最后一撇，安心地沉入地平线。男人的面容终于在二人眼前清晰起来。那是一张与古明超同样棱角分明的脸，不过更加沧桑和坚毅。

古明超转头看着母亲，汤真真的泪水早已在夕阳消失前奔涌而出。他放开母亲的胳膊，片刻后，这只胳膊就将男人紧紧拥抱。

"爸！"古明超印象中第一次喊出这个称呼。

一只强壮有力的臂膀把他搂住。

"你回来了？"汤真真哽咽着说。

"回来了，以后我们永远在一起。"

彼岸花

"云州啊，告诉你个好消息，适合你儿子的造血干细胞找到啦，就在北京。"

电话那头是发小崔笑默熟悉的腔调，这听了三十多年的声音，现在好像伸向溺水者的一只大手，给江云州送来新的希望。

"是吗，太好了，太好了，什么时候能做手术啊？"江云州激动起来，就像看到儿子痊愈出院了一样。

"我们还没联系捐献者呢，我就想早点告诉你。"

"好好，那你们快点联系，我等着。"

收起手机，江云州按捺不住激动的心情，看着窗外的灿烂春光，消失许久的笑容又出现在了这个饱经风霜的中年男人脸上。

他转身走回病房，病床上八岁的儿子豆豆已经入睡，江云州站在病床前长出一口气，俯身把棉被拉到儿子胸口，轻轻摸了摸儿子光亮的脑袋后，他径直下楼，来到户外的吸烟区。

青烟袅袅上升，消失于夕阳下，江云州的忧愁似乎也将像青烟般散去。他弹了弹烟灰，举目远眺，天空中凝固着一只红色的风筝，红得那么透彻，也许是被霞光浸染，不禁让他想到多年前妻子的那条红裙。

没错，也是那年的这个时候，那条红裙飘入他的心田。我的爱人、我的妻，为什么美好的事物总是那么短暂，就像北京的春天。你就那样埋葬在了春光里，留下襁褓中的孩子，与我一起体味人世的辛酸。

幸福的家庭都是相似的，不幸的家庭各有各的不幸。读书不多的江云州唯独对这句名言感同身受。正当他逐渐走出阴霾之际，又一道晴天霹雳将他打入深谷。他的孩子被检查出了白血病，病情恶化得很快。

当崔笑默以凝重的语调告诉江云州这一切时，他的内心还是平静的，平静不是因为无所谓，而是因为他根本就不愿相信。他不相信上天会如此不公，狠心夺走心爱的妻子后又再觊觎他唯一的孩子。

"云州啊，你孩子得的这种白血病很特殊，目前没有特别有效的治疗方案，我们只能尽力维持，但病情恶化无法控制，如果找不到合适的造血干细胞源……总之你要作好心理准备。"

崔笑默是幼儿白血病专家，即便如此，江云州宁可相信这不过是发小的玩笑。他不明白，自认为这半辈子做人做事问心无愧的他，为何接连遭受厄运，是前世欠的孽缘还是祖辈欠的恶债？本不信命的他如今也成了寺院的常客，在缭绕的香火间寻找一丝慰藉。

他猛吸了一口烟，又翻出手机看了看。此时心中的焦虑已经挤走怨念，那个迟迟不来的电话烦扰着他的心。

最后一抹霞光即将褪去，他掐灭了烟头，最后抬头望了一眼幽蓝的天空。风筝仍在那里，没有动过分毫。一阵春风拂面而来，夹带着几分暖意，江云州看看手机，缓步走进住院部。

住院部就像一个浓缩的社会，但它更令人窒息。无数或痛苦、或焦躁、或阴沉的面容来来往往，在江云州看来，他们的脸上只有一个表情，那就是冷漠。他走出电梯，穿过走廊，走过一个个注意他或不注意他的人，来到儿子的病房前。透过门上的玻璃，他看到儿子还在熟睡。

江云州刚要推门，衣兜中的手机颤动起来，他的心和手也随之颤动。拿出手机，是那个他祈盼的电话。

"喂，默子，怎么样啊？"他转身接起电话。

"喂，云州啊，嗯，是这样，我们刚才和那个捐献者联系上了，应该说是和他家属联系上了。实在是不巧，那个人是两年多前来骨髓库登记验血的，之后他发生了点事，现在他家属不想让他捐献了，我们做了工作，但是……我们得再找别的了。"

"为什么……为什么不愿捐献，不愿捐献当初为什么登记，默子你得再想想办法啊！"

"云州你别激动，这个确实得要人家自愿嘛，我们不能勉强，他有权改变意愿的。你别急，我在全国的骨髓库里再找，不行就试试国外的。"

世界上最残酷的事情莫过于在给予一丝希望后又无情地把它夺走。

江云州不愿轻易放弃这最后的稻草。"不……不，你说他家属不同意，他……他本人呢？他本人同意吗？这是不是得看本人意见？啊？"他逐渐抬高的语调吸引来走廊中几个恶意的目光。

"哎，怎么说呢，不管是本人也好还是家属也好，我看这个干细胞源是没有希望了。云州你也别绝望，虽然配型的概率很低，但并不是没有可能，咱们中国人多嘛。"

"但是，但是我儿子的时间……"

"这我知道，我会抓紧的，咱们这关系，你放心。"

江云州如何能够放心，度过了又一个不眠夜后，第二天一早，他便出现在了崔笑默办公室门口。

"还是这么早啊，我就知道你要来，快坐吧。"崔笑默拉他进屋。

"默子，你看这事怎么办？"江云州并不坐下，开门见山地问。

崔医生脱下外衣挂在衣架上，"云州，咱们这么多年的关系我不可能忽悠你吧，确实没什么办法，我也很着急，只能帮你再找干细胞源了。"

江云州走近一步，"你说过这是万里无一的概率，好不容易找到一个配型，就不能再劝劝那人吗？"

崔医生换上白大褂，为难的神情溢于言表，"我们和骨髓库已经做了很多工作，但这事有严格的流程，我们不可能一再打扰捐献者，如果对方没有意愿，我们也不能逼人家啊。"他拍了拍江云州的肩膀，"豆豆是我从小看着长大的，你放心，我肯定会尽全力的。"

江云州点点头，他知道这件事上发小已经帮了他大忙，但孩子是他生命中唯一的希望，他不甘心听天由命。

"你看这样行不行，"江云州特意压低了声音，"你把那人的联系方式给我，我自己劝他去。"

崔笑默苦笑两声，"云州，你别让我太为难，这是违反原则的，未经允许泄露捐献者信息我是要负责任的。"

"不，默子，咱们从小一起长大，一起来的北京，我不像你学习好起点高，毕业就留在大医院。我从小小的维修工打拼到现在真是太难了，我老婆走得那么早，现在豆豆是我生活下去的全部意义，豆豆要是……我恐怕真的要……哎……"

崔笑默沉默了。

"默子，我从小对你怎么样你心里有数，你就最后再帮哥们这一回，我绝对不会告诉别人是你说的，你要什么条件你尽管提。"

崔医生低头沉思了片刻，叹了口气，"也罢，也就是为了你，不过我可提前警告你哦，你千万不要死缠烂打，劝劝人家两句就行了，否则人家一旦报了警，我们都完蛋。"

江云州拼命点头。

"那人叫张巍，是个外科医生，大约一年前出了场车祸残疾了，我们是和他老婆通的电话，他老婆说他现在还在休养，不会去献干细胞。这是他电话。"

"哦哦，有他家住址吗？"

"哎，你可别得寸进尺啊！"

"好好好，多谢多谢。"

记下电话，江云州小心翼翼地走出办公室。一路上他端着手机，望着那个号码，心中万分忐忑。他边走边酝酿着话语，设想着如何打动对方，这一线的希望如此沉重，沉重的让他捏着手机的右手酸痛起来。

现在就打吗？恐怕不妥，现在是上班时间，哦，不，刚才默子说他还在休养，那更是不妥，要是他还没起床呢？要不再等等。

此时的病房门口，往来的患者们便看见一个焦虑的中年男人，低头望着手机来回踱步，好像在进行一个神秘的仪式。

江云州如此纠结一直到近中午时分，终于他下定决心拨出了电话。

呼叫音响了七八轮，江云州觉得像过了数日，终于电话接通了。

"喂，您好。"

"喂。"对方是女声。

"您好，抱歉打扰了，请问张巍在吗？"江云州轻声问道。

"你找他有什么事？"对方的回应远远不及江云州那般客气。

"是关于造血干细胞捐赠的，我想和他谈谈。"

“哎，你们医院怎么回事啊？我不是说了好几遍我老公他现在的情况根本没法捐献吗？你们别再打电话了。”

“不好意思，请您别生气我不是医院的。”

“那你谁啊？”

“我是那个白血病孩子的父亲，我孩子才八岁，如果没有您爱人的捐献，他活不了多久了，我请求您和爱人帮帮我吧。”

对方沉默了两秒，语速慢了少许，“我老公出了车祸现在残疾了，真不能捐献了，你找别人吧。”

“医生跟您说过吧，其实干细胞捐献很简单的，对身体没什么影响……”

江云州还在耐心劝说着，对方的语气突然又严厉起来，“对了你怎么知道我电话的，我们已经做了决定了，你不要再骚扰我们。”

“我就这一个孩子，请您一定……”江云州还在说着，然而回应他的是一阵忙音。他默默放下手机，呆呆地望着窗外。虽然还未入夏，临近中午的阳光也足够刺目，但江云州像似完全没有感觉。他又拿起手机，义无反顾地再次拨出电话。

“您好，您拨打的电话正在通话中……”江云州放下手机，失魂落魄地走回病房。

“爸爸，我什么时候才能去上学啊，在这太没意思了。”

“快了快了，上午要读的课文读了吗？”

“读了，我还背了好几个英语单词呢。”

“豆豆真乖，爸去食堂打饭，下午教你数学，你舅舅说晚上要来看你呢。”

待到华灯初上，江云州和孩子舅舅聊了几句，嘱咐好孩子后，拖着疲惫的身体回到家。晚饭又没有吃，他瘫坐在沙发上，眼睛望着电视播放的新闻，耳朵里听到的还是那个无情的拒绝。

"您好，您拨打的电话已关机……"甜美的语音将他仅存的一点侥幸彻底浇灭。

怎么办，就这样放弃？放弃这个万里无一的拯救儿子的机会？这也许是他最后的希望了，他不敢想象失去儿子将会怎样。崔笑默让他做好心理准备，其实他根本没打算做什么准备，他的心理也没法准备。时全今日，他的内心深处仍没有接受这个结果，他的耳畔似乎还回响着儿子房间传来的欢笑。

不，不能就这样放弃！

再次拿起手机，江云州拨出一个电话。

"喂，老江啊，挺好的哈。"

"程总啊，您好您好，好久没见了哈，我挺好，您咋样啊？"江云州强打精神热情地寒暄起来。

"我还那样呗，你生意还可以啊，好久没过去了。"

"还行还行，我最近家里有点事，店里去得少，您要是去提前告诉我一下。"

"没问题没问题，对了找我没事吧？"

"嗯，程总，您别说还真有点小事呢。"

"哈哈，你说。"

"有个客户欠了我不少钱，现在我联系不到他了，您看您那边有没有什么办法帮忙查下他的住址？"

"嗯……这……"

江云州听出了对方的犹豫，"这事确实不太容易，先感谢啦程总，不勉强不勉强，看您弟弟那边方不方便，绝对不让你们白帮忙。"

"好吧，这也就是看在你的面子上，那我试试。"

挂了电话，江云州赶紧把张巍的姓名和手机号码发给了程总，顺带给程总账户转了两万元。

之后的四十多个小时此事杳无音讯，江云州几乎是三分钟翻一遍手机，每次都想发条信息问问消息，但每次又忍了回去。

终于，终于他收到了那张宝贵的照片，那是一张电脑截图，是他日思夜想的地址信息。

又到了傍晚，江云州安顿好了孩子，先去取款机取了一万现金装了红包，又回家中拿了两瓶飞天茅台和一条中华，上了车，按照地址打开导航，向着唯一的希望奔去。

在小区外停好车，江云州拿着东西，很快找到了那幢住宅楼。楼门口装着门禁，江云州在楼外徘徊，直到有人出门，江云州才得以顺势钻了进去。

虽然是去送礼，他的心情却如做贼般紧张，好不容易来到防盗门口，他呆立在那里整整三分钟一动不动。此刻，他好像犯了重罪要去自首一样，忐忑不安地按响了门铃。

"谁啊？"童稚的声音通过厚厚的防盗门传了出来。

"啊，我。"

"你找谁？"

"请问张巍是住这吗？"

门开了一尺多宽，一张清纯可爱的小脸映入江云州的眼帘。女孩大约十岁，清秀乖巧，一对水汪汪的大眼甚是动人，但左边脸颊上一片疤痕却像美玉上的明显瑕疵令人惋惜。她上下打量着门口的陌生人，大方地问道："你找我爸爸？"

"小朋友你好啊，我找你爸爸有点事，他在家吗？"江云州拼命做出和蔼可亲的模样，微微低身回答。

"在家，叔叔您先进来坐吧。"

江云州喜出望外，连忙跟女孩进屋。

换了拖鞋，女孩把江云州带进客厅，"叔叔您先坐，喝茶吗？"

"别客气，别客气。"江云州慢慢在沙发一角坐下，把东西轻轻放在脚边。

"叔叔您怎么称呼？"相比江云州的局促，这个十多岁的小姑娘反而从容许多。

"啊，我姓江，长江的江。"

"江叔叔啊，您和我爸爸认识？"

"啊，这个……认识认识，他在家吗？"

"他在卧室呢，我去叫他。"

"好好。"

目送女孩离开客厅，江云州此刻的心情似乎开始回暖，他抬头环视了一眼客厅，客厅的风格和布置与他的家很像，恐怕也和千千万万普通家庭的客厅相像，平淡俗套毫无特色，然而这其中却又蕴含着江云州不愿失去的浓浓亲情，使它充满温馨和安逸。

"爸，就是这位江叔叔找你。"清脆的声音传来，江云州循声望去，心中陡然一惊。

一张轮椅进入客厅，轮椅上坐着一个男人，尽管坐着，高大的身形还是几乎将身后推轮椅的女孩完全挡住。与身材形成鲜明对比的，却是男人脸上的犹豫和萎靡。一头短发虽显精干，但杂乱的胡茬还是暴露了生活的凌乱。男人略略倾斜，倚靠在轮椅中，双手无力地搭在大腿上，右小腿空荡荡的裤腿好像告诉了江云州一切。

江云州连忙起身，"张先生，您好，我是江云州。"

张巍面无表情，空洞的眼睛望着对面，江云州甚至怀疑他是不是在看自己。

许久，轮椅上的男人才吐出几个字，"你……我们……我们认识吗？"

女孩把轮椅推到沙发旁，自己则在侧对着江云州的沙发上坐下，认真地看着二人。

江云州咽了口唾沫，"啊，是这样张先生，我知道您先前在骨髓库做过登记，我儿子前段时间查出白血病，他的配型和您的相似，我之前和您爱人谈过，她不同意您捐献，所以今天我冒昧来您家就是希望您能捐献干细胞，请您救救我儿子。"

江云州说着说着激动起来，但张巍的回应仍是那张面无表情的脸，"呃……既然苏慧不同……那也只能这样……"

"不是，张先生，您是捐献人，得看您的意见啊。其实捐献造血干细胞不复杂，对身体没什么影响，虽然您身体……啊，您放心没问题的。"

张巍转头看看女儿，女儿只是眨着眼盯着江云州。张巍摇摇头，"我尊重我老婆的意见……你看我现在……哎。"

江云州正在脑中拼凑着词句继续相劝，大门一响，一个人进了屋。很快，一张美丽但严肃的面孔便出现在了江云州眼前。

"你是？"

"您好，您是张先生的爱人吧？"

"我是苏慧。"

"您好您好，我是江云州，之前和您通过电话，我来就是……"

"你怎么找到我家来的？"苏慧的脸顿时像休眠的手机屏幕般暗了下去，声音也升高了一度，"我不是告诉过你吗？我家张巍不会去捐骨髓的。"

"不是捐骨髓,是造血干细胞,没那么麻烦,不会影响身体……"江云州满脸堆笑,不停解释着。

"甭管是什么,你看看他现在这情况,你还忍心吗?啊?"

"我就是想当面问问您先生的意思……"

一听这话本已怒气冲冲的女人更加怒不可遏,"我的意思就是他的意思,"她转头瞪了 眼女儿,"把你爸推回去!"随即又把尖利的目光刺向江云州,"谁让你来我家的,电话地址都是谁告诉你的!"

"别别,您别着急,有话好说,"江云州连忙拿起地上的纸袋,"今天带了点烟酒不成敬意,"他掏出红包,"这里是一万块钱,略表一下我的诚意,如果您先生愿意捐献,我再加五万。"

"我们家虽然不算富裕,也不贪你这点钱,你赶紧带着东西走人!"苏慧不屑地摆摆手。

"您也是有孩子的人,体谅一下嘛,我儿子要是没有……他撑不了多久的。"江云州低声下气地恳求着。

苏慧的眼眸中闪过一瞬的犹豫,但迅速阴沉起来,"我已经做了最后的决定,你再不走我就报警了啊,我警告你,你别再骚扰我们!"

事后江云州甚至忘记了如何走出苏慧家门的,印象中只记得重重的关门声后,屋里传来尖厉的怒骂,"不是给你说过吗?别让陌生人进屋,你这丫头怎么搞的!"

江云州浑浑噩噩地回到车上,打火后呆坐在车座上,久别的眼泪在眼眶中打着转。最后的一息火苗已然湮灭,他的内心漆黑无比。

第二天,他来到病房,崔笑默正在床前和儿子聊天,看到发小进来,边笑边说,"豆豆问我什么时候能去上学呢,看他现在的恢复情况，应该很快喽。"

江云州勉强微笑着，他知道这是崔医生在哄孩子。几句寒暄后，江云州把他拉到走廊，"怎么样啊，干细胞源？"

崔笑默脸色暗淡下去，摇摇头。

江云州似乎对这个结果不意外，"你说残疾人捐献吗？"

"哦，那要看具体情况了，残疾到什么程度，身体机能有没有问题？"

"要是只断了条小腿呢？"

"只要身体无大碍应该可以的。"看着江云州的表情，聪明的医生明白了什么，"啊，云州，你不会是……"

江云州点点头，又摇摇头。

"你够厉害的啊，从哪打听的地址？这么说还是不同意？"

江云州大概讲述了一下经过。

崔笑默叹了口气，"看来这人妻管严啊，竟然花钱都不好使，还有这样的……哎，云州你也别难过，我再努力找找，我已经托美国的同学在打听了。"

"谢谢，这就是命吧。"江云州拍拍发小的肩膀，"谢谢啦。"

望着崔笑默离开的背影，江云州不知所措，他只有等待、等待。

突然，手机一震，拿起一看，是一条陌生号码的短信，上面只有一句话：请回电XXXX。

短信留的是个座机号码，是谁呢？江云州不免好奇起来。以往若有这种短信，他定会认为是诈骗信息一删了事，然而这次，他心中却有一种奇怪的感觉。

他拨出了那个电话。

"喂，您好，江叔叔吗？"百灵般的声音清脆悦耳，却让江云州一惊。

是她！为什么？"您好，您是……"江云州还是得确认一下。

"我是张巍的女儿，昨晚我们见过面的。"

"哦哦，小朋友你好。"江云州舔舔嘴唇，心中那熄灭的希望之火又有重燃的迹象。难道是她妈妈改变主意了，不好意思直接找我，让女儿和我联系？太好了！江云州的语调更加客气起来，"昨晚真对不起哈，给你们家添麻烦了。"

"没事的叔叔，我妈脾气不好，您别介意。"

"没有没有，谢谢了，小朋友你找我有什么事吗？"

"哦，叔叔您今天下午有时间吗，我想约您聊聊。"

"啊，有啊。"江云州一愣，"就我们俩吗？"

"对啊。"

"好好，你看什么地方方便？"

"新华街有家麦当劳，下午四点我在那等你。"

"好，好。"

"还有啊江叔叔……"

"怎么？"

"我找你的事别和别人说哈。"

"嗯，好的好的。"

挂了电话，心中不免疑惑起来。一个小女孩找我有什么事？她妈妈能让她单独和我谈吗？江云州寻思着，同时又对下午的会面期待起来。

四点钟的时候，江云州已经坐在了那家麦当劳里四处张望着，突然，从二楼下来一个小女孩冲他招招手。

是她，没错。

江云州赶忙过去，跟她上了楼。

他们来到一个靠窗的座位前，二楼人不多，基本就是一些刚放学的学生在这里写作业聊天打发时间。女孩已经点了饮料，她热情地招呼江云州坐下，"叔叔你想喝点什么？我请你。"

"谢谢，不用了，小姑娘你真懂事啊。"

"我叫张怡然，你就叫我怡然吧。"

"你刚放学吧，上几年级了？"

"初一了，今年 12 岁了。"

"就在附近上学吧。"

"嗯嗯。"

"对了，你爸爸身体还好吧，我看他好像没什么精神。"

"哦，他身体挺好的，就是心理压力大。"

"哦哦，那就好。你找叔叔有什么事吗？"

"叔叔，我不知道您怎么打听到我家住址的，但您对我家肯定不太了解。"张怡然一对水汪汪的大眼睛望着江云州。

"啊，是啊，真对不起，打扰你们了，我也是迫不得已。"江云州很是窘迫。

"没关系，我不是怪您，您儿子那种情况我很理解。"

"那就好，谢谢。"

"我爸爸是个医生，其实他是一个很好的人，要不他也不会去骨髓库登记。"张怡然喝了口饮料，不慌不忙地说着，"就是一年前我爸爸开车出了车祸，这您可能知道。"

江云州点点头。

"恐怕您不知道我原来还有一个双胞胎妹妹吧。"

"啊，不知道。"江云州摇摇头。

"那天爸爸开车接我和妹妹从郊区奶奶家回来，在山路上翻了车，我妹妹死了，爸爸也断了条腿，不过我没什么人碍，就是脸上被碎玻璃划了。"张怡然说得很平淡，江云州却情不自禁瞪大了眼睛。

"真抱歉我不知道是这样，你爸妈都很难过吧。"

小姑娘点点头，"我爸出事前是很随和的人，对我们都很好。他认为这事都是他的责任，他受的打击最大，现在非常消沉。"

"这个我能理解。"想到自己失去儿子后可能也会变成张巍那样，江云州心里一阵发紧，"好在还有你啊。你妈妈也很难过吧。"

"哼，就是她总怪我爸的，现在我爸不能工作了，什么事都得听她的。"张怡然把饮料搁在桌上。

"这个正常嘛，现在你妈妈是一家之主，怡然啊，要不你帮叔叔劝劝你妈妈，你妈妈要是改主意了，我肯定不会亏待你。"

"哈哈叔叔，你能怎么不亏待我？"张怡然笑着，笑声中似乎流露着些许的嘲讽。

"这个，你想要什么？玩具、衣服、好吃的，还是书？我都答应你。"

"其实这些我都不需要。"张怡然耸耸肩，"今天请叔叔来，就是想请您帮个忙，如果叔叔帮了我这个忙，我保证我爸爸肯定会捐献的。"

江云州眼前一亮，兴奋地说，"好啊好啊，需要我做什么？"

张怡然转头看看四周，压低声音，语气平静但坚定，"我想请你杀了我妈。"

"你说什么？"江云州的大脑和耳朵产生了矛盾，他不确定自己听见了什么。

"叔叔你应该听到我说的了。"女孩神秘地笑着。

　　江云州沉默了几秒，"怡然，叔叔现在真的很着急，你有事可以直接说，但不能开玩笑啊。"

　　"开玩笑，哈哈，叔叔您又不是我们学校的小男生，我和您开什么玩笑，我是认真的。"张怡然坦然地望着江云州。

　　这个和他父亲年龄相仿的成熟男人，竟不知所措起来，"但……为什么，为什么呢？"

　　"叔叔，您现在想让我爸捐献的唯一阻力就是我妈，您不要妄想让她改主意了。不过我妈要是没了，我和爸爸就会去跟奶奶一起生活，我爸和我奶奶都听我的，我让他捐献他肯定去。"

　　江云州死死盯着眼前这个文静的小姑娘，好像自己的目光能穿透她的内心，其实，他根本猜不透这个十来岁的小女生到底在想什么。"就算你说得对，可她是你亲妈啊，生你养你这么大，你为什要杀了她呢？你咋想的？"

　　"亲妈又怎样，只不过是血缘关系而已，我又没求她生我。"张怡然说得风轻云淡，"出事之前，她就是那种爱没事找事的女人，一天烦死我了，出了事，我妹妹死了，她更是发了疯，我爸现在这样全都怪她。我和爸爸现在过得非常不快乐，如果我妈死了，我爸肯定会好起来的。"

　　"你妈再怎么不对也是你妈啊，你还太小，不能这么极端，你要体谅你的父母，都不容易。"

　　"江叔咱们就别纠结杀我妈的目的了，按我说的做现在是救您儿子的唯一途径。"

　　江云州眼前的小姑娘已经消失不见，取而代之的是一团迷雾笼罩下的怪物。他想拔腿就走，但不想暴露自己的诧异和惶恐，他在心里长出一口气，以退为进把主题引向理智，"好吧，好吧，就算我答应你，我怎么杀你妈妈，警察是吃素的吗？"

"起码你儿子得救了啊。"张怡然似乎早就料到江云州会这么问，"再说了，我有办法让您杀了我妈妈又不会被发现。"

"什么办法？"

"现在我不能说，等您做了决定以后我告诉您。"

"行，再退一步，就算我杀了你妈妈，你怎么能够保证你肾能捐献呢？"

"我只能给您口头的保证，您只能相信我，看您愿不愿意赌一赌。"

"拿命做赌注？"

"对，您和您儿子的命。"

江云州沉默了。

张怡然又拿起饮料呼噜呼噜吸了两口，"这样吧江叔，我给你两天时间考虑，两天后我再联系你。"

江云州自己都不敢相信，自己居然应了一声。他慢慢起身，大脑还在被震惊和惶恐所占据，刚才的谈话令他几十年的人生阅历冰消瓦解，他就像一个初入职场被领导训斥的小员工，失魂落魄地往楼梯走去。

"江叔叔。"那个百灵般的声音又从他背后响起。

江云州蓦然回首。

还是那亲切温暖的笑容，"叔叔再见，我相信叔叔会答应我的。"

"你怎么知道？"江云州脱口而出。

"因为您没得选择。"

江云州一哆嗦，转身悻悻离去。

望着病床上日渐萎靡的儿子，江云州的心里像横亘着一方石磨，时刻不停地研磨他的心灵。眼看儿子危在旦夕，新的干细胞源遥遥无期，这位父亲现在能做的只能是无助地呆立在床头，任白霜浸染乌丝。

用自己和儿子的命赌一把吗？江云州无数次自问。近二十年的打拼，从小工做到老板，这个平日自诩有能力有魄力的男人面对这件事也不得不承认自己的怯懦。

那个短信如期而至，又是让他回一个陌生的座机电话。

"喂……"江云州只喂了一声就沉默了。

"江叔叔您好啊，怎么样，想好了吗？"

江云州继续沉默。

"喂，江叔，喂喂，听得到吗？"

"我答应你，但你得说说具体方法。"江云州说出这话就后悔了。

"哈哈，我就说嘛，好，见面聊，"

这次张怡然约在了一家肯德基。江云州到得很早，但还是被女孩抢了先。像上一次一样，女孩喝着饮料，江云州什么都没要，两人相对而坐。

这家店显得更加冷清，连学生都很少。

"叔叔您放心，只要按我说的做，保证警察发现不了。"

其实江云州并没有下定决心，只是他对这个十来岁女孩的杀人计划甚是好奇。

"你说说吧。"

"江叔，我约您出来因为我觉得您是个好人，我很信任您，所以……"

"你放心，这事成不成我都不会说出去的。"

"包括我和您联系、和您见面的事都不要让第三个人知道。"

江云州点点头。

"上次我说了我奶奶家住在郊外，那次事故就是从奶奶家回市区的山路上发生的。原来我们每周末都要回去，出事以后几乎两三个月才去一回。"张怡然又开始了那种缓慢的语调，"通常周五晚上我妈把我们送到奶奶家，第二天一早她就要回市里给学生补课，嗯，她是高中老师，周日下午再来接我们。每次我妈开车走的还是出事的那条路，因为只有那一条山路。"小姑娘说罢眨眨眼。

"嗯……"江云州专心地听着，不知道她葫芦里卖的什么药。

"对了江叔叔您有个汽车修理厂吧？"

"算不上修理厂，一个门店而已。"江云州应声回答，但突然顿住，"你……你怎么知道的？"

"叔叔您又怎么知道我们家地址的呢？"张怡然狡黠地笑了笑。

"这个……"

"我们都有自己的秘密啊。那您一定比较了解汽车吧？"

"嗯嗯。"江云州真是无法相信和他谈话的竟是十来岁的女孩。

"嘿嘿，我奶奶家是那种独户的农家小院，车就停院里。周五晚上您深夜过来，我会提前把院门打开，把车钥匙留在某个地方，您就看看能不能对汽车动点手脚，完事再把钥匙放回去。"

听到这里，一股凉气蹿上江云州的心头，他大概明白了张怡然的意思。

"我妈她每次回市里经过那个路段就会很紧张，车速还比较快，如果遇到刹车失灵什么的，出事的概率就会很大。"

江云州像被什么力量死死按在座椅上无法动弹，似乎连呼吸都困难。

◎ 彼岸花

"我觉得我还有机会把她的手机偷偷放在座椅下，你可以在不远处跟着，看着她快到了那个危险路段时，就给她打电话，她一着急找电话，嗯？"

江云州眼前不再是一个天真可爱的女孩，而是一个工于心计的蛇蝎女人，那道伤疤不应是在她脸上，更应该是刻在她心里。此时他甚至不敢直视女孩的眼睛，江云州十指交叉放在胸前，右腿不自觉地快速抖动着，故作镇定地环视着周围环境。

"江叔，您觉得这个主意怎么样？"

"嗯……"这个不惑之年的男人刻意压抑住自己的震惊和惶恐，"听上去问题不大，但是还是有可能你妈妈不会出事，即使出事也未必那个……"

"我爸爸那次其实车速并不快都那么严重，另外您也可以在安全带和安全气囊上想想办法啊。当然，我妈她可能会，也可能不会，这不也是需要赌一赌运气吗？"

"半夜我弄车的时候她醒了怎么办？"

"您放心，我妈妈她睡前要吃安眠药的，晚上睡得很死。我爸爸即使听见什么也不会有反应，我奶奶耳背，院里也没有狗。我的计划很完备，就看您有没有胆量。当然，也许还需要那么一点点运气，但我相信上天会眷顾您的，毕竟您是为了救儿子。"

"这……"

"我知道您来之前并没有做好决定，现在您可以好好想想。这周末我们就要去奶奶家，下一次可不知道什么时候了，把握机会哦，我可以等，您儿子还能等多久呢？"张怡然喝着饮料，那对大眼睛忽闪忽闪地盯着江云州。

这对清澈的眼眸在江云州看来却似无底的黑洞，它们释放出无尽的引力，将自己的灵魂撕扯拖拽，直至坠入深渊。

看到男人空置的神情，女孩笑笑，从书包中拿出一张地图放在桌上，"我把奶奶家的位置和那段山路都标在了地图上，我奶奶家是从东数第三个院子，院里有棵大槐树。"

江云州还在沉默，女孩又猛吸了两口饮料，随后把空罐放在桌上，"江叔叔您要没有问题我就先走了啊。"

男人像大梦初醒，空洞的眼眸中突然迸发出寒光，"你妈妈开的什么车？"

女孩笑了，笑得那么灿烂。

可能江云州真有那么一点点运气。警方认定结果出来了，苏慧死于交通意外。

当江云州得知这个消息后反而非常平静，甚至有些麻木，好像他从未去过那个农家小院，好像他从来不认识苏慧这个人。

"默子，你给我说实话，我儿子还能活多久？"江云州的声音有些嘶哑，通红浮肿的双眼令崔笑默心塞。

"哎，真抱歉云州，我们已经尽力了。但豆豆这种白血病很罕见，病情发展比我们预计的还要快。"

"现在移植造血干细胞还有用吗？"

"嗯，也只有六七成的把握吧。"

江云州不再说话，把头转向窗外，崔笑默知道此时他已是多余，转身默默离去。

低头又看了一眼手机，江云州心中原本点燃的希望之火已经燃成烈焰，愤怒在其炙烤下马上要冲破肉体的束缚喷薄而出。

把手机攥进口袋，江云州不得不再次踏上未知的旅程。

虽然只来过一次，江云州却感觉对这个小区非常熟悉。他轻车熟路地溜进单元门，上楼按响门铃。门铃足足响了五遍，厚重的防盗门才悄然开启。

出乎江云州的意料，这是一张苍老的脸。她佝偻着身体，抬头惊讶地望着这个陌生人，"你找谁啊？"

"呃，大妈您好，我找张巍。"江云州突然想起来，这应该是她的奶奶。

"什么？"老太太转头将耳朵靠向江云州。

江云州低头加大了音量，"我找张巍。"

老太太还没答话，屋里传来那百灵般的声音，"奶奶，让他进来吧。"

老太太应了一声，示意江云州进屋。不同于上一次的谨小慎微，这次江云州毫不客气，大步流星地走进客厅。

张怡然就盘腿坐在客厅宽大的沙发正中间，看到江云州进来，丝毫不感到惊讶，反而亲切地招呼他坐下，拿起桌上果盘里的橘子放在江云州面前，"江叔吃个橘子吧，要喝水吗？"

江云州没好气地应了一声，"不喝，你爸爸呢？"

"他休息了，江叔您有什么事直接和我说吧。"

"好，你答应的事呢，什么时候兑现？"江云州的声音不自觉地抬高起来。

"什么事啊？"张怡然忽闪着那双无辜的大眼睛。

"你！"江云州气得几乎要跳起来，"你别给我在这装，什么事你还不知道！"

"江叔，我以为你来是表达慰问的，但你发什么火啊？"张怡然对于江云州的愤怒无动于衷。

"你不是说事成之后让你爸爸捐献吗？"

"江叔，我怎么听不懂你在说啥啊？"

"你！"江云州站了起来两步走到她面前，怒气冲冲地指着她的鼻子，"你让我杀了你妈，嗯？你现在不承认了？"

"叔叔您别着急啊，先坐下。"小姑娘根本没有露出半分的惧怕，"我根本不知道您在说什么，我妈妈是出车祸去世的，我们全家都很难过。如果我妈妈之前有得罪您的地方，请您原谅，要是没有别的事，就请回去吧。"

江云州站在那里半晌没有说话，之后垂头丧气地坐回沙发，"好了怡然，能不能让你爸爸捐献干细胞救救我儿子，他快不行了。"

"哦，您是为了这个事啊，"张怡然笑了，"上次我妈妈不就回答您了吗，我爸爸身体条件恐怕不能捐献啊。"

"我问过大夫应该问题不大，我可以先带你爸爸做下检查，现在捐献造血干细胞对身体基本没有影响。"江云州只能暂时忘却那段往事，压制住愤怒语气平和地恳求起来。

张怡然似乎更加放松，好像在和同学聊天，"哎，大夫嘛都那样说，还说献血没事呢。你看我奶奶年纪那么大了，身体也不好，我爸那个情况，我可不想他再出事。"

"那我直说了吧，你想要什么条件？"

"哈哈，叔叔真挺直接的。"张怡然不慌不忙地剥了个橘子，拿着一个橘瓣塞进嘴里，慢慢咀嚼起来。

江云州心急如焚，双臂交叉在胸前重重地喘着气。

"这样吧，江叔您一次性给我一百万，我就让我爸捐献。"

"什么？一百万？你！"

"怎么，您儿子的命不值一百万？"

"你……"

"我妈妈是全家唯一有劳动能力的，她去世了，我不得不为这个家的今后做打算啊。"

"难道保险没有理赔吗？"

"哎，那哪够啊，我将来还想出国读书呢。"

"我哪来的一百万？"

"您可是维修厂的老板啊。"

"我那就是个小门店，再说给我儿子治病已经花了不少了。"

"哎呀，那只有您自己再想想办法了。"

"还是那句话，我凭什么信你？"江云州猛然起身。

"我还是那句话，您没得选择。"张怡然还是平静地坐在那里。

江云州转身往外走，"把银行账号发我。"说罢头也不回地离开张家。

"程总啊，我是云州。"

"哦，云州你好啊，你儿子怎么样了？"

"哎，还老样子，上次的事多谢了啊。"

"哦，别客气。我说你也别着急，现在医学这么发达，一定会有办法的。对了，还有什么事吗？"

"嗯……是这样程总，最近我手头紧张……您看我能不能先把店抵给您，您借我一百万应应急。"

"哦，哎，云州啊，是不是给儿子看病花销大啊，说实话你那店一百万有点勉强，不过看在咱们交情的面上我再帮你一回，你明天拿文件来我公司吧。"

"谢谢程总，太感谢了。"

江云州放下电话，转身正要回病房，猛然发现崔笑默站在身后，"哎呀默子，你咋一点声没有，吓我一跳。"

"哦，我看你在打电话没好打扰你。你要借一百万啊，给豆豆治病虽然花销大但还不至于再花一百万吧。"

"那个……没有，不是给豆豆治病的，有别的用处。"

"本来说我不该管闲事，但咱们这关系，嗯……你借那钱不会是给那个张巍的吧？"

江云州并没有惊讶，作为多年的好友他深知崔笑默是个聪明人，但他不愿意再把崔笑默牵扯进来了，"默子你想多了，我有别的用。"

"没事没事，我就提个醒，国家是不允许造血干细胞买卖的，私底下这么做得不到法律保护啊，云州你要当心。"

"默子你放心，我也是在社会上混了这么多年的人。这么晚了你还没走啊？"

"就回了，这不过来看看豆豆吗？"两人一起走进病房。

"怎么样，有希望吗？"

"目前还是没有找到……"

两个人都沉默了。

令江云州担心的事情还是发生了，转款两天了，张巍一家没有任何音讯，江云州怒不可遏，再次冲进张家。

"快把你爸推出来，我要和他谈。"江云州脸色铁青，恶狠狠地说。

张怡然还是那样天真无邪的可爱模样，悠然自得地坐在沙发中央，淡然地看着这个几近咆哮的中年男人。

"叔叔您干吗生那么大的气？快坐下喝口水。"

"你少废话，我不会和你说了，快找你爸出来。"

"我爸爸休息了，您有事还是和我说。"

"和你说，哼！钱我已经转了，什么时候去捐献？"

"哎呀，我爸爸这两天身体不舒服，过两天就去。"

江云州不再相信这个女孩所说的一切，一不做二不休，他觉得没什么好客气的了，转身朝里屋走去。

"叔叔您这是干吗？"

他不理会身后的燕语莺声，看见一扇门就径直推门而入。

房间不大，空无一人。

两张单人床占据了大部分空间，床上只铺了相同的淡紫色床单，干干净净。一个不大的衣柜隔开两床，对面是一张狭小的书桌，书桌空空荡荡，其旁边明显空了一个位置，之前应该还有什么家具。书桌上方的墙壁挂了一张照片，照片中的那双眼睛像是直视着自己，眼神中带着嘲讽、蔑视和怨念。那是苏慧的遗像。

那锐利的目光逼退了江云州，他轻轻关上房门，向另一个屋门走去。

"那是我奶奶的屋。"

江云州正要推门，身后略带笑意的声音让他戛然而止。但他不愿就此放弃，迅速朝着最后一个屋门快步走去。

推开门，他长出一口气。

房间正中宽大的双人床一侧，张巍倚靠在床头下半身盖着被，目光迷离地注视对面占据一面墙的定制衣柜，好像并未发现这个不速之客。

江云州压了压心头的怒火，放轻脚步走近床边，"张先生？"

张巍缓缓地转头，眼神中先是片刻的困惑后明晰起来，"哦，是你啊，你怎么称呼来着？"

江云州立马感觉像卸下了重担，"张先生您好啊，我叫江云州，您还记得我啊，我儿子病了，想请您捐献干细胞。"

张巍点点头，"记得了，记得了。"

"抱歉打扰您，我儿子的病再不能拖了，您看您能不能……"

"哎，我爱人不让我捐啊。"

江云州心里一颤，"这个，您爱人不是刚……刚去世吗？"

张巍像是如梦初醒，"哦哦，你说苏慧啊。"

"我知道您爱人当初是为了您的身体考虑，其实捐献造血干细胞对身体没什么影响，再说……再说……"江云州仔细观察着张巍的表情。"再说，我已经向你们……"

"爸。"女孩走进房间，很自然地坐在了张巍身边。

张巍看了看女儿，笑着点了点头。

江云州盯着张怡然的眼睛，女孩像是没有注意到他的暗示，"爸，这个叔叔想让你给他儿子献骨髓呢，你说行不行啊？"

张巍伸手轻抚女儿的头，"哦，怡然你看吧。"

听到这话，江云州像被冷水泼头。他看到女孩的笑靥满面，心中的怒火冲上脖颈、冲出咽喉，"我可是给你们转了一百万啊！"

瘫痪在床的男人像是思想也已瘫痪，他的手木讷地搭在女儿肩头，看着女儿的目光慈祥中带着迷离，江云州的话没有对他产生任何影响。

江云州彻底呆住了，他尴尬地站在那里，看着这对父女不知所措。也正如此，他才有时间仔细打量这个房间。双人床看着有些年头了，圆弧形的床头应该是多年前的流行样式，床头上方墙壁明显有一个浅色的方形印记，按照多数七零后的审美习惯，此处应该是挂结婚照的位置。两个床头柜分立两侧，床头柜上各有一盏相同的台灯，张巍身边的床头柜只有一个显眼的大号保温杯。相比之下另一个床头柜就散乱许多，两本书上放了一个随身听，周边还散落着发卡等小玩意儿。靠窗的那侧突兀地放置了一个小书桌，样式和小房间中的那个一模一样，只不过这个书桌上的东西琳琅满目。

看到这里，江云州刻意注意了一下另一侧的床面，一床叠得整整齐齐的花色被子放在床脚，此刻尚未失去理性的他心中不免产生疑惑，女儿怎么和父亲住在了一间屋里？

"江叔！"看到江云州在发愣，张怡然说道。

"嗯？"

"我爸爸要休息了，咱们还是去客厅谈吧。"

江云州泄了气，没做任何回答转身走回客厅。

回到客厅，他自我安抚了一下情绪，焦躁中还是坐在了沙发上盘算下一步该如何是好。还没理出个头绪，张怡然悠然进屋，大大方方地靠着江云州坐下。

江云州尴尬地想往边上挪挪，无奈自己已经紧靠扶手。女孩淡然一笑，"江叔您别介意哈，我爸爸还没恢复过来呢，您也听到了，现在家里的事您和我谈就好了。"

江云州脑门一热，低声但严厉地说道："你不要欺人太甚，否则我要告诉你爸你让我杀了你妈妈的事！"

出乎江云州的意料，女孩耸耸肩，"江叔您比我爸爸年纪都大，这种事没证据可不能乱说哦，别说我爸了，警察都不会信的。"

"你！"江云州彻底没了脾气，"你到底想怎样？"

张怡然突然伸手搀住江云州的胳膊，"叔叔，我好久没去欢乐谷了，明天周六您陪我出去玩玩怎么样？"

江云州差点吐血，他万万没想到张怡然竟会提出这样的要求，"什么？"

"陪我去趟欢乐谷吧，我玩高兴了就让爸爸捐献。"

"我还能相信你吗？"

"大丈夫一言，驷马难追！"女孩伸出右手小拇指要和江云州拉钩。

江云州无奈和她拉钩，"行，我就最后信你一回，明天几点？我来接你。"

躺在床上，江云州直勾勾地望着天花板。安稳的睡眠早已离开他很久很久了，此刻他更是毫无睡意。儿子日益萎靡的神情无时无刻不在折磨他的心，更加痛苦的是，谨言慎行老实本分的他，竟然犯下重罪却又未得偿所愿，一个在社会上打拼了多年的中年男人竟然被一个十二岁的小姑娘玩弄于股掌之上，真让他无地自容。杀了人、背了债，还得卑躬屈膝地哀求别人的怜悯，这一切值得吗？

不，我是为了儿子，就算有百分之一的希望，我也要尽百分之两百的努力，我儿子一定得活下去。

蒙眬中，昏暗的天花板渐渐浮现出一张亲切的面容，那是妻子的微笑，"你会理解我的吧？"江云州感觉到他的身体越来越轻，也许是灵魂出窍，他竟飞升起来，向着那张面容飞去。

妻子还是那身红裙，在前方回首莞尔一笑。江云州向着妻子的方向奋力飞去，但无论他如何努力，妻子就像暗夜天空中的启明星，始终出现在不远处但丝毫无法靠近。

"晓萍！"他呼唤着妻子的名字，妻子微笑着朝他招招手后转身离去。江云州焦急万分，集中精力试图靠近妻子。终于，那身红裙越来越近，江云州似乎都可以触碰到妻子飘逸的发梢。

"晓萍！"江云州终于拉到妻子的胳膊，"不要离开我。"妻子停住了脚步，那张面容缓缓转向江云州。

江云州看到的不是那个温暖的微笑，而是犀利又激愤的目光，那目光刺得他不得不放手，身体不住地倒退。

"不，你不是晓萍，你是……"

那张面容冰冷肃杀，漆黑的双眼想要把面前的一切吞噬。这是那个小屋墙上挂的那张脸，是江云州此生绝不想再见的那张脸。

殷红的鲜血从蓬乱的发髻流出，顺着惨白的脸颊滴下，江云州毛骨悚然。他一步一步倒退着，但这个幽灵步步紧随，干裂的嘴唇翕动着发出惨淡的尖叫，"是不是有人杀了我？是不是有人杀了我？是你吗？是你吗？"

江云州拼命摇头，"不，不，不是我，不是我。"

"哈哈哈哈……"幽灵诡异地大笑。逐渐收起了笑容，她死死盯着江云州，眼中喷射出凶狠和愤怒的目光，刹那后又转变为邪恶的一笑，随即转身离去。

江云州长出一口气，惊魂未定中他的血压再次飙升。因为他看到，幽灵并非独自离去，她右手牵着一个孩子，孩子一蹦一跳的，看起来似乎很开心。江云州目瞪口呆时，孩子转头望向他傻笑，那天真的笑容却让江云州感到万箭穿心。那孩子不是别人，正是自己的儿子。

"豆豆，豆豆，快回来！"江云州发疯似的冲上去，但他的身体像飘浮在虚无中的纸片，徒劳无功地抖动着却不曾移动分毫。他只能眼睁睁地望着幽灵牵着孩子渐行渐远，消失于无尽的黑暗中。

"不，不，豆豆，豆豆。"一片混沌中，男人惊慌悲泣，突然，他感觉到右手被一种力量拖拽，拉着他快速上升。他定睛一瞧，上方一个娇小的身影牵着他的手，像天使般引领他飞升。

"豆豆？"江云州脱口而出。

"嘻嘻嘻。"百灵般悦耳的笑声对于江云州却似来自地狱的咆哮，那回首望着他的纯真容颜更如恶魔般使他不敢直视。

"怎么了，不敢看我。"女孩停下，盯着江云州。

然而当江云州鼓起勇气再次注视那张脸时，本想挣脱的手却松弛下来，满腔的怒火未曾迸射就消散，他有气无力地说："把豆豆还给我。"

"带走他的不是我，"女孩攥紧男人的手，"是命运，也是命运注定让我们相遇。"

"你，你这什么意思？"江云州的大脑一片空白。

女孩捏着男人的手掌慢慢来到自己的面颊，用自己娇嫩的肌肤摩挲着粗糙的指端，"没有了儿子，还有我啊。"

江云州一惊，触电般地把手抽去。失去了身体的接触，他猛然下坠，向着幽深的虚空下坠。

"是啊，是该放手了。"

这是江云州惊醒前听到的最后话语。

江云州躺在床上，汗水湿透了睡衣。

站在欢乐谷大门口，望着熙熙攘攘的人群，江云州又回想起两年前带孩子来的那一天。那天也是阳光明媚，夏天正在准备展示自己的热情，不少人甚至换上了短袖 T 恤。胖乎乎的儿子下了车就一路小跑，使得在后紧追的父亲汗流浃背。这些年忙于事业，陪儿子的时间太少了。人就是这样，多少事物直到失去才懂得珍惜，江云州每每想到这里就会感慨，但他也知道，如果有重来一次的机会，恐怕他还是会如此。

"江叔，票买好了，咱们进去吧。"

江云州被一只柔弱的小手牵着，顺着人流进入园区。

他此时的心情像被两种力量撕扯着，大男人的自尊和恼怒拖拽着他的脚步，他反倒像个不愿上学的孩子般扭扭捏捏。然而在内心深处，连他自己都不愿承认，似乎又有些许的欣喜和期待。

"趁着现在人少赶紧去排过山车吧。"

"嗯，你还敢坐过山车？"

"坐那个小的就好，怎么，叔叔你不敢坐吗？"女孩窃笑。

"我哪不敢，我怕你不敢坐啊。"

嘴上这么说，其实江云州并没有坐过，上次带儿子来，他以年龄太小为由，拒绝了儿子的请求。

但当在轨道上高速滑行时，江云州反而轻松了许多。这段时间以来，他的心情真如这过山车般上下起伏、百转千回。当下生理上的压力暂时缓解了心理的负荷，他得以有片刻的喘息。

此时，右手中那温暖柔软的小小物体，或者说那物体所属的那颗心，竟也似有魔力般，在源源不断的赋予自己一种莫名的力量。江云州现在不明白，一会儿女孩靠在他臂弯看演出时他也不明白，多年后他们再次相见时也未能明白。

夕阳西下，空气中的炎热渐渐散去，江云州抱着一个大号的小熊玩偶疲惫地走向停车场，即便当初做维修工时，他也没有感到如此心累。

小姑娘吃着今天第三个哈根达斯，兴高采烈地跟着男人上了车。

张怡然拍拍江云州的肩膀，"江叔今天辛苦了。"

男人苦笑两声，"没事，你开心就好。"随即他严肃起来，转头盯着女孩，"你要求我的事我做到了，什么时候去捐献？"

"哈哈，您真够急的，先送我回家吧。"

江云州放下搭在方向盘上的双手，"不行，你现在就得给我答复。"

女孩不慌不忙地又吃了几口冰淇淋，"你放心吧，这两人保持手机畅通，等我消息。"

直到第二天临近黄昏，江云州的手机上才收到了一条短信，他立即拨出短信中的电话，那个熟悉的声音再次传来。

"江叔好啊。"

"怎么样，什么时候去医院？"

"哎呀江叔，我这两天想了想，好像事情没那么简单。"

江云州莫名其妙，"什么？你什么意思？"

"电话里不方便，咱们下周见面再说。"

江云州气得恨不能钻进电话去找她理论，"怎么又下周，有什么要说的我现在去找你。"

"我现在郊外奶奶家呢，下周吧。"

"我可等不及，我现在过去。"

"啊，你知道我奶奶家在哪吗？"

"哼，你真能装！"

当江云州到那个小院门口时，已是月朗星稀。"当当当"，江云州也不客气，使劲敲响铁门。

等了许久门才徐徐打开，江云州快速进院，也未和开门的老太太打个招呼，径直走进了屋。

这一回斜躺在沙发上的张怡然似乎有些惊讶，但也如夏夜天空中的流星般飞逝而过，随后而来的那股胸有成竹的劲头再次挑逗着江云州本已脆弱的神经。

"哎哟，是江叔啊，您怎么知道我奶奶家位置的，奶奶，给江叔倒杯茶吧。"

江云州不耐烦地摆摆手，"不喝水了，我来就是和你谈那件事。"

"哎，这事还麻烦您大老远地跑一趟，不是说下周见面再谈吗？"

一句话引爆了江云州的炸药，如果对面也是七尺男儿，他此时的拳头就已经飞了过去。"下周？你玩我呢？你要的条件我都满足你了，你到底想怎样？"估计连他自己都没意识到，这声音都要把屋顶掀翻。

屋里安静极了，只有矮柜上一口陈旧的座钟滴答滴答回应着。张怡然还是安稳地坐在沙发上，大眼睛忽闪忽闪地望着发火的男人，而那表情却像是看莎翁的戏剧。

看到发怒对象无动于衷，江云州的气顿时泄了一半，他正在琢磨下一步该怎么办时，里屋传来一个有气无力的声音。

"怡然啊，有客人啊？"

"嗯，江叔叔来了。"

江云州上前两步来到女孩面前，低头轻声但凶狠地说，"你要再拖时间，我就把真相告诉你爸。"

说实话，江云州实在佩服女孩的演技，那张无辜又疑惑的面容绝对值得一座奥斯卡。

"江叔，您说的是什么真相啊，捐献的事还可以商量，您自己别气坏了自己。"

江云州直奔里屋而去。

里屋比外屋还大，稀稀落落的几件家具更显得空荡。张巍并没有躺在床上，而是坐在房间正中的轮椅上，目不转睛地盯着对面墙上的电视机。电视里像是在播什么抗日神剧，但声音调得很小。

"张先生？"江云州在他身旁两步外站住。

看到张巍没有反应，江云州也毫不客气，直接站在了电视机前挡住张巍的视线，"张先生？"

张巍的目光像是还在专注于电视画面，几秒后才缓缓移向江云州的脸。

"哦，江先生啊。"他缓缓地点点头。

张巍的神情与动作，像是一出慢放的电影，江云州不明白这是神经上的迟钝还是心理上的障碍。

"张先生抱歉打扰了，"不知为什么，江云州的语速也慢了下来，"我来还是想和你谈谈捐献干细胞的事，我儿子时间不多了，请您务必答应。"

看到张巍迷茫的神情，江云州的心顿时坠入冰海。

"张先生，我答应了你女儿的要求，给你转了一百万呢，你知道不知道？"江云州提高了音量。

"嗯？"张巍更加疑惑了。

"我给你了一百万，买你的骨髓给我儿子，你明白吗？无论如何你都得和我去医院！"江云州再次发起进攻。

可他的敌人却是一片虚空，让他无可奈何。

不知何时，女孩出现在父亲身后，而令江云州恐惧的是，那双看着张巍的眼睛，不像是在看自己的父亲，而像是在看自己的孩子，不，自己的物品。

"张先生，你答不答应能给个回复吗？"

"爸，这事你别操心了，我和江叔谈。"女孩轻松地说。

听到女儿的声音，一种淡淡的微笑出现在张巍嘴角。

江云州不甘心就此作罢，他猛然俯身抓住张巍的胳膊，"张巍，是你女儿要我杀了你老婆，你知道吗？你老婆是我杀的，是你女儿指使我杀的！"

"啊！"张巍突然扭动胳膊尖叫起来，他浑身痉挛般颤抖起来，面部肌肉也变形扭曲，像是被一张大手揉捏着。

"别碰我爸爸！"还没等张怡然说话，江云州就慌张地放开了双手。

接下来发生的一幕对于江云州而言比电视里的抗战剧更加离奇。满脸胡茬的男人侧身将脸埋在女儿怀里呜呜地低鸣，十来岁的小姑娘轻抚着父亲凌乱的头发，像是抚摸出生的婴儿，"没事啦，没事了，怡然在这呢，没事了。"

"你快出去，一会再说。"

江云州终于看到了女孩的怒容，他像是被老师训斥后离开办公室的孩子，低头走回客厅，尴尬地站在沙发旁。

老太太弓着腰，笑着递给他一杯水，好像压根不知道发生了什么。江云州无奈答谢，但一接过水杯就发现烫得要命，急忙放在茶几上。他抽回双手，苦笑了两声，双眼漫无目的的四下打量着。在天花板上那老式日光灯惨白光线的照射下，这个老旧房间更加了无生气。脱釉的地砖、泛碱的墙壁、掉漆的家具，真如这个不速之客此时的心境。

沙发边上一张方形矮桌落满灰尘，上面那套红色玻璃凉水壶和水杯应该是屋里颜色最为鲜艳的物体了。除此之外一副扣着的相框吸引了江云州的注意。他快速的拿起相框，相框里的是一张全家福，居中就座的老太太还不显苍老，身后的那对夫妇更是神采奕奕，比较特殊的是，老太太两侧各站着一个乖巧可爱的女孩，两人竟像复制粘贴般相像，令江云州一阵唏嘘。听到里屋传来脚步声，他慌忙扣下相框。

当娇小的身影再次出现在江云州面前时，那面容又恢复了往常的模样。江云州却不知该说什么好，呆呆地站在那里。

"我爸爸不能被陌生人碰的，碰他他会生气，"女孩平静地说，"他要生气我也生气。"

"抱歉抱歉，但是……"

"本来我想答应您的，但是我生气了。"

"不是，你……"

"所以江叔您还得答应我一个条件。"

"啊，什么条件？"

"您不是说是您杀了我妈吗？"

"是你指使的……"

"我的条件就是，你去找警察自首。"

"什么？自首？你疯了？"这个要求大大超乎江云州的意料，也绝对超出他的容忍范围。

"没错，是你去自首，只要你一去自首，我就带爸去医院。"

"是你指使我的啊，你自己不怕吗？"江云州的语调颤抖起来。

"我该怕吗？"

"这……"江云州好像明白了什么。

"且不论警察会不会相信，就一点来说，证据，您有证据是我指使的吗？"

"这……"电话、短信、对话……江云州的脑海里过电般回忆着，"你，你留给我那张地图，上面有标记。"

"嘿嘿，怎么能证明是我画的，查指纹吗？"

"你……要不我怎么知道这里的？"

"你连我们城里的家都查得到，别说这个院子了。"

"你……我……"江云州张口结舌。

"哎，即便是真有证据，你一个四十来岁的男人受我十来岁女孩的指使去杀人，你说谁该负责任？"

"是……是你逼我的。"

"笑话，我一个小女孩能逼你。"

江云州哑口无言，呆立在女孩面前，像一个惨败的赌徒。

女孩怡然自得的脸上甚至还有几分欣喜，她看着眼前这个垂头丧气的男人，像是在欣赏自己的战利品。

"江叔您别生气，我知道您儿子时间不多，这次我可以保证，只要您去自首，我就带我爸去医院。"

江云州面色铁青、双眼通红，男人的自尊不允许他在一个小女孩面前崩溃。

"我……我要是判了刑，我儿子怎么办，他已经没有妈了，不能没有爸。"

"反正他活下来喽，这样吧，我给您一天的时间考虑，明天我再联系您。"

"怡然，你看看能不能换个条件，要不我再给你筹一百万，行不行？"江云州似乎不愿轻易妥协，可惜他知道自己没有任何谈判的资本，只得放下颜面低声乞求。

"哈哈，抱歉啊江叔，这就是我最后的条件，算是一个重要的考试吧，可惜考试题目不能更换哦。对了，明天我也有考试，我得复习了，江叔请回吧。"

夏夜清凉的晚风使头痛欲裂的江云州清醒了不少，他没有离去，而是坐在引擎盖上边抽烟边纠结。望着不远处那个小院，五味杂陈。

单凭内心的激愤，此刻他真想放火烧了那个院子，当然他不会那么做，不仅因为要负法律责任，更因为那根最后的救命稻草就在院里。

江云州吐出一口青烟，抬头仰望夜空。那弯明月咧着嘴，嘲笑着他的不堪，稀稀落落的星星忽明忽暗，更像是一群麻木的看客。我究竟做错了什么，哎，错得太多，我不应该要他的电话，查他的地址，不应该和她联系，更不应该杀人。一步错，步步错，事到如今一切都无法挽回。不，不能后悔，这都是为了救我的儿子，我不能失去他。

对，都是那个魔鬼，那个披着羊皮的狼！是她，是她一步步让我滑向万劫不复的深渊。世界上怎么会有这样的女孩，那天真无邪的皮囊包裹的确是狠毒而狡诈的灵魂。

江云州不想认输，但所有的筹码都在对方手中，恨之入骨又无可奈何。突然，那诡异的一幕再次于他的脑海中闪现。轮椅中的张巍就像一只傀儡，任凭女儿摆布，就算他女儿的死是他的责任，一个大男人竟然落到这般下场，也不比自己强多少。

不，这对父女有太多的秘密了，我不能就这样不明不白地离开，或许，或许我能够发现些什么。

想到这里，江云州扔掉烟头，小心翼翼地走回小院。他轻轻地推了推大门，门已锁。他来到一处院墙外，侧耳倾听，院里悄无声息。

毕竟是技工出生，身手敏捷的他毫不费力地爬上了这不高的院墙。毕竟是第一次干这勾当，翻下院墙后，江云州的心已经跳到了咽喉，他蹲在墙角仔细观察着，半天都不敢移动分毫。

院里比他离开时更加寂静，除了一扇窗亮着灯，其他黑漆漆的窗扇像乌黑的大眼盯着闯入者。江云州借着微弱的月光，仔细观察着脚下的地面，蹑手蹑脚地向那扇亮光的窗户挪去。

到了窗下，江云州小心翼翼地直起身，将头探出窗台向屋里望去。一扇窗户开着，虽然窗帘紧拉，看不见里面的情景，但不大而清晰的声音还是透过薄薄的窗帘传了出来，没有让他失望。

"……去不去啊？"男人低沉的声音。

"不着急爸，他答应了我的条件咱们就去。"女孩的声音非常温柔。

"他说的……说的是真的吗？"

"你会相信一个陌生人？"

"不……不，我不信。"

"只有我不会骗你。"

"我知道，欣然。"

欣然，江云州心里一惊，她不是叫张怡然吗？怎么他爸叫她欣然。

"你还是叫我怡然吧，你不是更喜欢我姐姐。"

"没……没有。"

"你骗人，你们都喜欢姐姐。"

啊，这样，那个死去的双胞胎妹妹才是怡然，不，死去的是姐姐，江云州感到自己发现了重大秘密，忐忑中带着几分激动。

"不，爸喜欢你。"

"是吗？好，那在外我还是怡然，在家我是你的欣然。"

接下来是一片沉默。

江云州头往坚持不住这个姿势，弓下腰在窗台下一边慢慢喘气，一边整理思绪。当初死的是姐姐张怡然，为什么妹妹张欣然要顶替姐姐的身份？她爸妈认不出来吗？

"今后只有我陪着你了。"女孩温柔的声音又响起。

"嗯嗯。"

"睡了，睡吧。"

江云州在窗下不知坐了多久，直到自己也困意冲头。东方微微发白，他缓缓起身，活动了下僵硬的四肢，沿原路返回。

微弱的晨曦无法穿透茂密的林木，山路仍是幽暗曲折。车灯射出的远光吃力地划破黑暗，引领汽车飞驰。此刻江云州的思绪还被牢牢拴在身后那个小院里，眼前的挡风玻璃好像成了银幕，不断放映着那对父女的一幕一幕。惊愕与困惑中的驾车者没有注意到仪表盘上不断攀升的数字，更没有注意到前方的道路陡然险峻起来。

前方刺目的会车灯光打断了江云州的回想，伴随着尖利的鸣笛声，他这才发现过快的车速使得自己无法顺利过弯。尽管躲开了迎面而来的汽车，江云州的车还是不可避免地滑出路面。当然，这一切发生得太快，快到当事人感到恐惧时，一切已经结束了。

车侧身撞在了一棵大树上，正因如此才躲过了翻入山谷的厄运。江云州被卡在座椅和安全气囊之间，汗流浃背，大脑一片空白。当他终于从车上下来时，旭日已经初升，他惊魂未定地望着眼前的汽车和山路，突然想到了什么。

是不是就是这里？没错，大概就是这段路。江云州像是被扣在了一口大钟里，脑海里嗡嗡作响。是的，这就是张巍出事的地方，也是苏慧出事的地方。

苏慧！这个名字刺中了江云州的痛点，他好像又看到了那双犀利的目光。对不起，对不起，我杀了你，那是因为我要救我的儿子。要怪，你就怪你的宝贝女儿张怡然，不，是张欣然，那个妖女！

你是不是要找我复仇了，好吧，杀你的人是我，只要救活我的儿子，我就给你一个交代。

想到这里，江云州又有了气力，他钻回汽车，打起精神继续上路。

回到病房，儿子还在睡着。江云州轻轻摸摸儿子那快没有血色的小脸，心中一阵酸楚。哎，那么小就没了妈，很快又要没爸了，以后只能把你交给舅舅照顾了。

"喂，默子啊，是我。"

"云州啊，那个事目前还没进展，你……"

"不是问你这个，我想问下如果我儿子移植了干细胞活了下来，前后还得需要多少钱？"

"这个嘛，如果移植成功，算上后期的疗程，二十万应该算富裕的。"

"好的，豆豆的事就拜托了。"

"嗯嗯，那必须的。怎么，那人答应捐献了？"

"有可能吧。"

"那得快点，我看豆豆这两天的状态不好。"

放下电话，江云州又来到楼下点燃一支烟琢磨起来。自己剩的那点钱倒是够治好豆豆了，但我要是不在了，豆豆以后生活上学怎么办？他舅舅能照顾他就已经不错了，不可能又出力又花钱吧。店抵给了程总要不回来了，我这车也不值多少钱，何况又被撞了。卖房吗？不行，房子还得留给豆豆呢。哎，那先租出去好了，以后再想办法。

天空又升起了那只红色的风筝，被艳阳照耀得分外鲜艳。江云州长叹一口气，扔掉烟头，立即开车回家。

到家取了房本，江云州径直来到附近的房产中介，就在他与中介商量租金之时，电话响起。

"云州，你赶紧来医院，豆豆有情况。"崔笑默一贯平和的语调竟也急促起来。

江云州吓了一跳，急忙赶回医院。

"怎么了？什么情况？"当他见到崔医生时，已是在手术室外。

"豆豆病情突然恶化了，呼吸衰竭，现在谢大夫在里面抢救呢。"

江云州像挨了一闷棍，站立不稳几欲摔倒，崔笑默赶紧扶住他。

"云州，云州，没事吧，快坐下。"

江云州从胸口到咽喉像是被浇筑了水泥，喘不上气也说不出话，他只能睁圆双眼瞪着崔笑默，那眼珠简直就要迸出射在医生身上。

"云州你别急，我们会尽全力的。"

然而当谢医生一脸严肃的从手术室出来时，江云州全身发软，已无力站起，他根本听不见谢医生在讲什么，也感觉不到崔笑默安抚自己肩膀的手。

一切都结束了。

不，还没有！

"终于有人陪我过情人节了哦。"女孩挽着男人的胳膊，开心又费力地走在雪地上。

纷纷扬扬的大雪无声地飘落，把情人节渲染得浪漫至极。

男人微笑着没有回答，只留下身后的两行脚印。

女孩清纯美丽，尤其那双明如秋水的眼眸，在这白色的世界里更显得璨若星辰。男人却老成持重，一言不发，在路人眼中，他们更像是一对父女。

男人端坐在酒店房间的沙发上抽烟，女孩简单冲了个澡，随后对着镜子自我欣赏起来。

修长的身形、白皙的肌肤、丰满的双峰，两腮的潮红使得姣美的容颜更加娇艳，女孩骄傲地微笑着，像是魔镜前的王后。

女孩捋了捋乌黑的秀发，轻轻用粉底遮盖着左脸颊上一道狭长的伤痕。伤痕已经淡化许多，但仍提醒着她十年前那段不快的过往。

补了一层淡妆，女孩穿上了那套诱人的性感内衣，在前胸和脖颈点了两抹香水，在镜前弄姿三匝后，换上高跟凉鞋，披上浴袍缓缓走出浴室。

房间里光线昏暗，只有床头柜上方一盏阅读灯亮着。男人仍然坐在窗边的沙发上，幽暗的面孔模糊不清，只有嘴角边红点一闪一闪。

"怎么不开灯啊，不去冲个澡吗？"女孩嬉笑着。

男人沉默着。

"切，装什么深沉。"女孩打开屋顶的灯带。

"啊！你……你是谁？"

女孩在惊恐中倒退两步，像被一股巨大的力量推在了背后的墙上。

沉默者并不是她的情人。

沙发中的男人身材高大，头发灰白，面容消瘦但神情坚毅，尤其是那深陷眼窝中的双眸，犀利甚至凶狠地盯着前方，令女孩想到草原上正在准备捕食的恶狼。

然而出乎意料的是，女孩裹紧浴袍的双手突然松弛下来，她轻轻地吐了口气，捋了捋长发，惊慌的面容让位于自信与从容，"哦，原来是您啊，好久不见了。"

男人掐灭烟头，沧桑的脸上拧出一丝笑意，"还认得我哈！"

女孩也笑了，大方地走到床边坐下，并不介意自己修长白皙的美腿露出浴袍进入男人的视线，"怎么会不认得呢，江叔叔，您比八年前更成熟了。"

"是你成熟了，我老了。"男人声音低沉，但听得出酝酿着即将爆发的火山。

"好久不见了江叔，可是何必用这种方式呢？您要想见我，随时可以约我啊。他呢，是你雇的吧？"

男人点了点下巴，"我担心你不敢见我啊，张怡然，哦，不，应该是张欣然。"

女孩的弯眉抖动了两下，她扶起浴袍下摆，抬起左腿搭在右腿上，女孩轻轻抚摸着左腿肌肤，凝脂般的纤足微微摇摆，双眼直视着男人，眼神中没有任何的不安与羞愧。

"这么说您知道了，其实也没什么，张怡然、张欣然只不过是个名字，重要的还是我这个人。"

"你为什么要顶替你姐姐的身份？"

"我姐姐，呵呵，她不过比我早生几分钟而已。从小她就会说话、会讨大人的欢心，尤其是我妈，哼！"

"你嫉妒她，所以你想成为她。你以为你会骗过父母的眼睛吗？"

"没错，我爸妈后来是不相信，但我骗过了了其他人的眼睛。"

"可是你父母并没有拆穿你，因为他们爱你。"

"不，只有我爸爸爱我，我妈讨厌我。"

男人舒展身体，靠在沙发靠背上，"是你讨厌你妈妈吧？她不过是在用另一种方式爱你。"

"不，她不爱我，她也不爱我爸爸。"女孩的右手死死按住膝盖，脚趾蜷缩着，脸上闪现片刻的恼怒。

"哼，就你爱你爸爸，是吧？不管怎么说，你利用我杀了你妈妈。"

"是吗？据我所知她是死于一场意外。"

"你姐姐的死也是一场意外吗？"

女孩放下左腿，把手抽回床沿，脚趾舒展开来，"我那时才十岁，你认为是我杀了她？"她双手交叉抱在胸前，两腿自然前伸着，趾尖几乎要碰到男人的鞋。"当然，非要这么说也不是没有可能，或许我故意干扰了爸爸的注意力，或许我偷偷解开了她安全座椅上的扣子。"

男人点点头，"我相信你做得到。"

"不，我没有！"

看到女孩流露出的焦躁，男人翘起二郎腿满意地笑着。

"你怀疑我有什么用，你又没有证据。"女孩意识到了什么，突然放松下来。

"我又不是警察，我不需要什么证据。"

"那你想怎么样，报复我吗？"

"哼，说实话，我现在迫不及待想掐死你。"

"那你为什么还不动手？"女孩双手撑着床沿，高高扬起下巴。

"那样太便宜你了。"

女孩又笑了，她似乎是在不经意地伸手整理浴袍衣领，露出雪白的肌肤，"哈哈，怎么，舍不得啊？"

男人哼了一声。

"你为什要等这么久？"

"我虽然杀过人，但也有我的底线，我得等到你成年。"

"哈哈，谢谢啊大叔。您应该再等等，等到我嫁人生子了，再把我老公孩子都杀了，最好是当着我的面杀了，您说是不是？"女孩像是在谈论着一山电影般兴高采烈地笑着。

"论变态我远不如你，我不会把愤怒牵扯到其他人身上。不过一直以来我有个问题想问你。"

"什么问题？"

"为什么？"

"什么为什么？"

"你利用我杀了你妈妈，我理解，再敲诈我一百万，我也理解，但为什么一再拖延时间，最后还要我去自首？"男人放下二郎腿，身体前倾，恶狠狠地问。

男人的愤怒与困惑反而让女孩更加轻松，她收回双腿，再次捋了捋长发，抿了抿嘴唇，"为什么？你真的不知道吗？"

男人没有回答，他已凝固成为一座雕塑，只有从双眼中能依稀感到他的心跳。此时在这不甚明亮的灯光下，他全然没有注意到女孩愈发绯红的脸颊和情欲荡漾的那池秋水。

女孩起身来到男人面前，男人惊讶地抬头。

"因为，因为我喜欢你啊。"

"什么？"男人脱口而出。

这个回答与其说出乎男人意料，不如说直击他的内心深处，他一时不知如何回应。

"也许我说过许多谎言，但绝不是这一句。"女孩轻抚男人斑白的鬓角，"我爱你，江云州，自从我第一眼看到你，我就爱上你了，我想见你，想和你说话，想让你陪着我。"

男人像僵尸般挺起身子，呆呆地望着眼前可怕又美艳的女子，哆嗦的嘴唇勉强挤出几个字，"你……那为什么？"

女孩的手滑到男人的面颊，"你儿子的死我很抱歉，我也不想那样，谁知道会那么快。我，我不过是很享受折磨你的过程，享受你威胁我、乞求我的样子。"

男人的嘴唇仍然哆嗦着，但已发不出任何声音。

"刚才我认出你的那一刻，你不知道我是多么开心。这些年我等你等得好辛苦，那一百万我从没有动过，咱们重新开始吧。"

洁白的浴袍悄然滑落。

都说岁月是神偷，不知不觉盗走年华空留恨，就连一向被同学称为"儿院林志颖"的崔笑默也逃不出他的魔爪。两鬓已显微白，细小的皱纹爬上了眉头，眼神也不比年轻时的清亮。他出神地凝视着方桌对面苍老得几乎认不出来的发小，这个人现在对他来说却是如此陌生，陌生得令他恐惧，但多年的情谊和或多或少的愧疚以及隐隐的不安又迫使他来到这里，他迫不及待地想问个究竟。

"怎么样，律师对你的案子有信心吗？"

江云州摇摇头，神情漠然。

"什么时候开庭？"

"下个月。"

崔笑默犹豫了片刻，低声问道，"你为什要供认杀了苏慧，这是真的吗？"

江云州不置可否地笑，"你来看我就是想问这个？"

崔笑默一时不知该如何回答，他本意是想安慰老友，但说出口的话却成了质问。

江云州感觉到了崔笑默的尴尬，"你能来看我，我很高兴，"

"豆豆当年的事，我很难过，我也尽力了，不过……"

"不过你没想到我会干出那种事吧？"

崔笑默沉默了。

"杀没杀苏慧，看警方有没有找出证据。但我对她所做的一切，我不会否认。我等了她八年，我折磨了她三年，要不是被发现，我会一直把她关在那下面，我要让她为豆豆的死付出代价。"

诚如江云州所言，当崔笑默从媒体上看到报道时，他根本不愿相信这竟然是那个老实人的所作所为。将一个妙龄少女囚禁在地下室折磨，这是一个正常男人能够做来的吗？"女孩被救出时骨瘦嶙峋、伤痕累累，据称还有三个月身孕。"就连他这个医生，看到报道中的这些文字和地下室那恐怖的照片时都不寒而栗。

"是真的吗，那女孩喜欢你？"

江云州笑了，尽管那笑在崔笑默看来寒意十足。

"你怎么知道的？"

"有的报道上说，女孩告诉警察她是你老婆，这一切她都是心甘情愿的，她想让警察放了你。"

"你信吗？"

崔笑默摇摇头，"这恐怕是斯德哥尔摩综合征。"

江云州再次不置可否地笑，似乎要把这个秘密深埋心底。

"相信法庭会公正地对待你的。"崔笑默实在不知道该说什么好。

没想到江云州欣然地点点头。

"云州我走了，你保重，我们还会见面的。"崔笑默觉得是时候说再见了。

江云州反而先于发小起身，缓缓向铁门走去，两步之后突然回头，与其说望着崔笑默，不如说望着远方，平静但坚定地说，"没错，我们还会见面的。"

沙漠孤影

李念再一次从昏迷中清醒过来，他吃力地睁开双眼，但看到的情景使他想要再次昏睡过去。眼前依旧是单调的黄色，广袤的大漠，死寂的沙海。他记忆中仿佛出生起就沉浸在这灼热的黄色当中，一生都与此相伴。上帝在这里把汹涌的波涛、排空的怒浪和李念本人，都凝固成为连绵起伏的沙海，永远静止不动。

他不记得在这里走了多久，只是不知谁在他意识深处放置了一个牢不可破的信念——走出去，他才得以支持到现在。李念的身体逐渐恢复知觉，然而这并不是什么好事，因为这样他又会感觉到沙漠的炙热和烈日的灼晒。这种炙热提醒了他，他吃力地移动着僵硬的身躯，挣扎着缓缓站起来。

看着眼前依然如故的景色，李念不止一次地绝望过，但是冥冥之中，他总是感觉到有个声音在对他呼唤。他不知道上帝是否在考验他，在那寒冷的夜晚，他曾蜷缩在沙丘下，面对满天的繁星静心沉思，思考自己犯了何种罪过，使得上天要让他在炼狱中煎熬。不幸的是，他根本无法回忆起置身沙海前的任何事。他只能一遍又一遍地祷告，祈求上天宽恕。"看来我并不是罪无可赦，否则仁慈的上天不会一次次将我唤醒。"这是他心中唯一的慰藉和希望。

李念捡起脚下破旧的背包，背包里只有一件大衣和少许干粮。

然而没有水，这些干粮根本无法下咽。可是茫茫荒漠，哪里才有水源呢？李念抬头小心翼翼地观察太阳的位置，他只能靠感觉大致辨认方向，其余的，就交给命运好了。他赌博般选定了一个方向，背上背包，艰难地走下去。

沙漠中的太阳如同地狱的恶魔，高傲地俯视着地面上煎熬中的万物。原本是光明的代言人在这里摇身一变，成为了死神的帮凶。他肆无忌惮地散发着致命的光线，刺痛着李念的双眼和肌肤，而沙土反射的热量又炙烤着李念身上每一个细胞。李念感觉身体内已没有什么水分可以蒸发，但是汗水依旧浸湿了单薄的衬衣。空气竟然也十分配合，没有一丝微风，整个空间如同广阔的烤炉，令人无处躲藏。他不知道也不想知道自己还能坚持多久，只能机械般地一步步走下去、活下去，只有走，才有希望。

李念用苦涩的舌尖舔着干裂的嘴唇，此时沙漠和阳光那无尽的黄色仿佛吞噬了灵魂，他如同行尸走肉般移动着双腿，唯一与僵尸有区别的，只是他时不时地抬头望望蔚蓝的天空，似乎蓝色可以冲淡黄色带来的窒息感，偶尔，还能望见蓝色当中点缀着的片片白色。他一次次地注视着那丝絮般淡淡的白色云朵，奢望它们能够变浓变大，进而幻化成雨降落下来，哪怕几滴也好。当然这一切从来没有发生过，那些白色比海市蜃楼还要虚幻，转瞬就烟消云散。

时间在这里没有了意义，取而代之的是太阳的移动。这个罪恶的天体根本不愿意让位于黑夜，极不情愿地一点点挪动着巨大的身躯。李念不知道走了多久，蓦然回首，身后留下一行依稀的脚印绵延远方。他四肢并用，一次次吃力地爬上高大的沙丘，小心翼翼而不得不一次次从另一侧翻滚下来。爬着、走着，李念逐渐感觉到自己仿佛与沙漠融为了一体，体内的细胞一个个瓦解分离，随时会破碎成万千沙粒，彻底迷失在这沙海中。

他的眼前已经分辨不出物体的轮廓，看到的只是无尽的黄色。脚步也愈来愈沉重，每迈一步都要用尽全身气力。突然双腿一软，他跪在了地上，双手触地，四肢出于惯性，依然向前爬行。

此时，耳边又响起了那个熟悉的声音："坚持住，李念，坚持住。"

这也许只是潜意识出于生存本能而发出的呐喊，李念却寄希望于神灵的召唤。但是这次，这次恐怕真的无法再坚持。李念趴倒在沙土里，由衷地忏悔，"天啊，宽恕我吧，这次我真的不行了。"就是真要下地狱，李念此时怕是也无法再起身了。

高挂空中的恶魔满意地看着倒在漫漫黄沙中的那个黑点，又一个人类被自己征服，无须庆祝，他已在寻找下一个目标。

李念的意识在混沌中飞腾翻转，恍惚间坠入一片碧绿的湖中。他激动地在湖中畅游，贪婪地一口口吞噬着湖水。"这里是天堂？"这时，蒙眬中他听见了一声声的召唤："喂，醒来啊，你怎么样了？"李念忽然打了一个冷战，如同从天堂坠落人间，他费力地睁开双眼，然而美丽的湖水荡然无存，自己依旧身处荒漠中、骄阳下。可是，如果感觉没有骗人的话，自己口中确实有甘醇的液体在流动。他怀疑刚才究竟是梦境，还是仁慈的上天让他体验了短暂的欢愉。

那个声音更加清晰，"哦，你醒了，感觉怎么样？"随着意识的恢复，李念眼前一个模糊的身影逐渐清晰起来。那是一位金发碧眼的外国男子，正跪在身边望着自己，并一直用英语喊叫着。如果不是他现代感的外貌，李念差点把他当作耶稣，当然，迅速恢复的意识让他明白自己依旧身处大漠，并且，肯定是被眼前这位救醒。

李念点了点头，"我醒了，谢谢你。"

那人很高兴，"啊，你感觉怎么样了，再喝口水吧。"说着便把一个水壶伸到李念的嘴边，壶口缓缓流出一缕水流，流入李念依旧干涩的口中。虽然李念忘记了很多事，但他觉得这肯定是今生最好喝的琼浆玉液，他下意识地想要拿起水壶一饮而尽。

"慢点慢点，不多了，得留着。"那人收起水壶，放进包里。

虽然只是一点点水入口，李念已然觉得精神为之一振，全身也来了力气。他坐起身来，仔细打量着他的救命恩人。此人身材高大，上身穿了件暗红色的衬衫，下身牛仔裤，背着一个不大的背包。虽然同样被困荒漠，他的眼角眉梢间却流露着自信和坚毅，这种感觉也鼓舞了李念，李念伸出右手，"谢谢你，我叫李念。"

那人握住李念的手，开心一笑，"我是约瑟夫·亚当斯，美国人，请叫我乔治，你是中国人？"

李念点点头。

"你是怎么困在这里的？"

李念无奈地摇摇头，"老实说我也不知道，我什么也记不起来了，不知什么时候起醒来的时候就在这了。"

乔治十分惊讶，"失忆？这可少见了，我估计你是遇到了什么事故吧，你有没有受伤？"

"我感觉是没有。"其实李念根本没有仔细检查过自己是否受过伤。

"你身上有什么证件吗？"

"没有，幸运的是我还记得自己的名字。"李念叹了口气。

"那你走了多久了总该记得吧？"

"哎，你的问题都不好回答啊，我只能说感觉有两三天了吧。"时间在李念的意识中已经破碎，他无法估计身陷沙海多少时日，或许一天，或许四五天也不一定。

乔治拍拍李念的肩膀，"放心吧，会走出去的。"

李念点点头，"你呢，怎么来这的？"

乔治沮丧地摇摇头，"唉，我来这是探测石油。昨天和团队来这附近踩点突然遇到了沙暴，直升机只能迫降。沙暴中我和队友失散了，我在原地等了他们一夜，早上我决定不等了，虽然 GPS 没在身边，大致方向我还是知道的，我估计过路程，应该能走回驻地。"

李念的信心又被激发了起来，"你估计得走多久？"

"也许两天就够了，最后悔的就是通信和定位设备没随身带着，水也带得不多。"

"水还剩多少？"

"咱俩省点应该够了。"乔治拍了拍背包。

李念突然想起了什么，"哦，我这还有点吃的，你来点吗？"

"你有吃的，太好了。现在太热了，太阳下山再说吧，你要是感觉还行我们就再走会。"

"好的，我可以的。"

乔治起身，拉起李念，并把地上李念的背包递给他。

"对了，这个沙漠是在哪里啊？"李念终于想起了这个关键问题。

乔治惊讶地看着李念，"这里就是大名鼎鼎的撒哈拉，我们是在阿尔及利亚境内。"

走了些许时间，日近黄昏。太阳终于收敛起嚣张的身姿，刺目耀眼的黄色逐渐暗淡下来。他们刚刚爬上一座沙丘，眼前的沙漠呈现出一派金色，一座座舒缓的沙丘如凝固的浪涛，一直延伸到远方金色的地平线。地平线上，一轮红日依依不舍地徐徐坠落，似乎想要再逡巡一下今日的战场，细数又诞生了多少亡魂。

"大漠孤烟直，长河落日圆。"李念脱口而出。

"你说什么？"乔治问。

李念笑笑，"这是中国古代很著名的一首诗，大多数中国人都知道，大致是说浩瀚沙漠中孤烟直上，无尽黄河上落日浑圆。"

乔治似懂非懂地点点头，望着眼前的一切，"很美，不是吗？"

乔治突然停下脚步，伸手从外衣口袋中掏出一张照片递给李念。李念接过来，照片是乔治和一位美女的合影。

"这是我未婚妻，杰西卡。做完这个项目，我就要回国结婚了。"乔治得意地说。

李念把照片还给乔治，"恭喜你，她很漂亮。"

"谢谢，我们很相爱。"乔治收起照片，"天快黑了，我们下去吃点休息一会儿吧。"

乔治和李念坐在沙丘下松软的沙土上，费力咀嚼着李念那干得掉渣的大饼。

"很难吃吧。"李念苦笑。

"我可不指望目前这种情况下还能吃到三明治。"乔治丝毫不介意，"吃一点就可以了，我们水不多。"

太阳的大部身躯已经坠下地平线，正在努力把他最后一点余晖洒向大地，没有了头顶的酷晒，脚下沙上的烘烤也温和了许多，更可贵的是，空气中似乎也拂过徐徐微风，至少从感觉上，带来了一丝清凉。口中沾了少许水和食物，疲惫不堪的两个人惬意地躺在沙丘下，享受着一天当中最舒适的时光。

乔治坐起身来，看着李念，"感觉不错吧。"

"是啊，和白天比如同天堂。"李念忘不了今天又在地狱边缘游走了一次。

"趁着气温不高，再走一会儿吧。"

李念和乔治同时起身，继续踏上征途。

沙漠真是一个神奇的地方，炎热与严寒两种极端在这里轮番登台，但两者的幕间休息却如此短暂。沙石如同一个劣质的充电电池，将阳光刚充满的热量一股脑儿挥发殆尽，只留下漫天繁星聊以慰藉。李念和乔治还没来得及从白天的炙烤中复苏，又被彻骨的寒冷所包围。一阵阵的阴风带来的不再是凉意，反而掠走身上仅存的温暖。

李念从背包中拿出外套递给乔治，"你穿得少，快把它穿上。"

乔治摇摇头，"我不冷，你穿吧。"

李念拗不过，只好把外套披在身上。

乔治停下来，抬头观察星空，"应该没错，那颗就是'Cynosure'。"

李念抬头望去，顺着乔治指的方向，暗黑天空中一颗星光格外明亮。李念明白了，乔治所指的就是北极星。

沙漠远离城市，空气能见度又高，所以夜晚的天空格外漆黑，群星也格外明亮，若不是那弯明月抢夺了光辉，星空应该会更加灿烂。沙粒褪去了白天刺目的黄色，幻化成为一种接近星光的惨白。虽然李念在心里咒骂过无数回，发誓今后再也不会涉足沙海，但是他不得不承认沙漠景观那震撼人心的魅力。

"真像啊！"李念一句中文脱口而出。

"你又说什么呢？"

李念笑笑，"我又想起了一首中国古诗，大漠沙如雪，燕山月似钩。如今真正身处沙漠，才体会到诗人修辞的绝妙。"

"听起来不错哦，很遗憾文学与我无缘，说不出什么诗句来。"

"但你对沙漠很了解啊？"

乔治环顾了一下四周，"以前徒步科罗拉多，算是有点经验吧，不过那里和这一比，就像自家后院了。"

然而壮美的风景并不能带来前进的动力，黑暗与寒冷则会加剧身体的疲乏，脆弱的肉体支撑不住整日的跋涉，坚持了片刻后，李念身心俱疲，一下瘫坐到了地上。"休息会儿吧，实在走不动了。"

乔治停下脚步，回头看看坐在地上的李念，又看了一眼手表，"是啊，今天走了不少路，也不早了，该休息了。"

全身酸软的李念撂下背包当枕头躺在沙地上，身体一旦放松就再动弹不得，夜晚的寒冷抵挡不住困意的来袭。

"你穿那么少会不会冷啊？"李念问乔治。

乔治并没有直接躺下，而是在徒手在沙地上挖坑，"躺在坑里再盖些沙土就不会冷了。"

李念本想帮助乔治挖坑，但他突然感到一阵天旋地转，抬眼看到夜空中的群星忽明忽暗、摇摇欲坠，而又近得仿佛唾手可得，自己也仿佛马上就要升上天空，融入苍穹。随即他连忙紧闭双眼，尽力不再思考，"对不起乔治，我现在很不舒服，不能帮你了。"

"没关系，赶紧休息吧。"

李念的意识逐渐模糊，肉体如同水汽升华，如烟如雾在夜空中弥漫开来，飘荡到不知什么地方。恍惚中，他感觉自己置身于一个白色的房间中，温暖、宁静、安详。这是一张柔软舒适的大床，安然躺在床上的李念仿佛洗去了疲惫，重拾了精气。这间房间如此熟悉，恢复了气力的李念想起身仔细观察，但四肢却不听使唤，他想要大声呼喊，喉咙却无法发声。李念这才发现，他现在如同死尸般躺在床上不能移动分毫，就连双眼也不能完全睁开，只能从张开的一丝缝隙中观察外界。

这时，一阵温和的脚步声传入李念的耳蜗，他隐约中感觉有人进入房间。他费力地向那边望去，一个模糊的白色身影在狭小的视野里出现。这个修长的身影在房间里缓慢前行，李念努力想看清这个身影，然而一切都是徒劳。片刻后，这个身影终于向李念走来，李念紧盯着来人，模糊的身影逐渐清晰，正当……来的面孔就要在李念视线中呈现时，他的身体突然一沉，瞬间坠入黑暗，温暖舒适的感觉烟消云散，饥渴寒冷又侵入了意识，蒙眬中他听到有人在呼唤他的名字。

"李！李！快醒醒！"熟悉的声音，对了，这是乔治。李念再一次清醒过来，睁开了双眼，眼前是乔治焦急的面庞。

"你总算醒了，喊你半天都没有反应，我还以为你昏过去了。"乔治松了口气。

"我做了个熟悉的梦，梦里的感觉好真实。我睡了很久吗？"李念注意到天空已经放亮。

乔治指了指远方，"不早了，该出发了。"

李念向那边望去，一轮灼红的圆盘已升出大半，宣告着他的残酷统治又将降临。这个暴君似乎睡了一夜的好觉，早已按捺不住亢奋的心情，想要把欠了一夜的激情在今日补上。李念无奈地叹了口气，起身背上包准备出发。

"我们一起走了有多远了？"李念早已分不清方向和距离。

"我估计有三十多公里了，接近一半路程了吧。其实我挺担心我的团队，不知道他们怎么样了，咱们走了这么久也没见到过任何搜索。"乔治第一次流露出他的担忧。

　　李念也很是奇怪为何一直不见搜索和救援，不过仍然安慰乔治，"放心吧，他们人多物资多，不会有事的。"

　　二人在一片平坦的沙地上艰难跋涉，脚下的沙土松软得如同雪地，每踩一脚直没小腿。正因如此，每一步都异常艰难。饥渴疲惫的二人被头顶骄阳肆意灼烧，走在前面的乔治时不时回头，看看身后的李念情况如何。两个人谁也不再说话，不是因为没了话题，而是因为他们浑身无力、口干舌燥。

　　"你信上帝吗？"沉默了许久的李念问道。

　　"原来不信，我很少去教堂，不过坦率地说，我现在倒是信了。"

　　李念不解，"为什么？"

　　乔治哈哈一笑，"你都失忆了还能记着上帝，说明上帝真存在啊。"

　　"很好的玩笑。"李念也笑了。

　　"看来你信上帝呗，天主教还是基督教？"乔治问道。

　　"原来我也不信的，可是身陷绝望之地就想信些什么保佑自己走出去，哎，中国人的功利主义吧！"

　　两人正在说话，突然，乔治的身体向下一沉，小腿瞬间被沙地吞没，四周的沙粒迅速向他集聚，如同河流中的漩涡。这漩涡不满足于乔治的两条小腿，它张开大口，准备随时吞下整个身躯。

　　"流沙！"乔治一声惊呼。

　　李念比乔治还要紧张，急忙冲过来拉扯。

　　"别过来，千万别过来！"乔治大声呵斥。

　　"怎么办，我要做什么？"李念只能站在两米远外焦急呼喊。

　　乔治并不答话，他解下背包扔向李念，随即慢慢地躺在沙地上伸展身躯，小心翼翼地挪动着双腿，试图把它们从沉陷中抽拔出来。这一动作有了效果，乔治的身体停止了下陷，但是他也只能躺在那里，一时无法摆脱困境。

烈日的灼烤和心中的焦虑使李念满头大汗，如同热锅上的蚂蚁。乔治反而非常镇静，他回头看看李念，大声说："快把背包带解下来防错找！"

李念恍然大悟，迅速捡起背包，解开背包带，趴下身来，向乔治匍匐挪动。靠近乔治一米开外，他抓住一条背包带，将背包扔向乔治，"乔治，接着。"

乔治躺在地上费力地回头，终于看到了背包带。他尽力伸长右臂，经过几次尝试，终于抓住了背包带。李念紧握另一条背包带，坐在地上，使出仅剩的气力，终于将乔治的双腿拉出流沙。

乔治和李念都躺在沙地上，大口喘着气，本就疲惫不堪的他们经过此番折腾，都累得动弹不得。

"你的背包真结实！"缓了许久的李念冒出这么一句。

"中国制造。"乔治哈哈大笑。

乔治起身，伸手拉起李念，"谢谢你！"

"这下我可不欠你了。"李念拉过乔治，二人紧紧拥抱在一起。

乔治整理好背包，并没有急于上路，他抬头观察了一下周围环境。这里沙丘松软平缓、连绵起伏，在阳光的曝晒下好似无边无尽的金色麦田。突然一阵劲风掠过，麦田上顿时升腾起一片片雾气，那是吹起的黄沙顺风飘荡，打着旋向二人迎面扑来。如同一阵热浪拍来，乔治和李念被吹得一个踉跄，瞬时口眼鼻中侵入沙粒，二人只得迅速蹲下背过身去避风。

好在这阵大风并没有持续多久，沙漠又恢复了平静。

"吉卜力。"乔治嘟囔着。

李念没听懂，"你说什么？"

"吉卜力，撒哈拉的一种热风。"乔治大声说。

李念点点头，"听说过，宫崎骏的工作室就是以它命名的。"

"宫崎什么的是谁？"

"宫崎骏，日本一个动画艺术家，咱们走吧。"李念摆摆手。

乔治突然严肃起来，拉住李念，"等等，这里地势看似平坦，恐怕危机四伏。"

"你是指流沙吧，小心点就好了。"

乔治摇摇头，"没那么简单。"

他打开背包，取出水壶，把剩下不多的水平分入两个壶中，将其中一个递给李念。

李念没有接，"这是什么意思？"

"很简单，如果我们当中一个不幸遇险了，另一个还得继续。"

李念本想再说什么，但是没有任何理由反对，他接过水壶，并把自己的干粮也分给乔治。

"接下来，我继续在前面走，你在我身后跟着，保持距离。"乔治直视李念。

李念摇摇头，"我走前面。"

乔治一摆手，"如果出事营救失败，就放弃吧，剩下的人一定要走出去！"说罢背上包继续前进。

李念心里不是滋味，但事实确实如此，一个人活着总好过两个人一起死。李念也背上包，在乔治身后七八步开外跟着。

天空中的暴君依旧肆无忌惮地炫耀着权威，沙漠中的生命在他统治下苟延残喘，叹息着自己命运多舛，无奈地面上又多了一个恶魔来争夺这些苦难的灵魂。

两个身躯拖着两条黑影，依然在这片黄色世界的煎熬中缓慢前行。值得庆幸的是，他们到现在没有再被地面恶魔所袭扰。然而死神是不会轻易放弃狩猎的，狂吠的猎犬紧盯着两个猎物跃跃欲试。

时间已过正午，还是一天中最难熬的时段，乔治和李念精疲力竭，只得坐在背包上背靠背休息。此时无法躺下来舒展身体，因为炙热的沙地如同铁板烧。为了躲避日晒，二人拿起李念的外套遮挡阳光。

"还有多远啊？"李念不禁问道。

"应该不远了，可能十几公里吧。"乔治话中并无犹豫。

虽然嘴上不说，李念的信念却有了动摇。走了这么久，一点儿沙漠边界的迹象都没有。荒漠只是略微变换了模样，本质上没有丝毫的不同。

"那是什么？"李念忽然发现远方有一些不寻常，天际线隐隐约约呈现出不一样的色泽，那些色团逐渐扩大和清晰，渐渐呈现出淡绿的色调。

乔治也向那个方向望去。

"绿洲吗？"李念激动得差点跳起来。

乔治拉住李念，"别高兴得太早，仔细看看。"

远方那一抹希望的淡绿如同相机镜头中正在对焦的画面，逐渐清晰起来。久违了的绿色植物出现在视野中，李念都快忘记它们长什么样子了。

"真是绿洲啊，有草、有树，好像还有水呢！"李念拉扯着乔治的衣服。

乔治依然平静，他一动不动地望向那个方向，摇摇头，"很遗憾，恐怕那只是幻影。"

那片绿色忽隐忽现，微微颤动，如同九天外的仙界降落凡间，迷幻而美丽。

"海市蜃楼！"李念叹了口气。

"这可不是凭空产生的，它本身是个真实物体的虚影，远方真还存在绿洲呢。"乔治拍了拍李念的肩膀。

李念点点头，"那我们就去找找吧。"

"太冒险了，我们不知道绿洲的位置，浪费精力一旦找不到就无法回头了。来，我们再坚持坚持，就快走出去了。"乔治摇摇晃晃地起身，拉起李念。

"上帝啊，让我们路过那片绿洲吧！"李念跟在乔治身后祈祷。

乔治回头看了李念一眼，"沙漠里没有上帝，只有死神。"

与死神抗争的代价是惨痛的，如果乔治没有救回李念，李念此时已经安然地躺在沙土之下，再也不会忍受毒辣太阳的炙烤，再也不会感觉到什么是筋疲力竭和饥渴难耐。李念心里也时不时冒出这个想法："我都已经遗忘了过去，这样痛苦的活下去还有什么意义，不如死在沙漠里一了百了。"但是看到前方乔治坚毅的身影，他又不得不坚持下去。

乔治这时忽然停住，高大的身躯矗立在脚下这座沙丘之上，专注地向着西方张望。身后的李念赶上来，"乔治，怎么了？"

乔治没有答话，李念向着那个方向望去。远方天际线上飘起一条黄色的丝带，丝带在颤抖摇曳中不断变化，上空蒸腾起片片雾气。

"那是什么？"李念的声音有些发颤。

说话间那条丝带已经发展壮大，天边仿佛筑起了一道长长的土墙，土墙越垒越高，墙头乌烟瘴气、杀气腾腾。

不用乔治解释，李念就知道了那是什么。

沙漠里的终极魔王，终于登场了。

土墙越垒越高，越来越近，李念已能明显感觉到气流从那个方向压来。

"我们到沙丘背面躲一躲吧。"李念心慌意乱。

"不行，那么大的沙暴，沙丘都要被吹移，会埋了我们的。"乔治依然保持着镇定。

"你经历过一次，你说怎么办。"李念看着乔治。

乔治苦笑，"和这相比，上次的只是春风而已，现在我们只能靠运气了。"

李念这时却放松下来，他拿出背包中的水壶和干粮递向乔治，"你一定要活下去，我无所谓的。"

乔治一把抓过李念的衣襟，吼道："我们都有活下去的权利，你不要轻易放弃，你的命是我救的。"

"我连自己的过去都忘记了，活着有什么意义。"李念淡淡地说。

"那就为我活下去，我们两个至少要活一个！"

争论间，那道土墙已遮蔽了半数蓝天，土墙仿佛显出千军万马，以雷霆之势般袭来，摧枯拉朽地吞噬的地面上的一切。这时的狂风已使二人站立不稳、摇摇晃晃。

乔治大喊："听着，千万不要趴在地上，那样很快会被埋住，顺着沙土往高处走，如果风暴结束后看不到我，不要再浪费精力找我，要继续上路。"

乔治从口袋中取出女友的照片递给李念，"为了我，更为了你自己，活下去！记住我是亚利桑那的约瑟夫·亚当斯，你要是活下来，带话给我的女朋友杰西卡，告诉她我爱她！"

李念热泪盈眶，接过照片放好，又紧紧握住乔治的手，"我是中国人李念，我不知道我有没有亲人和爱人，但我会活下去的，你也会。"

又一阵狂风刮过，二人站立不稳，跌倒在地。天空霎时昏暗下来，风暴之神得意洋洋地取代了阿波罗的位置，心满意足地坐在土黄色狂暴战车中，飞扬跋扈，向着东方高歌猛进，一路以飞沙走石为武器，肆意向前进道路上的任何阻碍发起进攻，雷霆万钧、势不可挡。

李念好似汪洋中的扁舟，在大浪中起伏飘荡。周围伸手不见五指，漆黑如夜，李念不知乔治身处何方。包围他的已不再是空气，而是高速飞驰的沙粒，这些坚硬的沙粒强劲地击打着李念的皮肤，撕扯着李念的身躯。李念拼命用外衣捂住口鼻，但是沙粒稍有机会，便会钻入口鼻，钻入李念微睁的双目。裹挟着沙石的风声震耳欲聋，李念根本无法顺畅地呼吸甚至思考，他时而步履踉跄，时而满地翻滚，时而艰难爬行。

精疲力竭之时，他多想就势躺在地上，放任沙石掩埋自己，放弃这无谓的挣扎。然而乔治的话语始终在耳边回响，"活下去，一定要活下去……"他不得不一次次鼓起勇气，继续拼搏下去。

渺小的人类终究抵抗不过狂暴的自然，李念渐渐体力不支，倒地不起。

李念再次从昏睡中醒来，头疼欲裂，浑身剧痛。他微微睁开双眼，发现自己侧卧在沙地上，一半的身躯已经埋入沙中，口中、鼻中充满了沙土，痛苦不堪。李念挣扎着坐起身来，睁开干涩的双眼环顾四周，沙漠没有什么变化，似乎又变化很大。火红的太阳已经接近地平线，依旧照耀着这个黄色的世界，这个沙丘连绵起伏、无边无垠的世界。然而原本脚下的一座沙丘却不见了踪影，李念现在处在一座沙丘的坡脚。

头脑先于肉体恢复了精神，依旧坐在沙地上的李念慌忙用目光四处寻找，寻找那个高大的身影。他张开干裂的双唇，努力想发出喊声，可惜嘶哑的声音只有他自己才听得见。

"乔治，乔治，你在哪？乔治！"

然而李念目光所及之处，哪里有生命的踪迹。李念惊恐万分，待体力稍一恢复，就一摇三晃地站起来，向身后的沙丘奋力爬去。费尽九牛二虎之力，李念爬到了沙丘之上，迫不及待地四下张望。

落日的余晖抚摸着波涛汹涌的沙海，低斜的阳光拉长了一座座沙丘的阴影，时时悸动的阴风在山脊上腾起阵阵黄雾，整个沙漠笼罩在如梦似幻的氛围当中，刚才撼天震地的沙暴似乎从来没有发生过。李念无暇顾及这些，他使劲地张望，焦急地寻找，不顾一切地喊叫。然而，回应他的，只有沙漠中一如既往的死寂。

李念痛苦地坐在地上，严重脱水的他已经流不出泪来。肉体的煎熬将他拖至地狱边缘，心灵的刺痛彻底把他毁灭。他慢慢放下背包，瘫软在地上，双眼出神地望着逐渐昏暗的天空，心如死水。

上帝啊，为什么，为什么你要这么做？消失的人应该是我，是我啊。

我是谁呢，我还有活下去的必要吗，他才应当走出去，而不是我。

对不起，乔治。

李念死一般地躺着，完全把自己交还给了天地。

就这样吧，一切随风。李念闭上了眼睛。

"为了我，更为了你自己，活下去！"

"你不要轻易放弃，你的命是我救的！"

那个坚定的声音突然在耳边响起，敲打着临近枯萎的灵魂，李念猛然睁开双眼。

"记住我是亚利桑那的约瑟夫·亚当斯，你要是活下来，带话给我的女朋友杰西卡，告诉她我爱她！"激荡的话语冲击着李念疲惫的心脏，乔治那张棱角分明的长脸好像又在他眼前微笑。

我向他保证过，保证过要活下去。

是啊，我要为他活下去！

我必须找到他女友，告诉她乔治是多么伟大的男人，是他救了我，是他给了我活下去的勇气，告诉她乔治是多么爱她！

这就是我现在的人生意义！

李念再一次站起身来，但这次与以往都不同，肉体也许更加疲惫，心中却充满了希望。

李念捡起背包打开来，背包里只有一件外衣和一点点干粮。

"乔治留给我的水呢？"李念在包中反复翻找，一无所获。

李念心头一阵紧缩，十分疑惑。自己明明把瓶子放进背包的，去哪了呢？难道是在沙暴中丢了，自己不记得了吗？万分宝贵的饮水不见了踪迹，还能走出沙漠吗？事到如今，就算一无所有也要一往无前。

"遇到乔治前我也不是没有水吗？一切看似又从头开始了。"李念背上背包，沿着乔治生前指明的方向，乘着微凉的天气，继续艰难地走下去。

远方的红日已沉下去大半，剩余的光辉一股脑儿洒在天边几片稀薄的云朵上，使它们如同燃烧了一般，散发出橙红色的光芒。远方金色的大地似乎有了异样，不再延续连绵起伏的沙海，而是呈现出沟壑纵横的质感。

李念仿佛看到了希望，大地肌理的改变也许是个好的预兆，自己可能就要走到沙漠边缘。想到这里，李念步伐又轻快了许多，加之傍晚愈发凉爽的天气，他振奋精神，加快向前走去。

脚下松软的沙土逐渐感觉坚硬，舒缓起伏的沙丘也被刀劈斧剁般的土丘所代替。随着夜幕降临，细碎的沙土不见踪迹，代之以遍地的石块和粗砂。尽管没有什么地理学知识，李念也能看出，这里不再是沙漠，应该能称作戈壁了。虽然李念疲乏至极，但在这一天当中最舒适的时间，他仍想坚持行走。

皎洁的月光好像比昨夜明亮许多，映照在高低起伏、坑洼不平的大地上。一旁的土山怪石嶙峋，惨白的石块掺杂着骏黑的阴影，使得整个山体诡异无比。四下寂静无声，伴随着咔嚓咔嚓的脚步声，李念感觉走在了阴森的黄泉路上，令人毛骨悚然。

李念充盈着希望的意志又拖着苦不堪言的躯体，走过了一道道沟沟坎坎。大地的余热渐渐散去，天气愈发阴冷，四下不时发出岩石开裂的古怪声响。习惯了开阔视野的李念，惶恐地打量着这些肃杀的山石，仿佛在它们阴暗的角落里躲藏着阴险的幽灵。

突然，李念的目光落在不远处岩石脚下的奇怪物体上，阴影中那些模糊的轮廓是李念多日都没有看到过的。它们有着与岩石沙土完全不同的外形以及本质上的区别，它们是荒漠中的一线生机。

欣喜异常的李念紧走几步，来到它们面前。在沙漠里艰辛跋涉多日，终于看到了生命的痕迹，李念难掩激动，"啊"一声喊出声来。他一下扑到这几株并不茂盛的植物前，颤动的双手不停地抚摸着。这株李念叫不上名字的低矮植物顽强地生长在土山脚下岩石上，棍状的枝叶团聚着，表面光滑、富有弹性。李念如园丁般一一查看着这几株植物，仿佛这是他在自家花园种植出来的。随着植株转过这个山脚，眼前又出现了几株较为高大的物种。虽然不懂植物，李念也看出这几棵是仙人掌一类的植物，光秃秃的外表、肉乎乎的枝干，这些原本丑陋的植株如今在李念眼里，简直就是阆苑仙葩，妖媚多姿、美丽异常。

当然，李念不是单纯想要欣赏它们的"艳丽"外表，他借着不甚明亮的月光，摸索着其中一株植物的枝干，手上一用力，掰下了一个枝杈。李念把手中的枝杈拿到眼前，断面闪现出亮晶晶的光亮，这光亮激荡了李念昏暗的眼眸，李念迫不及待地要把树杈伸进口中。

"你也不怕它有毒！"一个声音突然传入李念的双耳。

李念手一颤，树杈掉落在地上。他惊恐地四下张望，一度以为自己出现了幻听。这荒凉的戈壁还有别人？而且，说的竟是中文，而且，是女人的声音。

"谁，谁在这里？"李念的声音在颤抖。

"我在这里。"那个声音淡淡地说。

李念顺着声音寻去，看到一个黑影倚靠在两米开外的岩石下。

"你是……你是……"

那人一动不动，"我是人，你胆真小。"

李念向她靠近几步，这才看清这是个年纪不大的姑娘，而且竟然穿着一身深色的晚礼服，无精打采地靠在岩石上，正在看着自己。赤裸的双脚和小腿露在裙外，看着非常狼狈。

"你是中国人？"

"嗯。"

李念连忙走到她的身边蹲下，伸出右手，"你好，我叫李念，也是中国人。"

她不情愿地伸出手，象征性地让李念握了握，"林婉欣。"

李念突然一皱眉，愣了一卢。

"有什么不对吗？"姑娘质问。

"没……没什么，就是觉得这个名字好熟悉。"

林婉欣哼了一下，"看我是不是也很熟悉啊，你当这里是酒吧吗？都快死了还玩这个。"

李念一愣，无奈地笑笑，"真是熟悉。你是怎么到这里的，就你一个人吗？"

林婉欣摇摇头，"不知道。"

李念瞪大了眼睛，"你不知道，是不是什么都不记得了？"

"嗯，不知什么时候醒来就在这了，什么都不记得了。"

李念兴奋地一把抓住她的胳膊，"我也什么都不记得了，和你一样。"

林婉欣却无动于衷，推开他的手，"你这是在比谁惨吗？真幽默。"

"是真的，我也是一醒来就在沙漠里，自己是谁，怎么来的都不记得了。"李念尴尬地搓了搓手，"你知道这里是哪里吗？"

林婉欣摇摇头，"在哪里都无所谓。"

"撒哈拉沙漠，阿尔及利亚境内。"

林婉欣无动于衷，李念也不知道林婉欣是否相信了他，"那个植物有毒吗？"

"没有。"

李念又站起来，走到那棵植物前，掰下了一个枝杈，塞进嘴里。

"但是很苦。"林婉欣补充说。

苦涩腥臭的液体粘上李念的舌头，让李念一阵作呕，满嘴的苦涩使他半天说不出话来。

"这味也太……还有哪一种能喝的？"

"我为什么要告诉你，你喝光了我喝什么？"林婉欣冷冷地说。

李念一时语塞，"这个……这个……我只尝一点，我快渴死了。"

他想到了什么，从包中取出干粮，递给林婉欣，"这有吃的，你要吗？"

林婉欣毫不客气地接过来看了看，放到一边，伸手一指几步之外的角落。"也很苦，但是还能下咽。"

李念顺着她所指走过去，看到那边地面上七零八落地长着七八个拳头大小，类似仙人球的东西。

"这要剖开来吃吗？"

"都这么大的人了，自己想办法。"

李念四下寻找了一个合适的石块，小心翼翼地敲下一个球。他用衬衣当手套，一点点将球上的刺拔下来。费了半天劲，李念终于掰开了小球，正如林婉欣所说，汁液也非常苦涩，勉强能下咽。尽管如此，至少给干渴的躯体心理上的慰藉。李念又剖开了一个球，递给林婉欣。林婉欣摇摇头，没有接。李念再次把这个球吸干。

夜晚的阴风拂来，李念不禁打了个寒颤。李念从包里取出外衣，走过来披在林婉欣身上。这时林婉欣好像也感到了寒冷，她把全身蜷缩进李念的外衣，瞪着一双大眼看着李念。

"你为什对我这么好，你有什么企图？"

李念在不远处靠着岩壁坐下，"哎，我就算有什么企图，也没那个精力了。我得休息一会了。"

这一天发生了太多事，给了李念太大的打击，此时他已是心力交瘁，很快就睡了过去。梦中的他好像又进入了那个白色的宁静空间，恍惚间，他再一次听到那个来自天空的声音，"坚持住，李念，坚持住。醒过来吧。"

李念惊醒，感觉到身体被什么东西击打。他睁开眼睛，看到一个石块向他飞来，他一惊，连忙起身向石块飞来的方向看去。

不远处那个身影手一晃，看他起来，把手放下。

"你干吗拿石块打我？"李念不解。

"我看看你死没死。"

李念失笑，"不好意思，让你失望了。"

李念觉得才闭眼没多久，然而醒来后东方已经发白，新的一天的折磨又要开始。

林婉欣依旧慵懒地倚靠着山岩，仔细打量着李念，"我在想你要死了也许够我吃几天了。"

李念心里一哆嗦，起身走近林婉欣几步，"真要那样我很荣幸，你都没睡吗？"

林婉欣并不搭理，只把衣服扔还给他。

阳光下的林婉欣，穿着一件深紫色及膝晚礼裙，一张中国传统丽人的面庞，虽然经过风沙的洗礼显得十分憔悴，但仍不失柔美。一席黑发披肩，在微风中徐徐飘逸，加之她那苗条纤长的身躯，如同沙漠中的玫瑰，不禁让人怜惜。

"你怎么穿成这样在沙漠里，你的鞋呢，脚都磨破了。"

林婉欣皱着眉，"我还生气呢，醒来的时候就穿着双高跟鞋，没法走路。"

看着林婉欣的双脚，李念扯下衬衣袖子，动手给她包了起来。

"你一醒来就在这里吗？"

"离这里不远吧，我没走多久。"

"你运气好，我在沙漠深处醒来的，差点死在里面。"

"谢了。"林婉欣看看包好的双脚，对于李念的好意，她并没有表现出由衷的感激。

李念倒也不介意，对于在沙漠中跋涉许久的男人来说，他又会在乎一个突然出现的柔弱女人的冰冷吗？

"休息好了吧？"李念问。

林婉欣微微点点头。

太阳已经跳出了地平线，抖擞精神，准备开始新一天的暴虐。李念眯缝着双眼看了看这个红彤彤的巨怪，又环顾了一下四周。

"上路吧。"他回头看看，随即走到昨晚让他在苦涩中获得生机的怪异植物旁，小心翼翼地刨出小球。

林婉欣突然大喊，"你在干吗？"

李念吓了一跳，像个做错事的孩子般看着林婉欣，"我又怎么了？"

"你刨那些球干吗？"

李念很诧异，觉着这是个再明显不过的动机，"带着路上喝啊！"

林婉欣瞪大了双眼，"你刨那么多它不就都死了吗？"

"嗯……"李念没想到林婉欣会这么问，他仔细地看看这些原本就萎靡不振的植物，又看看林婉欣，"你不觉得人的生命更宝贵吗？"

林婉欣冷笑几声，"哼，真是自大，它属于这片沙漠，而你根本不属于这里，在这里，你的生命还不如它呢。"

李念摇摇头，也不想和她争执，他捡起背包，把刨出来几个球放进去，背上背包，向林婉欣这边走来。

李念不禁感慨自己的境遇，好不容易在大漠中邂逅美女，竟然如此使人头疼。要是乔治在这里，那可就热闹了，不知他俩怎样唇枪舌剑呢。正在胡思乱想，附近突然传来了奇怪的声音，有如一串清脆的铃声，在寂静的沙漠清晨飘荡。李念循声望去，瞬间汗毛倒竖，目瞪口呆。

就在林婉欣身边的岩石上，一只手腕粗细、褐黄色夹杂黑色条纹的长蛇，正在吐着细长的舌头，一面虎视眈眈地注视着林婉欣，一面不停摇摆着身后翘起的短棒似的长尾，那长尾不停发出清脆的响声。

李念看了看林婉欣，她也已发现这个突然出现的鬼魅，此时脸色苍白、呆若木鸡，那对小嘴和她的大眼一样，都扩张为圆形，但是没发出任何声音。

"千万别动！"李念缓缓地摆摆手，小声说。他知道这就是大名鼎鼎的响尾蛇，毒性极强，被它咬到，目前的状况下必死无疑。

他一边四面张望，一边急速地思索着。林婉欣这时好像从呆滞中清醒过来，把瞪圆的双眼抛给李念，冲他一个劲地努着嘴，仿佛在说，"你倒是快点想办法啊！"

这只响尾蛇的耐心明显比他俩好得多，仍然保持着那个姿势，继续示威。李念小心翼翼地抬起右脚，缓缓地向林婉欣迈进了一步，同时紧紧盯着响尾蛇，观察它的反应。然而这只蛇似乎没注意到李念，仍然冲着林婉欣摇着尾巴。

李念心里好像有了底，他又慢慢地走近两步，距离蛇两米左右。这里，李念可以清楚地看到响尾蛇美丽的花纹和黑亮的眼睛。他停了片刻，鼓了鼓勇气，伸出右手不停挥舞，同时嘴里发出呜呜的低喊。

李念的动静终于吸引了蛇的注意，它迅速把那只尖细的头转向李念，上下晃动打量着他。李念知道，这是它在评估自己的威胁。在美女的注视下，李念仿佛被注入了胆量，他继续摇摆着双臂，缓缓向这只沙漠幽灵靠近。响尾蛇这时完全不顾下方的林婉欣，它盘着身子，头部奋力向李念方向前倾，随时准备出击。李念心里也十分小心，他知道箭在弦上，这只蛇随之可以向他冲来。正当他抬起的左腿正要向前迈进时，响尾蛇突然身体一颤，真如离弦的利箭般射出，直接扑在李念前方不远处，刚一落地，它就摇晃身躯，迅速向李念袭来。

李念料到它会袭击，但是仍然被这速度所震惊。他头皮一阵发麻，浑身肌肉僵硬。在这关口，林婉欣终于发出了迟来的喊叫，"啊！"与此同时，在本能的驱动下，李念迅速后跳，他慌忙摘下背包，不顾一切地向面前的幽灵砸去。

蛇被砸中了，可惜它无法发出叫喊，只能在背包下翻滚了一圈，随即迅速向山岩窜去，几秒钟后就消失在石缝中。

瘫坐在地上的李念心脏还在狂跳，他抹了一下额头，看了看附着在手上水珠，摇了摇头，用嘴把它们吸干。

始终没动弹丝毫的林婉欣这时却像看完了一场大戏，她鼓了鼓掌，依旧慵懒地站了起来，"不错不错，没看出来你挺灵活的。"

上演了一场英雄救美的李念慢悠悠地从地上爬起来，他捡起背包，看了看林婉欣，"看把你刚才吓得。"

林婉欣把嘴一撇，"我怕什么了，我那么镇定。"

"你怎么不让蛇吃了你了，沙漠里蛇可比你珍贵哦。"李念故意气她。

"你怎么一点常识都没有？响尾蛇认为我侵犯了它的领地，在示威呢，它才不吃人呢。"林婉欣愤愤地说。

李念知道争不过她，也不再接话，他看看天空，太阳此时已经脱下通红的外衣，换上了那身黄得发白的行头，精神抖擞地开始了今天的游弋。随着太阳的上岗，气温逐渐升高，戈壁又进入了地狱模式。

李念不想再耽搁，他背起背包，望了望乔治指定的那个方向，对林婉欣说，"走吧。"

"干吗？"林婉欣竟然问他。

"干吗？出发啊，不早了。"李念很诧异。

林婉欣又摇摇晃晃地坐下，"要走你走，我不走。"

李念很无奈，他走近林婉欣，"你这是耍什么小姐脾气，你还在等人来救你啊，不走会死在这的！"

"这么大的沙漠怎么可能走得出去，走也是死，还不如死在这呢。"

"那你刚才怎么不让蛇咬死你。好了，别闹了，快走吧，跟着我，一定会走出去的。"李念伸手来拉林婉欣。

林婉欣拨开李念的手，"我们非亲非故，你干吗管我，你自己走好了，别管我，我就想死在这。"

阳光照射下的李念愣了片刻，他放下背包，坐在了林婉欣身边。

"好吧，先不走了，坐着等死吧，等等刚才的老朋友，看它会不会再来。"

"我又不是不让你走，你走好了。"林婉欣白了李念一眼。

李念并不接话，"坐着等死太无聊了，我讲讲我的故事吧。"

"你不是也失忆了吗，有什么故事可讲？"

"三天前我和你一样，也不想走下去了，太痛苦了，不知道坚持下去还有什么意义。"

"那你怎么还没死！"

李念不搭理林婉欣的插话，"我又累又渴，终于坚持不住晕了过去，心里以为这下解脱了。但有人救了我，他把所剩无几的水分给我喝，把我从死亡线上拉了回来。他是亚利桑那的约瑟夫·亚当斯，我叫他乔治……"李念把他和乔治的故事讲给了林婉欣。

"……当我再次醒过来，沙暴已经结束了，我活了下来，然而再也没有看到乔治。我觉得应该活下来的本应是他，上天是多么的不公平啊。没有了乔治，没有了水，我本不想再坚持下去，我静静地躺在沙漠上等死。"李念说到这里停了下来，看着身旁的林婉欣。

讲述中林婉欣一直没有插话，她默默地凝视着远方。听到李念停下来，她也转头望向李念，四目相对，林婉欣的大大的眼睛中好像闪烁着泪花。

想到乔治，李念心中一阵酸楚，"后来我想明白了，乔治救了我，我不能就这样随随便便死去。我要活着走出去，我要找到他的女朋友杰西卡，我要告诉她乔治是多么伟大的男人，他救了我的命，告诉她乔治多么爱她。"说到这里，李念不禁也落下眼泪。

"所以我必须坚持，我还要活着走出去，搞清楚我到底是谁，有没有亲人朋友。你也一样，不能就这样放弃。失忆了又如何，你也要走出去，弄明白自己是谁，外面肯定有亲人朋友在等你回去呢。"

沉默了许久的林婉欣低声说，"我好累啊，真不想走了。"

"要坚持下去，有我陪你啊，你会活下去的。按照乔治所说，咱们很快就走出去了，这里的地形与我醒来时的沙漠已有很大的不同，应该到了沙漠边缘。能看到蛇和植物，附近说不定还能找到水源呢。"

"好吧，我坚持坚持。万一我是个亿万富婆呢，这样死了不是太亏。"林婉欣看看自己穿的这身晚礼服。

"这样想就对了。真要那样咱们出去后你得付我一百万，感谢我把你救出来。"李念站起来。

"想得美！"林婉欣向李念伸出一只胳膊。

李念顺势把她拉起来。

李念背上背包，二人上路。

还没有从早上的趣事中清醒过来，残酷的现实便把二人拉回地狱。戈壁上空的太阳好像比沙漠中的更加残暴，灼热的空气没有一丝微风，烘烤着生物的每一个细胞。周围山崖反射着强烈的阳光，刺痛人们的双眼。经受过三天煎熬的李念似乎适应了烤炉生活，不用担心脚下流沙的他步伐也更加坚定。

然而林婉欣则痛苦得多，没有鞋穿的她双脚灼痛，晚礼服遮挡不住后背和双臂被烈日晒得通红，更不用说干渴和疲惫，前进的每一步都是折磨。

林婉欣拉扯着李念的胳膊，"不行了，我不行了。"

李念怜惜地看着林婉欣，"坚持坚持，希望就在前面。"他看到林婉欣的双臂和后背，急忙脱下衬衣给她披上，自己拿出外衣穿上。

"我难受死了，前面什么也没有啊，还要走多远。"林婉欣一脸憔悴地望着前方。

"应该不远了，太阳下山估计就能到了。"

"你骗人，我就不应该走。"林婉欣无力地捶打着李念的脊背。

李念回身拽住林婉欣的胳膊，不由分说地拉着她走。

"你真的什么都记不起来了吗？"李念想转移她的注意力。

"渴死我了，嗓子都冒烟了，别和我说话！"林婉欣急躁地说。

李念停下来，从背包里拿出一个球，想法剖开递给林婉欣，"快吸几口。"

林婉欣不情愿地接过来放在口中。

"好些了吧？"李念满脸堆笑。

"就这个小球管个屁用！"

"前面说不定有水源呢。"李念抬头看看天空，令他诧异的是，今天的时间流逝得格外快，片刻间烈日已经登上中天。

其实李念自己也干渴难耐，但他还是得给林婉欣打气，他不想再提沙漠中的事，"你说我们怎么会失忆的，是事故还是人为的呢？"

林婉欣哼了一声，没有搭理他。

"会不会是什么神秘机构搞的实验，把人们弄失忆了扔到沙漠里观察？说不定还在电视中直播呢。"李念说完自己就乐了。

"对对，我俩还是特工呢，你大片看多了吧。"林婉欣不屑地说。

渐渐地，周围的景观发生了变化，脚下的土地越来越坚硬，周围的岩石峭壁越来越多，不久他们就走进了峡谷。

"我累死了，再也走不动了。"林婉欣双腿发软，站立不稳。

李念急忙扶住她，看看四周，"咱们去那边阴凉处休息一下。"

二人在山脚岩石阴影里坐下，李念在口袋里翻找着什么。

"找什么东西呢？"

李念既焦急又奇怪，"乔治女友的照片，明明收起来了，怎么就不见了呢？"

"我看乔治的故事是你编出来的吧。"

"那怎么可能，我骗你干吗。"

林婉欣不依不饶，"那乔治就是你幻想出来的，你是精神分裂。"

李念没有找到，无奈地摇摇头。

眼尖的林婉欣指着前方说："那边是什么东西？"

李念看去，前方地面上确实有一坨黑乎乎的东西，模糊中好像还在移动。

"你坐着，我看看去。"

林婉欣拉住他胳膊，"你……你要小心啊。"

"放心，响尾蛇我都不怕，沙漠里还能有啥猛兽。"

李念嘴上这么说，心里还是有些忐忑，他小心翼翼地向那边走去。走近十几米后，李念很快看清那是怎么回事。一只个头不小的毛茸茸的褐色动物躺在地上，上面伏着一只体形硕大的黑色秃鹫，秃鹫吃着尸体，时不时地抬头观察四周。李念松了口气，他知道这种秃鹫一般不攻击活物。

李念一回来，林婉欣就迫不及待地问他看到了什么，李念轻描淡写地说，"没什么，一只秃鹫在吃死骆驼。"

林婉欣却哭了起来，"连骆驼都死在这里了，我们怎么可能走得出去！"

李念连忙安慰她，"你不能这么想，你看我们一路走来看到骆驼了吗？我在沙漠这么多天都没见过死骆驼呢，更别说秃鹫了，这说明什么？"

"什么？"

"说明我们现在在沙漠边缘了，有动物频繁活动了，这是好的征兆啊。那只骆驼也许是病死的，也许是被蛇咬死的。"

林婉欣好像被李念说服了，不再争执。

李念在林婉欣身边坐下，"还吸几口不？"

"不吸不吸了，苦死了。"

李念取出一个球，"你不来我来了啊，渴死我了。"

"你别吸光了，给我留点。"

"我要多摘些你不让，现在后悔了吧，谁的生命更宝贵啊？"

林婉欣佯装恼怒，捶打李念。

休息了一阵，李念拉起林婉欣继续上路，林婉欣极不情愿地跟着。

"我的脚疼死了，我都没鞋穿。"

李念低头看看林婉欣的脚，原本包裹着的布条已经破得不像样子，露出来的几个脚趾大部分被磨出了血泡。

"我背你走吧。"李念取下背包，躬身就要背林婉欣。

"那你太累了吧，你要累死了，我就走不出去了。"

"没事，先背一会你歇歇脚。"

林婉欣拿起背包，"好吧，那这个我先背着，这样你就不用背了。"

"你真好。"李念摇摇头，背起林婉欣。

李念远远地绕开那只死去骆驼，秃鹫只是抬头望了望他们，继续自己的大餐，不再理会。

"说实话，你的名字我是真的耳熟，好像在哪听过似的，说不定俩真认识呢。"李念又说起这事。

"哼，谁会认识你，以后留着骗小姑娘吧。"林婉欣紧紧趴在李念背上，显得十分惬意。

林婉欣虽然不重，但让如此疲乏的李念来背，确实十分吃力。转眼间太阳再次向着地平线奔去，李念看看逐渐变红的太阳，知道一天又将过去。景观的变化和动物的出现让他欣喜，然而激动人心的时刻迟迟没有到来，李念的心头再次笼上了阴云。没有水源，再也坚持不了多久，究竟能不能走出去呢？

"我们还能出去吗？"林婉欣此时问出相同的问题。

"能啊，明天肯定能出去。"李念只好安慰她。

"你怎么这么肯定？"

"就算我出不去，你也要走出去。所以我现在给你节省体力。对了，万一我不行了，你一定不要放弃。等你出去了，一定要搞清楚你是谁，我是谁，还要找到乔治的女友杰西卡，告诉她那些话，万一我有亲人，别告诉他们我失忆了，你就说我爱他们。"

林婉欣没有回答，李念摇晃一下身体，"喂，听到了吗？"

"不不，一起走出去，要死一起死。"林婉欣的声音哽咽了。

"别说傻话，我们现在都不是为自己活着。"

狂躁了一天的骄阳终于收敛，红彤彤的身躯已经接触到了地平线，大地又镀上了那层金黄。

"你有没有看过《英国病人》？"沉默许久的林婉欣突然问。

"你说的是那部电影吧，看过的。"

"那部电影里的撒哈拉真美，故事也很凄美。"

其实那部电影的具体内容李念已经忘却，只是那壮美的沙漠情景给他留下了深刻的印象，"是啊，好美。"

"那边好像又有什么东西。"林婉欣总是会发现新的东西。

李念把右手搭在眉间遮挡夕阳，向林婉欣说的地方望去。那边地平线确实呈现出与众不同的质感，是一种明显区别于金黄色的色块，由于沙漠上空中的冷热不均的大气的折射，忽隐忽现，不断变化。

"海市蜃楼吗？"林婉欣问道。

李念摇摇头，"应该不是，我见过海市蜃楼，不是这个样子，我们往那边走走看看。"

林婉欣从李念背后下来，李念搀扶着她，二人慢慢向那里走去。

那片奇怪的色块逐渐清晰，变化不断的光影逐渐凝固，最终显现出幽绿的色泽。

"绿洲！"二人几乎同时喊了出来。

他们相互对视，干涩的双眼中闪烁着许久不见的光芒。

二人手拉手，加快了脚步。

中国有句俗话"望山跑死马"，似乎近在眼前的景象，但直到夕阳西下，天色昏暗，他们才走到跟前。

绿洲，真是绿洲。

这可不是长着几棵生长不良的小树苗的山坡，而是一片郁郁葱葱的天堂。

二人似乎无法接受眼前的一切，这历经千辛万苦方才出现的幸福。他们在确定了这不是幻影后，才慢慢停下了脚步。李念回头，深情地凝望着林婉欣，僵硬干裂的脸上露出了微笑，这是解脱的微笑、新生的微笑，李念在林婉欣脸上，看到的也是这样的笑容。憔悴枯萎的容颜掩盖不住这样的笑容，李念看到的不似是笑容，更是沙漠中绽放的娇艳玫瑰，今后时常出现在他梦中的玫瑰。

李念一把抱住林婉欣，四目从未这么近距离地对视过，这目光比沙漠正午的骄阳更要炙热，林婉欣柔弱的身体瘫软在李念的怀中，李念紧紧地抱住她，仿佛抱住自己的生命。

李念拉着林婉欣，无暇顾及那些散落在绿洲边缘星星点点的矮小植被，径直爬上最后一道低矮的沙丘。脚下愈发松软和细腻的沙地热情地欢迎着远方来的客人，周边愈发茂盛和苍翠的植物召唤着到来的沙漠英雄。爬过了无数个沙丘，李念不会觉得哪一座有脚下这座更高更大。他们手脚并用，踉踉跄跄地冲上沙丘，刚站在丘脊，就被脚下的景色彻底迷醉了。

沙丘下是一片碧绿。

此刻，那些东倒西歪、横枝竖叉不甚高大的绿树，在他们眼里是那么的挺拔伟岸；那些矮小乱杂、大大小小的灌木，是那么的枝繁叶茂；那些稀稀落落、高高低低的蒿草，是那么的生机勃勃。这巴掌大的一片绿地，在城市中充其量不过是街心花园，而在沙漠里，这就是人间的天堂。

更让人心旷神怡的是，在绿洲中心，那一汪落日余晖下波光粼粼的湖泊。绿树、灌木、蒿草、湖泊，这一切笼罩在夕阳暧昧的金色光辉中，如梦如幻，映射入在沙漠挣扎多日的两人的眼帘。他们相互对视，巨大的喜悦已经无法用言语表达，二人手牵手，冲下沙丘，向着绿地中心的湖泊奔去。

在李念后来的回忆中，冲下沙丘的片段很是模糊，等他有了确切的印象时，他已经身在湖中。

这是怎样的一种畅快淋漓啊！

这种前几天哪怕得到一滴也感天谢地的珍贵液体，此刻却奢侈地包围了身体。李念贪婪地吞下一口口甘甜的湖水，激动地挥舞着手臂拍打着温暖的湖水，肆意地放声大叫。他一头扎进水下，任凭湖水浸润身躯，他要让身体的每寸肌肤都享受上帝的恩泽，全然不顾口中、鼻中、耳中灌进的湖水。湖水洗涤了身上多日积塞的泥沙，也洗去心灵深处的恐惧与绝望。巨大的幸福感如同湖水般，充盈了李念的内心，他从水面钻出，仿佛婴儿钻出子宫般，获得了新生。

此时的时间似乎已经停滞，残阳仍在西方天际挥洒余晖。李念的搅动使得不大的湖面水波荡漾，他仿佛置身于漂浮着无数钻石的液态黄金中，视线被水面不断反射折射出的耀眼迷幻的光线所干扰。他一边扑打着湖水，一边眯起双眼吃力地寻找那个身影，那个他期待与之分享此刻激动畅快心情的身影，然而这个身影并没有在金光闪耀的湖面出现。

"婉欣，婉欣，你在哪？"李念大声呼喊，四下除了哗哗的水声再无其他回音。

"婉欣，婉欣……"李念一面大声呼喊，一面游向岸边。

"别开玩笑了，出来吧！"

"别闹了，你在哪？"

李念一爬上岸，就四下寻找林婉欣。

"多大人了还玩捉迷藏。"李念有些生气，但是看着死寂的绿洲，他心中渐渐不安起来。

湿漉漉的他先是焦急地绕湖一圈，然后又跑进周围不大的树丛，之后便发疯般冲上沙丘，寂静的绿洲不断回响着他呼唤林婉欣的声音。

他突然想到了什么，又冲下山坡，一头扎进水中，使出浑身解数潜入湖底，一点一点地搜索伴侣的身影。

然而，林婉欣如同人间蒸发般消失在这个沙漠天堂中。

精疲力尽的李念再次爬回岸边，他再一次陷入绝望。整个时空和他的心灵都已凝固，四下寂静无声，唯有夕阳依旧。瘫倒在湖边沙滩的李念万念俱灰，疑惑和痛苦绞割着内心。

"婉欣你到底去了哪里，你在哪里啊，一个大活人怎么可能在这巴掌大的地方消失呢，这么浅的湖水也淹不了人啊，为什么，这是为什么？"

历经千辛万苦，在死亡边缘挣扎徘徊，如今终于看到了希望，获得了新生，但他又是孤身一人。

"难道，难道她是上帝派来拯救我的天使，现在又回到了天堂？"想到这里，李念木然坐起身来，四下张望。他缓缓地起身，绕湖彳亍。

当他走到与林婉欣牵手冲下的那个沙丘下，他好似被闪电击中，瞬间瘫倒在地。

那个沙丘坡面上，只有一行脚印，径直延伸向湖边。

半梦半醒间的李念耳边似乎又回响起那个声音，"李念，李念，坚持住。"这个声音又把他从崩溃边缘拉了回来。李念渐渐恢复了理智，他躺在地上，克制住汹涌澎湃的复杂感情，集中精神努力地思考这件事。

我一个人在沙漠中快要死去，乔治突然出现把我救醒，他鼓励我，教导我坚持下去，给我指明了方向，而后他却在沙暴中消失了。对了，他留给我的水和照片都不翼而飞。后来我又莫名其妙地遇到了林婉欣，与其说是我拯救了她，不如说是她使我获得了爱情，找到了活下去的动力，可是她也消失了。这沙丘上只有我一人的脚印，说明只有我一人来到这里。

难道，难道从始至终只有我一个人！

乔治和林婉欣不过是我幻想出来的人物，帮助我获得生的希望，走出沙漠。

如果是这样，那真是太可怕了。

出于生存本能，我的潜意识居然幻想出两个人物，借以击败内心的绝望和懦弱，人的意识是多么的复杂和神秘。

但是，乔治和林婉欣如此真实，乔治魁梧的身形、有力的大手，林婉欣的一笑一颦和纤瘦的身躯，这一切都历历在目，还有那动情一吻。这，这怎么可能幻想出来。

李念如同被催眠一般，僵硬地站起来，行尸走肉般沿湖岸前行。此刻天堂般的绿洲已对他失去了意义，他的勇气、动力和目标土崩瓦解。

如果乔治和林婉欣不存在，我活着还有什么意义，我做这一切难道只是为了生存吗，真不如在沙漠里静静地死去。

李念默默来到水边，凝滞的空气没有一丝微风，湖面平静得好似一面巨大的镀金镜面。李念低头，看见了水面上映照在夕阳中的身影，孤寂、没落的身影。他心中百感交集，万般杂陈，瞬间双腿一软，跪在湖边。

他仔细打量着水面上自己的倒影，憔悴枯干的脸庞长满胡茬，仍然湿漉漉的乱发披散开来，一对即使反射出金光依旧无神空洞的双眼，整个人好似鬼魅。这就是我，这就是我李念吗？

突然，李念感到一阵眩晕，湖面如同煮沸般激荡起来，天空开始旋转，四周的绿地和沙漠逐渐以漩涡状向着湖中沉陷。他仿佛置身于黑洞边缘，周边的一切都在压缩变形，不顾一切，向着黑洞中心坠落。他自己也被湖中心莫名的巨大力量撕扯，地面的引力瞬间消失，他感觉自己飘浮在空中，随后被强劲地拉入水中，拉到一个黑暗的世界，在这里时间和空间都已不复存在，留下的只有无尽的虚无。

李念再一次失去了意识。

不知过了多久，李念从黑暗世界中清醒，麻木的身躯渐渐有了知觉，漂浮的身体似乎也有了着落。他感觉到了自己的呼吸和心跳，感觉到自己似乎躺在某处，甚至感觉到周围有轻微的响动。他的感觉愈来愈强烈，强烈到血液在血管中的奔流都会冲击到他的神经。

我死了吗，我来到真正的天堂了吗？

他意识到自己始终闭着双眼，他想睁开，但发现尽管知觉非常敏锐，躯体却似不属于自己，张开眼睑甚于举起千斤。就是地狱也要睁眼看看。他一次又一次尝试，突然一丝细小却刺目的光线射入瞳孔。李念心头一震，眼睑微小地开合几次，待视网膜逐渐适应了光明后，终于睁开了双眼。

眼前是一片白光，蒙眬恍惚间，眼球逐渐聚焦，他看到自己应该是身处在一间白色的房间中，这一切那么熟悉。对了，几次在梦中不是来过这里吗，难道现在还是在做梦吗？

李念听到身边似乎有什么人在那里。他想要转头，但躯干如同出土的兵马俑般僵硬。他努力张嘴，想要发出些声响，但他只感觉到自己双唇在微微颤动，更听不到发出了什么声音。

仅仅做了些简单的尝试，李念感觉比在沙漠中跋涉了一天还累，正当他准备放弃时，喉咙里发出了几下微小的含糊不清的呼呼声。

片刻后，一张模糊的脸庞出现在李念眼前，他听到好似天边传来的人声。

"啊，你醒了吗？你终于醒了！"

这个声音也好熟悉。

李念的双眼像一台老化的相机，镜头对焦十分吃力。他再一次努力调焦，终于看清了这个面孔。

这是一个标准西方女人的面孔，大眼睛、蓝眼珠、高鼻梁、高眉骨、厚嘴唇、白皮肤、头上奇怪的白色帽子下，露出几缕金色的秀发。她欣喜地望着李念，如同望着刚出生的婴儿，嘴里一直在激动地呼喊，一只手不断抚摸李念的脸颊。

美女的刺激确实有效果，李念好像又恢复了不少体能，他感觉到自己张开了嘴唇，发出"啊啊"的喊声。

"你等一下。"美女喊了一声便转身离去，消失在李念的视野中。

李念吃力地想要转头寻找她的身影，稍一扭动，脖子的肌肉就酸痛难忍。他只能继续直挺挺地躺着，瞪大双眼，不时发出"啊啊"的喊叫。

看来我是获救了，目前在医院里。这是清醒后李念的判断。

不知过了多久，一阵脚步声由远及近地响起，李念感觉到有两个人进入了房间。一个陌生的面孔随即出现在他眼前。这又是一张典型的西方中年男子的面孔，不像乔治那般大开大合，而是透露出书卷气。棱角分明的面庞、深陷的眼窝、狭长的下巴，锐利的目光同样难掩喜悦之情。他在李念眼前晃动右手，进而俯身仔细观察李念的双眼。

他回头与身旁的美女对视一下，兴奋地点点头，随即又俯下身，对李念说，"你感觉怎么样，感觉不错就眨两下眼。"

李念较为轻松地眨了两下眼。

"你是不是李先生？"

李念又眨了两下眼。

这个男子微笑着点点头，"你很累吧？好好休息。"说罢对身旁美女说，"真是不可思议，继续观察，我去联系他们。"边说边向门外走去。

李念不甘心，使出全身气力，终于发出了一个简单的单词，"哪里？"

美女俯身在李念嘴边，李念再次发出声音，"哪里？"

美女起身对男人说："他想知道这是哪里。"

男人转身，对李念大声说："这是洛杉矶圣保罗医院，你好好休息，我们明天再来看你。"

洛杉矶，我回美国了！李念欣喜万分。不知道我昏睡了多久，怎样来的美国一点印象都没有。欣喜过后，随之而来的是疑惑和不安。自己是怎样获救的，我到底是谁，乔治和林婉欣是不是真的存在？一连串的问题占据着李念的头脑。

刚刚清醒的大脑哪里经得起这么多的思考，李念感觉到困顿异常，再也无法集中精神，他慢慢闭上了双眼，再次沉入一片漆黑当中。

　　他再次在那片黄色的世界中醒来，蔚蓝的天空依旧飘浮的几缕丝绒般的浮云，浑圆的烈日照样高挂半空，身下沙地仍然绵软。但是，但是这一切有了不同。哪里不对劲呢？李念起身环顾四周。对了，这里感觉不到任何热度。他抬头望了望太阳，刺目的光线散发不出丝毫的热量，脚下的沙漠也不再滚烫。李念非常诧异，怀疑自己身在何处。

　　他只得行走、行走，但是四周的景物丝毫没有变化。前方一座沙丘始终在那个位置，李念走了许久也无法接近。尽管李念没有疲倦，但他仍然瘫坐在地上。他大脑一片空白，不知道该何去何从。

　　突然地上一个黑影遮住了李念，李念回头一看，一只巨大的单峰骆驼，摇摇晃晃地在他眼前经过。这只骆驼身形好比大象，虽然身躯巨大，四肢却十分纤细。它好像受了重伤，步履蹒跚、濒临死亡。李念的目光一直注视着这只庞然大物，目送着它离去。然而没走多远，这只骆驼就嘶吼一声，轰然倒地。李念心中惊恐万分，他下意识走向这个怪物。倒下来的骆驼仿佛一座黑黢黢的小山，李念小心翼翼地向它靠近，突然间，原本没有了动静的尸体又活动起来，不停耸动。李念走近一看，惊出一身冷汗。那骆驼上竟已趴满了秃鹫，他一靠近，那些秃鹫就骚动振翅，嘎嘎鸣叫着四散开去。冲起的无数秃鹫如同大漠升起的黑色浓烟，刹那间遮蔽了半边天。黑色越聚越多，片刻间就变成沙暴向李念压来。李念吓得魂飞魄散，他回身飞般奔跑，沙土里突然长出一个个仙人球，李念不得不跳跃躲避。没跑多远，脚下被绊住，一跤摔倒。脚下的沙地里居然伸出干枯的枝枝杈杈，这些枝杈如同女巫的双手，慢慢伸向李念的双腿，似乎要把李念拉入深渊。一个枝杈已经缠住了李念的左脚。李念伸手去扒枝杈，然而枝杈瞬间化作一只响尾蛇，嘶嘶地吐着长信，摇晃着尾巴，继续向李念左腿上爬去。李念咬紧牙关，一把扯住蛇身甩在一边。他顾不上恐慌，起身继续奔跑。

李念狂奔一阵，回头一看，一切却已烟消云散。骆驼、秃鹫、植物、毒蛇全然没了踪迹，眼前仍然是那个一成不变的黄色世界。

李念停下脚步，迷茫地望着这个世界，不知所措。

突然，远方的沙丘下出现了两个熟悉的身影。李念仔细望去，心里激动万分。那身影不是乔治和林婉欣吗？二人肩并肩，向着前方徐徐前行。李念立马向他们奔去，同时大喊："乔治，乔治，婉欣，婉欣……"跑了许久，也喊了许久，二人终于听见，他们回头，看见了李念。乔治高兴地挥挥手，示意他赶紧过来。但他们并没有停下脚步，依然向前走去。

李念加快脚步，一阵猛追。奇怪的是，乔治和林婉欣虽是在前方慢慢行走，但是李念在后面无论怎样飞奔也无法接近他们。他眼睁睁看着俩人爬上一个沙丘，消失在山脊上。

过了许久，李念这才跑到沙丘下，他不停息，一口气爬上沙丘，来到山脊，李念向沙丘下望去，大吃一惊。不远处的沙地上，乔治身陷其中，正在奋力挣扎。李念连滚带爬翻下沙丘，向乔治奔去。眼看着乔治愈陷愈深，李念却无法跑到近前。乔治吃力地扭动着身体，挥舞着双臂，但毫无用处，转眼间就被流沙吞噬。待李念跑到，乔治所在的沙地只剩下了一个沙土的漩涡标记着他的位置。李念发疯似的扒开漩涡中心的沙土，试图把乔治挖出来，然而哪里还能找到乔治的踪影。李念坐在地上，出神地望着自己挖的沙坑，心中悲痛万分。

正在这时，沙坑中心却涌出了汩汩清泉，泉水越涌越多，片刻后就形成了一个水池，还没完全清醒的李念一下落入水池中。进入水池，李念才发现这里深不见底，他奋力挣扎，身体却不由自主地向水底坠落。李念在水下翻滚，突然看到下方有一人缓缓下沉。李念仔细一看，竟然是林婉欣。林婉欣平静地看着李念，面无表情，任凭自己向下坠落。李念迅速下潜，想要靠近林婉欣，试图拉起林婉欣。然而他们之间如同隔着两个世界，李念几次伸手都与林婉欣失之交臂。最终，他不得不看着林婉欣坠入黑暗的深渊。

李念大喊一声："婉欣！"忽然惊醒。

李念大汗淋漓，他睁大双眼惊恐地打量着周围。没有了灯光的照射，白色的天花板不再刺眼。和煦的阳光透过百叶窗照进房间，温暖安逸。四下寂静无声，李念只听见自己突突的心跳声。

原来是场梦，李念长出一口气。

李念不愿再回想那诡异的梦境，他甚至更想回到那个真实的沙漠。李念知道，虽然肉体已被救出沙漠，但他的心仍在那里，那片令他魂牵梦绕的死神的疆域。随着时间的流逝，李念逐渐从睡梦初醒中恢复理智，那一连串恼人的问题又占据了心头。我到底是谁，我为什么会在沙漠里，乔治和林婉欣是否存在？他迫不及待，想知道答案，于是他鼓起勇气，尝试着挪动身体。

经过整晚的休息，李念又感觉到了躯体中的能量。他集中精神，一面感知着全身气血，一面指挥自己转动头部。他的头听话地倒向了右边，一张干净整洁的床头桌和一把打开的折椅映入李念的眼帘。片刻后，他又成功把头转到了左边。这次，他看到了一扇不大的窗户和窗边角落里一张青绿色的沙发。

好小的房间。久居空旷大漠的李念不禁感慨。

他再接再厉，给右臂下达了指令。失忆的大脑令李念沮丧，但是肉体并没有让他失望。李念的右臂缓缓抬起，手中虽无一物，却如千斤在握。李念感觉到骨骼的顿挫、肌肉的酸痛。他努力把手臂抬到眼前，像《终结者》中"T800"看着自己的机械手臂一般，打量着自己的右手。五个手指干枯细弱、骨节突出，露出睡衣的小臂也瘦弱得可怕。

李念心中一颤，我这是怎么了，才过了多久我怎么瘦成这样。

正在李念心中的困惑又加深时，一阵柔和的脚步声传入他的耳廓。

房门开启，李念循声望去，昨天的白衣美女飘然而至。

"嗨，你醒了啊，上午好！"

李念轻微地点点头，他原本想微笑一下以示友好，无奈僵硬的面部做不出任何表情。

"今天感觉怎么样？"

李念又点点头。

"对了，自我介绍一下，我是斯嘉丽·凯尔森，一直负责照看你。"美女轻柔地坐在床边，右手握住李念露出被子的手，左手指指自己的胸牌。

李念颤抖着双唇，但却清晰地发出了一个单词，"护士？"

护士凯尔森露出了窗外阳光般的微笑，"不错，我是护士。"

李念突然握紧手中凯尔森的手，双眼直勾勾地盯着她淡蓝色的双眸，微张的双唇间一字一顿地说，"我……是……谁？"

凯尔森迷人的双眼此刻也瞪大了，但她并没有收起笑容，而是用左手也握住李念的手，轻声地说，"你不记得自己是谁了，不记得发生过什么事吗？"

李念合上了睁大的双眼，痛苦的点点头。

"你是李念，不记得了吗？"

李念又睁开眼睛，急切地望着凯尔森，"我……知……道，还……有……呢？"

"一些不好的事情发生在了你身上，不过你刚醒来不能受刺激，维文医生会在合适的时候告诉你的。" 凯尔森微笑的容颜中流露出些许的伤感，当然，李念并没有发觉。

李念不想等待，继续一字一句缓慢地说，"我……有……家……人……吗？"

凯尔森面露难色，正不知如何回答，此时房门打开，昨天那位医生走进房间。

"李念先生你好，我是维文医生，很高兴看见你醒来。"医生底气充沛，声音洪亮。

李念恨不得一口气把问题说完，然而刚才费力说出的几句话已然使他气喘吁吁、口干舌燥。

凯尔森护士起身，将李念失忆的情况小声告诉维文医生。维文听罢点点头，似乎并不惊讶。

"李念先生请你不要着急，我们会找合适的时机告诉你的情况，目前请你好好休息，并配合我们做些检查。"维文的语调很平静，但却流露出一种自信，使得李念明白目前他是无法得知自己究竟发生了什么了。

苏醒这两天的生活很是无聊，李念除了休息，就是被凯尔森和一名黑人护工带到各种房间做检测。这使得李念颇感厌倦。好消息是随着体力和精力的逐步恢复，李念能够较为自主地控制躯体并和他人进行一些简单对话了。不过使他感觉奇怪的是，这两天他所接触的人似乎都对他不陌生，并对他报以惊奇和欣慰的微笑。

"我来这儿很久了吗？"李念禁不住问凯尔森。

凯尔森笑笑，没有回答。

吃饭对于李念来说，却成了一件痛苦的事情。他每天得吃六顿餐，每次只能吃少许流食，这是种不晓得什么东西配成的稀糊状液体，不比沙漠中那莫名植物的汁液好喝多少。

"看你今天状态不错哦。"凯尔森递给李念药片和水杯。

"还行，饮料如果不那么难喝的话会更好些。"李念机械地接过，把药片放入口中，喝口水仰头吞下。

"有一个好消息和一个坏消息。"凯尔森接过水杯。

李念看着凯尔森的眼睛，但他猜不出什么，"先说好消息吧。"

"明天维文医生请了两位专家来看你，他们将告诉你发生了什么。"

李念忽然产生一种大限将至的感觉，他停顿了片刻，点点头，"谢谢你告诉我，那么坏消息呢？"

"你还得喝几天这种营养液，好好休息吧，晚安。"凯尔森微笑着走出了房间。

白色房间中又只有李念一人，他蓦然躺在床，出神地望着上方。柔和的黄色灯光从吊顶夹层中弥散出来，氤氲在白色的天花板上，慢慢地、慢慢地，天花板延展开来，逐渐无边无际，平坦的表面不断涌动出波纹般的褶皱，进而幻化出一座座的沙丘。李念又来到那个熟悉的地方，不过这一次，他不是身陷其中，而是在沙漠上空自由翱翔。飞着飞着，他仿佛融化在了天地间，成佛成圣，羽化升仙。突然间，那两个身影又闪现在他的头脑中，李念俯视沙漠，试图寻找。然而心中的羁绊成为他沉重的负担，他又被拉下天空，坠入沙海，随即遁入混沌。

这晚李念睡得很沉。

第二天整个上午，李念都在回忆这两天做的梦，这些或诡异、或恐怖、或祥和的梦。他焦急地等待，如同犯人在等待最终的审判。当午后灿烂的阳光照入房间，维文医生推开房门，大踏步走了进来。

"下午好，李念先生，看起来状态不错哦。"维文一如既往的自信和从容。

李念心脏开始加速，但外表很平静，"谢谢你，我很好。"

"不错，可以顺畅交流了。"维文点点头。

随着维文医生走进来两个人，第一位身材修长高大，年纪也较维文医生大些，长着一张德国人般谨慎严肃的面庞，梳着一头整齐的淡黄色金发，一双炯炯有神的目光在深深的眼窝中射出冷峻的光辉。后面跟着一位老者，略显矮小和发胖的身材，红扑扑的脸颊流露出自然的微笑，谢顶的脑门反射着窗外照进的阳光，鼻子上架了一副圆眼镜，镜片中闪动着智慧和慈祥的目光。

"请允许我介绍，加兰·考夫曼教授，斯蒂夫·诺伊教授。"

严肃的考夫曼教授和笑嘻嘻的诺伊教授依次来到床边跟李念握手。凯尔森不知什么时候也进了屋，她支起可以自动升降的床，好使李念舒服地靠在床头。维文医生和考夫曼教授坐在床前的椅子上，诺伊教授坐在了较远处窗边的沙发里，凯尔森像往常一样坐在床边。

出乎意料的是，大家陷入一阵沉默。几双眼睛相互对视了一番，李念心中泛起不祥的预感，他禁不住咳了几声。

维文医生和考夫曼教授相互示意了一下，维文医生终于发话了，"这样吧，我先说吧，两位教授随时可以补充。"

李念突然觉得自己不是在病房而是来到了学术报告厅中，顿时浑身一阵发冷。

维文医生也感觉到了李念的紧张，"请你不要担心，你现在不是好好地坐在这里吗，你现在状态不错，身体各方面指标总体来说是比较正常的，我们也非常感谢你这两天你的配合……"

考夫曼教授不耐烦地应了一声，维文医生尴尬地笑笑，看着李念继续说，"好吧，根据你的描述，你本人失忆了？"

李念点点头。

"只记得自己的姓名，别的什么都不记得了？"

"是的。"

"苏醒后就失忆了。"

"我从沙漠中醒来后，发现自己失忆了，也不知道怎么回到沙漠里的。"

"沙漠！"维文和凯尔森几乎异口同声地叫出来。李念看到考夫曼也流露出惊讶的表情，只有诺伊教授仍然平静的坐在沙发里。李念很奇怪，自己不是从沙漠里救出来的吗，他们怎么这么大的反应。

维文医生自信的目光被好奇所取代，"能否请你先回忆一下沙漠里的经历呢？"说罢他看了一眼考夫曼教授，教授微微点点头。

"好吧，回忆可是件痛苦的事情。我从沙漠深处醒来，不记得自己是做什么的，如何置身于沙漠中……"

沙漠中的往事对于李念历历在目，他缓缓地说出了经历的一切。

等李念说完，房间又是一片沉静。

李念打量着四个人的表情，维文医生一脸的惊讶和迷惑，考夫曼教授紧锁眉头、一脸严肃，诺伊教授却笑盈盈地看着自己，凯尔森的左手不知什么时候搭在了自己右手上，凝视自己的目光中闪动着晶莹的泪花。

考夫曼教授用字正腔圆的德式英语打破了宁静，"你在沙漠中最后看到的景象是你在水中的倒影？"

李念想了想，点点头。

考夫曼教授回头看了一眼诺伊教授，回馈他的是诺伊教授满意的微笑。考夫曼严肃的面孔松弛下来，点点头，"下面还是维文医生介绍一下你的情况吧。"

维文听罢，搓了搓手，脸上流露出复杂的表情。"听了李念先生的描述，我对你的遭遇感到震惊。不过，我下面要说的可能会是你感到不适，希望你能理解。但是我保证我所说的都是事实。"说罢盯着李念的双眼。

李念迫不及待地说："没关系，请你说吧。"

维文点点头，"你知道今天是哪年哪天吗？"

李念苦笑："我是失忆，不是变傻，今天是 2013 年 8 月 23 日。"

维文也笑了，"对不起，我没有别的意思。我先向你介绍一下你自己吧。"他低头看着手中的病例，"你叫李念，1979 年 12 月 15 日生于中国北京，2001 年来到美国，就读于麻省理工，主修计算机编程，2004 年毕业后就职于 IBM，2012 年辞职后独立创业，2013 年与朋友合伙创办一家叫 ECUM 的公司，就在那年 8 月 23 日，你不幸发生车祸，你陷入了重度昏迷，经过医院的抢救你脱离了生命危险，但是由于大脑严重受损，进入了临床所说的植物人状态，你一直在床上昏迷，直到 2015 年 5 月 25 日，也就是三天前，终于苏醒。这期间，你一直在这个房间中。"

这下轮到李念惊讶了，他好像又遭遇到了车祸，坐在床上目瞪口呆。

怎么可能，我竟然在这里昏睡了两年，我明明是在沙漠里的，不对，这一切不对，肯定有什么阴谋。

大家都关切地注视着李念，又是一阵沉默。

"这不可能，不可能，我肯定是在沙漠里的，你们为什么要骗我？"李念不住地摇头。

"你有怀疑这我们很理解，不过请你相信我，其实你在沙漠里的一切只不过是幻觉，不是真头存在的。"维文医生又恢复了原来自信的腔调。

李念瞪大了双眼，差点喊出来，"你的意思是我在沙漠中的遭遇不过是场梦境！"

"你这样理解其实也可以。我们有你详细的病例，还有车祸当天警察的记录，保险公司的报告等文件，如果不信你可以看看。"

李念面色惨白，他望了望凯尔森，凯尔森又紧紧抓住他的手，点了点头。李念心里翻江倒海，不住地回忆。沙漠中的经历如此真切，怎么可能是梦境？而且，清醒后的晚上他也有做梦，那诡异的情景才是梦啊。

如果这是梦，还有什么能是真实的呢？

"那么我不只幻想出了乔治和林婉欣，还幻想出整个沙漠？"李念的声音微微发颤。

四个人又沉默了，维文医生最终开口，"其实，乔治和林婉欣确有其人。"

李念心头一颤，"他们是谁，他们在哪？"

"你不要激动，我很抱歉，但我必须告诉你这些。乔治，也就是约瑟夫·亚当斯，他是你的好友，也是你公司的合伙人，而林婉欣，是你结婚5年的妻子。你的公司获得融资那天，你们三人出去庆祝，乔治驾车，由于车速过快，在湾区大桥上发生车祸，车辆坠入水中。

刚巧经过的一艘渔船将你救起，乔治和你妻子沉入水底，三天后才打捞上来。"维文医生低声说着。

李念大脑中一片空白，一瞬间，回到人世的种种喜悦土崩瓦解，生活的愿景烟消云散，仿佛又坠入沙漠中。这次，他不知道能不能走出。原来乔治真是我的好友，婉欣真是我的爱人，然而，他们也真的离我而去。看来，这一切都是梦境，所以乔治和林婉欣莫名其妙地出现，又莫名其妙地失踪，所以最后在湖边自己被吸入湖里。

梦，是多么的神奇，如果可能，真想活在梦中。

如果眼前的一切也是梦呢？凯尔森他们四人都是梦中所造，一觉醒来，自己还是在家中，妻子朋友还在身边。

但是，李念知道，这不是梦，一切无法挽回。

为什么，为什么我独活下来，没有随他们而去，为什么留下我一个人承受这生命不能承受之重？李念好像从沙漠穿越到南极，身体和心灵都凝固了白茫茫的天地间。

"李念，李念，你怎么了，李念？"那个熟悉的声音再次响起，再一次将李念唤回，李念模糊的双眼聚焦在了凯尔森焦急的面庞。

"我昏迷的时候你是不是喊过我名字？"片刻后李念恢复了神智，但额头满是汗水。

凯尔森给他擦汗，"对，我照顾你的时候经常会呼唤你的名字。"

"谢谢你，凯尔森。"

"没什么，你不要激动。"凯尔森凝视着李念的双眼。

"对对，李念先生你要振作起来。"维文看着凯尔森和李念说道。

李念这才注意到，三位专家仍然坐在原处，依然保持各自的表情望着他。

李念问道："我还有什么亲人吗？"

"对不起，根据我们的调查，你的双亲早年已在北京过世，你是独生子女，没有兄弟姐妹，我们联系了你妻子的哥哥，他在中国台湾，答应几天后来看你。"

李念凝重地点点头，"谢谢你们为我所做的。"

考夫曼教授突然开口了，"李念先生，你想不想知道真相，想不想知道到底发生了什么？"

李念又一次疑惑了，"还有什么真相，沙漠不是我的一个梦吗，还有什么没告诉我的？"

维文医生好像依然对于告知李念悲惨遭遇而惭愧，"李念先生，关于你的经历我都告诉你了，希望你不要难过，至于考夫曼教授所说的真相，是从科学的角度关于你从植物人状体苏醒的解释，如果你想知道的话。"

李念点点头，"我当然想知道。"

考夫曼一词一句，语句很清晰，"其实，你将沙漠中的经历理解为梦境，也未尝不可。但是，根据我们的研究和推测，这种机制比梦要复杂许多。"他回头看看诺伊教授，教授眨眨眼，示意他说下去。

"简单来说，人在睡眠时，脑细胞进入放松和休息状态，但有些脑细胞没有完全休息，微弱的刺激就会引起他们的活动，从而引发梦境。你由于车祸严重外伤，导致脑神经严重受损，除了一些本能的神经反射和进行物质及能量的代谢能力外，认知能力，包括对自己存在的认知力，已完全丧失，无任何主动活动。机体已没有意识、知觉、思维等人类特有的高级神经活动，脑电图呈杂散的波形，这么说你能理解吧？"

李念点点头，想想自己竟然当了两年的植物人，心里很不是滋味。

考夫曼接着说："按照我们对植物人的认识，植物人应该是不会做梦的。所以你所经历的，很可能不是梦。"

李念再次困惑不已，不是梦，又不是真实经历，那是什么？

窗边一直没有说话的诺伊教授终于发声了，"其实你所经历的也可以看作是一种存在，这就看我们如何认识这个世界。"

考夫曼点点头，"对了，没有给你介绍，我是脑神经学家，诺伊教授是量子物理学家。"

李念越听越迷糊，"脑神经我可以理解，量子物理有什么关系？"

"我尽量简单地给你说明。人类一直在研究意识问题，我们的意识可以使人类区别于其他动物，使人类具有高度文明，但它究竟是什么呢？诺伊教授提出了一个大胆假设，人类的意识是一种量子场。诺伊教授，这些还是你解释吧。"

李念把目光投向诺伊教授，诺伊笑盈盈的目光看着李念，"好，我说说。这其实是我研究之余的一个大胆猜想，开始的时候没有什么理论依据。我认为意识是一种存在于高维宇宙中的量子场。从弦理论的角度说，它是一种弦的振动。当它与我们所处的四维宇宙生物和谐共存时，意识与大脑就能良好的结合。当然，这之间的关系非常复杂，我们现在不过是捡到了一个贝壳，真理的大海还很遥远。总之，意识是可以独立存在的。"

"真是一个大胆的说法啊。"维文医生感叹一声，突然发现大家都看着自己，随即尴尬地笑笑。

诺伊教授接着说："意识与大脑结合后，失去量子态，二者共生。大脑若死亡，意识也会随之而去，恢复量子态，但是记忆似乎无法带走。然而，大脑机制之复杂，不只存在正常和死亡两种状态。"

考夫曼接着说："不错，大脑受到严重外部冲击后，部分功能丧失，例如刚才我们说到的植物人，但我们不能说植物人死亡了。"

"那植物人到底是什么呢？"李念迫不及侍地问道。

"一种中间状态，至少部分植物人是以一种中间状态存活的。"考夫曼望了一眼诺伊。

诺伊看到李念懵懂的表情，接着说："李念先生，你有没有听说过薛定谔的猫？"

李念点点头，"虽然失忆了，大部分的知识却还记得，薛定谔的猫是指量子论中的一种粒子的叠加状态吧。"

诺伊点点头，"不错，植物人大脑中的意识也是这样一种状态，简单说就是非死不活的状态，因为大脑功能受损，意识量子场不能与它和谐共振，二者不能完美结合，但大脑又未完全死亡，意识并未离去，意识就回归到量子态。"

李念"啊"了一声，好像明白了什么，"我之前就在这种状态中，沙漠中的经历是量子态的意识所幻想的？"

诺伊从沙发中坐直身子，"也不是幻想，对于量子态的意识而言，沙漠也是一种真实的存在吧。我们尚不知道这种机制详细的作用原理，但是我觉得以你的意识为参考系，你现在所处的房间和之前的沙漠是等价的。所以，你可真是在沙漠里坚持了那么久。多么坚强的意志啊。"

维文医生又感叹起来："还是不说这玄而又玄的理论了，我介绍一下李念先生的治疗情况吧。你昏迷了大约一年后，凯尔森护士偶然发现你的机体对外界刺激有反应，手指有颤动的情况，但是我试图检测你的脑电波，却一无所获。一段时间后，又出现同样的情况，我很疑惑，就去咨询了考夫曼教授。"

三个人像接力一样，你一句我一句，考夫曼教授接过话，"我一直致力研究植物人的意识问题，无意间看到诺伊教授的论文后很受启发，看到维文拿来你的病例后很感兴趣，便联系了诺伊教授一起研究。"

"量子态在外界的观察中会立即消失，回归某一种确定状态，两个状态各自约有 50% 的概率，我们用数学上的波函数来描述量子态，当粒子被观察后失去量子态，我们称为波函数'塌缩'。"诺伊教授接着说："再说你的意识，随着你大脑的恢复，意识有与大脑再次结合的趋势，所以你的机体有了反应。但是检测脑电波这种观察破坏了二者的结合趋势，使你再次沉睡。当然，这种外界的观察是不彻底的，无法真正影响意识的状态，就算量子态塌缩到结合状态，也是不稳定的。"

"那怎样是彻底的观察，我为什会醒来呢？"李念追问。

"自我观察。"诺伊教授说，"自我观察是最彻底的，只要大脑功能恢复，自我观察会确定一种最终状态，你很幸运，意识又与大脑结合了。当然，也有可能意识会离你而去，那你将成为……考夫曼教授，你说的那是什么词？"

"绝对植物人。"考夫曼教授说，"彻底丧失意识的植物人。"

李念想了想，"自我观察是怎么做到的？"

"不是问过你在沙漠中最后所见是什么吗？"诺伊教授莞尔一笑。

李念恍然大悟，对了，湖面中自己的倒影。是的，我看到了我自己，原来，那就是自我观察。怪不得，看见自己的倒影后，整个世界就坍塌了，随后自己就醒了过来。

"至于你的记忆，我们目前还没有明确的认识，只是知道在意识与大脑非正常结合的状态中，意识提取了一些深刻的记忆，比如乔治和你妻子，沙漠也许是你经历过的某个意向，然而由于你大脑受损，所以这些记忆是破碎的，意识对其进行了重新的装配，最终将这些记忆与已有的知识和经验构建了一个封闭自洽的世界。"诺伊教授解释道。

考夫曼教授接着说："李先生你是幸运的，你的大脑能够从损伤中恢复过来，大部分植物人患者都无法恢复，终生不可能再醒来。不过李先生作为一个特例，为我们的研究打开了一扇窗户，使我们更加深刻地理解意识的本质。当然，我们不可能将李先生的经历作为直接证据，不过我们相信在人类的不断努力下，会找到意识本质的直接证据。"

李念默然哀叹："原来是这样，我经历的是场意识中的冒险，而意识，确实改变了我的存在状态。"他看了看考夫曼和诺伊教授，无力地说："谢谢你们。"

考夫曼依然严肃，维文医生却很激动，"真是伟大的发现啊，二位教授肯定会获诺贝尔奖的。"

诺伊教授耸耸肩，调侃道，"就是不知道得的是物理学奖还是生理或医学奖。"

夜幕来临，几位专家早已离去。

李念一个人静静地躺在床上，脑中回想着午后发生的一切。这一切是那么的突然，那么的残酷。在这温暖的房间中，他却感到全身冰冷，手脚麻木。

原来我已一无所有，李念心里发出痛苦的呐喊。

他多想睡去，也许在梦中他又会再次回到那片令他痛苦、给他温暖、送他希望的沙漠，再次与爱人、朋友生死与共，不离不弃。

生存还是毁灭，这是个问题。是否应默默忍受命运之无情打击而独活于世，还是放弃无谓的生命随朋友爱人一同离去？李念内心沉浸在纠结当中。

一夜无眠。

加州初夏清晨的阳光温和妩媚，李念坐在医院庭院草坪边的长椅上，平静地看着眼前的绿草茵茵、花繁叶茂。他望向远方冉冉升起的红日，回想起沙漠天空中那个杀人的恶魔，不禁感慨万千。

修长婀娜的白色身影翩然而至，优雅地坐在李念身边。

"你觉得自己幸运吗？"凯尔森轻声问。

李念一怔，瞬间明白过来，"是啊，醒来或是死去，各约一半的几率，我是幸运的。"

"不，听了你在沙漠里的故事，我觉得你必然会醒来。"

"为什么？"李念心中似乎也有了答案。

"因为你心里有爱，冥冥之中，是友情，是爱情，为你作出了选择。"

李念沉默不语，缓缓地点了点头。

"你能为了朋友，为了爱人在沙漠中坚持下去，你也能够在这个真实世界坚持下去，我想天堂中的他们也希望如此。"

李念转头，一双清澈美丽的眼睛也在凝视着她，白色帽子下流露出少许金发，在阳光的透射下令人沉醉。

李念露出了许久不见的笑容，不知不觉间右手轻轻握住了凯尔森的手。

是啊，我爱，故我在。

罪与罚

　　邱深睁开双眼，眼前是一片橙色的朦胧。头疼、眩晕、恶心、寒冷，这是他此刻最直观的感受。耳中传入几声呻吟，片刻后他才反应过来那声音出自他干涩的喉咙。呻吟似乎缓解了脑部的压力，他的视线逐渐清晰起来，那片橙色的朦胧最终汇聚成视线上方一盏圆形小灯。

　　邱深试着动动胳膊，肌肉的酸困感立即袭来，尽管如此，他还是举起了双手放在眼前。下一个动作是微微抬头，他看到了自己的双脚，双脚在大脑的指挥下晃了几下，终于让他略微宽心。

　　时间和身体此时才从冻结中慢慢恢复，不知过了多久，他吃力地坐起身来，四下张望。

　　这是哪里呢？

　　说是四下张望，然而这四下实在太过局限。他发现自己不过坐在一个四、五平米的小空间里，有门无窗，头顶那盏橘黄小灯是唯一的光源。墙壁、天花板、地板都是统一的白色，尽管笼罩了暖色灯光，仍然冷得让他心寒。

　　他伸手抚向令他很不舒服的脖颈，令人惊讶的是脖子上竟然套着一个塑料项圈。项圈有大拇指粗细，虽不勒人，但总是不甚舒服。他来回摸索着项圈想找到打开的机关，但项圈整体非常光滑和结实，他根本解不下来。

先不管项圈了，此时邱深终于能够站立起来，他不顾身体的麻木，首先冲向白色的大门。

冰凉的门把手传来的信息同样冰凉——门打不开。这时他注意到门旁的墙壁上嵌着一个平板电脑大小的显示器，漆黑的屏幕映照出他惊慌的脸。同时在如镜般的屏幕中他发现脖子上有绿色的亮点间歇闪烁，那是项圈发出的信号。

他敲敲门，趴在门上仔细倾听，没有任何动静。这时门上醒目的数字"6"这才进入他的思考范围。门牌号？怎么在门里面？他又敲敲墙壁，墙壁似乎不比门厚实，但也绝非仅凭肉身就能破墙而出。除此外，房间一角挂着一个鞋盒大小的白色金属箱，同样无法打开。抬头观察，天花板一角有一个银色的圆柱体，顶端反射着亮光，他很快意识到那是一个摄像头。

这是哪里？我为什么在这？

邱深的头还在剧烈地疼痛，他逼迫自己仔细回忆。最近的记忆是先是在夜店，他和两个朋友与不知谁约来的几个辣妹蹦迪喝酒，后来又去"KTV"唱歌，再之后的印象便越来越模糊。

难道，难道是朋友故意整我？谁呢，谁有这么大的玩心，还找了这么个鬼地方。还是被人绑架了？不应该啊，我也不是商贾巨富，绑架我做什么？还有这个项圈是干吗的，为什么要监视我，难道这是哪个无聊的真人秀节目？可我也不是明星啊，也不记得有这回事啊……

思前想后，惴惴不安中他再次走向大门，就在他正要使劲敲门之际，门口的显示屏亮了。他打了个冷战，急忙后退两步，像是怕哪里能窜出什么东西似的。

屏幕上出现了一个清晰的头像，那是一张京剧脸谱，更准确地说，是一张戴着京剧脸谱面具的脸。脸谱黑底红面，两行宽大的白道从两鬓直达鼻尖，最醒目的还是额头上那瓣白色的圆弧，即便对京剧不甚了解，他还是猜到这是包公的脸谱。画面背景一片漆黑，脸谱像是飘浮在虚空中，诡异异常。

搞什么鬼？邱深越发感到这是朋友的玩笑，但谁会开这种玩笑，一时间，五六个名字蹿出脑海但又被他一一否定。正在猜疑之时，脸谱说话了，声音从显示器背后发出，当然，这面具并不开口，只是微微晃动着。

"各位朋友大家好，让你们受惊了。大家看到我戴着面具，应该知道我现在还不能透露身份。今天用这种方式把大家请来，我非常抱歉，但这是必须的，这是一件非常重要的事情，希望大家都能够参与。"

大家？他思索着，这么说不止我一个人？

脸谱停顿了片刻，"如果你想要走出这间小屋，就必须如实回答一个问题：到现在为止，你人生当中犯过的最大错误是什么？想好后可以直接说出来。"

邱深心中一颤，这个问题着实让他深感意外。犯过什么错误，这……这是什么意思，难道我得罪过什么人？人生在世，就算如何谨小慎微，小心翼翼，也不可能一个人也不得罪，但要说记恨我能到这种程度的，难道是他，难道说的是那件事？邱深脑中一闪，心里一凉。

不会吧，为了报复我居然搞绑架，不过，不过不是还有其他人吗？难道都是他的仇人，可他不像是那种狠角色啊？

事到如今也只好坦白，他叹了口气，小心翼翼地对着显示器说了一句话。

"很好，"面具点点头，"请从箱子里拿出头套戴上，其他东西不要动。"

他回身望向箱子，箱子静静地躺在那里。他走到箱子前，伸手去掀箱盖，不出所料，之前紧闭的箱盖轻松打开，看来这也是远程遥控的。

箱子里有一个白色的小盒子，上面是一个黑色的头套。他拿起头套，乖乖按照脸谱所说戴在头上，随即关上箱盖。头套好像电影里银行劫匪的行头，似乎是棉线材质，只留空双眼和鼻孔。

身后的门锁"咔嗒"响了一声，他立即过去拉门把手，门悄无声息地打开了。"出门后请在圆桌落座。"脸谱说。

他只把门拉开了一条小缝，小心翼翼地向外观望。所见令他惊讶，门外不远处垂着一盏灯，灯光不甚明亮，但在漆黑背景中格外显眼。灯光清晰地映照着下面的圆桌，圆桌很大，桌子上摆放着若干个显示器，每一个显示器都对应着桌前的一张椅子。桌子周围已经坐了三个人，每个人穿着各异，但都戴着头套，默默地坐在桌前。除此外，他的视线所及之处都是一片黑暗。

邱深犹豫了，当然只犹豫了几秒，因为他知道自己别无选择。恐惧和好奇冲淡了头疼，他走出房间，步入黑暗，只有那张圆桌像黑暗中的灯塔，成为荒漠中的唯一目标。

不知为何他猛然回头，不禁心中一颤。原来身后不仅一个小房间，而是十来个，它们在黑幕里扇形排开，小房外观像是仓库里的集装箱，但远没有集装箱大，每个房门口都标记着醒目的数字。6号，正是他走出的房间号码。想起仓库，他环顾四下，心想自己可能就是在巨大的仓库或是地库里，如此的黑暗根本不可能是户外。

走进圆桌，他快速一数，一共 11 把椅子。回头再数数小屋，没错，也是 11 个。这脸谱竟然抓了 11 个人，为什么？这么厉害！

这时在座三人都盯着他，头随着他的移动而转动，其中一人好像想表达什么信息似的动了动身体，但马上又坐直，随后便一动不动了。

提心吊胆的他管不了这些，硬着头皮来到圆桌旁。桌上显示器在黑暗的背景中豁然闪动着数字，几乎占据了整个屏幕。"3""4""5""6""7"，他转了小半圈，想到自己房间门上的数字，明白了规则。带着不安与惶恐，他拉开椅子，在 6 号显示器前坐下。

刚一坐下，屏幕上便跳出一个通知：请耐心等候，不要说话！

他转头看看那三个人，他们都直挺挺地坐着，相同的黑色头套在黑暗的背景中显得十分诡异。旁边座位的显示器漆黑一片，应该是屏幕上贴了防偷窥膜。

让我们坐这干吗呢？难道还会开会不成？邱深一边仔细打量着三个人的衣着，一边思索。右边一个穿灰色西装的人只和他相隔一把椅子，他转过身，探出头冲那人抬抬下巴，想要引起对方的注意。刚"嗨"了一声，他便感到脖子刺痛，像是有根烧红的钢针在刺他，让他差点叫出来，下意识捂住脖子，那冰冷的项圈提醒了他疼痛的来源。

这东西带电！

"不要说话！"屏幕上的信息闪动起来。

我只想打个招呼，邱深心里叹了口气，乖乖地坐直身体。虽然禁止说话，但禁止不了众人的目光，大家都在昏暗的光线下仔细打量着彼此。

灰西装端坐在桌旁，双臂支在扶手上，像是在开会。相较之下，他对面的那个胖子就显得很紧张，这人穿着深褐色类似唐装的大褂，戴满戒指的双手在桌面上不停地揉搓着，右腿也在不停地抖动。紧挨胖子而坐的那人也没有镇静多少，他身材瘦小，穿着不合身的藏蓝色夹克，几乎是蜷缩在座椅里，目光不断地扫视周围，那神情让邱深心里都着急。

尽管邱深所坐的位置面对十一个房间，但那个方向现在是漆黑一片。正当他仔细观瞧时，那边黑暗里走出一人，同样戴着头套，瘦高的身形非常醒目。这人不慌不忙地走近圆桌，慢慢地绕桌子一圈，又缓缓地在他左侧坐下。他微微侧目看着此人，这人笔直地坐在椅子上，目不斜视地盯着显示器。

"大家好，啊！"

叫喊声吸引了大家的注意，他向声音方向望去，一个结实矮个不知什么时候出现在圆桌旁。他捂着脖子，身体微微颤抖着，脖子上的项圈闪烁着红光。

"妈的还电击……啊！"矮个儿疼得弯下腰。

他右边那个西装男伸出食指竖在嘴前，示意矮个安静。

矮个好像懂了他的意思，看了看显示器，一摇三晃地在邱深右边坐下。

"放我出去，凭什么关我，我没做过什么……啊！啊！"一个模糊的声音从房间那边传来，惨叫几声后便没了动静。

邱深的心"咚咚"地跳着，跳得他都害怕声音过大遭到电击。能用这种方式控制我们的人，绝对不是善茬，接下来我们绝对是凶多吉少。

陆陆续续间，桌边围坐了10个人，大家都遵循要求，寂静无声，偶尔一两声轻微的咳嗽也显得异常清晰。每个人脖子上的绿点此起彼伏地闪烁着，提醒着大家谨言慎行。

邱深观察一周，发现在座的虽然身形和衣着各异，但有个相同点，都是男人。我认识这些人吗？他仔细打量、回忆、猜测，但大脑一无所获。

伴随着咚咚的脚步声，最后一个人从黑暗中出现了。此人身材高大，土黄色飞行夹克下黑色衣衫上印的金黄色虎头格外醒目。他右手捂着脖子，晃着硕大的脑袋，拉出最后一把椅子哼了一声坐下。

寂静中是 11 个人沉重的呼吸声，大家等待着，等待着。

圆桌上方的灯光突然亮了许多，邱深眼前的屏幕一闪，那张脸谱又出现在黑暗的背景中。

"大家好，废话不说，我直奔主题。刚才在房间里大家都承认了人生中的一个重大错误，各位肯定都记得上学时老师就告诉过我们，犯错误就要受到惩罚，如今大家都是可以承担责任的成年人了，就要为自己的错误赎罪。"11 块显示器虽然朝着不同方向，但脸谱低沉的声音似乎从头顶上方黑暗的深处飘来。

赎罪？他听到这个词心里一沉。

"请大家来就是想让大家一起玩个闯关游戏，只有真心忏悔和赎罪，并且通过游戏考验的人才能从这里出去。大家一定要严格按照我的指示行动，否则立即会受到惩罚。电击其实是最仁慈的，项圈里还有致命毒药，可立即致死。"

一股凉气从脚下迅速蹿上心头，然后缓慢扩散到全身，这是他第一次遭遇人身威胁，此时他并没有完全意识到事态的严重性，还抱有这是个玩笑的幻想，所以这股凉意很快散去。

不过邱深明显感觉到周围的气氛凝重起来，有的人下意识地摸摸脖子，有的人不安地抖起腿。

"好了，不耽误大家时间，咱们现在开始！"脸谱的快节奏出乎大家的意料。

屏幕一闪，出现了11行文字，每一行都是一个职业对应一句描述。

他仔细地一行行读下去：

互联网公司运营主管	盗取同事的核心算法并把他排挤出公司
工程公司老板	KTV 强奸了并殴打了一个陪唱小姐
某机关普通公务员	几年来利用职务便利收取好处费共20万元
律师	隐瞒关键证据为一个金融诈骗犯开罪，获利 100 万元
金融公司高管	用财色贿赂政府高层领导使公司上市
出租车司机	参与黑社会，打砸过几家商户
保险公司销售	欺骗亲戚朋友购买高额保险
建筑师	婚内出轨、嫖娼，与有夫之妇有不正当关系
医生	剽窃他人论文评职称
小饭馆老板	入室行窃
无业	殴打过一个醉汉，抢了他的钱

只读了一遍，他就明白了这些文字的意思。这是在座11个人的职业和他们相对应的"罪行"。邱深当然注意到自己的"罪行"，那正是在小房间里他坦白的那条。

我们11个人来自各阶层各行业，按理说没什么瓜葛，到底为什么被脸谱关在这里，难道就是因为犯了这些不大不小的罪行？脸谱到底什么意思？

邱深琢磨着，脸谱在屏幕右上角悄然出现，"现在请大家投票，点击屏幕选出一个你心中认为最不能容忍的罪行，30秒倒计时。"

话音一落，屏幕变成了两位数的倒计时牌，"30、29、28、27……"

他又快速把这些文字读了两遍，思前想后，在倒计时还剩最后几秒之际，伸手点击了"工程公司老板"。

倒计时结束，几秒后，11行文字中有8行消失，剩下的3行显示在了屏幕正中。

工程公司老板	KTV强奸并殴打了一个陪唱小姐
律师	隐瞒关键证据为一个金融诈骗犯开罪，获利100万元
无业	殴打过一个醉汉，抢了他的钱

邱深长出了口气。

脸谱再次出现在屏幕右上角，"通过第一轮投票，这三位是票数最高的，请大家开始第二轮投票，三选一，10秒倒计时。"

他没有犹豫，立即点击了"工程公司老板"。

有俩臭钱就欺负人，肯定不是什么好东西！

倒计时刚结束，三行中的两行随即消失，屏幕中央豁然显示着：

工程公司老板　　　　KTV强奸并殴打了一个陪唱小姐

邱深转头迅速扫了一眼在座的人，这时屏幕上跳出一行大字：请3号回到3号房间。黑暗中亮起一盏灯，光线恰好映照出联排小房中的一扇房门。

邱深斜对面的那个穿唐装的胖子突然小声嘀咕着，"不，我不回去，我不同去，"胖子似乎预感到了什么，不愿离开。"啊……"一阵惨叫，他捂住了脖子了。

屏幕上的通知还在闪烁，胖子无奈，艰难起身，慢慢向房间方向走去。刚一进入房间，那盏灯便灭了，房间又消失在黑暗中。

3 号会怎么样呢？脸谱要干什么呢？他不禁为这个工程公司老板担心起来，当然，他只是为自己担心。

"现在第二关开始，既然大家都坦白了自己的罪行，那么有罪就得有罚，请大家写出自己该受到怎样的惩罚，120 秒倒计时。"

屏幕上跳出一个手写框。

惩罚？他从未想过，也许，也许是他从未想过自己干的那件事算是罪行，所以惩罚也无从谈起。所以当他要直面这个问题时，他大脑一片空白。

120 秒时间异常短暂，当他终于想好对策，时间已经过半。他伸手，在屏幕上写下一段话，思前想后，又删了几个字，时间已到，他还想改点什么，脖子一阵刺痛，只好赶紧点击了确定键。

大约又过了十几秒，屏幕上跳出了 10 组文字，每组两行。他仔细一看，上面一行是之前除去工程公司老板外十个人的职业和罪行，下面一行是相应的惩罚方式：

互联网公司运营主管　盗取同事的核心算法并把他排挤出公司
向那个同事承认错误，给予赔偿

某机关普通公务员　　几年来利用职务便利收取好处费共 20
万元
拿出 20 万资助贫困学生，以后不再受贿

律师　　　　　　　　隐瞒关键证据为一个金融诈骗犯开罪，

获利 100 万元

以后每年抽出一个月做公益律师，为低收入者提供法律援助

金融公司高管　　　　用财色贿赂政府高层领导使公司上市

向慈善机构捐款 100 万

出租车司机　　　　　参与黑社会，打砸过几家商户

已经坐过牢，今后好好做人

保险公司销售　　　　欺骗亲戚朋友购买高额保险

以后不再欺骗亲戚朋友

建筑师　　　　　　　婚内出轨、嫖娼，还与有夫之妇有不正

当关系

与情人断绝关系

医生　　　　　　　　剽窃他人论文评职称

兢兢业业做好医生，全心全意为患者服务

小饭馆老板　　　　　入室行窃

今后老老实实过日子

无业　　　　　　　　殴打过一个醉汉，抢了他的钱

赔五万给那个人

看来大家都不过如此。邱深原以为自己定的"惩罚"有些敷衍，但其他 9 个人也并没有好哪去。

脸谱出现，依旧是不疾不徐的语调，"大家都为自己制定了惩罚方案，下面请大家选出一个最令你不满意的方案，30 秒倒计时。"

邱深倒吸了一口凉气，嘿，脸谱可够阴险的，这可不妙。思前想后，他选择了那个无业者。

脸谱出现，"这次大家的选择非常集中，绝大部分人都选择了他。"

屏幕上显示出两行文字：

无业　　　　　　　　殴打过一个醉汉，抢了他的钱
赔五万给那个人

一个人猛地站起，"妈的，赔给那小子五万还要怎样！"瓮声瓮气的嗓音在空荡的黑暗里回响。

他转头一看，此人正是最后落座的那个高大猛男，然而嚣张不过三秒，他就捂住脖子，在浑身颤抖中弯下腰。

这人是 10 号，邱深对他的声音似乎有些耳熟，但也好久没听过了，邱深一边思索，一边观察着事态的发展。

10 号房门上的灯亮起，屏幕上出现文字：请 10 号回到 10 号房间。

"你有种出来，别玩这阴的，妈的……" 10 号猛男躬身猛地捶了一下桌子。

脸谱不为所动，依然用相同的语调说着："请回到房间，否则电击不会停止，30 秒后将注射毒药。"

10 号艰难地直起腰，一脚踹翻了椅子，愤愤地走进 10 号房间。灯熄灭了，但"咚咚"的踹门声从黑暗中传来，几下后才恢复平静。

　　大家安静无声，每个人都坐得笔直，好像小学生上课般，连头都不敢转动。邱深舔了舔嘴唇，偷偷转着眼珠挨个打量着众人。戴着头套的众人坐在桌边的画面看来十分诡异，而黑暗中，每个头套上那两个黑洞更是恐怖，在那每对黑洞后，都是一座深渊。

　　突然显示器上跳出两个并列的画面，迫使邱深把目光拉回。稍加辨认，他发现这是 3 号和 10 号房间内的监控画面。画面中 3 号一动不动地低头坐在墙角，10 号则焦急不安地在房间内疾步，像笼中的野兽。

　　显示器右上角的脸谱在黑暗背景中缓缓浮动，"游戏第一个高潮就要到来，我很激动但遗憾地通知大家，3 号和 10 号只能有一个人活着离开房间。"

　　邱深并不相信脸谱的话，难道脸谱还真敢杀人？虽然其手段确实高明，但在科技如此发达的当下，犯了命案还想全身而退没有可能。尽管这样想，邱深内心还是紧张起来，但表面上仍无动于衷般笔直地坐着。

　　屏幕下方跳出三个选择框：

　　掷骰子　　五子棋　　猜拳

　　"请大家选择两人对决的方式，10 秒倒计时！"

　　以这些方式决定生死？这也太……他几乎凭着直觉迅速点击了其中一个选择框。

　　10 秒后，屏幕上只剩下掷骰子这一项。

　　这时邱深看到，画面监控中的两人都像得到了什么指示，抬头盯着门口的显示屏。几秒后 3 号缓慢起身，10 号突然怒气冲冲踹起门来。

　　"咚咚"，小房子那边传来声响。

3号转身走到房间里那个箱子前，蹲下来打开箱盖，从里面取出那个白色小盒子，随后打开盒子，拿出一个东西攥在手里。而10号经过一番无用的发泄后，最终也和3号一样，从箱子里取了一个东西。虽然邱深看不清那个物体，但他已经猜到那是什么。

10号看了看手里的东西，一把把它摔到地上。画面中那个浅色小点在地板上蹦了许久才停下。监控镜头也迅速捕捉到它的位置，随之拉近，那果然是一个骰子，四点向上。

3号并没有立即扔骰子，而是跪在地上一直用双手捂着，像捂着什么宝贝，犹豫再三后才小心翼翼地抛到箱子上。镜头拉近，二点向上。

3号突然浑身抖动，手捂着脖颈，嘴像离水的鱼般快速张合，几秒后如烂泥般瘫倒在地，抽搐几下后便没了动静。

恐惧从显示器上汹涌而来，将邱深死死按在座椅里，他感到自己也像被注射了毒液，浑身冰冷僵硬起来。邱深忍不住闭上了眼睛，好像不看它就什么也没有发生。

再次睁开双眼，监控画面已经消失，代替的依然是那张脸谱。

"很不幸，3号不能和大家继续游戏了。"脸谱的语调里没有显出一丝遗憾。

黑暗处脚步声传来，高大的10号出现在圆桌旁，默默地扶起椅子，轻轻坐下。

邱深几乎没有注意到10号的归来，他还沉浸在目睹3号死亡的巨大震惊中。

脸谱真的杀人了！这是一个死亡游戏！万一哪次我……邱深不敢再想下去。

脸谱并没有留给众人喘息的时间，立马开始新的关卡。"刚才大家写下的赎罪方案太令我失望了，希望各位能认真反省。我再给你们一个机会，这次我提前告诉你们，最不令人满意的那位将被请回房间。60 秒倒计时！"

屏幕再次弹出手写框。

邱深的右手不自觉地颤抖起来，也许连他自己都没有注意。思前想后，他才抬起这颤抖的手。写完这短短的一句话，他的手心已经潮湿，胳膊也已酸困。

60 秒过后，屏幕上立即显示了 10 组文字：

互联网公司运营主管　　盗取同事的核心算法并把他排挤出公司
向公司坦承错误，把同事请回公司，给予赔偿

某机关普通公务员　　几年来利用职务便利收取好处费共 20 万元
向组织交代错误，上交赃款

律师　　隐瞒关键证据为一个金融诈骗犯开罪，
　　　　获利 100 万元
以后每年抽出一个月做公益律师，为低收入者提供法律援助，
另捐出 200 万元做慈善

金融公司高管　　用财色贿赂政府高层领导使公司上市
向股东说明情况，给慈善机构捐款 500 万

出租车司机　　参与黑社会，打砸过几家商户
登门道歉并赔偿每家商户损失，今后多做好事

保险公司销售　　　　欺骗亲戚朋友购买高额保险

向亲戚朋友承认错误并赔偿损失，以后不再欺骗亲戚朋友

建筑师　　　　　　　婚内出轨、嫖娼，还与有夫之妇有不正当关系

向老婆坦白，与情人断绝关系

医生　　　　　　　　剽窃他人论文评职称

向单位承认错误，接受处理

小饭馆老板　　　　　入室行窃

今后遵纪守法，保证餐饮卫生

无业　　　　　　　　殴打过一个醉汉，抢了他的钱

赔二十万给那个人，以后老实生活

"不错，这次大家都有了进步，这一轮有所区别，请大家选出两个最不满意的惩罚方案，30秒倒计时。"

邱深的心又是咯噔一下。两个？这意味着20%的概率！空气中的不安感明显加强，他再次快速阅读这些文字，丝毫没有注意到自己的右脚在不断摩擦地面。此时，他又懊悔自己写的赎罪方案还是有些简单，深怕它不够有诚意而被大家选中。

就他俩吧！邱深选择了律师和建筑师。邱深算是个专一的人，虽然还是单身，但一向对风流男人心存厌恶。至于律师，纯粹是他对这个行当有偏见。

半分钟后，屏幕上剩下三个选框。看到没有自己，他略微宽了

心，知道自己又逃过一轮，同时他也惊讶地发现自己的选择恰都在
屏幕上。

　　律师　　　　　　隐瞒关键证据为一个金融诈骗犯开罪，获利
　　　　　　　　　　100 万元

以后每年抽出一个月做公益律师，为低收入者提供法律援助，
另捐出 200 万元做慈善

　　金融公司高管　用财色贿赂政府高层领导使公司上市
向股东说明情况，给慈善机构捐款 500 万

　　建筑师　　　　　婚内出轨、嫖娼，还与有夫之妇有不正当关系
向老婆坦白，与情人断绝关系

难道这就是英雄所见略同？看来大家的想法都差不多。

　　这时，在座的一个人小声嘀咕，"你们这是仇富！"他循声望
去，此人与他相隔一人，应该是 4 号。

　　"请大家再从这三个里选两个吧，10 秒倒计时。"他毫不犹豫
继续选择了律师和建筑师。屏幕上显示的结果令他有些意外，建筑
师并不在列：

　　律师　　　　　　隐瞒关键证据为一个金融诈骗犯开罪，获利 100
　　　　　　　　　　万元

以后每年抽出一个月做公益律师，为低收入者提供法律援助，
另捐出 200 万元做慈善。

　　金融公司高管　用财色贿赂政府高层领导使公司上市
向股东说明情况，给慈善机构捐款 500 万

　　"我他妈都捐 500 万了，你们这群混蛋！"左边的 5 号猛击桌
面，着实吓了他一跳。

　　"请 5 号和 8 号回到各自房间。"两盏灯在那个熟悉的方向亮

起，两扇房门像怪物的一对大眼瞪着圆桌。

5号愤然离席，指着人家骂道："你们等着，我要回来 。"电击使他不得不闭嘴，只得气呼呼地走向房门。而8号则不紧不慢地起身，不慌不忙地把椅子摆回圆桌下，耸耸肩，默默地走进房间。

这8号挺有种，律师里还有过种人？

不出所料，屏幕上再次跳出两个房间的监控。5号 遍一遍试探着房门，像是希望能够出现奇迹。8号则安静地靠在墙壁上。

"一个古老的游戏，快，又不复杂，上学时大家可能玩过哦！"脸谱说，"游戏规则很简单，两个人房间里的显示器是联机的，现在上面显示着20，两个人轮着报1或2，从20开始，每次会减去所报的数，谁最后一个报数谁赢。鉴于5号的表现，就让8号先报数。"

话音刚落，脸谱的头像就变成了数字20。

邱深刚明白怎么回事，8号便对着房间门口的显示器喊："1"

5号迟疑了片刻，然后喊："2"。

两个人就这样轮番叫号。

"2"

"1"

……

与之相应，显示器上的20也飞速递减。

邱深这时反应过来，这游戏看似简单，其实很有技巧，但在这么短的时间内若不是事先知道规律，恐怕就真得碰运气了。

很快，20变成了2。

邱深知道，游戏结束了。

"2！"8号喊出了最后一个数字。

5号直挺挺地站在原地，一动不动地注视着显示器。8号伸手去拉房门，门开了。

稳健的脚步声从黑暗中传来，当8号重新落座时，5号已经在抽搐中倒地，监控关闭。

邱深心头的那根弦又被紧了几扣，脖颈后凉气直冒，头皮像有千百只蚂蚁在爬。他不免设身处地，想象是自己在房间里玩这个生死游戏，然而真要是自己，恐怕和5号的下场一样。此时，他不得不对这个律师刮目相看。

"真遗憾，这么快就有两位朋友离开我们了。"脸谱的语调没有任何波澜，"接下来大家要认真玩游戏。"

邱深再一次环顾了剩下的八个人，我们为什么被抓到这里，难道就是因为犯下了这些所谓的罪状？他虽不是律师，但他也明白，这些罪状有的虽然构成犯罪，但离死刑还相距甚远。脸谱到底是什么人，他现在可是犯下了谋杀罪，这岂不是比在座的每一个人都严重？

就在胡思乱想时，显示器上跳出一张图表：左边一列是1—11的序号，右边一列是11个职业。

脸谱说，"这一关也很有意思——猜职业，请各位猜一猜彼此的职业，把图表中的序号和职业对应起来。"

这一关又出乎邱深的意料，但他转念一想，如果他是脸谱，也会定下这个游戏，不过，根据现在掌握的信息，猜对八个人的职业非常困难。

"每个人都可以选择自由选择三个人，向每个选择对象提一个问题。规则是问题内容不能涉及姓名、职业名称、工作单位等个人信息和经历，每个被问到的人都要如实回答，不能沉默也不能撒谎。"

呵呵，还有这一招，真厉害！

"给大家三分钟的时间提问和考虑，现在开始。"

邱深的大脑飞速地转起来：现在除了自己，他能确定四个人的职业，3号是工程公司老板，10号是无业者，5号是金融公司高管，8号是律师，对了，刚才有人嘀咕损伤高，那他估计就是建筑师。

借着不甚明亮的灯光，邱深仔细打量着八个人的衣着，他们高矮胖瘦各不相同，有的是正统的西装，有的穿着休闲夹克，有的则是成套的运动服，然而问题是他们未必都是在工作的时候被脸谱抓到的。比如自己，即使是做"IT"的，绝不会穿着现在这身骚气的衣服去公司。尽管如此，他还是希望能从穿着和动作上看出些端倪。

身边的7号，拘谨的深色西装紧绷在身上，浅色衬衫不知什么时候已经解开了两个扣，穿着黑色皮鞋的脚跷着二郎腿在桌下不断晃动着，白色的袜子格外显眼。

保险销售？可能性很大。他点击了屏幕上的7号，在弹出的手写框里写道：保险有哪三大类型？

对面的11号由于显示器阻挡看得不甚仔细，但他能感到对方个不高，但很壮实，穿着土气的褐色夹克，像个退休老干部。旁边的1号是灰色的宽松帽衫，上身时不时小幅度摇晃着，好像有多动症。

他俩估计一个是出租车司机，一个是饭馆老板。时间容不得他仔细思考，他选择了1号，提出问题：现在出租车份子钱交多少？

而2号和9号更让他迷惑，两人身材和衣着非常接近，也都像上课般直挺挺地坐着，全神贯注地在显示器上比画着。谁是医生谁是公务员呢？他选择了2号提问：浅表性胃炎要吃什么药？

突然显示器下方跳出两行文字，是他人向自己提出的两个问题。

前些年去世的著名女建筑师是谁？

微软 Windows 操作系统主要基于哪种语言写成的？

有人觉得我是建筑师？呵呵，第一个问题他快速写下：不知道。

第二个问题他犹豫了，几秒后也写下了不知道。"道"字刚写完，脖子便一阵刺痛，随即眼前跳出警告：不要说谎！

他在心里骂道。没办法，他赶紧改成：以 C++ 为主的 C 语言。

很快那三个人的回答也出现在了屏幕上。

7 号回答：保障类、理财类、投资类。

嗯嗯，不错，大概率是保险销售。

1 号回答：不知道。

看来是餐馆老板。

2 号回答：三九胃泰。

估计不会是医生，是公务员的概率大些。

三分钟的时间转瞬就到，脸谱说："大家考虑好了吧，倒计时 30 秒，把表格中的序号和职业对应起来。"

他最后给出了自己的答案：

1 号　饭馆老板　2 号　公务员　3 号　工程公司老板

4 号　建筑师　5 号　金融公司副总　6 号　互联网运行主管

7 号　保险销售　8 号　律师　9 号　医生

10 号　无业　11 号　出租车司机

接下来显示器一片漆黑，紧张的氛围陡然加剧。哪怕当年等待高考成绩也不会如现在这般焦虑。有人用指尖敲击着桌面，有人的头有节奏地晃着，有人不安地来回调整坐姿，有人干脆双手捂脸一动不动。

脸谱终于又出现了，"大家等急了吧，各位猜得还都不错，可惜有两个人运气不好，只与对了六个人。下面是正确答案。"

1 号　出租车司机　2 号　公务员　3 号　工程公司老板

4 号　建筑师　5 号　金融公司副总　6 号　互联网运行主管

7 号　保险销售　8 号　律师　9 号　医生

10 号　无业　11 号　饭馆老板

邱深仔细一看，发现自己大部分都猜对了，心中略微放松下来。但是 1 号怎么会是出租车司机，他连份子钱交多少都不知道，是不是脸谱搞错了？

"请 9 号和 10 号进入各自房间。"

"妈的怎么又是我！"10 号捶着桌子大吼起来。

9 号极不情愿地起身，转头看着 10 号，似乎是等他一起。

10 号坐在椅子上双臂交叉抱在胸前，没有起来的意思。几秒后，他就捂着脖子开始颤抖，身子不自主地蜷缩，但仍坚持着待在椅子上。

"如果谁心脏不好持续电击是会出人命的！"站着的 9 号喊了一声。

"谢谢 9 号的提醒，请 9 号立即回房间。"脸谱的语调没有任何感情色彩。

9 号摇摇头，转身走回房间。

10 号终于坚持不住，跌下座椅。

"请大家一起把他抬进房间，否则都要遭到电击！"脸谱的命令更加冷酷。

4 号和 7 号率先起身来到 10 号身边，两人非常有默契，各架起 10 号一侧的肩膀，想把他拉起来。然而人高马大的 10 号奋力反抗，差点把 7 号拽倒。

"谁敢动我!"10号躺在地上直蹬腿。

"你们还坐着干吗? 快来帮忙啊!"4号冲着还在座的几个人喊起来。

1号、2号立即去帮忙,邱深也想起身,看到8号仍然稳稳地坐着,犹豫了片刻,8号也似乎察觉到他的关注,这才不慌不忙地起身过去,他也起身跟过去。

有的拉胳膊, 有的抬腿, 六个人费了很大力气终于把10号弄进了房间。刚把10号撂在地板上, 大家还没走出房门, 10号就蹦了起来, 发疯似的往外冲。几个人又合力把他挡住, 几番折腾下来, 终于把10号锁在了房间里。六个人回到圆桌, 大家惊讶地发现桌边安静地坐着一个人, 那是11号, 他根本没有来帮忙。

六个人刚坐好就感到了脖子的刺痛, 大家都捂着脖子躁动起来。

"很抱歉, 由于11号没有行动, 所以大家都受到了惩罚。"脸谱说。

有人低声骂了起来。

11号局促不安地调整了一下坐姿, 两眼直直盯着显示器, 不理会周边人的反应。

显示器又亮了, 不出意料, 上面是9号和10号房间的监控。9号在房间里来回踱步, 10号四仰八叉地倒在地板上, 似乎放弃了抵抗。

"现在给各位一个选择: 谁愿意替换9号或者10号, 如果有人愿意, 他将和另一个人在房间中对决, 两个人还能有一个出来。如果没有志愿者, 9号和10号都会死!"脸谱给出的选项不仅让邱深吃惊, 也让在座的都惊讶不已。

显示器上跳出了"YSE"和"NO"的弹窗, 脸谱也变成30秒倒计时钟。

谁会这么圣母去救一个和自己毫不相关的人？邱深不免觉得脸谱给出的选择多此一举。不出 10 秒，他便点击了 NO。

倒计时结束，"很遗憾，没有人愿意替换他们。"大家的决定果然在邱深意料之中。

监控中 9 号突然摇晃着瘫坐在地上，随后便躺下抽搐起来，10 号也如过电般浑身颤抖，不多久两人便没有了动静。

一种莫名的负罪感爬上他的心头，虽然他对自己的选择没有后悔，但奇怪的不安感还是让他冷汗直冒，胃里沉渣泛起。两个刚才还在他身边静坐的生命就这样悄然死去，邱深很难不去想象自己也被困进小屋的情景。不知道监控器前看着自己死去的众人会为我叹息吗？

大家安静得出奇，都能听到彼此的呼吸声。

脸谱似乎也察觉到了大家情绪的波动，很长时间都没有说话，而这更加重的大家的焦虑情绪。

"如果我没有猜错，各位现在最想知道的就是为什么会在这里吧？"脸谱四平八稳的话语打破沉寂，"这个谜底很快就会揭晓，请大家保持耐心。在这之前，我要公布一个秘密。"脸谱说到这里故意停顿，大家的呼吸也随之暂停。

"这个秘密就是——在座的各位，其实都认识！"

这句话简直像高压电流，从邱深的脚趾间冲击到头发梢，他无法确定心脏是否还在跳动，但可以肯定，那一瞬间他的大脑是无法思考的。当大脑功能恢复，一时间各种想法汹涌而至，使他头痛不已：什么？我们都认识？怎么会？我难道认识这些人？我怎么没有印象？

370

王栋中短篇小说选

邱深再一次环顾了在座的六个人，又回忆着那四个人的依稀模样，在反复的回忆与比对中陷入困惑。要说金融公司高管、保险销售、公务员、医生什么的，我确实认识一两个，但根本不熟。至于建筑师、出租车司机、饭馆老板之类的，他在脑海中反复搜索了好几遍，并没有认识的人啊。

"所以这一轮的游戏就是，猜姓名。请大家写出在座11人的姓名，考考大家的记忆力和运气。"

显示器上再次显示了序号和职业的表格，与上一轮不同，这次共有三列，最后一列空着，用来填写姓名。

"请各位在表格中填写对应的姓名。之前对游戏淘汰者有惩罚措施，而这一关对游戏胜出者会有奖励措施。如果哪位能写出11个名字中的三个以上，当然不包括自己，之后他将获得三轮游戏的豁免权。60秒倒计时开始。"

这看似没什么吸引力的奖励眼下却非常的珍贵，包括他在内的所有人现在都明白了，每一关都会有人死，多闯一关就是多活一关。但是，但是邱深脑中仍然毫无思绪，他们是谁呢？为什么被抓到这里呢？

现在只能死马当活马医碰碰运气了，有名字总比空着强。邱深首先把自己认识的金融公司高管、保险销售、公务员、医生的名字都写上，这其中还有两个人他不确定是否写对了字。

倒计时结束。

"很遗憾，看来大家都选择性失忆了，竟然没有一个人写对哪怕一个名字。"

邱深的思绪此时也像被禁锢在了这黑暗中，完全找不到方向。这些人是谁呢？我怎么会认识呢？

"这样吧，我先公布一个名字，相信会给大家一些提示。工程公司老板：钱涌。"

钱涌！这个名字像是黑暗中的一道闪电，让他脑中陡然一亮，然而紧接而来的不是光明，而是更深的黑暗。钱涌……钱涌！是他！这个俗气的名字裹挟着寒流冲入他的心头。原来，竟然，竟然是那件事！

不光是他自己，邱深能明显感觉到空气躁动起来，这个简单的名字仿佛有一种魔力，瞬间击穿各位的大脑，唤醒了多年沉睡的记忆。

如果真是那件事，这一切都好解释了，虽然还不能确定脸谱是谁，但他肯定与那个人有直接的关系，而脸谱的目的也很明确——复仇！怪不得他如此冷血。难道，难道18年前的一条性命真要11个人去偿还？

他心里七上八下，紧张地观望着那六个人的反应，当然，大家都在彼此观望、心照不宣，担心着自己的命运，同时也深深地悔恨，悔恨十八年前那个燥热的黄昏。

"再给各位一个机会，这一次谁写得正确的名字最多谁将获得本轮的豁免权，当然不包括自己和钱涌，30秒倒计时开始。"

看着跳动的倒计时，他脑中飞速地旋转起来。那件事后，大家都形同陌路，主动选择遗忘，仿佛那件事没发生过，毕业后更是谁也不联系谁。

"张浩君"，这个名字第一个跳了出来，这是他同班同学，那时他们是死党，几年前听同学说起他大学毕业当律师了，那么，8号就应该是张浩君了。

此外，他还清晰地记得两个人，都是同年级其他班的，一个叫徐喆，当年学校里的风云人物，家境优越、仪表堂堂，更可气的是学习和体育都非常优秀，令全校男生羡慕，女生向往，时至今日他还记得这个特殊的"喆"字。另一个叫周伟，与徐喆相反，此人按现在话说是个问题少年，逃课、打架、混社会，可以说是校园一霸。还有一个姓夏，记不起名字，印象中是个富二代。

这几个人里如果有徐喆，他不是金融副总，就是建筑师，周伟那种人混得好是饭店老板，混不好就是无业游民，出租车司机也有可能。

眼看时间不多，他赶紧写到：4 号　徐喆　8 号　张浩君　11 号　周伟

倒计时结束，他写下 4 号和 8 号的名字上都跳出了对勾，11 号名字上跳出了红叉。

"不错不错，2 号和 8 号写对了三个名字，他俩暂时安全了。"

邱深情不自禁地一跺脚，哎！就差一个名字了，我本来想写周伟是无业的，真是一念之差！

"很抱歉，你们剩下这五位记忆不好的人将要玩一个小游戏，最后一名必须回房间！"

邱深的血液逐渐凝固，盯着显示器的眼睛似乎也花了，就连呼出的气似乎都带着冰晶。他模糊地看到屏幕上弹出了一些扑克牌，游戏就要开始，他只得揉揉眼睛，暂时抛弃杂念，仔细看起来。

这是 6×6 的扑克牌矩阵，扑克牌背面朝上，36 张牌背面一模一样，都是一个女神的雕塑，女神右手提着天平，左手握着宝剑，被丝带蒙住的双眼平视前方。尽管他不是律师，他也知道这位女神象征着公正。

"马上扑克牌将会翻转，给大家 10 秒钟记住扑克牌的花色、

点数和位置，现在开始。"

脸谱话音刚落，36 张扑克牌就翻转过来，他顾不得想什么了，全神贯注地默记起来。然而 10 秒的时间实在太短，他大部分牌只能匆匆一瞥。10 秒后，所有牌都翻转了过去。

扑克牌上方出现一行文字：请根据提示选出对应的扑克牌，选对 1 个加 2 分，选错 1 个减 1 分，30 秒倒计时，得分最少的会被淘汰。

邱深像是又坐在了当年高考的考场，然而当下的情况要紧张许多，毕竟，这场考试决定的是每个考生的终极命运。

方片 6，左上角弹出了提示。

他的大脑飞速运转，全力搜索着刚才的瞬时记忆，右手迅速点击其中一张扑克牌。

正确，+2；

此时已没有时间庆幸，梅花 9，新的提示紧接而来。

正确，+2；

黑桃 K，

错误，-1；

……

30 秒后，右上角的数字停到了 25。

此时邱深那一直狂跳的心马上要蹦出胸口，这个看似不错的得分并没有让他有丝毫的放松，因为他不知道另外四人的水平。

"抱歉，4 号只得到 11 分，请 4 号回房间。"

他长出了一口气，重重地靠回座椅，感慨自己又挺过一关。

4 号，4 号是徐喆啊，他这么快就被淘汰，让人意想不到。可能是重压之下会影响一个人的记忆能力吧。

徐喆坐在座椅上，纹丝不动。

"4号，请你回房间，否则将受到惩罚。"

"你是在故意整我，我明明记住了很多牌，你故意的！我操你妈！"徐喆突然歇斯底里地喊起来，然而立即，他就捂着脖子开始抽搐。无奈中，只能跟跟跄跄地起身。

不远处4号房门口的灯亮着，但大家都知道那是一条不归路。

"他只是在玩你们，你们都出不去的！"徐喆边走边回头喊着。声音虽然刺耳，但确也是每个人最为担心和恐惧的。

进了房间，大家在监视器上看到徐喆直接平躺在了地板上，像是等待着死亡。与那四个人一样，在片刻的抽搐后，他便没有了动静。

监视器关闭后，邱深又环视了一眼圆桌，靠他右边的7号西装男仍是直挺挺坐着，让他惊讶这人居然能保持坐姿这么久。8号就是张浩男，律师，与7号相反，他靠在椅背上跷着二郎腿显得十分自然；对面的11号他知道是那个餐馆老板，由于屏幕挡着，看不清他的姿态；11号旁边的1号出租车司机不停地抖着腿，连全身都跟着动起来，他时不时转头四下张望、伸手摸摸脖子，好像在检查那个项圈会不会消失似的；2号公务员右手放在桌子上顶着脸颊像是思考着什么。

邱深还在观察，突然圆桌顶部的灯明亮了不少，大家都为之一振。脸谱再次出现在屏幕中央，"经过四轮的考验，在座的六位非常幸运。想必有的人都知道对方是谁了，也没必要戴头套了，各位都摘下来吧。"

虽然大家都听到了脸谱的指示，但谁都没有先动手，每个人都在观望着对方。片刻后，8号笑了几声，伸手摘掉了头套，一把扔在了地上。

虽然过去那么多年，邱深觉得老同学张浩君变化并不大，如果在街上迎面而过绝对还能认出来，尤其是他眉眼间的那股灵气仍然在线。但就外形来说，张浩君并不突出，但他始终自信而淡定的神情放射出一种特殊的亲和力，让与他相处的人感到安全和放松。眼前的张浩君更加成熟，而这种气质也因年龄的增加愈发明显。

坐在邱深和张浩君中间的 7 号这时也扯下头套尽情呼吸起来。这人的面容对他来说比较陌生，也许是这张方正的脸庞相略显臃肿的五官过于大众化，可以说代表了中国北方男人的普遍长相。稀薄的头发梳成偏分，合着那身紧巴巴的西装，更显出几分油腻。这个人装出一副轻松的样子，可惜在淡定的张浩君身旁，一经比较便让邱深察觉到了他的紧张和不安。

邱深取下头套，发现对面的 2 号与自己差不多同步。2 号是一张典型的书生面相，白净的面庞略显消瘦，郭富城式的中分发型因刚摘了头套显得凌乱，一对小圆眼隐蔽在厚重的眼镜后仔细打量着周围。他旁边 1 号的手明显在颤抖，他小心翼翼地取下头套，目光并不想与其他人接触，拿着头套的手继续微微颤抖着，慢慢把头套放在桌上。1 号紧张的神情与那张凶横的脸形成了一种诙谐的反差，这张脸成功唤起了邱深的记忆。原来是他，曾经也是校园里的话题人物，小霸王周伟的左膀右臂。11 号最后一个摘下头套，他机械地将头套叠好放在桌上。这人面色黝黑，成龙似的大鼻子格外醒目，两鬓已露出白霜，毫无表情的脸上显出与年龄不符的沧桑，空洞的双眼不知道望向何处，似乎对周围的事漠不关心。

六个人各怀心事，圆桌边鸦雀无声。

"各位怎么都这么沉默。"大家已习惯了脸谱的突然出现，他慢条斯理地说着，"现在大家可以说话了，而且言论自由。你们曾经都是一个学校的同学，不要拘束嘛。"

脸谱的话如石沉大海，六个人没有任何回应。

"好吧，看来你们都习惯于我发号施令了，这样吧，你们就像新生入学，我这个老师让你们按顺序做自我介绍，姓名、职业以及其他想说的，1号，从你开始！"

大家不约而同地望向1号。

1号发现目光汇聚于他，更加紧张起来，他一会儿盯着显示器，一会儿盯着其他人，脸上的赘肉颤抖着，眼睛飞快地眨着。

"大家……呃……各位同学好啊，我……我叫……叫……吴……睿。"不知是过于紧张还是天生如此，看到几个人诧异的表情，他的话语更加不连贯。"我……我当初是二……二班的，现在……现在开……开出租。呃……"吴睿把头套攥在手心，似乎还想说什么，但最终还是摆了摆手，"就……就说这些吧。"

2号看了看1号又看看大家，"啊，这个，同学们好，我叫陈毅然，五班的，不知道大家对我有没有印象。现在的工作呢，嗯……惭愧。"一说到这里，他的语调明显降低下来，"在一个小机关混混日子。"说罢就不再言语。

轮到了6号的邱深，"我叫邱深，三班的，现在一家互联网公司。"说罢微微点点下巴，转头望向右边的7号。

"哦，你说完了？"7号问道，听到邱深"嗯"了一声，继续说道："大家好啊，在这样一个场合与老同学见面有些尴尬。哦，我叫董博成，这是高考后改的名，小时候我叫董海涛，也许你们想起来了。其实对你们我都有印象，吴睿你当年在学校也是响当当的人物，陈毅然我觉得你脸熟，咱们肯定说过话。邱深你是三班学霸，我还记得，还有张浩君，也是三班的，是吧？"看到8号点头，董博成嘴角上扬，"咱们一起补过英语，现在你是律师，啊，厉害厉害！这位同学呢，嗯，抱歉实在没有印象。"他停顿了几秒，接着说，"其实那个事纯粹就是误会，本来我……"看到人家烦躁的眼神，董博成尴尬地再次挤出笑容，"啊，不说了，下一位吧。"

8号张浩君是在座6人中最为平静的了，他仿佛还在教室中听课般一副不置可否的神态。"刚才董博成同学介绍了，我叫张浩君，和邱深都是二班的，现在是律师。如他所言，本不应该在这里见到老同学，但事已至此，希望大家都能平安地出去。"

11号与其说是目光呆滞，不如说他游离于这个环境之外，一脸茫然的他好像一直在思考着什么。五个人都把目光投向这最后一位，但他显然没有注意到。

"哥们！喂，哥们！到了！"董博成冲他招招手。

最终还是旁边的吴睿轻轻拍拍他的肩膀，把他从另一个世界拖拽回来。

他环视了一周，眼神中充满疑问。

"哥们，刚才包公说让大家做自我介绍，现在轮到你了。"董博成响亮的声音在幽暗的空间里回荡。

11号这才如梦初醒，"我叫王明杰。"说完便又沉默了。

"你餐馆在哪，叫什么？"还是董博成。

王明杰像是没有听见，董博成也没有追问。

"各位不要担心，下面都可以随便说话、自由发言，不会因为说话而被惩罚。"脸谱再次出现，但大家又陷入沉默。其实每个人心里明白，都在等着脸谱宣布下一关的到来。

"既然大家都不说话，还是我主持发言吧。"脸谱似乎猜到了众人的反应，"话题比较沉重，但我再说一遍，你们当中只有一个人能够活着离开这里，接下来你们的表现将决定你们的生死。我想向各位提个问题，现在大家都应该想起 18 年前那件事了，但是刚开始在小房间里坦白自己错误的时候怎么谁都没有提起此事呢？还是说你们觉得这根本都不算错误？"脸谱停顿了几秒，"还是顺序回答吧。"

即使灯光不甚明亮，大家都注意到吴睿通红的面颊，脸上肌肉的颤抖更加明显，嘴一张一合但毫无声响，许久后才发出声音，"我……我……我对当年的事真的没什么……没什么印象，我根本没有……没有动手，我现在只想好好过日子，放了……放了我吧！"他焦急地望向黑暗的天空，仿佛脸谱是上天掌管命运的神灵。

"抱歉，当时确实没想起来，再说当年还小都不懂事。"陈毅然的话语里似乎不带有任何感情色彩。

邱深以为陈毅然还要说些什么，但发现他两眼无神地望向自己，只得清了清嗓子，"我也是，毕竟 18 年太久，这些年生活不易，加之当时比较惶恐一时之间没有想起来。"说罢他转头望向董博成。

"啊，你说完了？嗯，其实我们都一样，是啊，时间过去太久了，我们毕竟都是人脑，再说一些不好的回忆无意识间就自动选择遗忘了。我没专门学过心理学哈，但好像读过类似的文章，大概是这意思吧。"他不停地搜寻众人的目光，期望得到大家的回应，但五个人冷漠的神情令他失望。

"其实我没有忘记。"张浩君此话一出，众人都惊诧地望向他，他不慌不忙地说，"我一直很后悔，但是这个错误并不是我一个人的责任，另外那时候大家都是未成年人，所以当时在小房间里我没有提。"

张浩君的话引起了大家的共鸣，陈毅然和董海涛不住点头。

片刻后，众人才注意到王明杰还没有说话。这个饭馆老板紧靠在椅背上，让人觉得他是期望躲进身后的黑暗里，面无表情地摇摇那僵硬脖颈支起硕大头颅。大家也不再强迫，但求自保。

沉默，又是沉默，大家都在沉默中等待着，等待着。

"经过之前的游戏，我发现其实大家的记忆都不错。"被等待者终于再次出现，"但有的人却干脆忘记了这么重要的事情。十八年前那个普通的日子，一个十四岁的少年被十一名同校学生围殴致死。表面上说无法确定主要负责人，实际上这十一人中有人的家长权势很大，最终此事定性为意外事故。这十一人留校察看不追究责任，每人各赔偿死者家属六万元了事。"

脸谱像电台主播一样不紧不慢地讲述着，简要单调的话语恐怕提不起任何一个局外人的兴趣，可邱深脑中就像浏览手机相册一般，一张张照片夹杂着一段段视频，有序但跳跃地回放着。

落寞的夕阳、破败的小巷、肮脏的校服、期间混杂着推搡、谩骂，直至飞起的拳脚和蒸腾的汗水与尘土，那激烈的场景如今只剩下破碎的印象，和一哄而散后水泥地上留下的瘦弱身躯。

那个男孩叫什么名字？邱深在心中自问。此刻他努力搜寻，但记忆并不如人所愿，这个名字始终无法出现，或者说记忆又太如人所愿，当真抹去了这个他不愿提起的名字。

"你们的记忆这么好，谁还记得那个男孩的名字？"脸谱语气低沉。

众人沉默。

"正确说出名字的，可以获得这一轮的豁免权，30秒倒计时。"脸谱加上了砝码。

"好像叫什么磊吧……"董博成说得并没有信心，把目光投向了大家。

其他五人各怀心事，没有一人与他的目光接触。

沉默保持到30秒结束，脸谱冷笑两声："杜明磊，果然不出我所料，你们不是不记得，你们都选择了遗忘。"

邱深感到头皮一阵发麻，每根头发都像要离他而去。微黄的灯光下，他觉得每个人的表情都狰狞着，抽搐着。

"下面我要迫使各位去回忆了，回忆那天的真相。有的人说责任并不在他，那么当时大家都是如何参与其中的，又都做了什么？这一次不能不回答！"

广义相对论认为大质量天体能引起空间的变形，而对于邱深而言，眼前紧张的氛围使得空间发生了扭曲，空气似乎都被扭曲的空间所稀释，让他的呼气变得沉重。

"啊……我……"吴睿好像对每次都从他开始有些不满，"我刚才……刚才说了，我不太记得……了，反正……反正是有人拉……拉我……我去的，我没动……动手，真的。"

"哦，这个，哎确实，时间久了细节真记不住了，好像是谁让我帮忙去打个人，其实我不想去，但碍于情面还是去了。不过当时我看见我们这边人不少，对方就一个，我也就在旁边看着没动手。"陈毅然一字一句地说道。

邱深想了想接着说："我相信大家的情况都差不多，我也是被人叫去帮忙，也许踹了那人几脚吧，但也绝不会致命，但我也不记得谁应该负主要责任了。"

"邱深说得没错，其实当时真混社会的就那么一两个，我们都算是正经学生。哎，当时不是流行古惑仔吗？兄弟义气嘛，有朋友受气就去帮忙喽。我记得是夏晓辉叫我的，但好像也不是他直接惹的事，也是别人叫的他。那时我和夏晓辉关系挺好，就是去出个头，纯粹去吓唬人，根本没动手。夏晓辉也应该没动手。可惜他……"
董博成突然感到了不妥，马上打住。

"我认为大家说的都是事实，我是徐喆叫去的。"张浩君转头
看看邱深，"我又叫了邱深，对吧？真正动手的不多，后来我看被
打那人挺惨还去拉架了。当时我们都是未成年人，思想都不成熟，
不是完全行为能力人，从法律上来说呢，不应该负完全的责任。"
张浩君的语气很平淡，好像是在为委托人做陈词。

五个人的目光都投向王明杰，他也感到了压力，尽量将高大的
身躯蜷缩在座椅里。不出意料，他交叉抱于胸前的回答异常简洁，
"我都记不清了。"

"大家都说不是自己找事，也都没有参与打人，那么主要负责
人就在那五个人当中了，杜明磊也是被他们打死的？"脸谱的语调
不再平静。

六个人都不约而同地低下头。

"现在请大家仔细回忆一下，在座的各位当中有没有牵头或动
手的，如果有，请把他选出来，其实淘汰一个人对大家都有好处。
现在各位自由讨论吧，五分钟后给我答案！"

邱深的心几乎冲出咽喉，大家现在都不是小孩了，都明白其中
利害，在眼下毫无依据的情况下选出一个人担责无异于集体谋杀。

每个人都盯着倒计时各怀心思，吴睿抽搐般地晃着右腿，双手
抱头支在桌面上，陈毅然正襟危坐，两眼望天，董博成不断调整着
坐姿，好像坐在一摊烂泥上，张浩君双臂交叉抱于胸前，安稳地注
视着显示器，王明杰仍然蜷缩在座椅里，目光呆滞，好像魂魄已云
游去了。

过了将近一分钟，终于有人沉不住气了，"我刚才说了，是夏

晓辉找我去的，我们是同班同学，其实我和各位都不熟，我也不记得谁召集的大家，当时场面很混乱，具体谁动手了真说不清，现在选一个人出来不是难为人吗？"董博成声音不大语速很快但很清晰。

"我刚才也说了，是徐喆叫我去的，我又叫了邱深，我和邱深那时候都是好学生。啊，不是说各位不是好学生哈，因为那时我对邱深比较熟悉，这种事一般都不会参与，还是看在徐喆的面子上。当年公安已经调查过了，也有了定性，有责任也是大家一起承担，现在要选一个人背锅确实不妥啊。"张浩君还是慢条斯理地说着。

"对对，"陈毅然接话，"大家那时候主要精力都在学习上，要中考了嘛，哪知道碍于朋友情面去帮忙，结果出了事，其实都挺冤的。"

"我……"吴睿嘴张得很大，但没发出什么声音，所有人都望向他，这使他更加紧张。"我……我那时候……"

"你那时候挺出名的啊。"董博成的语调里露出一丝讽刺。

吴睿看了看董博成没有搭理他，继续说："我那时候确实爱闹……闹事，但我都和……和校外那些混混，不在学校里……那啥的。"

"你和小霸王周伟不是铁哥们吗？对了，平头陈浩南不是你吗？"董博成再次打断吴睿。

"哦哦，我想起来了，对，平头陈浩南。"陈毅然眼睛一亮，"确实是风云人物，我们当时见了你得躲着走。"

"不……不，不提那个……我想起来了，是……是钱涌叫我的，我……我根本没动……动手。"

"是吗？看来你也和我们一样是被冤枉的，浩南哥。"董博成几乎笑了起来。

张浩君对着显示器严肃地说，"看来要负主要责任的人都被淘汰了，能不能放大家回去，我们一定痛改前非，按刚才定的方案赎罪。"

倒计时继续跳动，显然张浩君的话毫无作用。

董博成清了清嗓子，犹豫了片刻说道："哎，其实也分析得出来，浩君说得对，我们那时候都是好学生，不可能动手的，费动手也是那些平日就经常打架的小混混。啊，各位心里都明白吗？"

"我……我……我没动手！"吴睿有些急了，"说实……实话，那人不过是个……是个普通学生，用不着我……我动手。"

"又没说你，你急啥，"董博成说罢转头望向王明杰，"我记得王明杰那时候也经常和周伟他们玩呢。"

王明杰没有反应，陈毅然想起了什么，"对对，他是我隔壁六班的，那时候还打过我们班肖华呢，好像因为肖华跑操时撞了他。"

"各位别跑题，还是想想这一关怎么过。"张浩君提醒大家。

"该选谁我想大家心里都有数了，我觉得人生哪，还真是公平的。小时候认真读书的，现在也都还不错，反而那时候器张的，现在就……啊，教育嘛，就是用来分层的，是吧？"董博成靠在椅背上，颇有些居高临下的姿态。

"你们……你们现在有钱了不起……啊，不都……不都干了坏事吗？你……"吴睿指指董博成，"你连亲戚朋友都……都骗，还好意思……说我！"

"咱们再说那时候的事，你提这个干吗？现在都是成人了，成人的世界有对错吗？"董博成脸色一沉，"要这么说，你还是黑社会呢，还打砸抢，看来这是你一直的秉性，你怎么保证当时没参与殴打？"

"我……我……"吴睿站了起来，脸憋得通红，"没打就是没……没打。"

"这个，都不要吵了，大家都这个处境了，应该团结。"陈毅然拉吴睿坐下，"时间不多了，大家赶紧仔细回忆当时的情形吧，想想谁动了手。"

邱深一直没有说话，一是他觉得无话可说，二是他一直陷入在往昔的回忆中。那个黄昏的情景模糊不清，他依稀看见一帮面目模糊的少年围住一个男孩，倔强的男孩不仅并不畏惧，反而歇斯底里地反抗着。开始的言语交恶迅速升级为推推搡搡，很快便成为拳脚相向，形单影只的男孩摔倒在地，众人蜂拥而上，球鞋、皮鞋如暴雨倾斜而下……

"陈毅然说得有道理，咱们不要再吵了，看来投票不可避免，那都静下来回忆一下，公平公正地投出这票。"张浩君提高声音结束了争辩。

大家都安静下来，各怀心事地望着倒计时一秒一秒地跳动。

"五分钟到了，大家的讨论有结果了吗？下面请各位投票，请注意，票选的必须是在座的六位中的一位。不能弃权，超过四票即可确定票选人。"

说实话，邱深真的不知道该选谁，在座六人中谁该为，或者说更该为18年前那场事件负责。其实不只是他，大部分人都不知道，但面对这道必答题，他还是写下了和其他四个人相同的答案。

脸谱还没有公布结果，吴睿就预感到了厄运的来临。他双臂搭在桌面上，东张西望的眼神中满是恐惧，大腿不停地抖动，带动桌子也微微晃动起来。

不出所料，吴睿两个字出现在了显示器上。

"不！你们不能这样！"吴睿低吼起来。

"请 1 号回到房间！"脸谱的命令给吴睿判了死刑。

"不！我什么也没干，我不去！我有老婆孩子，我不能死！"

"最后一次警告，请 1 号回到房间！"

"不！不！啊……"吴睿双手捂住脖颈痛苦的抽搐。

其他五个人似乎已经预料到眼前的一切，眼神中流露的是冷漠。

挣扎中，吴睿滑到地上，全身扭曲成一团。

"请大家帮忙把 1 号送回房间，否则都要受到惩罚。"

脸谱的话一出，董博成迅速看了一眼大家，站起身走到吴睿身边，俯身去拉他。

吴睿猛然挥手，一拳打在董博成脸上，毫无防备的他顿时捂脸后退。

"这小子打人！"董博成大骂，抬头看看大家，"哥们赶紧啊。"

张浩君和陈毅然离开座位，一左一右控制住吴睿的两只胳膊，但并不能把身强力壮的吴睿拖走。

董博成再次冲上来，试图拖拽吴睿的右腿，结果被吴睿蹬了一脚差点摔倒。

"他娘的！"董博成脱下外套拍了拍，顺手放在桌上，气势汹汹地再向吴睿扑去。

"邱深、王明杰你俩还看着干吗？搭把手啊！"张浩君喊道。

邱深不情愿但还是过来帮忙，王明杰则死死地钉在座椅里。

"妈的小时候嚣张就算了，现在就他妈一出租车司机还这么不老实！"董博成照着吴睿的左肋就是一脚。

"行了行了，赶紧一起把他弄进房间！"张浩君拽着董博成喊道。

完成任务后，四个人已是筋疲力尽，他们喘着气疲惫地回到座位，当看到显示器上吴睿倒地不起的监控画面，每个人却都没有任何的轻松感。因为他们知道，下一个躺在那里的很可能就是自己。

"恭喜大家，又少了一名竞争对手。"脸谱平淡的语调令邱深直起鸡皮疙瘩。"这个游戏对有些人来说是不是挺熟悉，像不像面试，不幸的是我最终只留一个人。"

脸谱停顿了片刻，这暂时的平静反而煎熬着邱深的心，这颗心被急不可待与极不情愿两种相悖的力量撕扯着，让他一次再一次地为18年前那个决定后悔不已，他相信在座的每个人也是如此。

"下一关。"大家终于等来了脸谱的这句话，"请大家讨论这个问题：在座各位谁对社会最有价值。这还有各位的资料供参考，5分钟后请各位投票把价值最小的人淘汰。"

"哎，这样一关一关太痛苦了。"董博成苦涩地笑笑，"还不如每个人发把刀血战，谁挺到最后谁出去呢。"

"时间有限别发牢骚了，你先说？"陈毅然问。

"行我先说说，其实价值这个东西比较主观，真的很难比较。我呢是做保险的，以前大家可能还对保险有偏见，现在大家保险的意识都提高了。我就不说保险的金融属性了哈，就拿最基本的保障来说，保险顾名思义，就是规避风险，是一种在不幸发生风险后，尽可能为我们补偿经济损失的手段，当然也能减少人的忧虑和恐惧。"董博成清清嗓子，准备要发表长篇大论，"对个人来说它是生活和资产的保障，对社会来说它是测量社会总风险的晴雨表、是社会财富再分配的均衡器、是促进社会和平稳定的助推器……"

"老同学，这不是宣讲会，简练一些好不好？"张浩君撇撇嘴。

"好好，抱歉，我就举个例子，你平时拿收入很小一部分买了重疾险，有了人病立马钱到账，而没有买的话那可是个人和家庭的一笔大负担，都知道'ICU'一天烧多少钱吗？你就说保险的价值大不大？再比如意外险……"

"对了，咱们在这死了算不算意外，我可买意外险了。"陈毅然也打断了董博成的激情演讲。

"这……"董博成一时语塞。

"这应当算谋杀吧？如果脸谱先生和各位没什么利益关系的话，应当是按意外赔付。"张浩君说。

"怎么没利益关系，他想杀了我们复仇啊！"陈毅然话中带着几分恐惧。

"好好，如果各位有买意外险，出不去的话家人还能得到赔偿，怎么样，我的价值很大吧？"董博成顺水推舟接下话。

"这是保险的价值，你自己还不是连亲戚都坑。"张浩君冷冷地说。

"啊……嗨，你看我那不是刚入行的时候嘛，你们看看我的资料，是不是？那时日子艰辛，业绩压力大，人嘛，难免犯点错误，各位见谅哈。"董博成满脸堆笑。

"陈毅然你说说？"张浩君看看陈毅然。

陈毅然有些犹豫，明显看到他不自然地缕缕头发，"这个，我嘛，你们也看资料了，现在是公务员……"

"副调研员是什么级别？"董海涛问。

"啊，就是副处级。说到价值嘛，公务员就是执行公务呗，人民公仆，保障政府正常运转，如果没有公务员，国家机器肯定立即瘫痪。"

"说实话你才收了 20 万，真算是清官了。"董博成说这话时脸上似笑非笑的表情让陈毅然很不爽。

"这个……我那是一时糊涂，我们公务员收入很低的，但我收了钱我真办事了，可没坑人！"

"你这个岗位技术性强吗，是不是谁都能做呢？"张浩君的话一击致命。

"啊……这个……"陈毅然努力抑制着面容的扭曲，"当然……和你们律师和 IT 界相比技术性是差点，不过应该比你们做保险的强吧？"

"保险算是金融产品，哪里技术性不强了？"董博成立即反击。

"这个……再说公务员考试很难的……"

"对对，你是学霸。哦，历史专业，也是啊，学历史确实没啥出路，怪不得考了公务员。"董博成不依不饶。

"你……"

"好了好了，邱深你说说？"张浩君赶紧打断正想发火的陈毅然，转头看看老同学。

邱深像是如梦初醒般看着大家，"我是做网络的，主要方向是云计算，基于云计算的云服务有很好的公用与通用特性，可明显降低企业的数据管理成本，节约社会资源，这算是价值吧。"

"邱深你是海归啊，普林斯顿大学，这才是真正的学霸，厉害厉害！"董博成看着邱深的介绍不住点头。

"没错，这才叫有价值！"张浩君接着说："我呢，当然，犯了不该犯的错误，那是因为……"一向言语非常有条理的他突然含混起来，"前两年我……离婚了，老婆分走了我很多钱，我急需要钱，我母亲又得了癌症，所以……"张浩君摇摇头，"哎，不说这个了，你们看我的简历，我的职业生涯中其实帮过不少人，我为失业者讨过薪，找相诈骗犯斗智斗勇，后来专攻金融领域……"张浩君突然激昂起来，"就举一个例子吧，'华峰'是一家很有名的国内公司，它和德企'SUNTO'公司的并购案，我为华峰挽回了3亿元的损失，这个贡献还小吗？"

说完这些，张浩君笔直地坐在椅子里，眼里像是放着光。

董博成心服口服，"这么说那真比不了。"他看了看陈毅然和邱深，最终把目光抛向王明杰，"王明杰，你说说？"

不知道王明杰的思绪是否还在这个时空，他只是木讷地盯着显示屏，周边的事情完全与他无关。

董博成撇撇嘴，"哎，王老板，你想什么呢？有什么要说的吗？"

张浩君接过话，"不要催他，每个人都有权保持沉默。"

"得嘞，那这才不到四分钟，那就……"

"脸谱，我能去上厕所吗，这里有厕所吗？"张浩君对屏幕说。

"啊，你就不能……"董博成好像有点不耐烦。

"可以，暂停三分钟。"脸谱回答。

圆桌另一侧不远处的灯亮起，照亮下方的一个小房间。

张浩君耸耸肩，起身时偷偷向着邱深使了个眼色，然后转身向卫生间走去。邱深捕捉到了张浩君的信息，也起身跟在后面。

董博成看到他们都去卫生间，也准备起身。

"一次最多两人，"脸谱发出警示，"卫生间非常小。"

"你们俩快点啊！"董博成对两人说。

张浩君摆摆手，径直走进卫生间，邱深跟了进去。

正如脸谱所说，卫生间里的空间不大，靠近门边是一个洗手池，再往里是小便池，最里面是马桶，布局非常紧凑。

二人一进卫生间，就被刷白的洁具和瓷砖反射的冷光刺得睁不开眼。久处暗室的他们眯缝着眼睛，飞快打量了一圈。张浩君用手肘碰了一下邱深，示意他向马桶左上方的墙角望去。虽然看到那里挂着的一个明显的摄像头，邱深并不感到奇怪，只是无奈地摇摇头。

张浩君笑笑，走到马桶前解裤带，邱深则站在了小便池前。

"哗哗"，水声响亮，看来两人都憋了许久。

邱深转头向张浩君看去，他明白张浩君特意和他一起上厕所，必然有所图。

"说实话，那个事你真的忘了吗？"张浩君突然冒出一句。

邱深一犹豫，"其实是一直都没被提起，倒也不是真忘了。"这也许是实话。

"嗯嗯，脸谱说得对，是我们自己选择了忘却。不说这个，你一会儿会选谁？"

"这……"邱深没想到他会问得这么直接，一时不知该如何回答。

"我猜你会选王明杰吧？"张浩君结束了放水，不慌不忙地提裤子，"那家伙不知道怎么了，大脑短路了，这种人还能做贼？"

邱深没有回答，他快速收拾好裤子盯着张浩君。

张浩君突然转身，双目直视老同学。

"我的意思是不要淘汰王明杰！"

"哦？"邱深看似发出疑惑，其实内心第一时间明白了对方的意思。或许，他早就想过。

"要把聪明人先淘汰掉，王明杰这样的留在最后。"

邱深没有说话，甚至没有回应，他默然转身打开卫生间的门，张浩君在他背后微笑着，他明白邱深同意了他的意见。

二人一出卫生间，董博成马上起身钻了进去。

几分钟后，大家在圆桌边坐定。

"还有些时间，咱们是等着投票还是继续讨论？"董博成此时好像成了会议的主持人。

"投票吧！"陈毅然说。

"先别急啊，"张浩君表情很严肃，"刚才王明杰一直没有说话，当然，他有权保持沉默。我是个律师，我觉得我应该替他说几句，这样才公平。"

张浩君的话出乎了除邱深外其他几人的意料，就连一直呆若木鸡的王明杰本人，也把目光投向了主动为他辩护的律师。

"人的价值该如何衡量？古今中外莫衷一是。帝王将相贡献大吗？大，但一将功成万骨枯，他们又害过多少人呢？科学家贡献大吗？大，但科学是把双刃剑，前沿科技第一个用途就是军事，说白了就是杀人。艺术家贡献大吗？大，但他们又创造了多少真真切切的财富呢？我觉得，普通人、老百姓对社会的贡献不能忽视，他们是社会稳定的基石，就想想我们国家这些年取得的巨大成就，都是基于一个个普通人兢兢业业地工作、老老实实地生活……"

董博成惊讶地看着张浩君，不知道他到底想说什么。陈毅然似乎觉察到了他的意图，打断张浩君，"有的人虽说是老百姓，但不老实啊，小偷小摸，打架斗殴……"

张浩君提高声调，把陈毅然压下去，"谁没有犯过错呢？咱们小时候还打死人了，再说他那些事都是五六年前了，这些年他一直老实本分地开着小饭馆，童叟无欺……"

"浩君你说的是没错，不过……"董博成刚想说什么，邱深冲他轻轻摇摇头，董博成好像突然明白了，把话咽了回去。

"而你呢，去年还收纳税人好处费。"张浩君指着显示器，"如果拿收入来衡量价值，他的收入未必比你正常的收入低吧？"

"我去……"陈毅然的脸立马变得通红，整个人似乎都要蹿到桌上，"你怎么能这么说，他一个个体户怎么能和我比？我是……"陈毅然的话没说完，倒计时已经结束，脸谱发话了，"各位请投票吧！"

陈毅然站起身，激动的目光扫向每一个人，"邱深、博成，你们别听张浩君放屁，这种没人性的律师也配谈价值……"

"请陈毅然投票！"脸谱像是没听到陈毅然的慷慨激昂，冷漠地说。

"咱们几个谁最没价值不是很明显吗？张浩君这小子太……啊！"他突然捂着脖子，神情痛苦地坐了下来。

"希望各位还是听从我的指令！"脸谱说，"10 秒后投票结束。"

当结果出现在显示器上时，大家都不再惊讶。陈毅然从椅子上跳起，奋力捶着桌子，"你们都是混蛋，合起伙算计我！包青天，这不公平，不公平！"

"请 2 号回到房间！"脸谱包大人无动于衷。

"我不服，我要上诉！"陈毅然气急败坏。

"呵呵，上诉，你咋不上访呢？"董博成摇摇头。

"啊……"陈毅然再次捂住脖子，浑身颤抖，一屁股瘫坐在座椅里，很快便倒在地上。

"请 2 号回到房间！"

虽然电击停止，陈毅然依然躺在地上不愿起来。

"耍赖呢，就这还国家干部。"董博成揶揄起来。

"请各位一起把 2 号抬回房间。"不出所料，脸谱又下了这个命令。

张浩君转头看看邱深，用下巴点点地上的陈毅然。邱深叹了口气，和张浩君起身去抬。董博成也坐不住了，过去帮忙。

王明杰仍然呆坐，不同的是好像刚才张浩君的话触动了他，他若有所思地抬头仰望，似乎那里是浩大星河。

虽然只有二个人，但对付瘦弱的陈毅然绰绰有余，很快，二人就把他抬进 2 号房间，搁在地板上。就在三人要刚要转身离去时，躺在地上的陈毅然触电般蹦了起来，急速冲向房门。邱深还没反应，陈毅然已经绕过他和董博成来到了门口。董博成伸手去拉陈毅然，但他速度太快，董博成已经抓住他袖子的手被挣脱了。

"别拦着我，我要出去！"

"靠，电死你小子！"董博成骂道。

"啊！"陈毅然忽然捂住脸，后退两步慢慢蹲在地上。

董博成被前面的邱深挡着没看清发生了什么，纳闷地望着地上的陈毅然，"又挨电了？捂脸干吗？"

邱深看了个真切，瞪大眼睛望着门口的张浩君。张浩君耸耸肩，若无其事地往回走。原来刚才是他突然回身用胳膊肘猛击陈毅然的脸，这一下打得可不轻，直到他们三人坐回座位，还依稀听见小屋里陈毅然的呻吟。

和那些现在不在圆桌边的人一样，监控视频中的陈毅然扭动的身躯逐渐瘫软，很快便不再动弹。邱深和其他三人一样早已麻木，心里盘算着脸谱下一步可能的计划。

"很好，还剩下你们四位。接下来会更有意思。"脸谱轻松的话语令四人更加紧张。

脸谱的话音刚落，不远处又一盏射灯亮起，灯光将其下方隐藏在黑暗中许久的一个物品现形。四人寻光望去，都吃惊不小。

那是一个老式标准的街机，没错，就是游戏厅里那种落地大显示屏投币式有摇杆和按键的游戏机，游戏机前摆放着两个圆凳。这个游戏机的样式和当年他们在游戏厅里玩的几乎一模一样，黄黑相间的机身上画满了游戏人物，那圆鼓鼓的显示屏明显不是现在的液晶显示器。

"大家是不是回忆起当年的游戏时光？"脸谱想必料到了大家的惊讶，"刚才大家经历的一切肯定比考试还难受，下面就轻松一下。'拳皇98'，四人循环对战，积分制，赢一局3分，输不得分，积分最少者被淘汰，若最后两名分数相同则一对一决战。"

"啊，拳皇？有没有搞错！"董博成立即叫唤起来，"多少年都没动过这玩意了！"

邱深大脑"嗡"地一下，额头立马渗出冷汗。没想到脸谱剑走偏锋，竟然想出这一招。当年大部分男孩放学都往游戏厅钻，而他几乎没有去过，街霸、拳皇、合金弹头这类游戏还是上大学时宿舍里在同学电脑上玩过几把。

"你们谁先来啊？"张浩君还是一副胸有成竹的模样，看到大家都没表态，他率先走到街机前坐下，"谁来啊，反正是循环赛，谁也躲不掉。"

"邱深你去吧，我先看看熟悉熟悉。"董博成望着邱深，用大拇指冲街机比画着。

"我也很久没玩过了。"邱深转头看看王明杰，"王明杰，你……"看到王明杰呆滞的表情，邱深不再言语。反正循环赛早晚都得上，想到这里他走过去坐在张浩君身边。

张浩君微笑着冲邱深伸出右手，"祝你好运！"

邱深握住老同学的手晃了晃，心里暗自叫苦。

街机传统的显示器鲜艳明亮但有轻微的频闪，让适应了暗光环境的邱深感到刺目。虽然很久没玩，但他对拳皇经典的画面与音效还是非常熟悉。

他左手握住摇杆晃了晃，右手尝试按着一个个按键。

"投币。"张浩君用胳膊肘顶了他一下，伸手指指街机侧面的一个小篮。看到小篮里的游戏币，邱深这才反应过来。在电脑模拟器上玩是不需要投币的，所以他没有这个习惯。

投币后，画面进入了选人菜单，邱深再次犯了难。选谁呢？如今他只记得八神庵和草薙京，印象中他俩最厉害。

"八神！"邱深背后响起董博成的喊声。邱深刚坐下时，他就起身来在二人身后观战。

邱深选了八神庵和草薙京后，又选了那个拿酒葫芦的小老头，但他从来不知道这老头叫什么。

张浩君早就选好了角色，然而这三个角色邱深只是眼熟却一个都叫不出名。

如拳皇这种优秀的格斗游戏设计十分合理，角色本身的属性只在其次，玩家自身的实力更为重要。每个角色的招式与防御都有其特点，优势与劣势同在，就看玩家如何使用。邱深这样的初级菜鸟玩的虽是主角，但根本不是张浩君的对手。草薙京和小老头都被对方第一个角色打败，八神庵面对第二个角色也没挺多久。

"大律师你可以啊，这个大长腿叫什么，好厉害！"董博成喊得比游戏声音还大。

邱深叹了口气，起身拍拍张浩君的肩膀，转头问董博成，"你来？"

董博成挠挠头，"我一般玩网游来着，这玩意许久没碰了，打不过打不过。"

张浩君转身看看董博成，"来吧，咱们都得比。"

"哎，好吧，反正打不过你，练练手。"说完一摇三晃地坐下。

董博成这次看来很诚实，他和邱深半斤八两，很快就败给了张浩君。

"王明杰，你来不来？"张浩君向圆桌那边大声问道。

王明杰看看他，并没有回答。

"哎，要不你俩先来？"张浩君无奈起身。

"来吧邱深，咱们菜鸟来一把。"董博成把衬衣袖子挽了起来。

邱深知道没必要推辞，坐在董博成旁边。

两个人都不怎么会玩，但正因为水平差不多，竟比刚才一边倒的对战要紧张许多。刚才与张浩君的对战，让二人稍微熟悉了下角色招式，现在都顺手了不少。

最后一局，都是两个人第三个角色的 PK，邱深的八神庵对战董博成的"大长腿"罗伯特。你一拳我一脚，各发招式，双方的血槽交替下降。

董博成激动地喊叫着，屁股已经离开凳子，弓着身子像是要冲进屏幕帮忙，他左手拼命晃着摇杆，笨重的机器都随之晃动起来。右手啪啪地砸着按键，如同那就是八神的长脸。

张浩君趁着董博成全神贯注于游戏，悄悄附身在邱深耳边，"右、下、斜右下加 A。"

邱深听罢赶紧试试，八神庵随即发出鬼火，可惜被罗伯特后跳躲开。此时邱深看似沉着，心里也是非常紧张，手心的汗水都顺着摇杆往下淌。眼看着双方的血槽都剩下最后一点点，谁先挨一大招谁先完蛋。说时迟那时快，罗伯特势大力沉的一脚踢来，邱深顿觉不妙，赶紧下蹲闪避，血槽微微下降。

"哎呀！"董博成很是失望。

邱深抓住机会，起身放出鬼火，这下罗伯特没有躲开被烧个正着。烈火中，直挺挺地飞身倒地。

屏幕上弹出的"K.O."让邱深长出一口气，董博成狠命捶打着街机台面，连声咒骂。

邱深回头冲张浩君点点头表示感谢，张浩君笑笑。

等董博成好不容易平静下来，张浩君再次询问王明杰，"王明杰，来啊！"

"请11号加入游戏！"脸谱催促起王明杰。

王明杰终于有了反应，他看了看街机这边，慢慢起身走了过来。

"来来，我和他玩玩！"董博成推了推邱深，邱深知趣地离开座位。

沉默者在街机前坐下，面无表情地投币、选人，整个过程行云流水。两人一交手，令三人大吃一惊。一切结束得太快，董博成都没反应过来，王明杰的第一个角色就轻松地把他三个大将斩于马下，自己竟还剩小半管血。

"高手！"董博成刚喊出这句话，突然意识到了什么，"啊呀"一声从圆凳上翻倒在地。

"我不想死，我不想死！"董博成一边喊，一边满地翻滚。

"哼，看来结果提前出来了。如果你们还想玩，请继续，但这一轮淘汰的就是7号。"脸谱这一席话令董博成更加绝望，"请7号回到房间。"

董博成和陈毅然选择了同样的方式，但也许这不是他的本意，可能他当真瘫软如泥。当张浩君和邱深例行公事般抬他的时候，两个人看到他的裤裆都已湿了一片。

张浩君和邱深回到圆桌，王明杰已然坐在那里。之后的情节不必赘述，圆桌前就剩下了他们三人。

如果上一轮淘汰的是王明杰，如今还不知怎样，也许这一轮死的就是我。邱深想到这里深感后怕，同时也为自己担心起来。他知道他要面对的这两个对手绝非常人。一个机智阴险，一个深藏不露。邱深的脑中突然闪现出了困惑，刚才张浩君为什么要帮我？难道因为当年关系好？看着张浩君沉静的表情，邱深知道那绝无可能。

"经过了这么长时间的游戏，我想大家都很累了。这样，下面给大家 10 分钟的休息时间，大家可以自由活动，我也准备了茶点。各位可以放松放松，聊天叙旧。"

就在刚在街机位置附近，又一盏灯亮起，灯下是一张方桌，桌上有茶水、咖啡和点心。此外，卫生间的灯也亮了起来。

"真是贴心啊！"张浩君笑着说，"不知道这黑暗中藏了多少好东西。"

说是放松时间，邱深知道，这才是最激烈的时刻，谁知道下一步脸谱要玩什么。到了现在，竞争已进入白热化，活下去的方式很直白，就是拉拢第三方对抗另一方。

张浩君还是王明杰？这是一个问题。

邱深望向二人，张浩君依然不动声色地稳稳坐着，脸上没有一丝焦急。王明杰也是一副事不关己的模样。

想必他们心中都有了答案，邱深想到。

"邱深，你当初是好学生都没怎么去过游戏厅，王明杰那时肯定是常客，怎么样，现在是不是有些后悔？"张浩君调侃着。

"啊，是啊，辛亏你的帮忙，要不然……我记得你也不怎么去游戏厅啊？"邱深反问。

"我那时候是去得少，家里管得严，后来还是上大学的时候练的。哎，咱俩当时都是书呆子，好不容易出手混一下，还出了人命。"张浩君耸耸肩，故作轻松地笑起来。

"嗯，那时咱俩不是还经常去市图书馆自习吗？有 次你弄坏了椅子还让我背锅。"

"嗨，我还不是经常请你喝饮料吃冰棍。"

两个人正在回忆过往，王明杰突然起身走向卫生间，邱深还没反应，张浩君马上跟了上去。

邱深心里咒骂起来却又无可奈何，眼睁睁地看着王明杰和张浩君走进卫生间。

张浩君并没有尿意，他和当初接近邱深一样，只是想和王明杰套套近乎。王明杰解开裤裆哗哗放水，张浩君假装解着裤带。

"明杰啊，你那饭馆在哪啊？说不定我还去过呢。"张浩君明知故问。

王明杰没有立即答话，张浩君转头看看他，又啊了一声。

"哦，新华巷'老伙计面馆'，很小的门脸。"王明杰声音低沉但清晰。

"哦，那还真没去过，生意怎么样？"

"一般吧，勉强糊口。"

"呦，这么低调。成家了吗，有几个孩子？"

王明杰沉默了片刻，"早成家了，两个儿子。"

"不错不错。"张浩君听到王明杰在系裤带，故意停顿了一下，

"哎，所以我们都不是只为自己而活啊。"

这句话看来触动了王明杰，他的呼吸沉重起来，但并没有迟疑，拉开卫生间的门走了出去，张浩君紧跟其后。

这两分钟对于邱深真是一种煎熬，看到二人出来，他仔细观察着王明杰的脸色，希望能发现些蛛丝马迹。但王明杰的表情没有明显的变化，张浩君也还是那个模样。

王明杰正要往圆桌这边走，张浩君快步赶上一把拉住他，"明杰，困在这好久了，咱们吃点东西吧。"

王明杰愣了一下，张浩君搂住他宽大的肩膀，"现在是课间休息时间，哈哈。"说着就把他往茶点那里拉。

这下邱深更坐不住了，他屁股几乎就要离开座椅，但又坐了下去，愣愣地看着二个人来到那个小桌边。

"喝点可乐？"张浩君拿起一听可乐递给王明杰。

王明杰摇摇头，拿起一只精巧的玻璃茶壶向配套的茶杯中倒茶。

"这是提拉米苏吧，呵呵。"张浩君用小碟盛了一块蛋糕，"这会儿才亮出来，刚才是怕人多不够吃吗？哈哈。"

王明杰对于张浩君的调侃无动于衷，令他有些尴尬。

"明杰啊。"张浩君不想再绕圈子，"你真的不记得我了吗？"

王明杰转头看着他。

虽然声音不大，邱深还是听得真真切切，他不明白张浩君这话是什么意思。

"你那时候作业谁帮你写的，你忘了？"

王明杰还是怔怔地看着他。

"不会吧，咱们两家住得不远，有时上下学会碰到，你总是让我帮你做作业来着？"

王明杰的表情有了些许变化。

"咱们两个班数理化都是一个老师教，我们班考完试我就去你们班把答案给你啊，想起来了？"

王明杰若有所思地点点头。

"说实话哈，当时找达比较怕你，你那会儿挺凶的。"张浩君喝了一大口白水，"但你对我还不错，挺够意思的。"

王明杰点点头。

"有次后石巷有个小混混劫我道，还是你帮我教训他的，我都记着呢。"

张浩君逐渐激动起来，可邱深越听心里越发凉。

发现王明杰一直凝固的表情有了变化，张浩君看到了希望，他话锋一转，"哎，一晃这么多年过去了，咱们都成家立业，谁曾想，为当年一点小事到头来竟然落个如此下场。"

张浩君一边吃蛋糕，一边偷偷观察王明杰的反应。

王明杰喝了两口茶就放下茶杯，低头像在思索着什么。张浩君慢慢凑到他身边，低声说，"明杰，咱们都想出去，但他的意思是想拉我一起淘汰你，我觉得咱俩得挺到下一轮，之后再想办法。"

王明杰转头看看张浩君，眼神里似乎还有三分怀疑。

"上次他就想淘汰你，还是我劝说他选了陈毅然，要不然，哎，我真觉得你是个好人。"

"谢谢你哈！"

眼下这句话真比任何言语都令张浩君欣喜，他激动地拍拍王明杰的肩头，"咱们兄弟客气啥！"

邱深此时的心情真可以用那个成语形容——如坐针毡，他知道张浩君在悄悄和王明杰商量着什么，但又不知道他具体在说什么。当然，不用猜他也知道，张浩君肯定是在拉拢王明杰对付自己。

下一轮是怎样的规则还不知道，但眼前三足而立的势态任何两方合力对付第三方，此人都会非常危险。想到这里，他不能再坐以待毙，于是起身向小桌走去。

就在邱深快到小桌边上时，王明杰居然离开小桌，走回自己座位。看着他低头与自己擦肩而过，邱深的心沉到谷底，他只得一边走一边目送王明杰的身影，刚一回头，张浩君迎面而来，微笑地看着他。

"才过来啊，喝点东西吧。"

邱深下意识应了一声，来到桌边。他的大脑已经发蒙，呆呆地站在桌前看着饮料和甜点，身体却没有反应。

很明显，从张浩君自信的表情可以知道，他已经成功说服了王明杰，自己的生存概率肯定会降低不少。

其实，最可怕的不是死亡，而是死亡前的等待，是抱有一丝希望面对死亡的等待。

王明杰坐回座位，张浩君看到邱深站在那里发呆，于是又来到王明杰身边，右手搭在王明杰肩上，附身在他耳边说："明杰，不瞒你说，我离了婚也没孩子，如果我出不去，我会把我的财产都留给你。"王明杰回头吃惊地看着他，张浩君面色凝重，"你还有老婆孩子，要保重啊。不过，先得把下一关挺过去啊。"说罢他拍拍王明杰的肩膀，回到自己座位。

"休息时间到，请各就各位。"脸谱出现。

邱深还在愣神，站在原地一动不动。

"邱深，邱深！"张浩君叫他。

"啊!"邱深如梦初醒,"怎么了?"

"打上课铃了啊,快回教室!"张浩君语气很是轻松。

邱深却处在心境的另一端里,他踏着沉重的步伐缓缓走回圆桌,一屁股坐在座椅上。

"刚才各位轻松了片刻,下面咱们开始新的一轮游戏。这一轮的规则很简单,但很残酷,"说到这里,脸谱故意停顿了几秒,"请各位直接选出你们三人中最不想再看到的一个人。"

此话一出,三个人表情各异。张浩君仍然是信心满满的模样,王明杰则有些吃惊但并没有太多异样,而邱深几乎要瘫在座椅里。若这一轮是智力解密甚至是赌博拼运气,他都还有机会,然而竟然是如此直白的三选一,这不是等于直接判了他死刑。

"当然,理论上你们可能分别投票给第三个人,但我相信会有两票都投给一个人的。10秒倒计时。"

屏幕上弹出三个人的名字,只要点击其中一人即可。邱深此刻体会到了之前那些被淘汰之人的感受:绝望而无助。也罢,既然死亡不可避免,那就坦然面对吧,不能像刚才某些怂货。反正人都是要死的,只是时间问题,好在注射毒药的死法并不算太痛苦。

想到这里,他心怀怨念,猛戳屏幕上"张浩君"三个字,简直要把显示器戳破。

倒计时结束,邱深紧张地闭上了双眼。

一阵沉寂后,一个尖锐的声音迸出,"怎么可能!怎么可能!"

邱深迅速睁开眼睛,前方霍然显示着一个名字:"张浩君"

邱深又惊又喜,喜的当然是他暂时逃过一劫,惊的是王明杰居然也选了张浩君。

"王明杰，你为什么，为什么选我？"张浩君原本沉稳的声音变得尖锐而嘶哑。

"请8号回到房间！"

"不，我要王明杰先回答我。"张浩君起身双目圆睁直视王明杰。

"张浩君，对不起。"王明杰表情沉重，"那时你确实帮过我，但是我一点也不感激你。"

"什么？"张浩君一脸懵逼。

"从小我爹妈就离婚了，我和爷爷奶奶住，小时候我太顽皮不听话，爷爷奶奶花了多大力气想让我好好学习，我呢？却和吴睿、周伟他们混在一起。"

"这和我有什么关系！"张浩君几乎咆哮起来。

"爷爷奶奶为我操碎了心，好不容易我想静下心学习，这时你出现了，拿作业给我抄，考试给我答案，就为了我罩着你。人都有惰性，都想不劳而获，我哪里再想认真学习。"

"你……这你还怪我！"张浩君精致的面容逐渐扭曲。

"直到我后悔才发现，一切都来不及了，我陷得太深，我已完全对学习没有了兴趣。学习一塌糊涂还混社会，加之那件事要赔那么多钱，爷爷奶奶可以说是被我气死的。如果没有你，我可能不会是现在这个模样！"

"你……你现在怎么样了，啊？饭馆老板啊，还要怎样？"

王明杰摇摇头，"电脑里的资料没有说，其实我已经破产了，饭馆也要抵押出去了。我把大部分积蓄给一个亲戚投资，他说有个好项目，但是他上当了，投了一个叫'财富宝'的金融产品。"

"'财富宝'……"听到这三个字，张浩君像泄了气的皮球，一下瘫坐回座椅。

邱深脑中对这三个字也有印象，他想起了什么，在显示器上调出张浩君的资料。原来如此，那个在他帮助下逃脱法律制裁的委托人，正是'财富宝'的幕后老板。

"我亲戚血本无归，我的小饭馆也没有资金周转，马上就要转手了，之后如何养家，我都不知道。"王明杰言语中流露着苦涩。

张浩君哑口无言，默默地坐在座椅上，脸色煞白。

"请8号回到房间！"

苦笑泛上大律师的嘴角，他摇摇头，轻轻叹了口气，抬头意味深长地看了看邱深和王明杰，"愿赌服输，二位老同学保重啊。"说罢大步流星走进8号房间。

显示器又一次出现房间内的监控画面，这一次邱深闭上了眼睛。

似乎也像被注射了毒药般，圆桌边仅剩的两人坐在一动不动地坐在座位上。他们忘记了时间，不，应该说时间忘记了他们。

当然，脸谱没有忘记他们。

"二位应该明白，两个里只能活一个，但这一轮我把制定规则的权力交给你们，由你们选择通过怎样的方式决定谁去谁留。"

邱深刹那间没有明白脸谱什么意思，此刻他的大脑经历了刚才过山车般的跌宕起伏后，已经处于崩溃的边缘。但随后他努力集中精力，思索了脸谱的话语，当他终于搞明白其含义，绝望再次扑面而来。

脸谱的意思应该很明确，眼前的对决其实没有了规则，如同八角笼中的无限制格斗，只要站到最后就是赢家。

邱深苦笑，他看看圆桌对面身材敦实的王明杰，不禁又想起了张浩君来。心里感叹道，张浩君啊张浩君，若上一轮如你所愿淘汰了我，你能挺过这一轮吗？

邱深再次仔细观察四周，心里盘算着真要动手该如何对付王明杰。折椅，显示器，电线，哪个用来做武器？正在想着，对手王明杰突然站了起来。邱深一惊，他死死盯着王明杰，心脏猛烈地跳动着。

王明杰还是一副呆滞的模样，起身后，他直奔小桌而去，伸手拿起水壶。

哎呀，邱深顿觉大事不妙，我怎么忘了那个玻璃水壶！他急忙起身，微微躬身站在椅背后，探头向小桌这边观望。

王明杰打开水壶盖，对嘴咕咚咕咚喝起茶来。

邱深死死盯着王明杰，观察着他的一举一动。

大半罐水壶被他一饮而尽，随后他如同电影里的山大王，一下把水壶狠狠摔在地上。"啪"的一声，水壶摔得粉碎，吓得邱深一哆嗦。

王明杰转身，看到躲在座椅后的邱深也是一惊，随后长长吐了口气，大步来到圆桌边。

邱深不知道他打什么主意，不自觉向后退了一步。

"邱深，我记得你，你是个好人。"王明杰的声音瓮声瓮气但中气十足，"我一直没怎么说话，因为，因为我很纠结，很后悔。"他拉过椅子缓缓坐下，"刚才你们一直在争论谁该为那个事负责，我好几次想说话，但都没有鼓起勇气，现在，现在我想明白了。可能事情过去得太久，细节都模糊了，但我记得很清楚，因为，因为整个事情的起因在我。"

邱深听到这里确实吃了一惊，但又迅速平静下来，似乎这并不意外。

"杜明磊当初因为一件小事惹了我，我总找他麻烦，但他很倔，我揍了他两次，他还是不服我。"王明杰望着远处幽暗的虚空，慢慢诉说起来，"而那时我的脾气也……哎，也许这就是命吧。我就想叫几个人好好揍他一顿，吓唬吓唬他，让他知道我不是好惹的。"

邱深此刻也坐回座位，他的思绪被王明杰拖回了年少轻狂的时代。没错，那时候的男孩就是如此，非要分个高低胜负，让对方屈服。

"我跟杜明磊约好时间，他自己说要叫很多人，我以为他说的是真的。于是，找叫了吴睿、周伟，让他俩再各叫几个人。周伟又叫了富二代钱勇，钱勇找到徐喆，你们具体都是谁找来的我就不清楚了。"王明杰深深叹了口气，说："那天放学到了约定的地方，谁知道那小子真有种，就他一个人。"

听了王明杰的回溯，邱深的记忆更加清晰。没错，那是学校背后小巷里的一片刚拆迁的荒地。夕阳下，一个瘦高的身影孤单地站在断壁前。

"他面对我们十一个人居然一点都不怕，反而破口大骂，我和周伟都气坏了，冲上去就踹他，他竟然还还手。也不知道谁喊了一声，一起上啊，大家就一窝蜂都冲上去了。"

拳脚、砖块和尘土在邱深脑中泛起。没错，那人像是疯了一样，拼命反抗，不少人都被他招呼上了。后来大家都打红了眼，混乱中不知谁一脚把他踹倒，随后十一个人把他团团围住，拳脚暴雨般打在他身上。

"直到他直挺挺地躺着没了动静，我们这才罢手。没有一个人认为真出事了，我以为他在装死，散伙前有人还狠狠踢了他一脚。"王明杰双手抱头杵在桌面上，语气痛苦。

"当晚听到消息知道他竟然死了，我们都吓坏了，徐喆赶紧把我们叫到一起商量对策。张浩君说大家一定要团结，只要都说不清楚谁打死的，法不责众，大家都没大事，相互指责没有好处。"

没错，邱深点点头，第二天学校和警方调查时，大家都说当时场面很混乱，不知道谁打死他的。调查持续了三天，最终也没有明确的结果，加之有家长在背后干预，警方只得以意外定性。

"唉，由于我的臭脾气，不仅打死了人，还让我爷爷奶奶背上了沉重的外债。那时候六万对于你们富裕家庭不算什么，对于我们家可是一笔巨款。"

"你也不必太自责了，大家都有责任，都不冷静。"邱深这句话其实发自肺腑。

"刚才我好几次想把真相说出来。但是，但是一旦我说了，我就得死，我还有老婆孩子，我不能死！"

"我理解，我理解。不过……你刚说的我也想起来了，没错，大家一起承担的主意是张浩君出的……"

"对啊，我记得很清楚。"

"那他怎么会忘了呢？他刚才怎么不说出来是你最先惹的事，是你该负主要责任呢？"

"这……他可能忘了吧。"

邱深摇摇头，"我了解他，他记性很好，我觉得他是故意不说出来，恐怕……恐怕是想和你最终对决的时候说出来打击你。"

"可能吧，但他已经死了，说这些没有意义了。"

说到这里，两个人又陷入沉默。

"邱深，男子汉大丈夫要为自己的行为负责，刚才我太……"他猛然起身，"脸谱是找我们报仇的，他应该是杜明磊的亲属或好友，我对不起他，我们十一个人中，不管谁活到最后，都不应该是我。"王明杰转身向自己的房间走去，刚走两步又停下，回头看着邱深，"邱深，最后你能帮我个忙吗？"

邱深起身，缓缓点点头。

"我的老婆孩子，你要是能帮帮她们……"

邱深立即打断他，"明杰你放心……"说到这里，邱深心中一阵酸楚。

一盏明灯亮起，照亮 11 号房间的房门。

"我以死赎罪，邱深，希望你别忘了自己的诺言。"说罢王明杰大踏步来到门前，伸手推门走了进去。

邱深不愿看到监控画面，他走到小桌前，拿起一听可乐，打开后一口气灌进嘴里。

望着空荡荡的圆桌，邱深既庆幸又伤感，庆幸自己终于活到了最后，但又为那十个人感到惋惜。这个脸谱真是心狠手辣，为了当初那条性命，竟然用十条人命陪葬。

喝完可乐，邱深默然地站在原地等待。

黑暗的空间还是寂静无声，邱深看不出丝毫要放自己出去的迹象。

"包公，包公！"邱深实在是按捺不住，高喊起来，"不是说谁坚持到最后就放谁出去吗？包公！"

片刻之后，脸谱出现在了屏幕上，"邱深，你让我失望了。"

邱深没明白脸谱的意思，"什么？"

"我不会食言，你是个聪明人，你应该知道为什么到现在还不让你出去吧。"

为什么，为什么呢？谁坚持到最后就放谁出去，他不会食言，现在不放我出去，难道……难道……

想到这里，一股寒气从脚尖蹿进心头，他下意识扶住了小桌，生怕自己摔倒。好不容易看见曙光，一股阴影又把他拉回深渊。

不放我出去那就只有一个原因，自己并不是活到最后的人。这说明，说明有人之前假死。在脸谱的监视下能够假死的，肯定是和脸谱一伙的。但他为什么要和脸谱一伙？脸谱是为杜明磊复仇，为什么还要和我们中的一个合作，最后再让他和我对决？

邱深脑中突然灵光一闪，对了，还有一种可能，脸谱就是十一个人之一。根据奥卡姆剃刀原理，这是最可能的原因了。

"你到底是谁？"邱深大喊。

喊声在空间里回荡。

一盏灯光亮起，邱深巡光线望去，霍然发现圆桌对面不远处站着一个人。此人穿着当年的校服，脸上戴着包公脸谱面具，脖子上也套着项圈。

这个人走进圆桌，双手插兜站定，盯着邱深。

没错，应该是他。

邱深也来到桌边，"我知道你是谁了，我们俩怎么决出胜负？"

"哈哈，果然聪明。你看！"脸谱指指显示器。

邱深低头一看，显示器上弹出一个选择框，两个选项："YES"和"NO"。

"规则很简单，选择权也在你。你点击'YES'，我被注射毒药，大门自动打开，你就可以出去了。"

"我要选'NO'呢？"

"那死的就是你。"

"如果我点'YES'，岂不成了杀人犯，出去也会被审。"

"你完全可以把我拖回房间，我本来就死了一回了。你看那里，"脸谱向黑暗处一指，远处又一盏灯亮起，灯光下是一台工作站。"那里有一个"AI"程序，它控制着这一切。所有的监控资料都在里面，以你的专业知识，可以轻松销毁证据。"

邱深恍然大悟，怪不得脸谱能够控制游戏又不会被发现，原来是"AI"程序替他掌控着一切。

"如果我没猜错，这套程序是杜宇凡开发的吧？"

脸谱鼓起掌，"聪明，没错，就是用的你从他那里剽窃的'ISSWD'算法。当然，他以为我是要开发一个密室剧本杀游戏。"

邱深长出一口气，报应，都是报应！

"你后悔了吗？"

"剽窃他的算法？"

"打死杜明磊。"

邱深诚恳地点点头。

"来吧邱深，请选择吧。"

"'AI'的算法是你规定的，只要你想活着，我没有胜算。"

"这你大可放心，我是公平的。这么说吧，两个选项肯定有一个能让你出去。"

说实话，邱深并不知道选什么，他无法知道脸谱的话是真是假，这就是一场赌博，关乎生死的赌博。

他颤抖的双手伸向显示器，食指划破干燥的空气，牙关一咬，点向了'YES'。

就在点击屏幕的那一刹那，他感到自己脖子右侧一阵刺痛，心里大叫，不好！几秒后，他的双眼连同面前的显示器屏幕一并黑了下去。

蒙眬中，他感觉到脸谱走到他身边，撤下面罩，俯身说："邱深，想活下去是应该的，但你也太相信我的话了。"

这声音越来越远，逐渐消失在天边。

"……哥们，哥们，醒醒，醒醒……"一个声音又从远方飘荡过来，渐渐清晰。

邱深觉得头疼得要炸裂，浑身如泥没有一丝力气，他费力地睁开眼，模糊的视线中似乎是一个男人的模样。

邱深试着动了动胳膊，右臂抬了起来，但右手好像还没有知觉。他用右手揉揉眼睛，感觉非常怪异。

"哥们，你没事吧，昨晚喝多了？怎么躺在这？"面前的男人问。

邱深抬眼望去，阴郁的天空还不甚明亮，一时分不清是清晨还是黄昏，但可以肯定，自己身处室外。是啊，我怎么躺在这里？邱深自问。不对，我不是被脸谱杀死了吗？难道我还活着？

邱深挣扎着从冰冷的地上坐起，待模糊的视线略微清晰，映入眼帘的是一条僻静杂乱的小巷。两侧灰暗的砖墙、上方凌乱的电线、身旁破旧的自行车和随处可见的垃圾，这些再普通不过的景物此刻在邱深眼中宛如天堂。

我活下来了！

邱深长出了一口气。

"没事吧，要不要去医院？"

邱深摇摇头，"谢谢你啊，我没事。"

"还好现在夏天，这要是冬天睡这一晚真够呛。你没事我就先走了。"

"好嘞，谢谢你。"

望着路人离去的背影，怀着欣喜和感激的心情，邱深摇摇晃晃地站起来。

现在什么时候？邱深习惯性把手伸进裤子口袋掏手机。

都早上七点多了，昨晚难道一直就在脸谱那里？

昨天发生的一切宛如一场梦境，令他开始怀疑其真实性。此时他才意识到，自己的手机失而复得，看来是脸谱还给了他。

最后的对决脸谱明明骗了我，给我注射了毒药，我怎么又活过来了？

手机里微信、短信、未接电话提示一大堆，邱深飞快地浏览着，里面并没有什么重要的内容。好在自己单身一人，一夜的消失并没有引起别人的注意。

最后，他发现了邮件图标上亮起的提示。

邮件的主题很扎眼：罪与罚。发件人名字是又长又复杂的符号。邮件没有内容，附件只有一个视频和一个压缩包。

邱深打开视频，看到脸谱出现在手机屏幕上，吓得他一激灵打了个冷战，差点扔了手机。

脸谱的语调一如既往的深沉平静，"各位同学，很抱歉用这种方式耽误了你们一晚上的时间。正如我开始时所说，我和大家玩一个游戏，但这仅仅是个游戏，大家谁也没有死，给你们注射的是一种麻醉剂。醒来后估计你们会感到头疼头晕，这都是正常的，当然，电击是真实的。"

脸谱说得没错，现在邱深仍然头痛不已。

"可能有的人已经知道了，没错，我也是你们当中的一个，整个游戏由我制定规则，而由"AI"辅助执行，我只是录好了语音由"AI"合成具体的话语。至于我究竟是谁，相信你们能猜得出来。去年我被查出了结肠癌晚期，留给我的时间不多了。我回忆过往，知道自己犯了不少错误，而人生第一个大错就是和你们一起打死了杜明磊。这件事竟然差点被我遗忘，或者说故意被我遗忘，我觉得这很不应该。我突然想到，另外那十位同学怎么样了，他们有没有从这件事吸取教训呢？于是我停下一切工作，着手调查你们。结果令我大失所望，原来不仅是我，你们也都忘了那件事，还犯下各种罪行。"

邱深静静地听着，好像时间都已经静止。

"癌症也许就是对我迟来的惩罚，我希望你们能够迷途知返，于是我设计了这个游戏，为的是让你们反省自己的人生。大家还记得自己提出的赎罪方案吗？希望你们遵守自己的诺言。我把自己掌握的证据和仓库里的视频都相应发给了各位，我不再保留，你们也不用来找我，各位同学好自为之。"

视频结束，邱深站在原地许久没有移动。经历了昨晚的一切，邱深感悟了很多，也许只有面对死亡，一个人才能真正反省自己。

邱深思前想后，抬手删除了邮件，把手机揣进口袋，匆匆走出小巷，很快便消失在大街上的人流中。